中国古典文学名著丛书

济公全传

上

[清] 郭小亭 著

華夏出版社
HUAXIA PUBLISHING HOUSE

图书在版编目（CIP）数据

济公全传／（清）郭小亭著. —北京：华夏出版社，2013.01（2024.09重印）

（中国古典文学名著丛书）

ISBN 978－7－5080－6386－7

Ⅰ. ①济… Ⅱ. ①郭… Ⅲ. ①章回小说－中国－清代 Ⅳ. ①I242.4

中国版本图书馆 CIP 数据核字（2011）第 074401 号

出版发行：华夏出版社
（北京市东直门外香河园北里 4 号　邮编 100028）

经　　销：新华书店

印　　制：永清县晔盛亚胶印有限公司

版　　次：2013 年 01 月北京第 1 版
2024 年 09 月北京第 2 次印刷

开　　本：670×970　1/16 开

印　　张：57

字　　数：863 千字

定　　价：110.00 元（上中下）

前　言

济公，是我国人民众所皆知的一个传奇人物，民间广泛流传着济公惩恶扬善、济困扶危、除魔降妖的故事。自明代隆庆四年(1570)就有以济公为主角、署名“仁和沈孟柈述”的《钱塘渔隐济颠禅师语录》一卷问世，其后有清人王梦吉撰写的仅三十六则的《济公全传》、天花藏主人编撰的二十回《醉菩提全传》、郭小亭所编撰的二百四十回的《评演济公传》先后问世。

这部《济公全传》采用的是郭小亭编撰的版本。全书共二百四十回，是一部武侠与神话相结合的长篇白话小说。小说主要以南宋朝为历史背景，讲述了京营节度使李茂春夫妇乐善好施，被罢官回籍，去天台山国清寺拜佛求子。后喜得贵子取名李修缘。修缘自幼才学出众，喜爱道书，过目不忘。18岁时，李修缘出家，拜元空长老为师，起名道济。道济平时修禅衣衫不整，如疯如颠，吃肉喝酒，人称济颠僧。原来他是奉佛法旨下凡到人间。作者通过上百个富有传奇色彩的故事，将济公塑造成一个神通广大、文武双全、幽默机智、似颠非颠的艺术形象，于是有了一篇篇济公济困扶危、惩恶扬善、劝化众生的传奇故事。

《济公全传》自刊发问世后，一直是近代流传甚广、深受好评的经典佳作。书中的故事十分有趣，人物鲜活生动，情节设计一环接一环，语言文字浅显、通俗、简洁，在清代小说中别具一格，独树一帜。其中所塑造的济公形象，充分体现了劳动人民的智慧，具有一定的社会意义。正因如此，数百年来，《济公全传》一直受到广大读者的喜爱，并被改编成戏剧、评话等广为流传。

由于历史的局限，《济公全传》中不免夹杂着一些因果报应、佛法无边、生命轮回等封建糟粕，读者在阅读时应当有所甄鉴。

本次再版《济公全传》，对原书中一些遗漏、笔误、疏失进行了专业的校勘、补正和释义,对原书原来缺字的地方用□表示了出来。以帮助广大读者更方便地阅读。但其中仍有的一些疏漏,欢迎专家与读者给予指正赐教。

编　者

2011 年 3 月

目　　录

第　一　回

李节度拜佛求子　真罗汉降世投胎

话说南宋自南渡①以来，迁都临安，高宗皇帝建炎天子四年，改为绍兴元年。在朝有一位京营节度使，姓李名茂春，原籍浙江台州府天台县人，娶妻王氏，夫妻好善。李大人为人最慈，带兵军令不严，因此罢官回籍，在家中乐善好施，修桥补路，扶危济困，冬施棉衣，夏施汤药。这李大人在街市闲游，人都呼之为李善人。内中就有人说："李善人不是真善人，要是真善人，怎么会没儿子？"这话李大人正听见，自己回至家中，闷闷不乐。夫人王氏见大人回来，闷闷不乐。就问大人因何不乐，大人说："我在街市闲游，人都称我为李善人，内中就有人暗中说，被我听见。他说我惩恶扬善，又说善人不是真心，要是真心为善，不能没儿子。我想上天有眼，神佛有灵，当教你我有儿子才是。"夫人劝大人纳宠，买两侍妾，也可以生儿养女。大人说："夫人此言差矣，吾岂肯做那不才之事？夫人年近四旬，尚可以生养儿女。你我斋戒沐浴三天，同到永宁村北天台山国清寺拜佛求子。倘使上天有眼，你我夫妻也可生子。"王氏夫人说："甚好。"李茂春择了日期，带着僮仆人等，夫人坐轿，员外乘马，到了天台山下。只见此山高耸天际，山峰直立，树木森森，国清寺在半山之上。到了山门以外，只见山门高大，里面钟鼓二楼，前至后五层大殿，后有斋堂客舍，经堂戒堂，二十五间藏经楼。员外下马，里面僧人出来迎接，到客堂奉茶。老方丈性空长老，知道是李员外降香，亲身出来接见，带着往各处拈香②。夫妻先至大雄宝殿拈香，叩求神佛保佑："千万教我得子，接续香烟。如佛祖显灵，我等重修古庙，再塑金身。"祷告已毕，又至各处拈香。到了罗汉堂拈香，方烧至四尊罗汉，忽见神像由莲台坠地。性空长老说：

---

① 南渡——1126年金兵攻入开封，北宋亡。次年宋高宗（赵构）在南京（今河南商丘）称帝，后建都临安（今浙江杭州）。"南渡"即指迁都。

② 拈香——即烧香。

“善哉善哉，员外定生贵子，过日我给员外道喜。”李员外回到家中，不知不觉夫人有喜。过了数月，生了一个公子。临生之时，红光罩院，异香扑鼻，员外甚喜。这孩自生落之后，就哭声不止，直至三朝。这日正有亲友邻里来庆贺，外面家人来回话，说有国清寺方丈性空，给员外送来一份厚礼，亲来贺喜。员外迎接进来。性空说：“员外大喜，令郎公可平安？”员外说：“自从生落之后，直哭到今朝不止。吾正忧虑此事。老和尚有何妙法能治？”性空说：“好办。员外先到里面把令公子抱出我看看，就知道是何缘故了。”员外说：“此子未过满月，就抱出来，恐有不便。”性空说：“无妨。员外可用袍袱盖上，可以不冲三光。”员外一听有理，连忙把孩儿从里面抱出来，给大众一看。孩儿生得五官清秀，品貌清奇，啼哭不止。性空和尚过来一看，那孩儿一见和尚，立止啼哭。一咧嘴笑了。老和尚就用手摸那孩儿头顶说：

莫要笑，莫要笑，你的来历我知道。

你来我去两抛开，省得大家胡倚靠。

那孩儿立时不哭了。性空说：“员外，我收一个记名徒弟，给他取个名字，叫李修缘吧。”员外应了，把孩儿抱进去，出来给和尚备斋。吃罢，众亲友都散去，性空长老也去了。员外另雇奶娘抚养孩儿。光阴似箭，日月如梭，不知不觉过了几年。李修缘长至七岁，懒说懒笑，永不与同村儿童聚耍。入学读书，请了一位老秀才杜群英先生在家教他，还有两个同伴，一个是永宁村武孝廉①韩成之子韩文美，年九岁。还有李夫人内侄，永宁村住，姓王名全，乃是兵部司马王安士之子，年八岁，三子共读书，甚是和美。就是李修缘年幼，过目不忘，目读十行，才学出众。杜先生甚奇之，常与人言：“久后成大器者，李修缘也。”至十四岁，五经四书诸子百家，背诵极熟，合王韩二人，在学房，时常作诗，口气远大。这年想要入县考取文童，李茂春卧床不起，人事不知，病势垂危。派人把内弟王安士请来，到床前。李员外说：“贤弟，我不久于人世。你外甥与你姐姐，全要你照应。修缘不可纵性废读，吾已给他定下亲了，是刘家庄刘千户之女。家中内外无人，全仗贤弟分心。”王安士说：“姐丈放心养病，不必多嘱，弟自当照应。”员外又对王氏夫人说：“贤妻，我今五十五岁，也不算夭寿。我

---

① 武孝廉——“孝廉”即“举人”，“武孝廉”即“武举人”。

死之后，千万要抚养孩儿，教训他成名。我虽在九泉之下也甘心。”又嘱了修缘几句话，自己心中一乱，口眼一闭，呜呼哀哉。李员外一死，合家恸哭。王员外帮办丧事已毕，修缘守制①不能入场。是年王全、韩文美都中了秀才，两家贺喜。王氏夫人家中有一座问心楼，一年所办之事，写在账上。每到岁底，写好表章，连同账一并交天，一年并无一件事隐瞒的。李修缘好道学，每见经卷必喜爱，读之不舍。过了二年，王氏夫人一病而亡，李修缘自己恸哭一番，王员外帮办丧事完毕。李修缘喜看道书，到了十八岁，这年孝满脱服。他立志出家，看破红尘，所有家中之事，都是王员外办理。李修缘自己到了坟上，烧了些纸钱，给王员外留下一纸书字，竟自去了。王员外两日不见外甥，派人各处寻找，不见外甥。自己拆开字来一看。上写的是：

修缘去了，不必寻找。他年相见，便知分晓。

王员外知道外甥素近释道，在临近庵观寺院，各处派人寻找，并不见下落。派家人贴白帖，在各处寻找：“如有人把李修缘送来，谢白银百两。如有人知道实信，人在何处，送信来。谢银五十两。”一连三个月并无下落。书中交代，且说李修缘自从家中分手之后，信步游行，到了杭城，把银钱用尽，到了庙中要出家，人家也不敢留他。他自己到西湖飞来峰上灵隐寺庙中见老方丈，要出家。当家和尚方丈，乃是九世比邱僧②，名元空长老，号远瞎堂。一见李修缘，知道他是西天金身降龙罗汉降世，奉佛法旨为度世而来，因他执迷不醒，用手击了他三掌，把天门打开。他才知道自己根本源流，拜元空长老为师，起名道济。他坐禅坐颠，还有些疯。庙里独叫他颠和尚，外面又叫他疯和尚，讹言传说济颠僧。他本是奉佛法旨，所为度世而来，自己在外面济困扶危，劝化众生，在庙内不论哪个和尚有钱就偷，有衣服偷出去就当了，吃酒，最爱吃肉。常有人说和尚例应吃斋，为什么吃酒？济颠说：“佛祖留下诗一首，我人修心他修口，他人修口不修心，为我修心不修口。”自己就是与庙中的监寺僧广亮不对。庙中除去了方丈，就属监寺僧为尊。广亮新做了一件僧衣，值钱四十吊。他偷了去当在当铺中，把当票贴在山门上，监寺广亮一见僧袍没有了，派人各处一

---

① 守制——即遵守服孝的约束、限制之意。

② 比邱僧——也称“比丘尼”，佛教名词，指佛教出家五众之一。

找，把当票找着。和尚挂失票不行，把山门摘下来，四人抬着去赎。广亮回禀老方丈，说："庙中疯和尚不守清规，常偷众僧的银钱衣物等物，理应按清规治罪于他。"元空长老说道："道济无赃，不能治他。你等去暗中访察，如要有赃证，把他带来见我就是。"广亮派两个徒弟在暗中访拿济颠。济颠在大雄宝殿供桌头睡觉。两个小和尚志清、志明，每日留神。这天见济颠在大殿里探头出来，往各处偷瞧了多时，后又进去一看，蹑足潜踪出来，怀中鼓棚棚的。方至甬道①当中，只见志清、志明由屋中出来，说："好济颠，你又偷什么物件？休想逃走！"过去一伸手，把那济颠和尚抓住，一直竟到方丈房中回话。监寺的先见长老说："禀方丈知道，咱们庙中济颠不守清规，偷盗庙中物件，按清规戒律之例治罪。"元空长老一听，心中说："道济，你偷庙中物件，不该叫他等拿住。我虽然庇护你，也无话可说。"吩咐人："把他带上来就是。"济公来至方丈前屋内说："老和尚你在哪里？我在这里问心。"见了方丈永远是这样，元空也不教他磕头，说道："道济不守清规，偷盗庙中物件，应得何罪？"广亮说："砸毁衣钵戒牒，逐出庙外，不准为僧。"老方丈说："我重责他就是。"就问道："道济，把偷之物献出。"济公说："师父，他们真欺负我。我在大雄宝殿睡觉，因扫地没有盛土之物，我放在怀中。你等来看吧。"说着，把丝绦一解，哗啦落下土片。老方丈大怒，说："广亮误害好人为盗，应得重责！"吩咐看响板要打监寺。众僧都来瞧热闹。济公自己出来，到了西湖，见树林内有人上吊。济公连忙过去要救此人。正是：行善之人得圣僧救，落难女子父女相会。要知后事如何，且看下回分解。

---

① 甬(yǒng)道——走廊；过道。

第　二　回

董士宏葬亲卖女　活罗汉解救好人

话说济公长老在西湖见一个人方要上吊，自己按灵光一算，早已知道。书中交代，那人姓董名士宏，原籍浙江钱塘县人，为人事母至孝。父早丧，母秦氏。娶妻杜氏早死，留下一女名玉姐，甚伶俐。董士宏锤金匠手艺，他女儿八岁时，秦氏老太太染病不起，董士宏小心进汤医。家贫无力赡养老母，把女儿玉姐典在顾进士家做使女，十年回赎，典银五十两，给老太太养病。老母因看不见孙女，问："我孙女哪里去了？"董士宏说："上她外祖那里去了。"老太太病重，一连七日不起，竟自呜呼哀哉。他就把家中些银两尽力葬母之后，自己到镇江府那里忍耐时光。十载光景，好不容易积凑了六十两纹银，想把女儿赎出来，另找婆家。在路上无话。这一日到了临安，住在钱塘门外悦来客店中。带了银两，明日到了百家巷。一问顾宅进士，左右邻居都说："顾老爷升了外任，不知在哪儿做官。"董士宏一听，如站万丈高楼失脚，扬子江断缆崩舟，自己各处访问，并不知顾大人住在哪里，也不知女儿下落。到了钱塘门外，在天竺街酒店吃了几杯闷酒，不知不觉，醉入梦乡。出了酒店想要回寓，不觉自己走错道路，把银子也丢了。及至酒醒，身边一摸，银子丢了！这一惊非同小可，无奈走至树林，越想越无滋味，想："女儿也不能见面了，自己不如一死，以了此生之孽冤。"想罢，来至树林，把腰中丝绦解下来，拴上一个套儿，想要自缢身死。忽然对面来了一个和尚，口中说："死了死了，已死就了。死了倒比活的好！我要上吊。"解下丝绦，就要往树上拴。董士宏一听，猛吃一惊，抬头一看，只见那僧人长得甚为不堪。怎见得？有诗为证：

脸不洗，头不剃，醉眼乜斜睁又闭。若痴若傻若颠狂，到处诙谐好耍戏。破僧衣，不趁体，上下窟窿钱串记，丝绦七断与八结，大小辂鞑[①]接又续。　　破僧鞋，只剩底，精光两腿双胫赤，涉水登山如平

---

① 辂(luò)鞑(dá)——用生革做成的缕束，古人衣服常用的拴束。

地,乾坤四海任逍遥。经不谈,禅不理,吃酒开荤好诙戏,警愚劝善度群迷,专管人间不平气。

董士宏看罢,只听和尚说:"我要上吊了!"就要把绳子往颈里套。董士宏连忙过去,说:"和尚,你为什么去寻短见?"济公说:"我师父同我化了三年之久善缘,日积月累,好容易凑了五两银子。我奉了师父之命,派我买两身僧衣僧帽,我最好喝酒,在酒馆之中,因为多贪了两杯酒,不知不觉,酩酊大醉,把五两银子丢了!我有心回庙见我师父,又怕老和尚生气。我自己越思越气,无路生活世上,故来此上吊。"董士宏一听这话,说:"和尚,你为了五两银子,也不至于死。我囊内尚有散碎银子五六两,我亦是遇难之人,留了也无用。来罢,我周济你五六两银子吧。"伸手掏出一包递给和尚。和尚接在手中哈哈大笑,说:"你这银子,可不如我银子那样好。又碎又有成色潮点。"董士宏一听,心中不悦。暗想:"我白施舍给你银子,你还嫌不好。"自己说:"和尚,你对付着使用去吧。"和尚答应一声,说:"我走了。"董士宏心想:"这个和尚真真不知人情世务。我白送给他银子,他还说不好。临走连我姓没问,也不知谢我,真正是无知之辈。唉,反正是死。"正在气恼,只见和尚从那边又回来,说:"我和尚一见了银子全忘了,也没问恩公贵姓?因何在此?"董士宏把自己丢银子之故,说了一遍。和尚说:"你也是丢了银子啦,父女不能见面。你死吧!我走啦。"董士宏一听,心想:"这个和尚太不知世务,连话都不会说。"见和尚走了五六步又回来说:"董士宏,你是真死假死呢?"董士宏说:"我是真死。怎么样?"和尚说:"你要是真死,我想你做一个整人情吧。你身上穿了这身衣服,也值五六两银子。你死了,也是叫狼吃狗咬,白白地糟蹋。你脱下来送给我吧。落一个净光来净光去,岂不甚好?"董士宏一听此言,气得浑身发抖,说:"好个和尚,你真懂交情!我同你萍水之交,送你几两银子,我反烧纸引了鬼来!"和尚拍手大笑说:"善哉善哉,你不要着急。我且问你,你银子丢失,你就寻死。五六十两银子也算不了什么。我代你去把女儿找着,叫你父女相会,骨肉团圆好不好?"董士宏说:"和尚,我把赎女儿的银子已丢了,就是把女儿找着,无银赎身,也不行。"和尚说:"好,我自有道理,你同我走吧。"董士宏说:"和尚,宝刹在哪里参修?贵上下怎么称呼?"济公说:"我西湖飞来峰灵隐寺。我名道济,人皆叫我济颠僧。"董士宏见和尚说话不俗,自己把丝绦解下,说:"师父你说上哪儿

去?”济公说:“走。”转身带了董士宏往前走。和尚口唱山歌:

走走走,游游游,无是无非度春秋。今日方知出家好,始悔当年做马牛。想恩爱,俱是梦幻。说妻子,均是魔头。怎如我赤手单瓢,怎如我过府穿州,怎如我潇潇洒洒,怎如我荡荡悠悠,终日快活无人管,也没烦恼也没忧,烂麻鞋踏平川,破衲头赛缎绸。我也会唱也会歌,我也会刚也会柔。身外别有天和地,何妨世上要髑髅。天不管,地不休,快快活活傲王侯。有朝困倦打一盹,醒来世事一笔勾。

话说和尚同了董士宏往前走,进了钱塘门,到了一条巷内。告诉董士宏说:“你在这里站着。少时有人问你生辰年岁,你可就说。你可别走,我今日定叫你父女见面,骨肉相逢。”董士宏答应说:“圣僧慈悲慈悲。”和尚抬首一看,见路北有一座大门,门内站着几十个家人,门上悬牌挂匾,知道是个仕宦人家。自己迈步上了台阶,说:“辛苦众位。贵宅赵姓么?”那些家人一瞧,是个穷和尚,说:“不错,我们这主人姓赵。你做什么?”和尚说:“我听人说,贵宅老太太病体沉重,恐怕要死。我特意前来见见你家主人,给老太太治病。”那些家人一听和尚之言,说:“和尚,你来得不巧。不错,我家老太太因我家小主人病重,心疼孙子,急上病来,请了多少先生皆没见好。我家主赵文会,最孝母,见老太太病重,立时托人请精明医家。有一苏员外,字北山。他家也是老太太病了,请一位先生绰号赛叔和,姓李名怀春。此人精通岐黄之术①,我家主人方才上苏宅请先生未回来。”正说着,从那面来了一群骑马之人。为首三个人,头一匹白马上人,五官清秀,年约三旬,头戴四楞巾,上安片玉,绣带双飘,身披宝蓝缎逍遥员外氅,上绣百蝠百蝶,足蹬青缎宫靴。面皮微白,海下无须。此人就是赛叔和李怀春。第二位是双叶宝蓝缎逍遥员外巾,三蓝绣花,迎面嵌美玉,安明珠。身穿蓝缎逍遥氅,足下青缎宫靴。面如古月,慈眉善目,三绺长髯,飘洒胸前。这就是苏北山。第三位也是富翁员外打扮。白面长髯,五官清秀。和尚看完,过去阻住马说:“三位慢走,我和尚守候多时了。”赵文会在后面,一见疯和尚截住去路,说:“和尚,我等有急事,请先生给老母治病,化缘改日来,今日不行。”和尚说:“不行。我并非化缘,我今日听说

① 岐黄之术——古代传说中医家岐伯与黄帝讨论医学,以问答形式写成《内经》。后世称中医学为“岐黄之术”。

府上老太太病势沉重,我是许下心愿。哪里有人害病,我就去给调治。今日我是特意来给治病的。”赵文会说:“我这里请来先生,乃当代名医。你去吧,不用你。”和尚一听,回头看了李怀春一眼,说:“先生,你既是名医,我领教你一味药材治什么病。”李先生说:“和尚,你说什么药?”济公说:“新出笼热馒首,治什么病呀?”李先生说:“本草上没有,不知。”和尚哈哈大笑,说:“你连要紧的事均不知道,还敢自称名医。新出笼热馒首治饿,对不对?你不行,我同你至赵宅帮个忙儿吧。”李怀春说:“好。和尚,你就跟我来。”赵文会、苏北山也不好阻拦,只好同着和尚进了大门,来到老太太住的上房之内落座。家人献上茶来。李先生先给老太太看看脉,道:“是痰淤上行,非把这口痰治上来不能好。老太太上了年岁之人,气血两亏,不能用药。赵员外另请高明吧。”赵文会说:“先生,我又不在医道之内,我怎么知道哪里有高明之人?你可荐一人。”李先生说:“咱们这临安,就是我和汤万方二人。他治得了的病,我也能治;他治不了的病,我也不行。我二人都是一样能为。”正说到这儿,济公答说:“你等不要着急,我先给老太太看看如何?”赵文会本是孝子,一听和尚之言,就说:“好,你来看看。”李怀春也要看看和尚能力。济公来至老太太近前,先用手向头上拍了两掌,说:“老太太死不了啦,脑袋还硬着呢。”李怀春说:“和尚,你说的什么话?”济公说:“好,我把这口痰叫出来就好了。”说着,走到老太太跟前,说:“痰啦痰啦,你快出来吧!老太太要堵死了。”李先生暗笑说:“这不是外行吗?”只见老太太咳出一口痰来。济公伸手掏出一块药说:“拿一碗阴阳水。”家人把水取来。赵文会一看说:“和尚,你那药叫何名?可能治我母亲之病吗?”济公大笑,手托那块药说:“此药随身用不完,并非丸散与膏丹,人间杂症它全治,八宝伸腿瞪眼丸。”济公说罢,把药放在碗内说:“老太太因急所得,一口淤痰上涌,立刻昏迷不醒,你等给她好好扶养,吃了我这药,立见功效。”赵文会一听,知道和尚有些来历,说的原因真对,忙忙说:“圣僧,你老人家慈悲吧!我母因疼孙子,急的这场病。我有一小儿方六岁,得了一宗冤孽之症,昏迷不醒。我母一急,把痰急上了。师父要治好我母亲,再求给小儿治治。”和尚叫人把药灌下去,老太太立刻痊愈。赵文会过来给老太太请安,复给和尚磕头,求和尚给他儿子治病。济公说:“要给你儿子治病也不难,须依我一件事,方能治好。”赵文会问哪一件事。济公不慌不忙,说出这件事来,叫董士宏父女相会,赵文会全家病好。要知后事如何,且看下回分解。

第　三　回

施禅机赵宅治病　说佛法暗中救人

话说济公把赵文会之母治好，还有六岁孩儿求济公治。济公说：“我可能治，就是药引子难找，非有五十二岁男子。还得是五月初五日生人。十九岁女子，八月初五日生人。二人的眼泪合药，才可治好。”苏北山、李怀春见和尚真有来历，便问和尚在哪里住？贵上下怎么称呼？和尚全皆说明。赵文会至外面派家人找五十二岁男子，五月初五日生人。众人觅问一回，就连本宅及外来亲友家人皆没有。岁数对了，生日不对；日月对了，年纪不对。大众直找至门口，见外面站了一人，年约半百以外。家人赵连升忙过去抱拳拱手，说：“老兄贵姓？”那人说：“我姓董名士宏，本钱塘人氏，在这里等人。”家人说：“老兄五十二岁吗？”答曰：“不差。”又说：“五月初五日生辰吗？”答曰：“不差。”家人忙过去一拉，说：“董爷你跟我来，我家主人有请。”董士宏说：“贵主人怎么认得我？你说给我听再去。”家人就把找药引子之故，说了一番。那董士宏就跟他到了里面，见了济公、赵文会等，家人回明皆引见了。济公说：“快去找十九岁女子，八月初五日生人来。”董士宏一听，这岁数及生日，和他女儿一般，心中辗侧不安。只见家人进来说：“姑奶奶的丫环春娘是十九岁，八月初五日生辰，把她找来了。”只见由外面进来一个女子，董士宏一看，正是自己的女儿，心中一惨，落下泪来。姑娘一看是她父亲，也就啼哭。和尚哈哈大笑说：“善哉善哉，我今一举三得，三全其美。”伸手取出药来，托在手中，叫家人用二人泪水化下药，叫人给赵公子灌下去。少时神清气爽，病症全好。和尚告诉赵文会董士宏丢银子上吊，自己救他父女团圆之故。赵文会帮了董士宏一百两银子，把春娘教他领去，自给姑奶奶再买一个使女。李怀春一问和尚，方知和尚是灵隐寺济公长老。苏北山过来给和尚行礼，求慈悲慈悲，给母亲治病。和尚站起身来说：“我到你家里去吧。”苏北山说：“很好。”赵文会也不好相留，拿出白银百两，给济公做衣服。和尚说：“你如谢我，附耳过来，如此如此。”赵文会说：“师父请放宽心，我是日必到。”说完,同苏北山出了赵宅。董士宏父女谢济公送走不提。且说和尚到了苏北山家中书房落座。和尚问苏北山:“令堂老太太之病,可曾请人治过?”苏北山说:“实不相瞒,请过多少先生皆不行。前者有一位神医活人汤万方先生给治,并未见好。又转请李先生给治,也不见效。皆说上岁数人,气血两亏,不能扶养也。我也尽人力凭天命。今日得遇圣僧,真乃三生有幸,该当老母沉疴痊愈。”说着,就同和尚出了书房,来至青竹轩西院上房门首,是路北五间,至内落座。只见老太太在床上躺着,那些婆子丫环均站旁边,笑和尚身上破烂不堪。和尚说:“你等休笑我这件衣服,且听我道来。世人休笑僧衣破,本来面目世上无。”家人献上茶,济公掏出一块药,托在手中。苏北山一见,其黑似槟榔,异香扑鼻,伸手接了灵丹妙药,问:“此药何名?”济公说:“那是我和尚的妙药,名叫要命丹。比如人要该死,吃了我这药去,把命要回来。双名伸腿瞪眼丸。”苏北山用水化开,给他母亲灌下去,少刻老太太病症痊愈。苏北山吩咐摆酒,请和尚在书房之内,落座吃酒,谈论些古往今来之事。济公胸藏锦绣,满腹经纶。苏北山方知是一位世外高人,便拜和尚为老师,要给和尚换衣服。济公一概不要,说:“你要谢我,只需如此这般。我要走了。”苏北山说:“师父,我这里就同你老人家俗家一般,哪时愿意来,哪时就来,在我家住着。”和尚答应说:“好说,我今天回庙去了。”和尚出了苏宅,到街市之上,口唱狂歌说:

自古当年笑五侯,含花逞锦最风流,如今声势归何处?孤冢斜阳漫对愁。嗟我儿辈且修修,世事如同水上鸥,因循迷途归愿路,打破迷关一笔勾。

济公回到庙中,他在大碑楼上睡觉。广亮要害济公长老,以报前仇,知道济公在大碑楼上睡觉,派徒弟必清夜内放火烧死济公,头次放火,被济公一泡尿,撒了小和尚一脑袋,把火浇灭。二次又放火,把大碑楼点着了,只见烈焰腾空,火光大作。有诗为证:

凡引星星之火,勾出离部无情,随风照耀显威能,烈焰腾空势猛。只听忽忽声响,冲霄密布烟升,满天遍地赤通红,画阁雕梁无影。

这大火一起,庙中众僧皆起来说:“不好了,快救火!疯和尚道济在楼上睡觉,要被火烧死!也该遇着劫吧。”大众把火救灭,监寺广亮以为这次把疯和尚烧死,无人知觉,正喜悦之间,只见济公由大雄宝殿出来,哈哈大笑说:“人叫人死不肯,天叫人死有何难。”广亮一见济公没死,心中不悦。他至方丈那里回话，说："火烧大碑楼，理应治罪于他。"老方丈说："火烧大碑楼，此乃天意。与道济何干？"广亮回禀方丈："国有王法，庙有清规。咱这庙内一人点灯，众人皆点灯，按时刻吃斋睡觉。道济点灯火不息，连夜点灯，凡火接引神火，有犯清规，理应治罪于他，砸毁衣钵戒牒，逐出庙外，不准为僧。"老方丈说："太重，派他募化重修可也。"吩咐："叫道济进来见我。"不多时，只见济公从外面进来，立在方丈面前打一问讯，说："老和尚在上，我问讯了。"方丈说："道济，你不守清规，火烧大碑楼，派你化缘重修此楼，必得一万两银子工程。问你师兄给你多少日子限。"济公说："师兄，你给我几日限？"广亮说："三年你可化来一万两银子吗？"济公说："不行，太远，还得说近着些日期。"广亮说："一年你化一万两银子，修大碑楼工程，行了吗？"济公说："不行，还远，你往近说吧。"广亮又说："半年吧。"济公摇头还说近些。广亮说："一月。"济公仍嫌远。广亮说："一天你化一万两银子可行吗？"济公说："一天化一万两银子，你去化吧，我不行。"济公说罢，哈哈大笑。众僧皆议论道："一百天限期，叫他去化。如化了一万两银子，将功折罪。"济公答应，每日出去化缘，在临安舍药救人，普度众生，记名徒弟收了无数。装疯卖傻，也不露本来面目。那日在飞来峰后山坡之上，见两猎户扛着兔鹿狐鹳。他阻住去路说："二位贵姓？哪里去？"一人说："我叫陈孝，绰号美髯公。那是我结拜弟，病服神杨猛。由山上打猎回来，师父何人？"济公说明了，又哈哈大笑说："每日在山穴，终朝来打猎，你为养你生，他命就该绝。"杨猛、陈孝知和尚是高人隐士，立刻跪下行礼，拜济公为师，说："我二人从此改行，同朋友在镖行找碗饭吃，想个安身立命之处。"和尚说："好，你等必日见茂盛。"二人走后，和尚在庙吃酒开荤，并不化缘。广亮也不催他，想到了日期，好把他逐出。光阴荏苒，日月如梭，过了一个多月，他一两银子也没化。这日济公见看山门的和尚不在，他到了韦驮①殿，看神像威仪，甚为可观。有诗为证：

凤翅金盔耀目，连环锁甲飞光，手中铁杵硬如钢，面似观音模样。
足蹬战靴墨绿，周身绣带飘扬，佛前护法大神王，魔怪闻知胆伤。

济公看罢，说："老韦同我出去逛逛吧。"伸手把韦驮扛起来，出了山

① 韦驮——佛教守护神之一，亦称韦天将军。

门,循西湖往前行走。来往行路之人就说:“众位,我瞧见过化缘和尚,有拉大锁的,有打木鱼的,没有见过扛着一个韦驮爷满街化缘的。”和尚哈哈大笑说:“你不开眼,少说话。这是我们庙中搬家。”众人听和尚之言都笑了。和尚正往前走,猛抬头一看,只见一股黑气,直冲霄汉之间,济公按灵光连击三掌,口中说:“善哉善哉,我焉能不管。”正往前走,只见大街路北有一座酒饭馆是醉仙楼。上挂酒牌子。写的是:太白斗酒诗百篇,长安市上酒家眠,天子呼来不上船,口称臣是酒中仙。两旁对子是:醉里乾坤大,壶中日月长,里面构只响。济公一掀帘子,说:“辛苦了掌柜的。”里面掌柜一看,只当他是化缘的小和尚,说:“和尚,咱这里是初一十五才给钱。”那济公说:“是了,我们这里是初一十五才卖哪。”站在门外,只见从东边来了三人,是米粮店掌柜请客来。济公一伸胳膊说:“三位要吃饭哪?这里初一十五才卖哪。”三人一听扭头往别家去。一连来了三四起人,都被济公挡回去了。饭馆掌柜的大怒,从里面出来说:“和尚,你都把吃饭之人挡走,是什么居心哪?”济公说:“我要吃饭,方一进门,你就告诉说初一十五。我只当你这里是初一十五才卖饭呢。”掌柜的一听说:“我只当你是个化缘的哪,故此才告诉你初一十五给僧道的钱,你知道吗?”济公说:“不对,我是吃饭的。”掌柜的说:“你请进来吧。”济公扛韦驮到了后堂,找了一张净桌儿坐下,要了几样菜,吃了四五壶酒。用完,叫跑堂的过去,算一算,一共一吊六百八十文。济公说:“写账吧,改日吃了一同给。”掌柜的早就在这里留神了,听说没钱,掌柜的过来说:“和尚,你把吃饭之人都给支走了。今日吃完,你不给钱走不了!必须要给一吊六百八十文。”济公正与伙计口角相争,只听外面一声呐喊,如雷劈之声。来了两位英雄,要大闹酒饭馆,引出许多事来。要知后事如何,且看下回分解。

第　四　回

扛韦驮周宅捉妖　病服神怒打老道

话说济公在酒饭馆吃完饭没钱，正和铺中人口角相争，只见从外进来两个人，来至济公跟前行礼。众人一看，头走的那人，赫扬扬身高八尺以外，头戴翠蓝扎巾，擂金抹额，二龙宝，迎面茨菇叶乱晃，身穿蓝箭袖袍，腰系丝绦，足下青缎快靴，外披蓝缎绣团花英雄氅，面皮微黄，长眉阔目，二目神光满足，准头端正，四字方海口，海下一部黑胡须，飘洒胸前。后跟那人是二十以外年岁，头上粉缎色软包巾，绣团花，分五彩，身穿粉色缎绫箭袖袍，上绣三蓝花朵，足下快靴，闪披英雄氅，面如白纸，白中透青，并无一点血色。头一位乃是美髯公陈孝，后跟病服神杨猛，新从外保镖回来，要上灵隐寺瞧瞧济公，正走至这里，听见饭馆中一阵喧哗，二人掀帘进来，见济公正与伙计争吵，他忙过来给济公行礼，说："师父，你老人家因何来到这里争吵？哪个欺辱你老人家？告诉弟子，我将他的脑袋给他拿下来。"陈孝过来说："兄弟不可莽撞，问问倒是因为什么。"饭铺伙友见这二位形象，吓得战战兢兢，说："二位达官老爷别生气，原来这位大师父吃完饭没钱，反出口不逊，因此争吵起来。"和尚说："好的，你们二个徒弟来得正好，这饭铺把我欺辱苦了。"陈孝说："师父，他们因为什么欺辱你？"和尚说："我吃完饭，他们不放走，要钱。"陈孝一听这话，不由一笑，说："这应当给钱。"回头说："掌柜的，你们不认得这和尚，无论吃多少钱，不要跟和尚要，三爷我还钱。这就是灵隐寺活佛济公长老。"掌柜说："我们实在失敬。"和尚说："你们二人吃了饭没有？"陈孝说："我们吃了。"和尚说："你两人给我扛着韦驮，跟我化缘去吧。"陈孝说："你老人家的弟子，都是缙绅富户，用多少，我不敢说，十两八两现成，何必你老人家化缘？"和尚一摇头说："化缘那是我和尚的本事。杨猛你给我扛着韦驮。"杨猛答应扛起来。三个人出了酒饭店往东走，街上来往的人有认识杨猛、陈孝的，低声说："二位达官，怎么跟和尚化小缘哪？"陈孝臊得脸一红，蹲在一旁，跟熟人谈话。杨猛浑人，不懂得害臊，跟着和尚往前走，见眼前路北新开张的大茶叶铺，济公叫杨猛把韦驮放下。和尚心中一转："我必须得如此这般这样。"想罢，一上茶叶店台阶，说："辛苦，辛苦。"茶叶铺伙计一听和尚道辛苦，赶紧过来说："和尚买茶叶呀？"和尚说："不买茶叶。你这铺子是新开张，我来道喜。"伙计说："原来和尚你来道喜，请里面吃茶吧。"济公说："一来道喜，二来我要化个小缘。"伙计说："你化小缘化多少钱？"和尚道："你给二百两银子我就走，并不多要。"伙计一听说："化小缘就是二百两！和尚你别处去化吧，我们这店施舍不起。"济公闻听哈哈大笑："这时候化你二百两，你给就算完；要等太阳一正午，就是四百两；太阳一斜西，就是六百两；太阳一落，就是八百两。你要叫化一天一夜，把你的铺子给我，还算不清账。"掌柜一听这话，知道是个疯和尚，来这搅闹。旁边有买茶叶的人爱管闲事，过来说："和尚，人家大新开张的，你别在这里闹。你要化两股香钱，我给你，要化三吊两吊的，换换衣裳，改天来，在我身上。"和尚说："在你身上，你驮得动我吗？"那人一听和尚话不正经，说："和尚，别玩笑。我不管你，你可准化出银子来，化不出来不算好和尚。"济公说："不用你管，你瞧着我必有个转身。"济公说："杨猛，回头你瞧。由南胡同出来一个老道，你揪住，把他打死在这铺子门口，叫茶叶铺打一场人命官司。"杨猛本是浑人，听见济公说，他点头答应，瞪着眼瞧着胡同内，静等老道。果然工夫不大，由胡同出来一个老道，身高八尺，细腰扎背，头戴青缎子九梁道巾，身穿蓝缎子道袍，腰系丝绦，白袜云鞋，背上背着一口宝剑，绿沙鱼皮鞘，黄绒穗头，黄绒腕，真金什件；面如三秋古月，慈眉善目，五官倒也清秀，三绺长髯，飘洒胸前，根根见肉，一面走，老道口中作歌说道：

玄中妙，妙中玄，三清教下有真传。也非圣，也非仙，长在洞中苦修炼，口服金丹原神现，方显三清真有传。

杨猛一看，勃然大怒说："好妖道，我在此等候多时，哪里走？"赶过去抡拳就打。书中交代：这个老道从哪里来？济公长老因为什么叫杨猛打他？只因为这临安①城内太平街，住有一家财主，姓周名景字望廉，外号人称周半城。家中称百万之富，跟前就有个儿子，名叫周志魁，二十一岁，

① 临安——府名。宋建炎三年（1129 年）置行宫于杭州，为行在所，升州为临安府，治所在钱塘（今杭州市）。

尚未有室。周志魁长得相貌甚美，每逢提亲，是高不成，低不就。官宦人家又不给，小户人家又不要，因此总未定亲。周员外七十余岁，就是这一子。这天周志魁忽然染病，在花园书房调养，请了许多高明医生，吃药都不见功效。老员外心中烦闷，这天晚上，自己点上灯笼要亲自到后花园书房看看病体如何。刚来到书斋门首，就听屋中有男女欢笑之声。老员外心中一动："这必是婆子丫环勾引我儿做那苟且之事，这还了得！败坏家风，我倒要看看是什么人？"来至窗棂外，将纸窗湿破，往里一看。这屋中是顺前檐炕，炕上搭着小桌，摆着几样菜，一支蜡烛。东边是他儿坐定，西边坐着一位如花似玉的女子，生得芙蓉白面，珠翠满头。老员外细细一看，认得是东隔壁街邻王成王员外之女，名叫月娥。老员外大吃一惊，心说："我与王员外是孩童携手，垂髫之交①，这两个孩子做出这不要脸之事。"自己也没敢进去，怕二人害羞难当死了。他转身回至前面上房，一见安人②把灯笼熄灭，老员外叹了一口气，说："安人，你晓得儿子哪里是病。他与东隔壁王成之女王月娥，在那里吃酒取乐，你看这便如何是好？"安人说："员外不必着急，明天你亲到那院，见见王贤弟，跟他谈谈，问问他女儿有婆家没有，如没有婆家，赶紧托媒人去说。一来保住两家名节，二则依了他二人之心愿，倒是两全其美。"员外一听此言，深为有理。夫妇安歇，一夜晚景无话。次日早晨起来，吃了早饭，老员外换上衣服，带着家人，出去要拜王员外。刚来到门首，就见由正西尘沙荡漾，土雨翻飞，一骥马二乘小轿，来者正是王员外。那王员外翻身下马，就与周半城行礼。王员外说："兄长久违，一向可好？"周员外说："贤弟你上哪里去了？轿里是什么人？"王员外说："轿里是你侄女王月娥，她在她娘舅家住了两个多月，只因我给她说停当婆家，明天放定礼，故此今天一早，我亲身前去接她回来。"周员外一听，心中一动："此言差矣，昨天我看见王月娥在后面同我儿吃酒，她怎么又会在舅舅家住两个多月？莫非我眼花了，认错了人？决定不会！"想罢，说："贤弟，你把轿子搭进大门，让我瞧瞧我这个侄女。"王员外叫把轿子搭进来。婆子下轿，把小姐轿帘打开，搀王月娥下

---

① 垂髫(tiáo)之交——古时儿童未冠者头发下垂，所以"垂髫"指童年或儿童。"垂髫之交"，指从小的交谊友情。

② 安人——宋徽宗时所定命妇封号。此处指老员外之妻。

轿过来，给周员外深深万福。周员外一看，果然跟昨天看见在书房的女子长得一般不差，心中一想：“了不得了！那个王月娥是非妖便则怪，非鬼便则妖狐。”自己一着急，几乎跌倒。幸有人扶住。王员外说：“兄长，见你侄女为何这样？”周员外说：“贤弟，我看见侄女，想起你那侄儿来了，现在病势沉重。”王员外说：“我实在不知道，过一天必要来看望。”说罢，王员外告辞。周员外回到家里，唉声叹气。安人一问缘由，也是着急。周员外说：“你我夫妻活不成了。这怎么是好？”夫妻正在烦恼，由外面进来一个书童叫得福，十五六岁，甚是伶俐，说：“员外不必着急，在清波门外，有座三清观，有个老道刘泰真，善能捉妖净宅，退鬼治病。员外去请他来，准能把公子爷病体治好。”周员外一听有理，赶紧吩咐备马，带着四个从人，书童引路，来至清波门外三清观门首，下马叩门。由里面出来一个小道童，问：“你们几位，找谁？”家人说：“我们是城里周员外那里来此，请道爷捉妖。”道童往里面通报，这庙一层殿，东西配殿，有东西跨院。周员外来到东跨院，老道降阶相迎。周员外见老道头戴旧道巾，蓝布道袍，五官生得清秀。周员外说：“久仰仙长大名，如轰雷贯耳。现在我花园有妖作乱，变了一个女子，是我们邻居王月娥的模样，将我儿志魁迷住。求仙长大发慈悲，去捉妖净宅，退鬼治病。”老道知道周宅是大财主，连忙答应，说：“员外请回，小道随后就到。”老员外吃了一碗茶告辞，老道送出来，回至庙中，问：“道童，我的新道冠新鞋，押多少钱？”道童说：“那天打酒押两吊。”老道说：“拿磬和蜡扦换出来。我那道袍丝绦当多少钱？”道童说：“当五吊。”老道说：“拿围桌和幔帐顶去换出来。这一去得穿好点，好多进钱。”道童赎来，老道穿戴齐了，就步进清波门。他又绕着进钱塘门，为的是显显这身衣裳。正往前走，只听对面一声呐喊，杨猛抡拳就打。济公要戏耍老道，周宅捉妖，且看下回分解。

第 五 回

周员外花园见妖　三清观邀请老道

话说杨猛过去抡拳就打,打了老道几拳,把道冠打坏,金簪落地。济公赶过去拉开。这时陈孝赶去说:“杨贤弟,你还不走!帮着师父疯闹,打出人命官司来。”拉着杨猛竟自去了。老道气得两眼发直,口中直嚷:“反了,反了,无冤无故,揪我就打。我上钱塘县去告你去!”济公说:“得了,道爷瞧着我吧,这么话说,把道爷的磬蜡扦也打掉了地下,把五供围桌帐幔也脏了,我给你掸掸吧。”老道一听这话就一愣,心说:“我顶当他怎么知道?”拿眼上下一瞧,这和尚长得其貌不扬,身高五尺来往,头上头发有二寸余长,滋着一脸的泥,破僧衣,短袖缺领,腰系丝绦,疙里疙瘩,光着两只脚,拖一双破草鞋。老道问道:“和尚宝刹在哪里?”济公说:“我在取马菜胡同黄连寺,名字叫苦核。”老道说:“你上哪里去?”和尚说:“我上临安城内,有一家财主在太平街,姓周叫周望廉,是临安城内第一家财主,人称叫周半城,请我前去捉妖净宅,退鬼治病。”刘泰真一听,心中大大不悦,心说道:“周员外就不对,既请我就不该请和尚,既请和尚就不该请我。我到那里瞧,要恭敬我,我就捉妖;要恭敬和尚,我急速退步。”想罢,说:“和尚,你我一同走吧。”和尚扛起韦驮像一同走,说:“刘道爷贵姓?”老道说:“你叫我刘道爷,又问我贵姓。你是个疯和尚。”济公哈哈大笑,信口说道:“说我疯,我就疯,疯癫之症大不同。有人学我疯癫症,须谢贫僧酒一瓶。”说着话,二人进了钱塘门,来到太平街路北大门,见门口四棵龙爪槐树,门里有几块匾,上写:“急公好义。乐善好施。义重乡里。见义勇为。”来到门口叫门,管家出来一瞧,说:“道爷来了。”老道说:“辛苦,劳驾往里回禀一声,就提我山人来了。”见和尚扛着韦驮一言不发,管家瞧了瞧僧道,转身进去,来至书斋。员外正在书房等候老道。家人进来回禀员外:“清波门外三清观刘泰真来了,还同着一位和尚。”周员外一听一愣,问:“和尚是谁请的?”周福说:“必是老道请的。你老人家出去,倒要恭敬和尚,给老道做脸。”其实都闹错了。员外疑惑和尚是老道请的,老道只道是本家请的，其实全不对，原来是和尚开味来的。员外由里面出来，济公睁眼一看，见这员外身高八尺，细腰扎背，头戴宝蓝缎大叶逍遥员外巾，三蓝绣花，迎面嵌美玉，镶明珠，衣带双飘，身穿宝蓝缎逍遥氅，腰系丝绦，白袜云鞋，面如三秋古月，慈眉善目，三山得配，五岳停匀，海下一部花白胡须，根根见肉。员外出来迎和尚，抱拳拱手说："和尚请了，道爷里面坐。"老道心中有些不悦，心说："这是恭敬和尚。见和尚抱拳拱手，见我就嚷道爷。走吧。"有心不进去吧，又想自己好容易拿五供蜡扦赎出衣裳来的，指望着来得几十两银子，好赎当，无奈，只得同员外进去，来至书房，是西配房三间，当中条案八仙桌，两旁两把椅子，墙上名人字画，甚为清雅。和尚老道落座，家人则献上茶来。和尚说："摆酒吧。"老道一瞧，和尚比我熟识，必是常来。很够着自己，不分彼此。老员外立刻吩咐摆酒。少时家人擦抹桌案，杯盘碗箸，将酒席摆上。和尚并不谦让，就在正当中坐下。老道心中虽不愿意，也不好说出来。吃了三四杯酒，见周员外很恭敬和尚，老道实在忍不住了，问员外道："这位和尚你老人家怎请的?"周员外一听，此言差矣。连连摇首说："不是我请的。我不认识，是跟道爷来的。"老道说："我不认识他。他说是员外请的。"和尚说："不用提这个，再喝一盅吧。"周员外说："好，和尚！你敢情是蒙吃蒙喝的？来人，快把他轰出去！"家人过来，见和尚还端着酒杯要喝。周福说："好和尚，你蒙到我这里来了，快出去！"拉拉扯扯，把和尚推出大门，关上门进来一瞧，和尚把韦驮像落下。过来回禀员外，已把和尚赶去，没拿韦驮像。员外说："回头来拿给他，不准难为他。"老道喝着酒，问："员外，现在贵宅有什么妖精把公子爷迷住？我回头给烧古香瞧瞧，画道符。"本来老道长瞧香画符，也没有多大能为，无非倚靠三清观的神仙找碗饭吃。周员外说："现在妖精变了一个女子，是我们隔壁邻居王月娥的姑娘模样，天天晚间同我儿在花园吃酒。"老道一听就是一愣。老道一想："我也无非瞧香画符，妖精善能变化人身，我别捉妖不成，反叫妖精捉我去了。"自己踌躇了半天，这才说："员外，我捉妖须用七个人，连我是八卦连环式，才可以捉妖，以保万全之策。"员外说："可以。"叫："周福，你跟道爷去捉妖！"周福说："不行，我闹肚子，不能当差，员外派别人吧。"员外吩咐："周禄，你去。"周禄说："不行，我害眼呢。"周员外是位善人，一听都不愿去，自己明白：重赏之下，必有勇夫，人不为利，谁肯早起。员外说："谁要去跟道爷捉妖？不白去，一夜一个人，我给十两银子。可就要七个人，谁愿去谁去。”旁边周福说：“员外，我去。”员外说：“你不是闹肚子吗？”周福说：“我方才得了个仙方，买一棵芍药要粗的。”员外说：“要那个做什么？”周福说：“熬水喝了，就好。”员外说：“你这是听见了银子了，混账东西！”周禄说：“我去。”员外说：“你不是害眼吗？”周禄说：“不是。员外没听明白，我在家碍眼。”少时七个家人都有了。员外问：“道爷用什么东西？”老道叫拿笔，开了一个单子：用高桌子一张，太师椅子一把，五供堂蜡扦、香炉一份，素蜡一对，长寿香一封，钱粮一份，新笔一枝，朱砂一钱，砚台一方，黄毛边一张，香菜，无根水，五谷粮食，白芨一块。员外吩咐照样预备，问：“道爷，这东西搁在哪里？”老道吩咐：“搁在后花园公子书房的院内，我随即就去。”少时天已掌灯，老道同员外带着七个从人，各拿顺手的兵刃。来至花园，老道睁眼一看，这花园甚是齐整，花卉群芳，树木森森，楼台殿阁，水榭凉亭，曲院雕栏，真有四时不谢之花，八节长春之草。老道往前走，见对面白灰墙花瓦堆的窟窿钱，当中棋盘心。老道进去一看，这院子三合房，北房三间，东西配房各三间，见院中所要用的东西，预备齐了。众人来至院中，屋内公子听见有动作，说：“外面什么东西？快滚出去！”家人说：“公子爷别嚷，请来道爷给捉妖净宅，退鬼治病。你给妖精捉住了。”公子说：“混账胡说！”老道也不答言。员外回前厅去，净听老道的喜信。老道叫众家人在上房外间屋中给他助威。老道在院中椅子上一坐，候至天交二鼓，把蜡烛点上，恭恭敬敬烧上一股香，心中祷告：“三清教主神佛在上，信士弟子刘泰真，我乃三清观老道，现在周宅请我捉妖净宅，退妖治病，望神佛保佑，将妖怪退去，我得几十两银子，回庙挂袍上供还愿。”祷告完了，将道冠摘下，包头解开，披散了头发，抽出宝剑，用香菜沾无根水，往宝剑上一掸，把五谷粮食搁在宝剑上，拿白芨研浓了朱砂，画了三道灵符。老道说：“周福，你看我这头道符一烧，狂风大作；二道符把妖精拘来；三道符用宝剑斩了妖怪，叫他立现原形！要是人死变为鬼，鬼死化为灰，当时结果了他的性命。”周福等大众，看着老道作法，把头符贴在宝剑尖上，见老道口中咕哝咕哝念念有词，不知念的什么。就听念完，老道说：“太上老君急急如律令敕！”点着头道符，拿宝剑一晃，真有冰盘大的火光，把符一甩，众人看着一点风也没有。周福说：“你们瞧老道是造谣言。”周禄说：“别忙，且看他第二道符。”老道口中又念咒，把二道符用剑挑着,点着扔出去,又不见动静。老道一瞧真急了,把三道符贴在剑上,口中念念有词,刚扔出去,只见一阵狂风大作。这阵风一过去,老道睁眼一看,吓得魂不附体！来了一个妖精要吃老道。知性命如何,且看下回分解。

第　六　回

周望廉细说见妖事　刘泰真捉妖被妖捉

话说老道三道符烧完，一阵狂风大作，只听有脚步的声音。老道只打算这妖精必是青脸红发一身毛，仔细睁眼一看，却原来是一位千娇百媚的女子，果然芙蓉白面，杨柳细腰。怎见得？有词为证：

只闻异香阵阵，行动百媚千娇，巧笔丹青难画描，周身上下堆俏。身穿蓝衫称体，金钗轻拢发梢，垂金小扇手中摇，粉面香腮带笑。

真是梨花面，杏蕊腮，瑶池仙子、月里嫦娥不如也。这女子扑奔老道说："好贼，泰真你敢拘起你家姑姑来了！"周福同众人家说："敢情不是外人，跟老道都是亲戚。"老道吓得魂飞魄散，说："仙姑不要生气，你听小道，我天胆也不敢拘你老人家。只因周宅请我来给公子治病，把仙姑请来。我给你说，哈哈哈。仙姑，必是在深山幽谷之中修炼，道德深远，何必贪恋凡尘？劝仙姑你老人家可以修炼个万世不化金身好不好？"妖精一听此言，说："你放屁！我多日不曾吃人，今天我要饱餐一顿。"说着话往前扑奔老道，就见把肚子一瘪，由嘴内喷出一口黑气。老道"哎呀"一声，就地栽倒，宝剑也扔了。周福等众家人，吓得亡魂皆冒，往床底就挤。众人挤不下，周禄就拉周福的腿，说："你出来，我藏进去。"周福吓昏了，说："姑姑别拉腿。"众人正在乱藏，只听外面山崩地裂一声响，有胆子大的往外面一看，见外头红光一片，有一位金甲天神在门口站着，正是韦驮显圣。众人也不敢出去，直至天色大亮。老员外在前面，一夜没睡。天亮，员外带着一个胆大家人，来至花园瞧老道捉妖怎么样。来到这院一看，见老道在地下躺着，脸都青了，宝剑在旁边扔着。过去一摸，身上都凉了。来至书房一看，见众人也有在床底下的，也有在桌底下的，过去一拉腿，众人说："姑姑别拉腿，饶命！"老员外说："哪里来的姑姑？你等还不出来！"周福众人一瞧，说："员外呀，可吓死我们了！"周员外一问是怎么一回事，周福就把夜间老道捉妖之事，如是情形一说。员外叹了一声，说："真是福无双至，祸不单行。妖没捉成，老道倒在这里死了，只得报官相验。"有钱的人最怕打人命官司,赶紧吩咐先把院子打扫打扫。员外回至前面,自己一想:"和尚这个韦驮倒不错,在前厅搁着,怎么跑到后面显圣?等和尚来取,别说给他,问要多少钱,我买下可以镇宅。"正在这般景况,就听外面打门,说话是和尚的声音,叫:"开门!取韦驮来了。我那韦驮有主人,给六百万银子也不卖。"员外一听,赶紧往前面奔来,向门口一看,见外面不是和尚,站立一人,身高八尺,头戴宝蓝缎逍遥员外巾,身穿宝蓝缎逍遥氅,粉底宫靴,面似三秋古月,慈眉善目,三绺黑胡须,飘洒在胸前,后面跟着小童十四五岁。周员外一看,认识是拜弟苏北山。周员外问:"是苏贤弟叫门?"苏北山说:"不是,我给兄长引见一位朋友。我常跟兄长提西湖灵隐寺济颠活佛,昨天晚上到我家去,提起打韦驮化缘,说兄长家中闹妖精,到这来捉妖,被兄长轰出,将韦驮像留在这里。昨天住在我家中,我想,兄长必然是不认识,要知是济公,兄长决不能怠慢。我今天陪着来,一来捉妖,二来取韦驮。"周员外说:"贤弟,可了不得了,现在三清观的刘老道来捉妖没捉成,反给妖精喷了妖气,至今昏迷不醒。我正要给老道庙中送信,报官相验,听外面和尚叫门,贤弟你把大师父让过来。"苏北山一瞧,和尚在影壁墙根蹲着。苏北山说:"师父请过来,给员外相见。"周员外往里让,来至厅房,家人献上茶来。周员外说:"圣僧,我等不知,望希恕罪。"赶紧吩咐摆酒给和尚赔话。济公说:"我今天不喝酒,我先捉妖净宅,退鬼治病,然后才喝酒。你带我到后面去瞧瞧。"周员外说:"是。"立刻头前领路,来至后面,见老道还在地下躺着。和尚说:"老道,昨天许是遇着亲戚了。"周福说:"不错,昨天我们听见是老道的姑姑。"济公说:"我先把老道治好了吧,你们去拿半碗开水,半碗凉水,我灌他点药,拿阴阳水一送,老道就好了。"家人把水取来,和尚把药化开,给老道灌下去。少待片刻,老道呕吐了半天,睁眼一看,是那穷和尚同着周员外、苏员外都站在跟前。老道都认得,自己站起来说:"惭愧惭愧。"和尚说:"员外,你给老道五十两银子,让他回庙,好拿五供蜡扦赎出来。"员外吩咐家人把银子拿来递给老道。老道谢了谢员外。老道说:"这位大和尚的宝刹在哪里?"周员外说:"是西湖灵隐寺的济公活佛。"老道一听,赶紧趴地下磕头,说:"我可实不知是圣僧,昨天多有冲撞你老人家。"济公说:"道爷不可行礼,你回庙还想替人家捉妖不想了?"老道说:"这一回几乎要了我的命,我可怕了。从今以后,再不敢捉妖了。"说完,老道这才告辞回庙,来至三清观，叫童子去换银子赎当，把外头的捉妖净宅的匾摘下，嘱咐童子："无论是谁来请我捉妖，就说我入山采药去了。"不言讲老道，单说济公见老道走后，和尚说："员外，我先给公子退鬼治病，然后再捉妖。"员外说："好，圣僧大发慈悲吧。"带领济公来到公子周志魁屋中。见这屋子顺前檐炕，公子头向东，脚向西横躺着，面上焦黄，一点血色没有。周员外一看，心中甚为难过，连叫数声："志魁儿呀！"公子并不言语，睁开眼看了看员外，又把眼闭上。苏员外一看，说："我这儿子素常是风流人物，这些日不见，大改了样子，脸上也没了血色，抬头纹也开了，大眼犄角也散了，鼻子翅发讪，耳朵梢也干了，这便如何是好？"济公说："不要紧，我给他点药吃就好了。"周志魁是一向的羸弱，白天昏昏沉沉，晚上彻夜无眠，精神恍惚，心中却也明白，见老员外、苏员外同和尚进来，睁眼瞧瞧，见和尚伸手掏出一块药来。周员外说："圣僧，这是什么药？"和尚说："这叫要命丹。你儿子的命是没有了，拿我这药把命要回来。"和尚把药搁在口内嚼了，拿手一拨周志魁的嘴，和尚一啧，把药啧在公子嘴里。周志魁一见和尚真脏，要吐没吐出来，把药咽下去，觉着肚子里咕噜一响，药引血走，血引气行，五脏六腑，觉着气爽，身上如去了一座泰山。和尚说："周志魁，你父母跟前有几个儿？"周志魁公子说："就是我一个。"和尚说："你既知道就是你一个，不孝有三，无后为大，你在花园以邪招邪，做出这桩事来，我和尚越说越有气。"说着话，照周志魁的天灵盖就是一掌。本来公子是病虚了的人，当时一伸腿，呕吐一声没了气。周员外大惊。和尚一回头说："员外，你倒不用着急。是儿不死，是冤不散，这是该死。活该我庙中有了买卖，接三堂焰口。"员外心疼儿子，点头答应。书中交代：周志魁这病怎么得的？皆因他在花园念书，这花园有三间艳阳楼，那一日公子上楼，扶着栏杆看花，厅东隔壁有妇女说话的声音。周公子一看，是王员外的花园，姑娘王月娥叫丫环摘鲜花。公子仔细一看，见王月娥果然长得天姿国色。公子暗说："头几年我与月娥在一处玩耍，见她长得平平无奇。这几年不见她，会变得这么好看，真是女子十八变。我周志魁娶个这等媳妇，也一辈子不委屈。"心中想着，二目就瞧出神。那里王月娥正叫丫环摘花，一抬头见西院楼上站定文生公子，见周志魁右手一揪绣带，左手拿了扇子，往身后一背，伸着脖子睁了眼，往这边瞧。姑娘臊得脸一红，告诉丫环："荷花，快下楼吧。"公子直看着姑娘下楼，这才叹一口气："唉，我恨不能肋生二翅，飞过去跟月娥成其好事，才合我心愿。”由这天，公子就中了迷，在书房闭上眼，书房内童子一倒茶，公子就说：“月娥贤妹来了！”吓得书童撒腿就跑。这天晚上闷坐，一闭眼就仿佛月娥在眼前，睁眼又没了。天天跑到花园，叫道：“月娥妹妹快来吧！”闹得小书童真骇怕。有一天晚间，公子闷坐无聊，说：“我这条命给月娥要了，要得单思病，茶饭怕吃。”正在思想，见帘板一起，进来一位如花似玉的女子，正是王月娥。公子如得了斗大明珠，赶过去用手相拉。不知该当如何，且看下回分解。

第　七　回

见佳人痴呆起淫心　想美丽花园遇妖女

话说周志魁在屋内枯坐无聊,思想王月娥,天有二鼓之时,听外面有脚步的声音,那帘板一起,进来一位千娇百媚女子,果然品貌秀艳,姿容绝代,风雅宜人,有诗为证:

但只见头上乌云,巧挽盘髻,髻心横插白玉簪,簪押云鬓飞彩凤,凤头鞋趁百子衫,衫衲半吞描花腕,腕带川镯是发蓝,蓝缎宫裙捏百裥,裥下微露小金莲,莲花裤腿鸳鸯带,带佩香珠颜色鲜,鲜艳秋波芙蓉面,面似桃花柳眉弯,弯弯柳眉趁杏眼,眼含秋水鼻悬胆,胆垂一点樱桃口,口内银牙细嘴含,含情不露多姣女,女中国色,好似九天仙女临凡。

周志魁一瞧,正是月娥,忙说:"贤妹,你可来了!我正想你如大旱之望云霓,你今一来,真遂我生平之愿。"书中交代:来者并非是真王月娥,原本是天台山一个精灵,有三千五百年道行,天天至城隍山前去听经,从此路过,见周志魁想王月娥发疯。她倒是好意,变出个王月娥度脱[①]度脱他。她也见过王月娥,自己摇身一变,变得一点不差,来至公子屋中,说:"周大哥,你天天站在墙根叫我的名字,倘若婆子丫环听见,岂不败坏我名节。你若真有心爱慕于我,可托媒人前去提亲,大概我父母不能不允,那时名正言顺,以合我二人之心愿。"周志魁一听,说:"贤妹你别走,我自从那一天看见贤妹,就时刻想你,恨不得你我一时成其夫妻,今天你既来了,我今焉能放你过去。"拉住苦苦不放。妖精本打算来劝解,见周公子死不放手,又见周公子长得美貌,自己一想:"我何不盗取他真阳炼补内丹。"想完,这才说:"君既有情意,妾岂可不为你铺被叠床。你我这也是前世俗缘,唯恐你父母知道,多有不便。"公子此时神魂颠倒,一概不顾,真是色胆比天大。当时二人携手把腕,共入罗帏,鸾颠凤倒,如醉如痴,直

---

① 度脱——骗的意思。

至更交四鼓。妖怪说:“我走了,恐其被人查出。”公子说:“你多时来?”妖怪说:“明天来。”由这一天,就天天初鼓来。二人喝酒谈心,追欢取乐,食则同桌,寝则同床,天天如是。人有多大精神,闹得周志魁精气神三宝损亏,饮食不进,面如白纸,一日不如一日。员外不明底细,以为他念书用功,劳神过度,焉知他净在夜里用了功。今天和尚一掌,把妖气打散,公子当时没了气。员外心疼儿子急呆了,苏北山也是后悔:“真是荐卜不荐医,这怎么好?”正在为难,见公子悠悠气转。和尚说:“我越瞧你越有气。”过去伸手要打,给苏北山阻住。员外见儿子好了,也放了心。公子此时定了定神,要一碗白糖水,妖气也散了。和尚说:“我们捉妖。”叫周福、周禄二人,把韦驮拿过去。二人前去,也抬不动。周福心说:“看这韦驮不很重,怎么两人会抬不动?”和尚说:“我就知道你们抬不动。”说着,过去伸手,就把韦驮拿开。原来妖怪押在韦驮底下,一股黑风起来,要大肆横行,本来见和尚其貌不扬,济公又闭着三光①,妖怪要拿妖气喷和尚。济公哈哈大笑道:“好孽畜,你也不知我是何人。”自己用手一拍天灵盖,透出佛光、灵光、三元②。别人瞧和尚照旧肉体凡胎,妖怪一见,吓得惊魂千里,见和尚赤赤扬扬,身高六丈,头如巴斗,面如獬盖,身上穿铁铎,赤腿光脚,活活一位知觉罗汉。用金光一照妖怪,照去五百年道行。和尚摘下僧帽一扔,霞光万道,紫气千条,竟把妖怪罩住。只见一阵狂风,现出原形。大家过来一看,乃一个大狐狸,跪在地下叫。人有人言,兽有兽语,求和尚饶命说:“师父,你老人家别气,弟子本打算解劝他,公子苦苦揪住不放,我不从他,他也是想死。师父呀,你老人家慈悲慈悲,放了我,我再也不敢滋事了。”和尚这才过去,把帽子拿起来,说:“好东西,我今天便宜你这条命,你再遇到我和尚手里,我定用掌心雷劈你。”妖怪自己走了。老员外见儿子也好了,把和尚请至书房摆酒,邀苏北山陪着。喝了两杯,周员外把苏北山叫到一旁,说:“贤弟,你看你侄儿也好了,妖怪也捉了,我这家当你说句话,我在和尚面前尽点心。你只管说,我不驳回。”苏北山说:“兄长,你打算要给济公银子,那可不行。圣僧的脾气古怪,最不爱财,前次给我家治病,给赵文会治病,我们皆打算要给银子,奈和尚分文不

① 三光——指日、月、星,谓佛教中的神光。

② 三元——亦指日、月、星。

要。依我倒有个主意，兄长至轿铺要顶八抬轿，全分执事，把韦驮抬了，送回灵隐寺，那倒体面，圣僧定愿意。别提给银子，他的徒弟富户施主很多。”二人商量好了，回至书房，见和尚还喝着酒。苏北山说：“师父，方才周兄长叫我到外面同我说，师父给捉妖治病，打算谢你银子。”和尚说：“好，我这两天正需银子。和尚按口也就同俗家差不多，我和尚也得吃饭。”苏北山说：“师父，我知你老人家素不爱财，我已给拦下，不叫他给银子，叫他雇顶轿子，把韦驮送回去。”和尚说：“给银不给银倒不要紧，千万别给我惹事。这回用轿把韦驮送回去，以后我一出来，他就磨我，别提多跟脚了。回头我扛着走在街上，找个地方把他脑袋撞个窟窿，下次他就不想跟我出来。”周员外说：“既是如此，我送师父点银子，换换衣裳。”和尚说：“你若给我银子，附耳如此如此，须谨记在心，不可错过。”大家点头。和尚扛着韦驮告辞出来，往前走不多远，睁开慧眼一看，有股怨气冲天。和尚点头，见路北一座酒馆，和尚往里走。众人一看，说：“和尚化缘吗？”和尚说：“不是。”众人说：“和尚，你怎么扛了韦驮满街走？”和尚说：“我是贩韦驮的。”众人说：“和尚，这韦驮打哪儿贩来？卖多少钱？”和尚说：“我由外口一百两本，卖二百两。我这韦驮供在哪庙，哪庙就灵，有人烧香。”说着，要了一壶酒，把韦驮搁在一旁，吃了两杯酒，和尚告诉伙计给他看着：“我到外头一行。”和尚刚一出去，就由外面进来八九个和尚说：“在这里呢。我们庙里一个疯和尚把韦驮偷出来，到处诓酒喝。奉老和尚之命，叫我等来找。”掌柜的一听，说：“你们众位扛了去吧。一个泥像，我们要了没有用。”掌柜的短一句话，也没问是哪庙来的。众僧七手八脚，把韦驮搭走了。工夫不大，济公回来，一进门就问：“哟，我的货哪里去了？”掌柜的说：“你们庙里和尚扛走了。”济公说：“他是哪庙的？”掌柜的还不出话来。和尚说：“你给人家蒙了去，你赔我二百两银子。没有，咱们是一场官司。”众饭客皆说：“堂倌，这是你不是。方才那些和尚来扛韦驮，你就该问是哪庙的。”回头说：“和尚瞧着我们吧，他本是苦人，一月才能挣两吊钱，他哪赔得起二百两银子。我们给你凑几吊钱。”和尚说：“凑几吊钱，我不能要得了。既你们众位出来管，我钱不要了，韦驮也不要了，我走了。”说罢，出了酒馆往前走，见一股怨气直冲霄斗。和尚往前飞跑。济公施法力大展神通，要知后事如何，且看下回分解。

第 八 回

练法术戏耍刘泰真 李国元失去天师符

话说和尚出了酒馆，正往前走，想起要到三清观找刘泰真，见股怨气冲天。和尚按灵光三击掌，点了点头，说："善哉善哉，我焉能不管。"嘴里念念道道，出了清波门外至三清观，见门口捉妖的牌子也摘了，冷冷清清。和尚拍了二下门，老道自打周宅回到庙中，拿银子把当赎出，叫童儿把捉妖的牌摘下："如再有人请我捉妖，你说我入山采药去了。"小童点首答应，老道天天看书解闷。今天童子正在院中玩耍，听外面叫门，童子出来开门一瞧，门口站了一个穷和尚。道童道："找谁呀？"济公说："找你家刘道爷，到我们那儿捉妖，请他退鬼治病。"道童说："不行，我师父入山采药去，不定几天回来。"和尚说："你到里面告诉在屋内看书的那个老道，就提我老人家，他就得见我。"小童一听一愣，心想："哟，他怎么知道我师傅在家看书？"赶紧说："和尚，你等等。"忙奔到里面说："师父，外面有个穷和尚，说请你捉妖净宅，我道你采药去了，他说你到里面告诉那看书的老道，就提他来了准得见。"老道一听一愣说："许是他老人家来了。"小童说："对了，和尚也说我老人家来了。"老道忙跑到外面一瞧，果是济公，忙说："圣僧，你老人家从哪里来的？弟子这里稽首了。"济公说："好，你头前领路，我到你庙里坐坐。我问你一件事，你这不捉妖净宅，师徒几个靠着什么吃饭？"老道说："师父，我这里素常就指着给人治病，蒙①碗饭吃。自从周宅回来，吓得我哪敢捉妖，我这庙并无分文进项，你老人家给我想个什么主意吃饭。"说着来到里面落座。和尚说："我教你个搬运法。你如学会，要金银，一念咒就有；要好衣裳好食物，一动念就来。"老道说："我就学这个好，别的全不学。师父，你老人家教我练练。"和尚说："你练不了。要练先得一天磕一千个头，磕四十九天。你须认我为师，你跪在地上念声无量佛，磕一个头站起，念声阿弥陀佛，才算一个。"老道说："我

---

① 蒙(mēng)——作"欺骗"解。

练。一天磕一千头，只要我四十九天练成了，想要什么就有，我愿意练。”和尚说：“还不行。我和尚喝酒谁打去？”老道说：“我叫童子打去。”和尚说：“我每顿饭要吃肉，谁去买？”老道说：“我去买。早晚两遍点心，三顿饭，全是我的。”和尚说：“就是，由明天早晨起来就练。你先叫道童给我沽酒买菜，我先喝酒。”老道忙叫小童去买了酒菜吃了。次早，和尚出了个主意，用两个笸箩，买一千黄豆，和尚坐在蒲垫上，老道念一声无量佛，磕一头念一声阿弥陀佛，由黄笸箩拿粒黄豆，搁在红笸箩内，省记着。老道磕了几十头，就觉腰酸腿痛，磕至二百，见和尚闭着眼打盹。老道一想：“我捧过一把去，少磕些。”见和尚睡熟了，忙捧了一把，往红笸箩内搁下。和尚一睁眼，说：“好东西，练法术偷私，重磕！”把豆儿又抓回去，又拐了三百多去。老道磕了五六天，把剩的银子也花完了。和尚叫打酒买菜，老道叫童子：“把我的道袍别顶、金簪当了，等我练好搬运法，再换好的。”童子给当了，吃了五六天又没了钱。老道叫当铺盖，卖大殿的桌椅板凳。话不可重叙，直到了一个月零六天，老道就剩了一条裤子，四个道童光着屁股。老道说：“师父，我可真没了钱，你教给搬运法。搬了来再吃吧。”和尚说：“我要会搬运法，为什么叫你给我打酒？”老道一听说：“对呀，师父冤了我，怎么样呢？”和尚说：“你没钱我走了。”老道说：“圣僧一走，我同徒弟一同吊死完了。”和尚说：“我教你念咒，你学得会。”老道说：“什么咒？”和尚说：“唵嘛呢叭㘄吽。”老道没听明白说：“叭了，你就轰。”和尚说：“对了。”一连教了三遍，老道会了，和尚叫他在院中跪着念。老道刚一念：“唵嘛呢叭㘄吽。”济公在后面用手一指地下，由地下飞起来一块小砖，照着老道脑袋“吧哒”一下，打了一个小疙瘩。老道说：“师父，这怎么的？”济公说：“你一念咒，砖头见你就打，这就是你练的能为①。”老道说：“我不练了。”和尚说：“不要紧，我教你几句话，你见砖头就磕头说：‘砖头在上，老道有礼，我不念咒，你也别起。’”老道说：“师父，我怎么好？”济公说：“把我僧袍给你穿上，僧帽戴上，教你几句话，到钱塘门西湖苏堤上，有个冷泉亭，往上一站，你说：李国元，李国元，不必上西湖灵隐找济颠，十两纹银交与我，腰里还带着三百六十钱。”老道要不去吧，庙里一文没有；去吧，真难看。每常出去衣帽整齐，今天老道没办法，穿了一身和尚的破

---

①　能为——作用，能力。

衣裳,说:“师父,我到那里去说三遍,就有着落吗?”和尚说:“你只管去,高嚷三遍,就有人问你。我和尚说法,化个小缘,就够你一辈子用。”老道没法,出了三清观,低头恐怕碰了熟人。这溜老街旧邻,认识老道的不少,有人瞧见这个说:“这不是三清观的刘道爷吗?怎么这个样?平常很有钱的。”那个又道:“这必是输掉了。道爷没别的,就爱赌。”老道听了,也不好答言,自己往前走,来到西湖苏堤冷泉亭。这里是一条大道,来往人不少。老道就站在亭子上一嚷:“李国元,李国元,不必上西湖灵隐找济颠,十两纹银交与我,腰里还带着三百六十钱。”道爷嚷了三遍,围了好些人,大家纷纷议论。有说这老道是疯子的,有说这也许找李国元的。正在纷纷议论,由那旁来了两个人。这个说:“贤弟,你看济公真有先见之明。”二人来到近前,老道一瞧,头里走的这位是富翁员外打扮,后面一位文生公子打扮。二人一瞧老道,这位员外道:“你这老道把济公害了,这身衣裳你穿着。”老道说:“我倒没害济公,他把我害了,吃得我只剩一条裤子。二位贵姓?”书中交代:这位文生公子叫李国元,家住临安青竹林四条胡同,本是财主,乃是文生秀才,取妻蔺氏,甚为贤德,无故这天得了疯病,请多少先生也瞧不好,李国元甚为烦闷。他有个朋友叫李春山,在杜大夫家中教读。一天李国元去找春山,二人本是知己,李国元就提妻子得了疯病,请多少先生瞧不好。李春山说:“我们杜大人祠堂里,有一张五雷八卦天师符,是镇宅之宝。我说给你借,他准不借。我偷着给你拿来,你挂在家中。有什么妖邪皆去得了。”李国元说:“好,倘能把你弟妹病治好了,我再送回来。”李春山到了祠堂,开开箱子,把天师符拿出,是个楠木匣装着。李春山说:“这是杜大人传家之宝,我私自借给你,可千万小心留神,你挂两个时辰邪去了,可速送来。”李国元说:“我明天送来。”拿着告辞,自己出来一想:“哟,还没吃早饭,本打算约李春山吃饭,一提这轴画,把饭忘了。我也不便回家吃去,跟前路北就是酒馆。”自己进来一看,真是高朋满座。众人皆站起来,让说:“李先生一同喝吧。”李国元说:“众位别让,我还同着人说话。”自己到后面找张桌,要了酒喝了两杯。自己一想:“人让我,我不让人家,这可不对。”忙站起,过去回让,让完,转身回来,睁眼一瞧,吓得目瞪口呆,五雷八卦天师符,踪迹不见,欲知后事如何,且看下回分解。

第　九　回

赵文会西湖访济公　醉禅师西湖盗灵符

话说李国元只顾让人，回头见画轴不见，自己酒也不喝了，饭也不吃了，心中暗想："丢了别的东西，我可以赔人家。这种东西有钱没处买，这是杜宅传家之宝，倘若走漏风声，岂不把李兄长馆散了。"自己忙叫堂倌算账："给我写上。"堂倌说："你怎么不吃了？"李国元说："我还有要紧事。"也并没有声张，跑至家中，派几个心腹家人，说："我方才在某酒馆吃饭，丢了一轴五雷八卦天师符。你们去访查访查，是哪路贼偷去了，不怕托个人花些钱买回来。这是人家东西。"家人答应出去，工夫不大，李升出来说："方才我打听明白，你在那里喝酒，这个东西叫白钱贼偷去，已卖给博古斋古玩铺的刘掌柜。刘掌柜是三十两银子买的。他跟秦丞相府要好，现已卖给秦丞相五百两银，挂在阁天楼镇宅。"李国元一听："可了不得！要在古玩铺，我可以多花钱买回来；落在丞相府，论人情势利，均比不了人家。"正在踌躇，外面打门，叫家人出去一瞧，原来是李春山之子少棠说："方才你走了，听说杜大人宅里明日有祭祀，我父亲叫我先把五雷八卦天师符拿回去，等过了明天，再给拿来使。"李国元说："你先回去，我这轴画方才一挂，撕了一点，送在裱画铺去，少时立刻送过来，你不必来了。"李少棠走后，李国元更急了，正为难之际，家人报赵员外来了。李国元走出去一看是赵文会，二人知己之交，赶紧上前行礼说："兄长久违。"赵文会说："我今天约贤弟先逛城隍山，回头上天珠街望江楼吃酒，逛逛天下第一江。"李国元说："大哥，今天小弟不能奉陪，我有心难①的事，兄长请里面坐。"来至书房，国元把丢天师符情节一说，赵员外说："不要紧，这事我给你办。西湖灵隐寺济公长老，他是在世活佛，你我去走一趟，求他老人家，天师符也可以找回来，弟妹病也可治好，真是神通广大，佛法无边。"国元一想："我闻其名，未见其人。倘若回来，约他来吃饭，我得带着

---

① 难——为难。

银子。”赶紧拿了十两银子四百钱，同赵文会出来，买了四十钱茶叶，一直往前。真是十里长堤跨六桥，一株柳树一株桃。这是怎名曰：苏堤春晓。乃是苏东坡①做此地太守时，修的这道堤。到了三春之时，桃柳争春，湖中有湖心亭，南望南屏山雷峰塔，北山坡有林和靖的梅园，西眺有岳王墓，苏小小坟。二人将走至冷泉亭，就听人群中有人喊说：“李国元，李国元，不必上西湖灵隐找济颠，十两纹银交与我，腰内还带着三百六十钱。”赵文会一听说：“贤弟，圣僧有先见之明，在这里等候你我。”乃至分开众人一瞧，是济公衣裳，不是济公。赵文会过去一揪，说：“好老道，你把济公长老害了，你是蒙事来。”老道说：“我倒没害济公，济公把我们师徒吃得一件衣服都没有，教给我这几句话，叫我到这里来说。”赵文会说：“济公在哪里？你带我二人去见见。”老道这才带着二位来至三清观。赵文会一看这庙，穷得什么都没有，四个道童赤身裸体，济公赤着背在椅子上坐着。文会说：“师父在上，弟子赵文会有礼。”忙叫李国元参见圣僧。国元一瞧和尚，真像乞丐，冲着赵员外的面子，不能不过去行礼，作了个揖。和尚说：“你二人来此何干？”赵文会就把丢五雷八卦天师符情节一说。和尚说：“不要紧。”叫老道把衣服脱下，和尚穿上。把国元银子要过来，给老道赎当。和尚同二人出三清观，来到国元家中。和尚说：“我先给你妻子治病，然后再找天师符。可有一件事，我给你妻子治病，回头我跟她揪在一处，滚到一处，你可别管。”国元一听，半晌无语。赵文会说：“贤弟，不必生疑。济公乃是在世活佛，决无差错。要是不敦品的人，我亦不能请来。”李国元说：“就是吧。”带了济公直奔上房，门也锁了，蔺氏也用铁链锁着，丫环婆子早躲开，怕疯子打。刚一开锁，蔺氏见外面是穷和尚，忙往外追。和尚跑至院中，有口大鱼缸，和尚就转鱼缸，口中直嚷：“可了不得了！要一追上，我就没了命。”说着跑着。蔺氏摔了一个筋斗，口内吐出一堆痰来，心中也明白了，自己说：“我怎会到这里来？”这才有胆大婆子过来，搀扶起来。和尚掏了一块药，叫人拿水化开给她吃。书中交代：蔺氏这病本是痰迷心窍，被事所挤。皆因她家有个兄弟叫蔺庭玉，在家把一份家业皆花完了，所交些匪人，这天找姐姐借钱，说去做买卖。至亲骨肉，

---

① 苏东坡——即苏轼，姓苏名轼，字子瞻，号东坡居士，北宋文学家、书画家。曾出知杭州、颍州，官至礼部尚书。

焉有不疼之理，瞒着丈夫借给他几百两银子，蔺庭玉拿去，跟狐朋狗友一花花完了，这天又找他姐姐，说他“拿银子去做买卖，走在半路被强盗劫去，你再借给我几百两银子做买卖，赚了钱连先前银子一并交还”。蔺氏又给了他。这天蔺氏在花园坐着，见庭玉又来了，身上褴褛不堪，心中一着急，一口痰上来迷住，因此疯了。今天和尚一溜，把痰溜开，吐出来。国元很佩服和尚，请他书房摆酒款待。正在喝酒之际，外面家人进来回禀：“李少棠又来催五雷八卦天师符。”李国元叫家人出去告诉他随后就送去。李国元说：“师父，怎么办？”和尚说：“回头我雇我庙里的韦驮给你把五雷八卦天师符盗来。”李国元说：“师父，你庙中韦驮是泥胎，怎么能偷东西？”济公说：“能行。我们那韦驮专管些闲事。”李国元说：“师父，怎样去请？”和尚说：“我得就去跟他商量，得拿钱雇他去，白叫他去不成。你们喝着酒等我，我先去，回头再喝。”和尚站起身，往外就走。二人送出回来。李国元说：“赵兄长，你听和尚这话是真的吗？”赵文会说：“我也不知真假。前次在周半城家扛韦驮捉过妖，这事在两可之际，也许是真的。”再说二人摆着酒，直等到掌灯以后。二人甚为焦急，恐怕关城，将济公关在城外。正在说着话，就见济公进来。二人说：“师父回来了。”济公说：“可气死我了。”赵文会说：“师父同谁生气？”济公说：“跟我们庙里的韦驮。真可恨！平常我一出来，他就说济师公要有事，给我张罗着。我今天回去，他瞧我奔了他去，他把脸一扬不理我。我就搭讪着，跟他说，老韦，我给你找了个事。他问什么事？我就提叫他到秦相府花园阁天楼去，偷五雷八卦天师符。问他要多钱？他一嘴就要大价。”李国元、赵文会齐说：“他要多少钱？”和尚说：“他要五吊钱，我给他五百钱。”李国元说：“五吊钱也不多。”和尚说：“头里他倒让了个价，说要三吊钱，少了不去。我说你落了价，我给你添了凑满五百钱，多了不要。他说少了不去。故我们俩散了。我由庙里出来走大佛寺，碰见大佛寺的韦驮，远远的就问我上哪去。我说给你找个事，你去不去？他问什么事？我就叫他去找符。说你没跟你庙里老韦驮说吗？我说说了，因为他要钱太多。他要三吊，我给五百钱，没雇停当。他说我也不能少要，少要对不起我们庙的韦驮。我说我要多花了也不对。因此又散了。”李国元一听说都没停当：“这怎么办？”和尚说：“我又往前走，走至紫竹林，那庙韦驮饿得都打了晃，远远的就喊我。我一提这个事，他就愿意。他说回头就来，价钱随我开。”李国元说：

“他什么时候来?”和尚说:“我们吃完了饭,院子预备桌案,我一叫,他就来。”李国元忙摆饭吃完了,叫家人预备应用东西,搁在院中。和尚说:“你们大家不消慌,一眨眼等星斗出全了,那时我请韦驮来。”和尚说:“我乃非别,我乃非别,西湖灵隐,济颠僧也。韦驮不到等待何时!”只听半空中一声喊嚷:“吾神来了!”不知来者是谁,且看下回分解。

第十回

赵斌夜探阁天楼　英雄仗义救公子

话说济公在院中烧香请韦驮，只听房上一声喊嚷："吾神来也！"书中交代：来者可并非是真韦驮。这部济公传，虽没请神请鬼，并非奇怪之事，总得合乎神理。书有明笔、暗笔、伏笔、顺笔、倒笔、岔笔、惊人笔。此来者乃是一位惊天动地的英雄之子，祖贯镇江府丹阳县人，姓赵名九州，绰号人称一轮明月，东西南北中五路总镖头，娶妻梅氏，膝下单生一子，名叫赵斌，生来天真烂漫，混耀闷楞，跟他父亲练了一身拳棒，好上天。老英雄一生就教了两个徒弟，一个儿子。大徒弟乃江西玉山县的威振八方杨明，二徒弟是东路镖头上伙计叫尹士雄。赵九州这天病在床上，把梅氏叫至跟前，说："我死之后，千万别叫赵斌保镖。他眼空自大，狂傲无知。留下我这点虚名，传留后世。"说罢竟自呜呼哀哉。他母子办理丧事安葬已完，就剩下他母子度日，赵斌游手好闲，他父亲留下这点家私，也可享受着度日。他在外头交了几个本地朋友，一个叫秦元亮，绰号人称飞天火祖；有一位马兆熊，人称立地瘟神，二人皆是绿林，跟赵斌颇为知己。这天三个人在一处吃饭。秦元亮说："赵贤弟，你知我们是做什么的？"赵斌说："我不知二位兄长做何生意。"秦元亮说："我们都是贼，可不是下贱采花淫贼。我等专讲究偷富济贫，杀赃官，斩恶霸，除暴安良，专管不平之事。只因爱贤弟这身能为，要约你入伙，这叫行侠作义。我这里有身夜行衣送给你。"说着递给赵斌一个包袱。赵斌打开一看，里面全分皆有。赵斌就由这天跟这二人，夜间时常出去偷富济贫。这天赵斌把包袱落在家中，梅氏打开一看，是夜行衣。赵九州之妻，也是开过眼的，什么皆见过。正瞧着，赵斌由外面进来。梅氏一见，勃然大怒，说："赵斌，你父亲保镖一辈子英名，被你弱尽①。你敢情做了贼！好孩子，我是一头撞死，决不活着！"赵斌说："母亲不要生气，不叫孩儿做贼，我就不做贼。"梅氏说："你趁此把

---

① 弱尽——作"丧失、败完"解。

这衣服烧了,刀砸了。”自己一想,要在这里住着还不成,得给他把这班朋友断绝了,不然,仍怕有人勾引他。老太太要学孟母三迁之法,急把家中房产变卖,带着细软金银,同赵斌来在京都临安,租的青竹巷四条胡同卖果子王兴的房。赵斌仍旧没事可做。王兴的母亲王老太太就说:“赵老太太,为何不叫你儿做个买卖? 在家闲了,坐吃山空。”梅氏说:“他自幼没做来,也不懂得什么。”王老太说:“可叫他同我儿上果子市买点果子买卖,操练操练。”梅氏一想也好,同赵斌一商量,也愿意。次日拿上两吊钱,同王兴上果子市买了点北鲜。王兴说:“你这货买得便宜,总得找对半利,赚两吊钱才卖呢。你合算去卖。”赵斌吃完饭,拿了小筐出去,见人也不敢吆喝,走了几条胡同,人家皆以为是送礼的,不像做买卖的,也没人买。赵斌走到凤山街,见路北一座大门,像官宦人家,门口有大板凳。赵斌把果筐搁在地下,坐在门首,瞧了果子发呆,就见由里面出来一位员外送客。这员外长得身高八尺,虎背熊腰,面如乌金纸,环眉阔目,姓郑名雄,人称铁面天王,本是世家。他是武进士,素常在家见义勇为,乐善好施,今天出来送客,见赵斌相貌仪表非俗,坐在那儿发呆。郑雄很爱慕,说:“朋友,你在这做什么?”赵斌说:“卖果子。”郑雄说:“卖多少钱?”赵斌说:“我两吊钱买的,四吊钱才卖呢。”郑大官人吩咐家人把果筐倒在里面水筒里,给他拿四吊钱来。家人答应。郑雄说:“朋友,你没做过买卖吧?”赵斌说:“我今天头一回。”拿起果筐四吊钱回家,告诉母亲说赚了两吊钱,次日仍然同王兴上市,点名买两吊钱北鲜,回家吃完饭,提筐出来,不上别处,一直赶奔凤山街来,至郑宅,把果筐搁下一坐,候至晌午。郑雄要出门,刚一出来,赵斌说:“别走,我给你送果子来了。”郑雄说:“谁叫你送来的?”赵斌说:“你拿进去,我不去卖了。”郑雄说:“你愿意我不愿意,我不如天天白给你两吊钱好不好?”赵斌说:“好。”郑雄一听也乐了,说:“我今天留下,明天可别送来,我不要了。”叫家人给拿四吊钱。赵斌一听,说:“好丧气,好容易卖出主来,又散了。”自己拿钱回家。由此练着做小买卖,有赚钱的时候,也有赔钱的时候。这一天在西湖,因花花太岁王胜抢人家逛西湖的姑娘,他路见不平,打死恶霸的三条人命,被济公把他救了,他认济公为师,济公今天由李宅出来,正碰见赵斌卖果子。和尚说:“赵斌,跟我喝酒去。”赵斌跟和尚到了酒馆喝酒。和尚说:“你今天给当一回韦驮。”赵斌说:“怎么当韦驮?”济公就把李国元丢五雷八卦天师符，落在秦相府花园阁天楼，叫他给盗回家。到李宅装韦驮，遮盖众人耳目。赵斌说："我不认识李国元家。"和尚说："我带去。"吃喝已毕，给了钱，带着赵斌直奔李宅门口。和尚说："你晚上来，如此如此。"赵斌点首，回至家中告诉母亲说："师父济公叫我今天晚上给当韦驮去。"梅氏说："什么叫当韦驮？"赵斌说："师父叫我到相府，给人家找五雷八卦天师符，充韦驮神。"梅氏知济公是好人，若非济公的事，也不叫赵斌晚上出去。赵斌换好衣服，带一把切菜刀，天有初鼓，跳出墙外，省得母亲关门，自己直奔李宅，蹲在上房，在暗中等候，听济公喊："韦驮不到，尚待何时！"赵斌这才答说："我神来也！"和尚说："老韦，你到秦相府花园阁天楼去，把五雷八卦天师符取来。"赵斌说："遵法旨。"就转身蹿房越脊，奔和合坊来，至相府的花园。一看，这园地势很大，不知哪座楼是阁天楼，真是水阁凉亭，楼台小榭，四时不谢之花，八节长春之草。跳下墙，各处一找，找得东北角单有一所院子，是北房，暗五明三，东西各有配房。北房屋中灯光闪闪，人影摇摇。赵斌来里间窗外，用舌尖舔破窗槅纸，往里一瞧：顺前檐的床，靠北墙是一张八仙桌，二把椅子，墙上一口单刀，桌上搁着蜡灯，两个人坐在对面椅上喝茶。靠东这人，有六十以外年岁，面皮微白，两道剑眉，一双三角目，花白胡须，头戴蓝绸四楞巾，身穿蓝绸篆花袍。西边这位有三十来岁，头戴青缎壮士帽，身穿青缎箭袍，腰系丝绦，闪披皂缎英雄大氅。就听那老人说："壮士，我把你扶养好了，所为叫你给我办这件事。真要给我办好，我给你一百两银子。你拿着，天涯海角，决叫你打不了人命官司。"说着话，就见老者由怀内掏出那两封银子，放在桌上。真是白花花。那壮士说："多蒙老丈之恩，栽培之德，却之不恭，受之有愧，敢领不恭之罪。"老者说："壮士，恭敬不如从命。"就见这位壮士把银子揣在怀中，伸手摘下那墙上挂着的刀说："老丈外面无论有什么动作，你千万别管，少时自有人头前来见你。"说完话，往外就走。赵斌赶紧找暗处一隐身，见他走过，赵斌后面跟着，心说："这不定是上哪去杀人去的我倒要跟了瞧瞧。"见往西走了两层院落，路西是四扇绿屏风，门内有北房三间，灯光隐隐，似有读书之声。见这人提刀进去，赵斌湿破窗纸一看，见里面一张八仙桌，两把椅子，椅上坐着一位文生公子，正在念书，旁边老家人伺候。这人进去把刀往桌上一扑，说："你主仆二人快说明来历，我特来结果你们性命。"公子同家人吓倒在地,说:"好汉爷饶命,你要问我是如此这等这般。"赵斌一听,气得肺都炸了,拉起菜刀要闯入室中,多管闲事。不知所因何故,且看下回分解。

第十一回

兄弟相认各诉前情　主仆逃难暂寄李宅

话说赵斌在暗中，观看这人拉刀进去，要杀那主仆二人，公子吓得战战兢兢，跪在地下，求："大太爷暂息雷霆之怒，容我慢禀。"那老家人也跪倒。那壮士说："你主仆二人是怎么一段事？快说！"老管家说："你老人家要问，我家主人姓徐名志平，原籍建安县人氏，老太爷名徐占魁，跟这秦相府花园总管韩殿元是知己之交。韩殿元有一女，跟我家公子同岁。他情愿把女儿给公子为婚，自幼下定礼。后来我家老爷去世，家中遭了一把天火，将万贯家财烧得片瓦无存。我就同了公子，来到这里投亲。韩殿元一见我主仆衣服褴褛，他就有悔亲之意，嫌贫爱富，明看他留下我主仆，叫公子在这花园读书。谁想到他叫你老人家来害我主仆。"拿刀的这壮士一听说："原来如此，我实不知道。"说着话，由怀内掏出那一百两银子说："我赐你主仆，赶紧拿了逃命吧。找个地方，用心攻书，等待大比之年，好去求取功名。你们不可住此，恐他还想害你们。"赵斌在外面一听，说："这事办得好。"他是个直性的人，自己忘了是偷听了，心中一爽快，不觉失声说办得好。那壮士一听外面有人说话，蹿出来摆刀照赵斌搂头就剁。赵斌用切菜刀急架相还。两人走了几个照面。赵斌心中一动：怎么他使的刀法同我一样？那壮士也是心中纳闷，忙往圈外一跳，用刀一指说："你且慢动手。你姓甚名谁？住在哪里？这刀法同谁练的？来此何干？"赵斌说："我姓赵名斌，绰号人称探囊取物。你要知道我的厉害，不必前来讨死。"那壮士一听，忙把刀一扔说："原来是贤弟，这可是大水冲了龙王庙，一家人不认得一家人。"赵斌说："你是谁？"壮士说："我姓尹名士雄，贤弟你把哥哥忘了。"赵斌一想："我八九岁的时候，尹士雄正跟我父亲练艺。这话有十几年了。"赵斌这才把切菜刀一揣，赶过去行礼，二人叙离别之情。尹士雄说："我自从东路保镖，回头听说师母同贤弟来到京都，我特来访查，也未找着。我病在三顺店，腿上长一个疮，遇见这花园总管韩殿元。他是三顺店东家，给我瞧病，接到花园给我把病养好了。今天他给我一百两银子，叫我来杀他的仇人。我来至这里一问，方知怎么一段事。贤弟你来此何干?”赵斌把别后的事略说一番，今天是奉济公之命，来此盗五雷八卦天师符。尹士雄说：“你今天幸遇了我，若不遇了我，你也盗不了符去。你先同我把徐志平主仆救走，然后我帮你盗符。”二人这才进到屋内，叫徐志平：“赶紧收拾好逃命，这一百银送你做盘缠。”徐志平问了尹士雄的姓名，老家人徐福给尹士雄磕头：“谢谢恩公。”忙把琴剑书箱收拾好了。徐福说：“尹恩公，这黑夜光景，我二人上何处去？这京师重地，巡更查夜甚多，要把我等捉去，如何是好?”尹士雄一听有理，说：“赵贤弟，你有地方安置，帮叫他二人去，明天再给找店。”赵斌说：“尹兄长在此少待，你主仆跟我走。”带着二人出了花园角门。赵斌本打算把他二人带往自己家去，不想才一出园门走了不远，就见眼前站定一人，正是济公。赵斌一见说：“师父你来了？好。现在他主仆是如此如此。”济公说：“好，我正为这件事来的。我在书房同他们喝酒，我说出来出恭①，来到这里。你赶紧给我办事去，把他二人交给我。”徐志平一瞧，见个穷和尚，连忙问道：“这位大和尚怎么称呼?”赵斌说：“这是灵隐寺济公长老。”徐志平一听忙行礼。济公带了他二人来至李国元的家内，叫徐福把担子放在院中，带了二人走至书房。赵文会、李国元正在喝酒，见济公带进一位文生公子、一个老仆，忙站起来说：“师父，你老人家从哪里带来这二位?”和尚把徐志平的根由一说，李国元这才明白。和尚说：“你借给他几间房屋，叫他在这里念书，有什么差池②，由我和尚一面承当。”李国元见徐志平很文雅，说：“师父，就这样吧。”连忙让坐，一同喝酒。天有三鼓之时，就听外面一声喊嚷：“吾神来也！济公长老在上，吾神将五雷八卦天师符盗来!”济公赶紧出来，房上是赵斌、尹士雄二人。原来赵斌把徐志平主仆交给和尚带走，赵斌复返回花园，一见尹士雄，二人够奔阁天楼。这二十五间阁天楼地面宽大，拿火折纸一照，在当中有悬龛。尹士雄上去，一见上面有个硬木匣，打开一瞧，正是五雷八卦天师符。赵斌说：“得了，师兄，你我一同走吧。”尹士雄说：“你我这要一走，这个乱子可大了。”赵斌说：“有什么乱呢?”尹士雄说：“你想他是当朝宰相，他把传家之宝丢

① 出恭——排泄大小便。

② 差池——错误。

了，岂有不跟本地官要的？那时官府彻底根究，未免又拉出好些是非来。不若给他个剪草除根！”说罢，掏出引火之物，就把阁天楼窗格点着。二人跳出楼，只见火光大作，金蛇乱蹿，烈焰腾空，怎见得？有赞为证：

凡引星星之火，勾出离部无情，随风逐浪显威能，烈焰腾空势猛。只听忽忽声响，冲霄密布烟生，满天遍地赤通红，画阁雕梁无影。

二人早蹿出墙外，施展飞檐走壁之能，来到李宅上房一嚷：“吾神来了！”济公出来把符接下，拿了个小黄口袋，装上五百钱、一香炉米、五碗炉食饽饽。和尚说：“老韦你拿去吧，这是本家的谢礼。”上面赵斌接去就嚷：“吾神去也！”同了尹士雄回家看他母亲不表。单说和尚把五雷八卦天师符拿进来，打开一看不错。李国元赶快派妥当家人，给拜兄李春山送去。这里喝了一夜酒，天亮济公告辞，李国元要送给金银。济公说：“你要谢我，附耳如此如此，我和尚领情，你好好照应徐志平念书。”李国元答应。济公告辞，正往前走，见眼前立定一人，家丁打扮，说：“济公上哪去？”和尚问：“哪位？”家丁说：“我家店东挨了四十棍，伤痕颇重。听说你老人家有仙丹妙药，求你给治治。”和尚说：“你家店东是谁？”家丁说：“是开三顺店的韩殿元，乃秦相府花园总管，因昨夜花园里阁天楼失火，秦相大怒，说韩殿元失于检点，打了四十大棍，现疼痛难忍。”和尚一听，跟着到了三顺店，一进柜房，见韩殿元躺着，哼声不止。有几个伙友正在劝解，见和尚进来，众人说：“得了，这位师父有仙丹妙药。大师父慈悲吧！”和尚哈哈一笑，用手指点说：“妙药难治冤孽病，上天速报狠心人。”韩殿元听着心中一动，暗想：“这和尚真有点来历，夜间我派尹士雄去杀我未过门的女婿徐志平主仆，也未见回来。他主仆走了，无故阁天楼失火。”想罢说：“圣僧，你老人家救我吧。我昧心了！”和尚说：“我给你治好了，你把女儿给徐志平不给？”韩殿元说：“我好了，情愿把徐志平找回，把女儿给他，我也无悔。现秦相已把我赶出，我绝不敢再生异心，如再生异心，叫我天诛地灭。”和尚给他一块药吃了，棒伤立止疼痛。和尚叫他到李国元家内去接徐志平，韩殿元点首。和尚出了三顺店往前走，见眼前围了一圈人，里三层外三层，拥挤不动，怨气冲天。和尚按灵光一算：“哎呀，阿弥陀佛，我和尚焉可不问！”真是一事未了，又接一事，忙分开众人挤进去一看，有一宗岔事惊人，且看下回分解。

第十二回

济公善度韩殿元　寒士舍子遇圣僧

话说和尚分开众人挤入一瞧，只见里面站着一位穷儒，头戴旧文生巾，烧了窟窿一个，穿一件旧文生氅，上下补丁七条，怀内抱一小孩。此人有三十多岁，一脸枯槁，站在那里说："众位，我抱的这小孩，生一年零二个月。他娘死了三天，我又雇不起奶娘，岂不要饿死。哪位愿意要就抱去。"书中交代：此人叫马沛然，原籍常州府常熟县人，自幼在家读书，娶妻周氏，把一分家业坐吃山空全完了，只懂得念书，不知营运，直过得上无片瓦，下无尺地，跟前就有个小孩，带了妻子逃难，来至临安，住在钱塘关外吴伯舟家中。这位吴伯舟，他就在西湖使船，凡是有游西湖的，多雇他的船。手下有百余条船，同马沛然原系故交，知道马沛然是位文士，就留他在船上管账，每天挣个二三百钱，也够他夫妻糊口，不想大运不通，西湖出了四家恶霸，时常在西湖抢人，闹得没人敢游湖了，船也没人赁了。马沛然没法，只好歇工吧。这西湖头一个恶霸，就是秦丞相之弟花花太岁王胜仙。那时高宗皇帝①手下丞相是秦桧②。他本姓王，过继给秦家。王胜仙是秦相亲兄弟，他倚仗哥哥势利，时常带了打手游湖，瞧见美貌的妇女，就叫打手抢，没人敢惹他，因此皆不敢游湖，故吴伯舟的船也赁不出去，马沛然也没了事。他妻周氏是位贤德人，说："你我夫妻莫非饿着么？你在家中看看孩子，我出去做点针线活，你我也好度日。"连说了好几句，马沛然一语不发，周氏便把孩子留在家里，竟自走了。马沛然坐在屋中，自己一想："男子汉大丈夫，不能养妻育子，等着媳妇给人家做生活吃饭，算怎么回事？"自己越想越烦，实在无路，抱了孩子打算跳西湖一死。又一想："这孩子投爹娘来了一年，又要死了，怪可惜的，不如把他给了人，

---

① 高宗皇帝——即宋高宗赵构。

② 秦桧——南宋投降派代表人物，为高宋所宠信，官至宰相，杀害抗金名将岳飞，为人民所痛恨。

我再一死。”这才来至十字街一站，说:“众位谁要这小孩谁抱去!”连喊了几声，旁边有个老者一瞧，这孩子生得不错，自己一想:“我也没儿，我倒可以留下。”刚过去抱，旁边有人说:“老者别要，你要一抱孩子，他就要跟你去。这两天他娘也来了，同你借银，过两天他爹也来了，你可别上当。”那老丈一听也不要了。济公说:“你把小孩给我吧。”马沛然说:“和尚，你要小孩做什么？你是出家人。”和尚说:“我收他做个徒弟。”马沛然说:“和尚，这孩也不会吃饭，还不能离乳，那如何能行?”和尚说:“不行我不要。你说实话，这孩是他娘真死了吗？我的庙在你住家隔壁，你住吴伯舟的房对不对?”马沛然说:“他娘虽没死，我可不是做生意，指着孩子讹人。”和尚说:“我知道。你跟我走吧，我带你找你妻，叫你夫妻孩子见面，给你找点事。”马沛然一听，问:“和尚宝刹在哪里？上下怎么称呼?”和尚一一说明，带着马沛然往前走。济公信口作歌:

谁能谁不能，能者在五行，五行要不顺，能者也不能，众公不信细叮咛。看那众富翁，骑骡押马身受荣，再看那贫军寒民与百姓，无吃无穿受困穷，皆因前生造定。

济公带马沛然往前走，来到酱园门首。和尚说:“掌柜的，给我三文钱的大头菜。”里面答应，给拿出来。和尚说:“太少，我给两个钱。”掌柜的过来说:“和尚，咱们这作铺的买卖，并不二价，还价不卖。”和尚说:“倒不是我还价，我这兜子里就剩二文钱。我化你一文。”掌柜的说:“你是出家人，就这样吧。”和尚伸手一摸兜子说:“哟！我这兜子漏，又丢了一文钱。先给你一个吧，明天我给你带来吧。”说罢往前走，对面就是青菜摊。和尚来至切近说:“掌柜的，给我一个钱蒜。”掌柜的说:“一文一头。”拿了一头蒜给和尚。和尚给了一文钱，接过蒜来一瞧说:“掌柜的，一文钱一头蒜，你还给我一头烂的，你给换换吧。”掌柜的又抽了一头给和尚，和尚也没把烂的交还，给人家一文钱买两头。和尚原本就带了两文钱，要买四样礼去给人家上寿。马沛然瞧了和尚太贫，跟和尚走了半里路，见路旁一个卖狗肉的。和尚过去说:“这肉真肥真香真烂，五花三层，要吃肉，肥中瘦。”夸了半天，说:“掌柜的，饶给我一块吃。”卖肉的正没开张，见个穷和尚夸赞了半天，要一块吃。卖狗肉的一高兴，拿刀给切一块有二两。和尚接过来一瞧，说:“你要多给吃点。”卖狗肉的说:“你没够。”和尚说:“不是我没够，和你要不给添，连这块人情皆没了，做情做到底。”卖狗肉的又切给吃一块。和尚一文钱没花,白得两块狗肉。和尚又往前走,听那边卖馒头的,和尚叫卖馒头的:“过来,我买。”那卖馒头的过来,和尚说:“热不热?”卖馒头的说:“才出笼。”说着把挑子搁下,一掀盖,热气腾腾。和尚伸手一拿,就是五个黑指头印。和尚刚往嘴里咬,赶忙扔下说:“我忘了,没带钱,我没敢吃。”卖馒头的瞧了有气,这个馒头卖不出去了,又是牙印唾沫,又是黑印。自己一想:“我有心怄气吧,刚出来,他又是个出家人。”愣了半天说:“得了,我这馒头就算扔了。”认了晦气。和尚说:“你既要扔,别扔,舍给我和尚吧。我明天碰见你,我要带着钱还给你。”卖馒头的说:“你拿了去吧。”和尚拿了馒头,带着马沛然来到凤山街,见路北大门悬灯结彩,车马盈门。这家乃临安城头等富户,姓郑名雄,人称铁面天王,今天给老太太做寿,临安的绅士财主都来给祝寿。和尚来至门首,告诉马沛然,附耳如此如此,在这等候,自有机缘可遇。马沛然点头。和尚上了台阶说:“辛苦众位。”由门房出来一个家人,见是个乞丐穷和尚,家人说:“和尚,你来得太早,还没坐席。你要杂烩菜,回头来。”济公说:“你胡说!我知道今天是老太太生日,买了四样礼,特来拜寿。”家人一听,暗想:“素来我们大官人最爱施舍,挥金如土,仗义疏财,遇见穷苦的人必要周济。也许我们大官人待他有好处,他知道今天寿辰,要来报答报答,我倒不能小觑他。穷人也有一分尽心,或许知老太太爱吃什么,买点什么。也许送桃面点心酒席票。”想罢说:“和尚,你在哪庙里?”和尚说:“我在灵隐寺小庙出家。”管家说:“你的礼物是自己带来,还是随后有人挑了?”和尚说:“我随身带来。”家人说:“你把礼物拿来,我给你回禀账房去。”和尚由袍袖里拿出一个馒头、两头大蒜、两头咸菜、两块狗肉,递给管家。和尚说:“给老太太吃狗肉就蒜瓣,吃馒头就咸菜。”家人一瞧,赌气给扔在地下说:“你快走开吧,跑来搅我们。”刚扔到地,过来两条狗就要吃,和尚赶紧轰开:“花脖四眼,你们两个给吃了,老太太吃什么?”和尚捡起来说:“你不给回禀,我会嚷。”说罢大声喊嚷:“上寿送礼来了!”拿手抓住往里扔。众家人瞧了,全都说:“这和尚是疯子,不管他。”书中交代:这郑雄原本是临安头一等绅士,又是武进士,为人最爱交友。他叔父在外省做总兵,今天给老太太做寿,临安城上自公侯,下至庶民,都来送礼拜寿。今天有美髯公陈孝,病服神杨猛,赵文会、苏北山、姜百万、周半城,皆在客厅,真是高朋满座。郑雄的母亲,今年七十整寿,可就是双目失明,有两年多了,请了多少先生并未治好。今天郑雄正在厅上应客,家人拿进一个礼单来,说:“三清庙的广惠师父前来拜寿。”郑雄一听,一愣说:“我素日跟他并无来往。”接了礼单一瞧,上写:“银烛一对,寿桃全堂,寿酒一坛,寿面一盒,寿帐一轴,山羊四只。”郑雄忙迎进。众人一看,此僧有五十多岁,衣帽鲜明。书中交代:广惠来给郑雄送礼,他有贪心,知郑府的花园闹妖,他会捉妖净宅,打算以送礼打进步,好给捉妖赚点银子。今天来到这里,众人一让,把广惠让至杨猛、陈孝这张桌坐下。杨猛爱说话,说:“大师父来了。”广惠说:“来了。”杨猛说:“我同你打听一位和尚,你可知道?”广惠问:“谁?”杨猛说:“西湖灵隐寺济公长老。”广惠说:“济颠和尚,疯疯癫癫算什么,我倒同他师父相好。论起来他是师侄,常要跟我学能为,我没那么大工夫教给他。”杨猛一听就恼了,一想:“这东西,说话真可恨。他说我师父是他师侄,我成了他孙子了。我去找我师父去问问,如果是真便罢,如没有这回事,我把这秃头给砸碎了。”想罢站起来,才要往外走,就听外面喊嚷:“上寿送礼来了!”杨猛一听是济公的声音,说:“我师父来了,好,我倒要问问。”忙往外跑。济公这一来,要大闹寿堂,法斗广惠,且看下回分解。

第十三回

广惠僧狂言惹祸　济禅师妙法惊人

话说杨猛忙往外跑，陈孝也就跟来。二人出了客厅，到外面一看，正是济公，说："师父，你老人家因何大喊小叫？"济公说："我来这里给老太太上寿，他等嫌我破烂，不给我回禀。"陈孝、杨猛说："他们本是势利的。"郑雄也从里面出来，一见和尚甚穷，说："二位贤弟不在厅上吃茶，来此何干？"杨猛、陈孝说："我给你二位引见引见，这位上人就是我常和兄长提说的灵隐寺那位济公禅师。"郑雄说："原来是圣僧，久仰大名，今幸相会，真是三生之幸。"和尚说："今天老太太千秋诞辰，我特前来拜寿，送点寿礼。"郑雄见和尚衣服褴褛，像那讨饭化缘之人，怎能往客厅里让？看看陈孝、杨猛，又不好不让！心中犹疑未定，只听和尚说："我来送点礼，拜拜寿，我也不能客厅去坐，贵府高亲贵友不少，我也没衣服。"郑雄一听暗喜，不免虚让让说："和尚既来之，则安之，请进吧。"杨猛也愿济公进去，对对广惠那话真假。和尚说："郑大官人这么一让，我倒不能不去给老太太拜寿要紧。"郑雄也不好阻拦，同和尚来至客厅。和尚叫茶房把八仙桌放在正中，上铺红猩猩毡。济公把狗肉等物拿出来，上边竟坐。郑雄眼都气直了，当了陈孝、杨猛未便发作，还过去谢承和尚，叫家人扔了。在座之人，济公认识一半。茶房摆上酒菜，济公立起来各桌上都让，让到广惠那里，广惠傲然高坐，一语不发。让完，回座吃酒，只听广惠说："郑大官人，我今一来拜寿，二则要在老太太面前孝敬个天上飞的、地下跑的、河里浮的、草里蹦的戏法。你去后面回禀一声，我在这里变，老太太那里就瞧见。"郑雄一听，说："好。"到了后面，见众亲友的女眷都陪老太太说话。郑雄说："娘呀，现有三清庙广惠僧要变戏法，给娘瞧瞧。"老太太一听，气得颜色更变说："你同和尚取耍笑我，快叫秃头滚出去！老身眼睛已坏了二年，你还叫我瞧戏法！"郑雄一听，这才悔恨，忙说："老娘不必生气，孩儿一时忘了。"旁边有几位女亲友，都说："伯母，你老人家叫他变个我们瞧瞧。"又有几位小姐都说："奶奶，你叫他变与我们瞧瞧。"老太太这才说："郑雄，你叫他变去吧。"郑雄这才回至客厅说："大师父，你变吧。"和尚要了一把剪，一张纸，剪了许多蝴蝶。和尚有点能为，口中念念有词，吹一口仙气，就见一对对蝴蝶直奔后堂飞，大家齐声喝彩。杨猛同陈孝一起说："师父，你也变献点手段。"济公立起来大嚷："我也要变了！"嚷罢，说："唵嘛呢叭𠺗吽唵敕令吓。"只见有三十多条小长虫满厅乱飞，大家一愣，低首一瞧，筷子皆没了，哄堂大笑。济公用手一指，长虫没了，每人跟前一双筷，大众称奇。广惠见众人夸济公，他脸上无光，说："郑大官人，我孝敬老太太一碗汤吧。"站起来就要了一块包袱，盖在桌上，口中念念有词，把包袱一掀，见变出一大碗三鲜汤，仿佛有人托着似的，飘飘悠悠，就往外走。济公用手一指，那碗汤在广惠头顶上一翻，正泼了广惠一身，脑袋也烫红了。众人拍手大笑。广惠赌气用手擦了，说："众位，我本想今天在人前显耀一番，变些仙桃孝敬老太太。"众人一想：这时正在四月里，陈桃早没了，新桃尚没长成，正在青黄不接之际，这倒新奇。广惠才念咒，济公就过来说："你变出来，别掀开包袱，我能猜着。"广惠说："就是吧。"口中说道："寿桃一盘献堂前，献与堂前不老仙，今日变出芙蓉果，寿比桃儿还在先。"念完，就见包袱鼓起。济公说："你说这话不对。"广惠说："我不对，你说。"济公说："黑果一盘献堂前，献与堂前不老仙，今日变出带把果，羊肉熬着占醋蒜。"广惠打开一看，是四个茄子。哄堂大笑，广惠臊得面红耳赤。郑雄怕和尚难过，叫家人拿出去，家人郑福端出大厅一看，是四个大桃，说："东西，真可恨。我再端回，叫众人瞧瞧。"不料到了客厅，众人一瞧还是茄子。郑雄说："郑福你疯了，端来作甚？"郑福气得转身就走，出来还是大桃。一想："这该当我吃。"才要吃，济公追出来说："郑福你干什么？"郑福说："人家变的是桃，你用什么法子遮盖的？我要吃这桃。"济公手一指说："你吃。"郑福拿起一咬，把牙崩了。原本是木头桃，济公说："你拿去给老太太吃。"郑福拿进去，见老太太一吃，顺嘴流水。郑福一想："真奇怪。"回身出来，济公一瞧广惠在那里默默无言，济公说："郑大官人，今天我要变个戏法，请老太太正瞧个真切。"罗汉施佛法，大展神通，且看下回分解。

第十四回

济公游戏耍广惠　郑雄为母求圣僧

话说济公耍笑广惠，变了几个茄子。济公叫郑雄："去到里院把老太太请来，我要变个稀奇戏法，叫老太太瞧个明白。"郑雄说："不行。老母二目失明，足有二年，怎可瞧见的？"济公说："我因老太太二目失明，我才叫她老人家瞧。要是有眼之人，也不算能为。"郑雄知和尚有些来历，这才到后面把老太太请出。两个丫环搀住，来至外面。众亲友皆站起来说："给老太太拜寿，但愿您老人家多福多寿。"老太太落了座，郑雄说："娘呀，现有灵隐寺济公长老，他要变个戏法，能叫你老人家瞧的明白。"老太太点头。济公来到老太太面前，说："寿筵开，寿桃色色鲜，寿酒霞杯筵，五福寿为先。寿绵绵，福长远，真正是寿比青松不怕风霜减，恰好似福如东海寿比南山。"念完了这几句，济公用手在老太太眼睛上一画，暗念六字真言："唵嘛呢叭㗰吽。"老太太果然眼睁开了。老太太说："郑雄呀，我这左眼瞧得见了。"郑雄还不信，一招手，叫过一个丫环来，说："娘亲，你见这是谁？"老太太说："这是春梅。"丫环说："正是。"老太太大喜："真瞧得见了。"郑雄一听大喜，赶紧过来说："娘亲，你看儿怎么样？"老太太说："日月消磨，你也半老。"郑雄赶紧给济公行礼说："圣僧，你老人家慈悲慈悲罢，既把左眼治好，再把我老娘右眼给治治。"老太太说："我就是左眼瞧得见。"济公说："我可不能治右眼，现在你大门外有一个抱小孩的，他叫马沛然，把他请来一治就好。"郑雄赶紧派人出去把马沛然请进来。郑雄赶忙行礼，说："先生，求你把我娘亲的右眼治好，我必要重谢。"马沛然刚要说不会，济公过来说："马沛然，你给治吧。"过去暗递给马沛然一块药，这个时节，众仆妇丫环都来在门外站着，瞧给老太太治右眼。内中过来一个妇人，就把马沛然抱的小孩接过来，给小孩吃乳，小孩哇的一声就哭了。马沛然也是福至心灵，拿着这块药说："用无根水①化开，这是佛爷

---

①　无根水——指眼泪。

赐的仙丹妙药，叫老太太用水一擦眼就好了。”这才叫家人与药化开，果然给老太太一擦右眼，立时眼就好了。郑雄见新来的仆妇抱马沛然的小孩接过来给乳吃，不知是怎么一段事，赶忙问马沛然。马沛然就把夫妻怎么贫苦，妻子出去，我怎么要跳河舍小孩，遇见济公，把自己的事由头至尾一说，郑雄一听，方才明白说：“得了，我这里正少个管账先生，你就在我这里吧。我单给你夫妻顺出一所房子居住。圣僧你老人家的慈悲，我给圣僧你换换衣裳。”济公说：“你倒不用给我换衣裳。我和尚化你的缘，你把清波门外的两顷稻田地，施舍给三清观的刘泰真，作为那庙的香火地，就算谢了我和尚了。”广惠在旁边坐着，一看济颠大展奇才，他有些气愤不平。广惠站起来说：“郑大官人，我知道你这后面花园内有妖怪作祟，我情愿到后面给捉妖净宅，我分文不取，丝毫不要。我所为跟济颠比并比并法术，看我二人谁行谁不行。”济公说：“好，你既这等说，我就同你去到后面捉妖净宅，退鬼治病，还叫你先施展法术。你捉了妖精，就算我输了，你捉不了，我和尚接后场。”广惠说：“也好，咱们这就去。”济公说：“你别忙，咱们吃完饭再去，也没有白天就捉妖的，妖精也不来。”郑雄说：“我这花园，我不知道是妖怪可是仙家，时常家人在后面楼上睡觉，就把家人给扔下楼来。再不然屋中的东西乱响，乱掷地下。或者楼上没人，就点上灯。可始终没人瞧见什么，也不知是妖是怪，我也不解其意，直闹了有半年了。”广惠说：“不要紧。今天晚上，我也不管他是妖是怪是鬼，我拘了他来，拿戒刀将他结果性命。”众人大家谈话，天色已晚。郑雄问：“二位和尚用什么东西？”广惠拿笔开了单子，郑雄就叫家人照样预备，放在花园，一概安置停当。两位和尚来到花园内一看，是八仙桌一张，椅子一把，香炉蜡扦一分，长生料香一颗，钱粮一分，砚台一方，白芨一块，朱砂一包，新笔二支，黄毛边纸一张，香菜一棵，五谷粮食一盘，无根水一碗。广惠看了一看，先点着了香烛，然后祷告过往的神癨：“保佑弟子广惠把妖怪捉住，回庙烧香上供，答谢上苍。”祷告已了，用无根水拿白芨研了朱砂，拿笔画了神符三道，自己一烧，化作灵符，口中念念有词说：“头道符一烧，狂风大作；二道符，把妖精拘来；三道符，用戒刀把他结果了性命。”郑雄带着一个胆大的家人，在旁边瞧着。济公在那里拿着一把酒壶，一声不语，见广惠口中念念有词，把头道符点着扔出去，并无一点动作，也没一点风。众家人无不嘻笑，都说：“广和尚造谣言，没有能为。”广惠又把二道符扔去,也并无动作。广惠真着急了,把三道符往外一甩,只见就打外面一阵怪风,刮的是沙灰荡漾,尘土翻飞,怎见得？有赞为证：

无影又无踪,卷杨花,西复东,飘蓬叶悟空。江湖常把扁舟送,推白云过岭,过园林乱摆花枝动。吼青松,穿帘入户银烛影摇红。

这阵风过去,就见对面这三间楼,楼门一开,由里面走出来一位年迈的老翁,面如童子,鹤发苍髯,头戴古铜色四楞巾,身穿古铜色大氅,白袜云鞋,手拿蝇拂,向广惠一指说："好,广惠,我与你往日无冤,近日无仇,你何故特来惊动我？所为何因？"就使用蝇拂一指,一股白气扑奔广惠。广惠觉得头晕眼黑,翻身倒在地上。济公拿着酒壶哈哈一笑说："你本是修道之人,无故蹈入红尘,还敢欺凌三宝的弟子。"和尚说完,把脑袋一拍,露出三光。那仙家本是修道,在楼上住着,有几千年的道行,只因郑雄的家人常不清洁,冲撞了他,他才在楼上闹。今天见济公现出三光,那仙家是修道的,他不敢过来,恐被济公的三光照着,就得除去他五百年的道行。人有人言,兽有兽语,这位狐仙既能变人,道法就深远,赶紧说："圣僧不要动怒,这倒不怨我,只因郑雄的家人冲撞了小狐,他等不知自爱,我叫他等知道知道。"济公说："你急忙给我快走！如不走,我要请雷劈你。"就见那仙家当时化作一阵清风而去。济公才拿出那一粒药,把广惠治好。广惠臊得面红耳赤,自己告辞回三清庙去了。济公住在郑雄家中,次日清早起来,郑雄款待酒饭,想济公给母亲把眼治好,自己心中甚是感激,要给济公换衣裳。济公说："此番你要谢我。"随附耳如此如此,郑雄点头答应,济公方才告别,出了郑宅,向前行走,一直够奔钱塘门而来。来至钱塘门外,见大道旁边有一个卖狗肉的担子。这个卖狗肉的,在玉皇阁对过大影壁底下蹲着出恭。济公睁开慧眼一看,按灵光三击掌。济公说："真乃世界之中第一孝子。我和尚不来救他,雷必取他。"想罢,和尚就问："这狗肉担是哪位的？"连问三声,并无人答言。书中交代：这个卖狗肉的姓董,叫董平,住在钱塘门内,家中就是他母亲。娶妻韩氏。董平为人的性情,最好生疑,时常在他母亲面前不孝。虽没有什么大过,无非言语中不顺。清早起来,他就跟母亲辩嘴,说他母亲不知好歹。他妻子韩氏是一位贤良妇人,常时劝他,说："老娘这大年纪,你就不应该无事生非,惹老娘生气。"董平也就不言语,出去做买卖。这天董平在家中煮肉烧上锅,叫韩氏看着,他出来买狗。宋时年间,准许人买狗卖狗肉,董平走到一条胡同。见路北门首站着一人，有三十多岁，买卖人的打扮，说："你买狗是卖狗肉去吗？"董平说："不错。"那人说："我本不愿意养狗，由去年来了一条野狗，轰它它也不走，晚间关门，就把狗关在院里。我夜间听狗叫，我起来一看，原来有贼拨门，我把贼赶走。一想，此狗倒也有用，故此我留下养了。今年又生了一个小狗，两个狗争打架，我怕碰了孩子，我有心把它卖了，那有恩养仇杀之理，我也不要钱，你白拿了去吧。"董平一想，这是顺事，用绳子把大狗一捆，扛着小狗，谢了谢那人，拉着狗回家，到家把大狗搁在院中就走，进屋中拿了一把刀要杀狗，把刀搁在院中，到屋内拿盆子出来，一瞧刀没了。董平问他妻子："你拿了刀去？"韩氏说："没见。"董平一找，见小狗把刀衔在东边，藏在身底下，露出刀柄。董平过来一脚踢开小狗，拿刀过来要宰大狗。小狗跑过来往大狗脖子上一趴，龇着牙瞧着董平。小狗眼泪一滴一滴往下落。董平大嚷一声，就把刀扔在地上，往屋中就跑，吓得韩氏目瞪口呆，不知所因何故。且看下回分解。

第十五回

狗度董平改恶为善　荤酒回庙耍笑众僧

话说董平要杀狗,只见小狗儿趴在大狗脖子上,只落眼泪。董平愣了半天,自己想:“狗都知道身从何处来,何况我生个人来。”自己把大小狗放开说:“我也不杀你了。你母子愿意在我这里,我有食水喂养;不愿在我这里,任你自去。”他到屋中给他母亲跪倒说:“孩儿我自己时常在你老人家面前无礼,罪该万死。”韩氏说:“只要你好好在老娘跟前尽孝,我们夫妻自有好处。”董平说:“我今日把这一锅狗肉卖了,明天改行做个小本经营,这血盆子里的买卖我不做了。”他把狗肉挑前去,到了外面。每日挑出来一卖就完,今日走了十几条胡同也没开张,走在钱塘江大街玉皇阁照壁前,觉得腹中疼痛,把肉担儿放在道上,只见从东边来了个穷和尚问:“这肉担儿是谁的?”董平也不言语:“昨天在大街白要了我两块狗肉,今日又来问我,不答他,看他如何?”济公见董平一脸黑气,按灵光一察,知是他乃世界上第一孝子。“我若不救,雷必取他。”书中交代:董平怎么是第一孝子呢?按善书有云:比如这个人要做了半辈子的善事,他要做了一件恶事,那书上注写他是第一之恶人,把从前半生的善事全没了。比如那人做了半辈子的恶事,忽然自己知道不好:“我须当改,不然,我要遭报。”定能改过迁善,痛改前非,把从前恶事全勾了。书上注写乃第一之善人。嫠妇①失节,不如老妓从良。董平虽不孝母,自己忽然知道改悔,要在他母亲跟前尽孝,乃一片至诚之心,并无半点虚浮,这就算第一之孝子。济公问肉挑是哪位的,连问两声,无人回音,济公挑起肉担就跑。董平一瞧急了,赶紧站起来扣中衣迈步就追,刚往前一跑,只听后面山崩地裂一声响,原来是那影壁墙塌下半截,董平吓得目瞪口呆,心中说:“若非是和尚抢我的肉担,被土墙压死了,真乃好险好险!”书中交代:和尚说雷必取他,怎么土墙压死,是雷劫呢?谚语常说:天打雷劈五雷轰,莫非天上还打

---

① 嫠(lí)妇——作“寡妇”解。

五个雷么？原来是金木水火土谓之五雷，刀砍死谓之金雷，木棍打死谓之木雷，水淹死谓之水雷，火烧死谓之火雷，土墙压死谓之土雷。要被天雷殛了，那必是罪大恶极的。话不多叙。董平一想："我去找找和尚，跟他要挑子，还得谢谢他。"想毕向前走。哪想济公他挑着这担子，来到热闹街上，把担子一放，拿刀就切狗肉。切完了，和尚用手一点指，这狗肉变这得好像有一斤重一块，济公喊卖六文一块。那走路的人走在这里，远远就闻着这狗肉的香扑鼻。素来不吃狗肉的人，今天见肉块又大又香，又甚便宜。这个三块，那个五块，那个十块八块，眨眼就卖了一堆钱。肉已快完了，剩了几块，和尚不卖了。买不着狗肉的，也有懊悔说："可惜这样便宜的狗肉，我未赶上买着，实在懊悔。"有一位买了四块肉，心中甚喜。心想："这肉足够一斤一块。"走两步，他闻一闻。俗话说得不错：肉贱鼻子闻。心想到家给老娘们两块，剩两块找大哥约老弟可以喝点酒。闻了闻，走了两步，打开瞧了一瞧，这肉剩了有半斤一块。心想："我莫非挑花眼了？我瞧着有一斤一块。"自己纳闷。又走了两步再瞧，一块剩有四两；再走几步瞧，四块肉也无四两。买肉的一想："今天叫那和尚冤了我。"赌气回家去了。济公这里卖一堆钱，狗肉也快完了。董平赶到说："和尚，这肉担是我的。我来把话与你说明白了。今天你要不抢我的担子，我便被土墙压死了。我倒要谢谢你。"济公一翻眼睛说："对，今天大早起来，你许是没跟你妈妈辩嘴。"董平听和尚一说此话，他倒一愣，连忙问："和尚，你在哪庙里？"济公如此如此一说。叫董平："你把卖的这钱拿了去做个小本经营。"董平说："我明天改行，不做这杀生的买卖，我卖鲜果子去。"济公说："好，你把担子钱都拿了去，我就要这几块狗肉就得了。"董平谢了和尚，济公兜住狗肉。顺着西湖苏堤往前行走，信口唱起狂歌。歌曰：

孤衾独拥，睡熟转浓，梦见登科第①，圣恩优宠，官居极品，父母褒封，衣锦归故里，拜友祭祖茔。一虚忙惊醒，依然敝帐枕樵童。只听窗外寒虫叫，原来残蝉唱古松。世人忙碌碌，都在一梦中。也梦为寒士，也梦做庄农，也梦陶朱富，也梦范丹穷，也梦文章显达，也梦商

---

① 登科第——"科第"，科举制度考选官吏后备人员时，分科录取，每科按成绩排列等第，叫做"科第"。"登科第"，即"考中官吏"。

贾经营,也梦位登台鼎,也梦执掌元戎。离合与悲欢,寿夭共穷通。仔细从头看,都在一梦中。方知父母与妻子,儿孙合弟兄,俱是梦里来相共。纵然衣紫腰金,出拥花骢,也是南柯一梦①中。

济公顺着西湖苏堤口唱狂歌,过了冷泉亭,来至飞来峰灵隐寺山门外。看守山门的和尚静明、静安说:"济师父,你拿着的是什么东西?"济公说:"我带来的是狗肉。你二位吃点?"静安、静明说:"不行,我二人吃素,你也不能往庙内带。咱们这处庙是长素,荤酒莫入。提笼架鸟,都不准入庙,你白骨喧天往庙中带不行,快扔了吧,你犯了戒啦!"济公说:"我不知道。身上疼痒,疥又犯了。"说着,和尚低头在身上找。静明说:"不是身上长的疥,是犯了咱们和尚清规戒律。出家和尚讲究三规五戒。"济公说:"什么叫三规?哪叫五戒?你说说。"静明说:"可惜你还是和尚,连三规五戒都不懂。咱们出家和尚,三规是佛规、僧规、法规,五戒是杀、盗、淫、妄、酒,你快把狗肉扔了吧。要到庙里,连我二人都有失察之罪。监寺要看见,他也有罪。"济公说:"你二人懂得什么,别阻我高兴。我到庙给监寺狗肉吃。"两个门头僧也不敢阻止,由他去了。济公到里面,在大雄宝殿前面把狗肉放下,坐在旁边,说:"有买肉的来买。"众僧人来了十几位,内中善心的和尚都道:"济师父别卖了,要叫老和尚监寺的知道,必要治你之罪。"济公说:"你不要管。"旁边就有恨济公的和尚,说:"你卖了,谁敢管你?"济公也不理论。只见监寺广亮从那边过来说:"济颠你卖狗肉,我也不管你。就是杀两条狗,我也不管你。我竟问你,今日是到什么时候了?自从火烧大碑楼至今日,派你化缘,我要问你,这一万银两工程,该当怎样呢?"济公说:"一万我可没有,我倒有个九千。"广亮说:"我不同你胡闹,我带你见老和尚去。"济公说:"别忙,火烧大碑楼之时,我与你说话是天交正午,此时还短一个时辰,少时没有一万两银子,我再和你见老方丈去。"广亮一听说:"好,你就多待一个时辰,我看你哪来的一万两白银?"监寺广亮方要走,只见从那边进来两个门头僧,一伸手把监寺僧拉住说:"广师父,外面有一件新奇事,只因我二人在山门坐着,见由西湖大

---

① 南柯一梦——唐李公佐《南柯太守传》记:淳于棼做梦来到大槐安国做南柯太守,享尽荣华富贵,醒来才知是一场梦,原来大槐安国就是住宅南边大树下的蚁穴。后用"南柯一梦"泛指一场梦,或比喻一场空欢喜。

路来了有二三百位，内中有官绅富户，也有商贾人等。头前有二位员外骑马，衣帽鲜明。一位白面长髯，一位清奇古怪，都带着有二三十个家人，到了山门外，把我二人唤过去，问：‘此庙可是灵隐寺？’我等答应：‘是。’那二位问：‘活佛可在庙内？’我等说：‘我们这庙内没有活佛。’那二位员外又问：‘罗汉可在庙内？’我说：‘庙内罗汉堂有五百零八尊金身罗汉，不知你二位给哪位烧香？’那二位员外说：‘不是找泥像，是找活罗汉。’我们说：‘没有。’那二位员外说：‘善缘不巧，我等往别处施舍去吧。’我等说：‘员外别走，这活佛倒是叫什么名字？’那二位说：‘若说活佛的名字，得损阳寿十年。’我二人说：‘员外你说活佛的名字，我二人替你损寿。’那二人先叩头后说：‘我二人损了三十年阳寿，你看如此如何？’”监寺说：“活佛是哪位呀？你二人说话不明白。”静明说：“不行，我二人不能说了。算命排八字，都说我活五十三岁，今年我二十二岁了，方才损了三十年，敢早敢晚，明年必死，再说了没得往外找。”监寺的说：“不要紧，你二人说吧。我替你二人损阳寿十年。”那静明和尚不慌不忙，说出活佛的名字。要知后事毕竟如何，且看下回分解。

第十六回

济公庙内卖狗肉　万善同归修碑楼

话说监寺广亮听静明之言，他要问问活佛是谁。静明说："我要一说，可是你损寿十年。咱们这庙道济，你损寿十年。"监寺一听："哎呀！道济呀？"静明说："得二十年。"监寺说："那个道济不要紧哪。"静明说："你也三十年。"广亮说："你别闹了。每日他在庙里，也不卖狗肉。今日凑巧有人来访他，这如何是好？哦，有了。"几个和尚披偏衫打法器，迎到山门。那些人一看，内中没有济公，二位员外先恼了，说："众位，尔等来看，这些僧人都是妖言惑众，装模作样。此处善缘不巧，你我往别处施舍去吧。"广亮连忙说："众位跟我去见活佛来。"二位员外带着众人到山门内，只见济公在大雄宝殿前闭目而坐，口中还说："狗肉六文钱一块。"那两位员外一看，这才说："尔等大家来看，这才是活佛罗汉的气象，你我大家上前磕头。"监寺的广亮一听，把嘴都气歪了，心中大大的不悦，心说："我等大家披偏衫，打着法器迎接他们，他说我们妖言惑众，装模作样。道济这里卖狗肉，他们倒说是活佛罗汉。"就见众人跪倒，给济公磕头，济公扬扬不理。广亮恐怕施主不悦，连忙过去说道："济公太不知事务，众位施主来拜访，汝怎么不应酬？"济公尚未回言，这两位员外先恼了，站起来说："你这和尚太似无礼，汝敢呼喝活佛！"吓得监寺广亮往后倒退，不敢回言。济公不慌不忙，睁开二目说："众位施主来了。来此何干？"就听那穿白的员外说："弟子久仰圣僧大名，特地前来拜访问禅。"和尚说："你馋了，吃一块狗肉吧。"那员外摇头说："我不吃。"那边穿蓝的员外说："我也是久闻圣僧大名，特地前来请问禅机，我来问机。"济公道："饥者饿也。饿了吃一块狗肉。"那员外说："我二人原本是来问禅机妙理，并非是馋饥。乃是音同字不同。"济公道："这二人原来问馋饥二字，我和尚可知道。"那二位员外说："只要师父说对了，我二人情愿修盖大碑楼；如说不对，善缘不巧，我二人往别的庙施舍去。"济公道："你二人听着。山里有水，水里有鱼，三七共凑二十一。人有脸，树有皮，萝卜筷子不洗泥。人要往东，他偏要向西，不吃干粮尽要米。这个名字叫馋饥。”二位员外一听，连忙摇头道：“我二人是问的佛门中奥妙、参禅之禅、天机之机，师父说的这个一概不对。”和尚道：“这二人好大口气，也敢说佛门奥妙、禅机。好好好，我和尚要说对了怎么样？”那二位员外道：“要说对了，我二人助银子修盖大碑楼。”知尚道：“你二人且听来。”和尚便说道：“须知参禅皆非禅，若问天机哪有机；机主空虚禅主净，净空空净是禅机。”二位员外一听，拍掌大笑道：“罗汉爷的佛法，顿开弟子茅塞。来，监寺的看缘簿伺候。”广亮赶紧拿过缘簿，文房四宝。那穿白的员外让道：“贤弟先写。”那员外道：“大水漫不过船桅去，还是兄长先写。”那穿白的员外拿过笔来，又让那面三百多人：“众位写缘簿。”众人道：“水大漫不过鸭子去，还是员外爷先写。”众人哈哈大笑：“水长鸭子浮，这话更对。”那员外拿笔写上，头一笔是“无名氏施银一万两”。穿蓝的员外拿过缘簿一看，心想：“我等皆是来助济公一臂之力，他既写一万，我也不能写九千。”赶紧写上“无名氏助银一万两”。剩下众人也有写三十两的，也有写五十两的。写银就给银子，写钱立刻就给钱。这些人原来是临安城的绅董富户，都是济公平时早化下的，今天特来现场。写完了，那穿白的员外到里面坐下，便告诉道：“我城里关外有十六座大木厂，把大木厂也舍施在灵隐寺庙内修盖大碑楼使用吧，盖完为止，不拘多少。”众人说完了话，告别而去。济公方才问道：“师兄，这些银子可够修大碑楼么？”监寺的广亮一看说：“富足有余。”济公说：“你就叫人动工修吧，我到我的施主家住几天去。”说完了话，济公兜起一兜狗肉，出离了灵隐寺竟是去了。监寺的广亮找瓦木作，择黄道吉日开工动土，兴夯定磉，立柱上梁。过了好些日子，砖瓦俱已齐备，抹缝灌浆，一切修埋好了，就少油漆彩画。哪想到好事多磨，那一天有人进来报告：现有秦相府四位管家，带着四位三爷，在山门外下马。监寺的广亮一看，赶紧往外迎接。书中交代：这几位管家无事不来。只因秦相府的花园，有五五二十五间阁天楼，前次被火烧了，打算要重修此楼，叫管家到大木厂购买大木料。十几家木厂子都说，东家把木料施舍在灵隐寺，修盖大碑楼。管家一回秦相，秦丞相说：“灵隐寺一座大碑楼，能使多少大木？派秦安、秦顺、秦志、秦明四个人去到灵隐寺，就提我暂借些大木修楼，转年等皇木来了，我必如数奉还。”四个人答应，转身刚要走。秦丞相说：“回来。你等到灵隐寺去，和尚借是人情，不借是本分，赶紧回来，千万不可倚着人情势利，欺压和尚。”四位管家答应出来，到了门房，秦顺就说：“这个苦差使派上咱们，一文钱的找项都没有，当这个黑差使。”秦安说：“兄弟，你好糊涂。这件事咱们四个人每人有二千银子进款。”秦顺说：“大哥你穷疯了，跟和尚借大木，他借了，咱们给相爷派人取来；他不借，咱们回复相爷，哪来的进项？”秦安说：“兄弟你不行。吃这碗饭，寻岔子多，到那去不提说借，就说相爷有谕，拆他的大碑楼盖阁天楼。和尚必不叫拆，必托人见咱们，就得给咱们三千两五千两的。然后再跟和尚借大木，和尚借了，咱们就回相爷，说和尚卖给相爷，相爷再给几千，咱们四个人一分，这不是两头剩钱。”秦顺一听，说：“还是兄长高明。”吩咐外面备马，带着十余个从人，二十多匹马，出了秦和坊，一直奔至钱塘门外，来到飞来峰灵隐寺山门下马。门头僧一看是秦相府的管家大人，赶紧过去行礼，往里回话。广亮出来迎接，让四位管家来至里面禅堂，吩咐小沙弥①献上茶来。广亮说：“众位管家大人，今天是游山，还是逛庙？”秦安说：“并非是来游山逛庙，奉我家相爷堂谕，叫你们把大碑楼拆了，修盖相府花园子阁天楼。”监寺的广亮一听，口念南无阿弥陀佛，说：“这大碑楼工程浩大，独力难成，多少贵官长者，善男信女，惠助资财，共成善举。好容易修盖起来，尚未竣工，今再要一拆，不知何年何月才能重修？望求众位大人在相爷跟前说几句好言语吧。”秦安尚未回言，秦顺道：“相爷堂谕，不亚如圣旨。哪个敢违背？”这不会说话的人，一句话关了门。秦安瞪了他一眼，心想：“应该说：我给你回上相爷，若是相爷答应，你也别欢喜；相爷不答应，你也别烦恼。等着有人来给了我们钱，就算相爷答应；不给钱，就说相爷不答应。”他这一句话，说出来关了门，秦安也不好再改说。监寺的广亮一听此话，说：“众位大人既是要拆，我得回上老和尚。”秦顺说：“你回老和尚也要拆，不回也拆。”广亮赶紧来到后面禅堂，一见老和尚元空长老。广亮说：“回禀老和尚，现有秦相府四位管家大人，来到咱庙说相爷有谕，要拆大碑楼修盖相府阁天楼。我不敢自专，特来回报老和尚。”老方丈一闻此言，口念南无阿弥陀佛，说：“广亮，老僧已上了年纪，这大碑楼是道济化的，你与他商议去吧。”广亮说：“道济自从修楼动土那天出去，至今未见回来。”老和尚说：“你出去到山门，看道济可曾回来。”

---

① 沙弥——指初出家的年轻的和尚。

广亮听老方丈之言，赶紧来至外面山门一看，见四位管家派了众位三爷，在那里传相爷堂谕说："众工匠人等听真，相爷有谕，拆大碑楼修盖相府阁天楼，哪个敢说不拆，立即送交钱塘县治罪！"瓦作、木作、油漆、土匠工人等，哪个敢违了秦相爷的堂谕？立时铣镐乱动，尘土飞扬，眨眼之际，把一座大碑楼拆得瓦解冰消。监寺的瞧着，心中甚是难过，自己又一回想："还幸亏疯和尚没在庙里，他要在庙里，必要惹出大祸来。"正在思想，只见疯和尚一溜歪斜，脚步踉跄，直奔山门而来，要怒打四位管家大人。不知后事如何，且看下回分解。

第十七回

假相谕拆毁大碑楼　显神通怒打恶都管

话说监寺广亮正在这里慨叹，见济公由西湖苏堤冉冉而来。书中只表济公自那日灵隐寺出去，在苏北山、赵文惠两家住了这些日子，今天正在苏北山房内与苏员外下棋，忽然打了一个冷战。济公按灵光连拍三掌，早已占算明白，说："苏北山，我可不能在你这里，我要走。秦丞相派人拆我庙里大碑楼，我要斗斗这个秦丞相！"苏北山说："圣僧不可，他乃是当朝宰相，位显爵尊，师父一个出家人，安能惹得起他？"济公也不理论，站起来就走。苏北山连忙送出来，见济公已走远了。和尚一直奔至钱塘关外，顺着苏堤一边向前走，一边口中唱歌，说道是：

人生百岁古来少，先出少年后出老，中间光景不多时，又有闲愁与烦恼。世上财多用不尽，朝内官多做不了，官大财多能几时？惹得自己白头早。月过中秋月不明，花到三秋花不好，花前月下能几时？不如且罢金樽倒。荒郊高低多少坟，一年一度埋青草。

和尚唱着歌来至山门，广亮一瞧说："师弟，你回来了。可了不得了！咱们庙中现有塌天大祸！"济公一听，明知故问说："师兄，什么塌天大祸？不要紧，都有我济颠呢。这个可不能容他。谁会得欺压本庙的和尚呢？"广亮说："师弟，这你可惹不起他。是秦丞相派了四位管家大人，来拆咱们庙里大碑楼，修盖相府阁天楼。"济公说："呵，他是当朝宰相，传堂谕要拆大碑楼就得拆？过两天京营殿帅来传谕，拆大雄宝殿，也得叫他拆？那还了得！再过两天，临安府来个信，要拆东西配殿，也得叫他拆？再过两天，钱塘县仁和县来个信，要拆藏经楼，也得叫他拆？那还了得！这大碑楼是我化的，我不能给他拆！"广亮说："师弟，你既敢挡不叫拆，四位管家大人现在里面禅堂坐着，你去找去。可怕你找出乱子来，你接不住。"济公微微一阵冷笑说："师兄不要你管。"说罢往里就走，直奔禅堂。这院是三合房。院中站着十几位三爷，四位管家在北上房屋中正在吃茶。见进来了一个穷和尚，衣服破烂不堪。三爷连忙止住问道："什么人？"济公道："是我。"三爷道："你是谁？现在众位大人在此谈话，你一个穷和尚来此何干？你是哪庙的？"济公说："我是姑子庵的。"这个三爷一听说："你这不像话。你是和尚，怎么在姑子庵，男女混杂？"济公说："你不知道，那姑子庵老姑子死了，小姑子跟人家跑了，我在那庙里看庙。听说众位大人来要大木，我们大庙里房柁房梁堆积如山，真大真粗，比如把房柁放躺下，这边蹲一个人，那边蹲一个人，这边的人都会瞧不见房柁那边人。"众三爷一听说："好大的房柁。"和尚说："我们那庙的房梁放躺下，这边蹲一个人，那边蹲一个人，这边人瞧不见那边的人。"众三爷一听说："好大的梁。"和尚道："我们那庙的房椽子要放躺下，这边蹲一个人，那边蹲一个人，这边人也不得见那边的人。"众三爷一听此话，都乐了，说："和尚，你打算怎样子呢？是要卖呀？还是要送给我们大人呢？"和尚说："我倒不卖给大人，叫大人赏给我几文，我换条裤子就得了。"里面秦安听得明明白白，一想这是便宜事，赶紧吩咐叫和尚进来。三爷说："和尚，我们大人叫你。你见了我们大人规矩着点，别那么猴头狗脑的。"和尚也不回言，迈步掀帘栊进去。秦安、秦顺、秦志、秦明四个人一看，是个穷苦的和尚。秦安问道："和尚，你庙有大木？"济公二目一翻，说："你们四位是哪来的？"四个人说："我们是秦丞相府派来的。大人堂谕拆大碑楼，修盖相府花园阁天楼。"济公说："你们四位是奉你们家里大人的堂谕，来拆大碑楼的？"四个人说："我们家里哪有大人？"济公道："你们家连大人都没有，怨得你们怎么不知事务。你回去告诉你们大人说，就说我和尚说的：他官居首相，位列三台，调和鼎鼐三公位，燮理阴阳一大臣，理应该行善积福做德，为什么要无故拆毁佛地？你回去告诉他，就提我老人家说的不准！"这几位管家，哪里听他这些话，盖不由己，怒从心上起，气向胆边生。秦安说："好一个无知的和尚。我先打你！"抡起一掌，照定济公就打。济公往旁一闪道："你要打？咱们俩外边来。"秦安站起身到外面跟定和尚，吩咐家人："给我打和尚！"这些三爷往上一围，个个挥拳就打，按倒和尚，拳打脚踢，只打得哼声不止，只听嚷道："别打！是我。"那些三爷说："打的是你。你就不应该。跑到我们这里来送死，你真是太岁头上动土。"正打着呢，只听那旁秦顺出来说："别打，我听见声音不对，瞧瞧再打。了不得啦！和尚在东边站着呢！"众家人一看，果然和尚站在那里直笑，再低头一看，被打的这人正是大都官秦安，浑身是伤。那些家人过来说："管家，怎么把你老人家打了?”秦安说:“你们是公报私仇,叫你们打和尚,你们把我打了。我说是我,你们还说打的是我。好、好、好。”秦志、秦明二人走出来一看,秦安被打得伤痕很重,说:“好,这定是和尚妖术邪法,大家替我去打他!”众三爷一听,个个怒目横眉,齐奔和尚而来。济公说:“好,善哉善哉。人善有人欺,马善有人骑。”口中念六字真言:“唵嘛呢叭咪吽,唵敕令。”吓得那些三爷都打了个寒噤,彼此都有气。张升看着李禄说:“我瞧见你就有气,早已想要打你一个狗头。”李禄说:“好,咱们二人分个上下。”那边也是这样,甲和乙抓在一处,子和丑二人要一死相争,十八个家人打了九对。秦明一看秦志,说:“秦志,你的外号叫秦椒。我知道你定然是难斗,非打你不可。”挥拳打在一处。秦顺一看秦安浑身是伤,说:“告诉你秦安,我一瞧你就有气,你叫大众打了个鼻青脸肿,你要和我生气。”过去就是一个嘴巴,二人也打在一处。济公站在一处,竟支嘴笑说:“好,你怎么尽叫人家打。”那家人说:“我不是他的对手。”和尚说:“我帮个忙儿,你打他几下,把这人给反上来。”和尚看着他们打,有一个人一歪嘴,把那人耳朵咬下来。那人也真急了,一回头把那人鼻子咬下来,众人正自乱打,监寺的过来一看,说:“道济,你这个乱子惹得可不小!你把那秦相爷的管家大人打得这样狼狈不堪,这还了得吗!你还不把那咒语撤了吗!”济公说:“师兄,要不是你说情,我定然把一伙坑贼人生生打死,今日饶了他吧。你们别打了!”只这一句话,果然众人都明白过来了,彼此埋怨。那个家人说:“张升兄,你我二人知己之交,你因何打得我好苦?”张升说:“我哪里知道?你看看我的耳朵,也叫你给咬了去啦。”那人说:“别说了,我的鼻子不是你嘴里吐出来的吗?”众三爷都埋怨秦安无事生非,秦安向监寺问道:“那个疯和尚是哪个庙的?别放走了他。少时我没有疯僧,我和你要人。”吩咐三爷带马,出了灵隐寺,一路之上鞭上催马还嫌慢,进了钱塘门到相府方下马。只见从里面出来一位同事,一见众人说:“你等怎么这样回来?”秦安把上项之事,由头至尾说了一番。那人说:“见上相爷,别照实话说,求相爷做主,拿这一伙凶僧。”秦安到书房,秦相正在看书,一抬头说:“你四个人到灵隐寺借大木,为何这样回来?”秦安说:“奴才奉大人之谕,到西湖灵隐寺借大木。那庙中和尚都肯借给大人,只有一个疯和尚不但不借,反行殴辱,求相爷做主。”秦相一听,说:

“灵隐寺又出疯僧了？胆敢打我的家人，真是可恼！”即用朱笔一标牌，传到京营帅府，调两员将五百兵，府县衙各带官兵围困灵隐寺，锁拿济公。要知后来之事毕竟如何，且看下回分解。

第十八回

兵围灵隐锁拿疯僧　戏耍班头醉入相府

话说秦相听秦安等回话，勃然大怒，传谕发传牌知会京营殿帅府县衙门，兵围灵隐寺，锁拿疯僧。这道传牌一出，京营帅即派两员将、五百官兵，临安府派八位班头，仁和县派八位班头，各带散役，来至灵隐寺，把庙一围。众班头进庙问老方丈："疯和尚哪里去了？"老方丈说："不知道。"众班头铁链一抖，把老方丈元空长老锁上说："你这和尚胆子真不小，胆敢打秦相爷的管家大人。"侍者过来讲情，不叫锁老和尚，班头把侍者锁上。知客过来庇护侍者，把知客锁上。连监寺的共锁了五个和尚，带着来至秦相府，往里一回禀。秦相立刻升坐花厅，外面有七十几个家将在两旁伺候。当差人等上来回禀："现把灵隐寺方丈带到。"秦相吩咐："把僧人带上来！"两旁传话："相爷有谕，把僧人带上来！"当差的把五个和尚带到堂帘以外，老方丈坐在那里，这几个都跪下。相爷在里面隔着帘子瞧得真，众僧人往里看不见。相爷在里面问道："这几个和尚哪一个是疯僧？通上名来！"下面僧人俱各答话。老方丈说："我叫元空。我是那庙方丈。"那个说："我是那庙的监寺广亮。"那个说："我是那庙的知客德耀。"那个说："我是那庙侍者宗瑞。"那个说："我是那庙斋头惠陵。"秦相一听，说："你们这里头没有疯僧？我派人去锁拿疯僧，他竟敢把我管家打了。"广亮说："回禀大人，我们庙里疯和尚济颠，本是老方丈的徒弟。众位管家去，他施展妖邪法术，把管家大人打了。我等阻不了，求大人格外开恩，与我等无干。"秦相在里面一听，吩咐手下家人传谕各府县头役拿疯僧。钱塘县几个班头在庙内找到拆大碑楼的那里，见疯僧指指戳戳，瞧拆大碑楼。这些瓦木做土工，听说有秦相府堂谕拆大碑楼修盖阁天楼，哪敢违背。内中就有好人，一想："和尚庙里不容易，不定费多大事，化的缘修盖这座楼，一旦之间就拆了，作孽不小。我别作孽，我用铁铣把瓦掇拢，反正也挣二百钱，不犯上做这孽事。"正在这里思想，济公在旁边用手一指，这人从楼上一滑，掉下来，七八丈高落在地上。下脚实地，并未摔着。自己一想："好险，我幸亏未拆楼，我要拆楼，定然摔死，必是有点说处。"自己站起来溜了。就有真拆的，自己想得开："拆完了修秦相府的楼，做两个月的活，修秦相府楼完后，那庙还得动工，又做两个月工，半年的活工有了。"正在那里拆卸，济公用手一指，那人由上面摔下来，正坐在一块三尖石头上，把粪门剟破了，这小子扒着家去歇了半年的工。济公施佛法正在报应那些瓦木匠土工人等，过来几个头班，哗啦一抖铁链，把济公锁套脖颈，说："好和尚，你惹的这祸多大，你还在此指指戳戳瞧热闹呢！"和尚抬头一看，是八位班头：赵大、王二、张三、李四、孙五、刘六、耿七、马八，拉着和尚就走。和尚说："我惹这个祸有多大？"赵头说："难比给你瞧，到相府去，你就知道了。有你个乐。"和尚说："这样叫我走我不走。"赵头说："你还叫我费事吗？"和尚就地上一坐，口念："唵嘛呢叭噬吽唵敕令赫。"赵头用力拉也拉不动，叫王二过来帮忙。王二用尽平生力也拉不动。王二说："你们几位别瞧着，大家拉他。"张三、李四、孙五、刘六、耿七、马八齐过来用力拉，和尚如同泰山一般。众人说："这真可怪！"只听背后有人哈哈一笑。赵头回头一看，是仁和县的两位班头。一位姓田叫田来报，一位姓万叫万恒山。这两个人在仁和县当差，那任官都是红差事，人也精明强干，跟赵头众人还是连盟的兄弟，见赵头众人拉和尚不动，不由得一阵狂笑说："你们众位就会吃饭，没事坐在班房胡吹乱谤，今日有了事，你们全没有主意了。"赵头一听说："你们二位先别说现成话，你们二位要把和尚拉起来，算你们全能为。"田来报说："我要拉不起和尚来，我把田字倒过来。"万恒山说："我要拉不起和尚来，我不在六扇门混饭吃。你们躲开！"赵头众人躲开，见田、万二位用手按上缨翎帽，整了衣服，紧了皮带，蹬上靴子，向前赶走几步，就在和尚面前跪倒说："圣僧，我等跟你老人家无冤无仇，皆因是你老人家惹了秦丞相，秦相派我们老爷带住我等来请你老人家。你老人家既敢惹他，就敢见他。你要不去，秦相一气，参我们老爷，我们老爷得担处分，必要革我们的职，我们把差事一丢，一家大小挨了饿，求你老人家大发慈悲吧。"和尚一听，一阵冷笑说："要照你二人这样说来，我和尚早就去了。田头，贵姓呀？"田头一听也乐了，说："你知道我姓田，还问我贵姓。"和尚说："你名字不是叫来报？"田头说："我叫来报。"和尚又说："万头，贵姓呀？"万恒山道："师父不要怄人，慈悲慈悲，跟着他们去吧。"和尚说："走就走。"田来报这才说："赵头，这个差事得对付着点，我给央求好了,你们带着走吧。”赵头过来,方才拉着和尚出了灵隐寺,往前走了二里之地。那西湖苏堤一带,全是酒铺。和尚走到一个酒铺门首,就向地一坐不走了。赵头说:“师父怎么不走了? 要歇歇么?”和尚说:“我倒不是要歇着,我且问你一句话,你们当差讲究靠山吃山,靠水吃水,指皇树,穿皇陵,无多有少,无大有小,得有朋友见过我和尚。你把我带到相府,算你们能办案,当好差事,可得在我和尚身上花点钱。不然,我不能太太平平跟着你们去。”赵头一听,心里说:“我当了这些年的差事,头一回遇见打官司的跟原差要钱。”赵头说:“师父,你一个出家人,要钱做什么?”和尚说:“我得喝酒,犯了酒瘾走不了。”赵头说:“喝酒行。师父喝多少酒吧。”和尚要了二十壶酒,酒铺给拿过来,和尚一仰脖就是一壶,一边喝着酒,一边说道:“酒要少吃性不狂,戒花全身保命长。财能义取天加护,忍气兴家无祸殃。”眨眼和尚把酒喝完,赵头一掏钱,整整剩了二十壶酒钱,一个不多,一个不少。赵头说:“师父,你再多喝一壶,我的钱不够。少了一壶,我剩下钱。”和尚说:“赵头,你早上起来,是你女人给你装的钱不是?”赵头说:“是。”和尚说:“那是我和尚昨晚上给她的。”赵头说:“师父别玩笑,快走吧。”拉着和尚往前走了有二里地。和尚说:“赵头,你换个人拉着我吧。”赵头说:“做什么?”和尚说:“你没了钱啦,换个人吧。”赵头叫王头拉着。王头接过来说:“师父,走呀!”和尚说:“不走。你知道赵头因为什么不拉着我?”王头说:“不知道。”济公说:“他拉着我和尚,得给我花钱。”王头说:“师父要钱做什么?”和尚说:“吃酒。”王头说:“师父喝吧。”和尚说:“给我来十壶酒吧。”王头说:“对,我就带着四百钱整够,多了我也没有。”济公把十壶酒喝了。书的节目,叫醉入秦相府。王头拉着和尚往前走有二里地。和尚说:“王头,你也该换人拉着。”王头说:“师父你不讲理。赵头拉着出了灵隐寺有二里才喝酒,喝完了又走二里,共四里才换我。我接过来半步未走,就喝酒。方才走了二里,怎么就换人!”和尚说:“赵头是二十壶酒,你是十壶酒。”王头说:“我也不跟你争论,张头你来拉吧。”张头说:“师父,你要喝酒只管喝,此地醉仙楼酒铺我有账,你尽量喝吧。”和尚说:“给我来三十壶酒。”张三一听,暗中一伸舌头道:“师父,你老人家一天喝多少酒?”和尚说:“我也喝不多,早上起来喝二斤,吃早饭喝二斤,吃晚饭喝二斤,一到起更天,我就不喝了。”张三说:“你就睡去了。”和尚说:“我跳在酒缸中泡着去。非是泡着,不能过瘾。”张头这三十壶酒他也喝了。话休烦絮。那八位班头都喝到了,才来至秦相府的门首,仍翻回赵头拉着。和尚喝得酩酊大醉,府门口当差人直催说:"你们这差事怎么当的?相爷叫带疯僧,你们必得等相爷怪下来才带呀?"赵头说:"来了,来了!"领着济公进秦相府。和尚抬头一看,只见相府里好生威严。怎见得?有诗为证:

阁设麒麟玉做琛,堂前窟窍翠屏门,洞门高宏入宝辇,琅琊深广藏雅琴,锦绣丛中古玩润,珠玑堆里词赋分,除却万年天子贵,就让当朝宰相尊。

和尚看毕,赵头带着往里面奔去。罗汉爷施佛法大展神通,要去戏耍秦相。不知后来之事毕竟如何,且看下回分解。

第十九回

秦相梦中见鬼神　济公夜来施佛法

话说济公来至相府，有听差人等往里回话，秦相吩咐："把疯僧带进来！"左右一声答应。还是赵头拉着济公来至里面。一看，老和尚、监寺的、侍者都在这里，两廊下站着七十二个家人。济公到来，立而不跪。秦丞相在里面往外一看，原来是一穷僧。在上面一拍桌案说："好大胆的疯僧！我派我家人到庙来借大木，借是人情，不借是本分，胆敢施展妖术邪法，打了我的管家。从实说来！"和尚就应该照直说来，怎么要拆大碑楼，我不叫拆，怎么打起来的。济公并不说这个话。和尚说："大人，你还问我。你官居首相，位列三台，应该行善积德作福，今无故拆毁佛地，我和尚越说越有气呀！把大人拉下来，给我打四十板子再问！"秦丞相在上面一闻此言，勃然大怒，说："好大胆的疯僧，竟敢欺谤大臣。来！左右将疯僧拉下去，给我重打四十竹棍！"原来这竹棍是秦相府的家法，最厉害无比。在竹子当中灌上水银，无论多坚壮的人，四十竹棍都能打得皮开肉绽。今天要用竹棍打疯僧。济公听说要打，一回身蹲在老方丈监寺的五个和尚当中，过来三个家人，伸手揪着济公按倒地上说："好，和尚，你藏在此就算完了！"一个按住肩头，一个按住腿。和尚头向西，掌刑的拿着竹棍在南边请相爷验刑，抡起竹棍打了四十下，和尚并不言话。三个人打完了，往旁边一闪，秦相在里面一看，说："你们这一干狗头！我叫你们打疯僧，为何把监寺的打了？"三个人一瞧，暗思：奇怪？方才明明揪的是济颠，怎么会变成了监寺的广亮？广亮才可说出话来："哎呀，打死我了！"方才干张口喊不出来，四十棍打了，皮开肉绽，鲜血直淋。秦相吩咐："再换一班掌刑的人，给我重打疯僧四十竹棍！好疯僧，我要不打你，誓不为人！"又过来三个掌刑人，一揪济颠说："和尚，这可不能揪错了。"济公说："该我，我就去。"三个人道："和尚，这还待我们费事吗，你躺下吧。"济公说："你铺上被褥了么？"家人道："你别不知道什么了，这就要打你，还铺被褥。"用手把济颠揪倒，一个骑着肩头，两手揪着两个耳朵，一个骑着腿，这个把三片中衣一撩，拿起竹棍。秦相吩咐："打！打！打！"掌刑的用力把竹棍往下一落，距济颠的腿还有一尺，不由得竹棍拐了弯，正在骑肩头那人的腰上扑咚一下，把骑肩头的那人打出三四步远去。那人拿手按腰腿，哎哟哎哟直嚷："打死我了！好好好，你早间跟我借二百钱我没借，你官报私仇！"秦相大怒，叫下去吩咐："再换掌刑人来，给我重打疯僧八十棍！我不打你这疯僧，誓不为官！"济公说："我要叫你打了，我誓不当和尚。"又过来三个人。这个说："可是我骑肩头，秦升按腿，你掌刑。你可别拿竹棍满处里混打。"掌刑家人答应，对准了和尚的腿，棍刚往下一落，就拐了弯，叭嚓一下，正在骑腿的那人背脊上，打得那人往前一栽。里面秦相一看就明白了，头一回错打监寺的，二回打了骑肩头的，这回又打了骑腿的，这必是和尚妖术邪法。吩咐家人把堂帘撤去，自己打算拿当朝宰相之威，可以避掉他那邪术。家人撤去帘栊，秦相迈步出来。这个时节，济公在地下躺着，翻二目一看，秦相好生威严。怎见得？有诗为证。但只见：

头戴乌纱帽，方儿高，长展翅，摧遥遥，翅起玫珑攒细巧。当朝一品一顶丞相貂，身上罩，蟒翻身，龙探抓，攒五云把海水闹，寿山永固一件紫罗袍。腰系有，锦恒腰，搅八宝，白翡璧，吐光毫，富贵高升玉带一条。足下蹬，墨尼皎，时样好，细篆白底把毡包，寿山永固一双方头皂。看相貌，真不好，甚难瞧，五官丑恶相貌，奔楼头，下巴梢，瓯口双眼睛暴，怒冲冲一喘白玉带，喘吁吁二件紫罗袍，急尖尖汗流满面把乌纱摇，恶狠狠连跺朝靴才把圣僧瞧。

秦丞相那一番急怒相貌，令人可怕，吩咐家人："给我打！打！打！"众家人哪敢怠慢，这个抄起竹棍，恶狠狠过来要打和尚，一举竹棍往下一落，用力大些，一甩棍出了手，棍奔秦丞相打去。那家人吓得亡魂皆冒！秦丞相见此光景，气往上冲，弯腰捡起棍来，要亲自打和尚，猛然听内宅铗响，秦丞相大吃一惊。原本秦相治家有道，内宅没有男子，就是婆子丫环三尺的童子，非呼唤不能入内宅，有要紧事才能打铗。今天一听铗响，秦相正在一愣，由内宅内跑出一个婆子说："大人可了不得了！大人的卧室失了火！"秦丞相一听说，知道是和尚妖术邪法。连忙吩咐家人二十名："把和尚锁在空房，三更天我要审问和尚。"用手指着济公，秦相说："疯僧，你就把相府烧个片瓦无存，我也要把你解到有司衙门，打你八十竹棍，方出我胸中之气。"说罢，吩咐秦升："带二十家人看守和尚，我到内宅去看。”带着几十名家将到了内宅，见夫人站在院中，吓得战战兢兢，婆子丫环那里连忙救火。夫人问：“由哪里引的火？”仆妇说：“是由大香炉内引出星星之火，把窗棂之上碧纱引着。”秦相立派家丁人等，大家去把火救熄，自己把香炉拿起来摔在地上，吓得众仆妇连忙收拾起来。看了看香炉并未损坏，乃是生金铸的。谚云：金盆虽破值钱宝，分两不曾短半分。秦相见火已灭，到了房内。夫人问：“大人所因何事，这般大怒？”秦相便把疯僧妖术打家人，兵围灵隐寺，把庙中和尚锁来，“我正要责打疯僧，不想一连三次，都被他邪术躲过去。我方要自己打他，后宅火起，我仍是把众僧锁押在空房之内，三更天定要责打疯僧。”夫人说：“大人何必向这些无知之人较量。”正说之时，家中仆妇回话：“晚饭已好，请示相爷在哪里用？”秦相说：“就在这里用吧。”丫环摆上杯箸，秦相满心怒气，吃不下去，稍吃两杯，就撤下去了，在屋中看书，点上灯光，秦相看了几遍，也看不下去，伏几而卧，曲肱而枕之，方一迷离之际，似乎要睡，昏沉之间，只听：

一阵阵冷气吹人，一声声山林失色，咕噜噜声如牛吼，哗啦啦进来一个的溜溜就地乱转，原来是地府魂魄。

话说丞相一看，从外面进来一个大鬼，身高八尺，面似黑烟，头戴青缎六瓣壮士帽，身穿青布小袄，腰扣青纱包，大红袖子中衣，足下青缎快靴，环眉大眼，手持三股烈烟托天叉。后面又跟进来一个，身高八尺，帽子够二尺，浑身皆白，面皮微紫，紫中透黑，手拿着哭丧棒，冲着秦丞相一站。后面又进来了个头戴如意巾，两个朝天如意翅，身穿绿缎子袍，足下官靴，面皮微白，四方脸，手中拿一支笔和一本账。后面又进来一个，头上蓝缎子软帕包巾，绣团花分五彩，青缎软靠，青布快靴，面皮微紫，重眉阔目，手拉铁链锁定一人。项带大锁，手上有铐，脚上有镣，一脸枯槁，发髻蓬松，一团胡须如乱草一般。秦相一看，正是他爹老太师秦桧，回煞归家。后面跟定一个小鬼，头上绢帕罩头，面上青泥，两道朱砂眉，一双金睛暴出，身似刷漆，腰系虎皮战裙，手执巨齿钉，狼牙棒，紧跟后面。秦相说道：“老爹爹，孩儿我打算你老人家早升了天堂，谁想你还在阴曹地府，受这般苦楚。你老人家先回去，孩儿明天定请高道高僧，超度你老人家早早升天。”秦桧说：“儿呀，为父在阳世三间，久站督堂，闭塞贤路，在风波亭害死岳家父子，上干天怒，下招人怨，现在把我打在黑地狱，受尽百般苦楚，今奉阎罗天子之命，回煞归家，劝诫于你，你身为宰相，就应该行善积福做德,你不但不行善,你反要拆毁佛地,罪孽深重。因为你拆毁灵隐寺大碑楼,锁拿和尚。要听我良言相劝,赶紧把僧人放回去,大碑楼重修。”正说到此处,就见那拿叉的大鬼说:“众家兄弟拉着走!”哗啦啦一抖阴阳铁叉,摔拉着秦桧就走。秦相说:“爹爹慢走,孩儿还有话禀告。”众鬼卒不容分说,拉着就走。秦相忙上前用手一拉,只听得当啷一声响。秦相睁眼一看,有一桩岔事惊人。要知后事如何,且看下回分解。

第二十回

赵斌夜探秦相府　王兴无故受严刑

话说秦相见众鬼卒拉着他爹爹秦桧就走。他一急,用手一拉,只听当啷一响,睁眼一看,原来是南柯一梦,把蜡灯摔在地上。外面有值宿的丫环,进来把蜡灯捡起来,照旧点上。夫人那里也醒了,问道:“大人因何这等大惊小怪?”秦相说:“我方才在灯下看书,偶然心血一迷,已睡入梦乡中。方才得了一个兆,见老太师回煞归家,戴了手铐脚镣,众鬼卒押解,述说我在阳世三间之恶。我打算要把大碑楼止工,将众僧人放回,夫人你看意下如何?”夫人听了一笑道:“大人乃读书之人,你怎么也信服这攻乎异端、怪力乱神之事?”秦相一听夫人之言,他又把善心截住,问丫环外面有什么时光。丫环说:“方交三鼓。”秦相说:“传我的堂谕,三更天我在外书房审问疯僧,非重重责罚他不可。”正说着,只见屋中这盏蜡灯呼呼呼,灯苗长有一尺多高。秦相爷一愣,贸然间这灯又往回缩,缩来缩去,灯苗剩了有枣核大小,屋子里全绿了,如是者三次。秦相把镇宅的宝剑摘下来,照着灯头就是一剑,忽然献出两个灯光,秦相复又一剑,献出四个灯光。秦相一连几十剑,满室中灯光缭绕。就听婆子叫:“大人,门外面站着一个大头鬼,冲着我们直晃脑袋!”丫环说:“可了不得!桌底下蹲着一个支牙鬼,冲我们直乐。”那丫环说:“快瞧,在帘子那里有个地方鬼,直点头。”秦相吩咐叫婆子打锣,叫家人进来打鬼。婆子丫环到门外一呼唤,外面众家丁往里跑,听内宅闹鬼,都要来在相爷面前当差,刚要到了内宅,就听声音一片喊叫:“了不得了!相爷,看那破头鬼的头上直流血。了不得了!相爷,有了抗枷的鬼。了不得了!相爷,有了吊死鬼。了不得了!相爷,有了无头鬼,又有了淘气鬼了,净打了拧人。”书中交代:此乃是济公施的佛法。只因秦相派了二十名家人。在外面廊房之内看押和尚,内中秦升说:“咱们这差事可不是玩要,昨夜我就一夜未睡,今日又有这个差事。我出个主意,咱们大家每人出二百钱,做一个公东,买些酒菜来,入夜二更之时,大家喝了酒,至三更相爷要升书房审问和尚,也误不了事。你等想想怎样?”众人都说道:“好好好,就是那样办吧。”众人凑了四吊钱,叫一个人去沽酒买菜,都办齐了。天有初更之时,只见内中有说:“咱该喝了。”众人把酒菜摆上。济公说:“众位慈悲慈悲,我和尚喝一杯酒呀。”秦升说:“和尚不准饮酒!你因何要喝起酒来了?和尚说的是杀、盗、淫、妄、酒,此为五戒。你要喝,岂不犯了戒么?”济公呵呵大笑道:“管家但知其一,不知其二,内中还有许多好处呢。天有酒星,地有酒泉,人有酒圣,酒和万事,酒和性情,仲尼以酒为道,但不及乱耳。”秦升说:“和尚,你知道这些事,我给你一杯吃。”伸手斟了一杯给和尚。济公接过来说:“好好好,日长似岁闲方觉,事大如天醉亦休。”把那杯一次而尽,说:“众位再给我一杯吃吧。”秦升说:“已然给你一杯吃了,还要,真不知自爱。”和尚说:“你要不给这杯,连那杯人情也没了。”秦升又给他斟了一杯。和尚喝了说:“来,再给一杯,凑个三杯。”秦升说:“没有了。不是我不给你,和别位要吧。”济公哈哈大笑说:“好,我自己会喝。”拿着酒杯连说:“唵敕赫,来来来。”就见杯中酒忽满了,和尚连吃了几杯酒,把酒杯放下。那些家人都要喝酒,一个个向前伸手倒酒,那瓶内连一滴皆无。众人都说买东西那个剩下钱啦,又把那个酒瓶拿过来,也是点酒皆无。秦升一语未发,一闷气就先躺下了,众人东倒西歪都睡了。济公先点化了几个鬼,想要把此事完了,也就省心了。不料秦夫人一句话就给挡住。和尚见家人睡了,把铁锁盘起,就到内院去报应。那些恶仆平日倚主人之势,在外招摇是非。和尚打一下,拧一下,正是报应众人。只见北房上有一人,手持钢刀一把,要杀秦相,代济公报仇。罗汉睁眼一看,来者非别,正是探囊取物赵斌。只因前次赵斌帮着济公盗五雷八卦天师符,装韦驮在秦相府遇见尹士雄,两个人回家中,见过赵老太太,有了两天,尹士雄告辞就走了。赵斌仍是做小本生意,倒不为赚钱。老太太因叫赵斌有个养身之道,省得胡作胡为。这一天赵斌正在西湖卖鲜果子,见有无数官兵,围住灵隐寺。赵斌见有认识的人,过去一问,方知是济公打了秦相府的管家,秦相发传牌调兵围灵隐寺,捉拿疯僧到相府,要把济颠活活打死。赵斌一听大吃一惊,自己一想:“济公待我有救命之恩,他老人家遇难,我如何不救。”又想:“我娘亲晚上又不叫我出来。有了,我说个诳,等我娘亲睡着,我带上切菜刀一把,奔那秦相府把奸相杀了,给我师父济公长老报仇雪恨。”自己慢慢回家,老太太问:“今天因何不卖了?”赵斌说:“我今天身子不爽。”老太太说:

“既是身子不爽，在家休息吧。”及至晚饭后，赵斌正望他母亲睡觉，忽听外面打门。赵斌一听，心中大大不悦，心想：“我母亲将要睡，又有人打门。”出来一看，乃是对门街居王老太太。一见说：“赵斌，我烦你一件事。只因我王兴儿清早起来卖果子，去到秦相府门首摆摊，正午的时候，来了一乘小轿，说我儿得了子午痧，把我媳妇接了去，直到这个时候，还不见回来，我甚不放心。家中又没人，我烦你去代打听打听。”赵斌连忙答应。他本是实心做事的人，进去告诉母亲。换好了衣服，揣上一把切菜刀，出来一直奔至秦和坊，来到秦相府门首。此时已晚，见王兴的果摊尚未收，有看街的郭四在那里看守。赵斌一看熟人，说：“郭头，我王贤弟哪里去了？”郭四道：“原来是赵爷。你问王兴，别提了，今天一早秦相府二公子把他叫进去。他叫我给看着，也给他卖了钱不少。我尚有忙事，他一进去，就没有出来。我进去打听，他们都不叫我问，我也不知是什么事。”赵斌也不知王兴是怎么一件事，别了郭四，便在各处访查，也未打听着，直至天有二鼓，自己就奔秦相府，找僻静之处，将身蹿上房去，打算要刺杀秦相给济公报仇。哪想到来到里面，在房上一看，院中灯火绿沉沉的，照得那些家人直似一群怨鬼，吓得赵斌战战兢兢，穿房越脊，往西奔去。来到一所花园，赵斌站在房上东张西望，心说：“这所花园子，不是秦相府里。在他这相府隔壁，是谁家的？”看了够多时，只见在东北上有一所院落，灯光闪灼。赵斌跳下来切近一看，周围栽的桂树，路北的垂花门。一进门，目前一带俱是花墙子，当中白灰抹的棋盘心。这院子是北房三间连月台，东西配房各三间。赵斌抬头一看，见上房屋中垂下竹帘子，里面现着灯光，由外向里看得甚真。见里面是一张八仙桌，桌上摆的干鲜果品，冷荤热炒，上等高粮，是一桌海味席。赵斌想：“这倒是活该给我预备的，叫我吃饱了，喝足了，再杀那狗娘养的。”赵斌往前刚走了两步，猛然心中一动，自己叫着自己：“赵斌你太粗鲁了！倘若屋内有人，我便往里走，岂不被他看见？那时多有不便。我不免找块石头，探探有人没有。”赵斌在院中找了一块小砖头，照定帘子打去。绿林人讲究投石问路，用石头一打，要有人必有答话：“这是谁砍砖头呀。”有黄狗听见有响动，汪汪一叫，也就探出来。赵斌今天用砖头照帘子一打，并不见动作，自己满心大悦，知道是没人，这才往前行走。刚上一台阶，只听上面叫：“哎呀，大哥来了。快救命呀！”赵斌大吃一惊，抬头睁眼一看，原来是王兴夫妻二人在房梁上倒吊，浑身是血。不知这夫妇二人因何在此遇难，且看下回分解。

第二十一回

遭速报得长大头瓮　荐圣僧秦相请济公

话说赵斌抬头一看，见王兴夫妻在这里吊着，身受重伤，不由大吃一惊。书中交代：这一所花园，乃是秦丞相的二公子秦桓的花园。平日秦桓就不守本分，他倚仗着他父亲是当朝的宰相，他哥哥已死，就剩了他一个。他任意胡为，手下养活着许多的打手，时常在外面抢夺人家少妇幼女，抢了来就要霸占了。如其本家找来，他叫手下的打手一阵乱棍打死。到府县告去，衙门不敢接呈子，都知道他是宰相的公子。因此大家给他起了个绰号，叫追命鬼。今天是他在花园内看书，看书也不瞧正书，也无非是淫书邪说，正瞧的是唐明皇宠信杨贵妃。瞧到得意之处，自己便乃拍案惊奇。旁边有管家秦玉，平常最得脸的人。说道："公子爷为何这样喜悦？有何得意之处？"秦桓说："你不知道，怪不得唐诗有云，虢国夫人承主恩，平明骑马入宫门，却嫌脂粉污颜色，淡扫娥眉朝至尊。这个杨贵妃果然是生得好。"秦玉道："公子爷，是你亲自所见么？"秦桓说："这奴才竟说浑蛋话。那是唐朝，此是宋朝，我如何能亲眼得见？"秦玉说："目今有一个人，比杨贵妃生得好，真是天下少有，世上所无。我自出生以来，就瞧见这样一个美人，身材不高不矮，模样不瘦不胖，眉毛眼睛，都是生得好看。"秦桓本不是好人，一听此言，眼就直了，连忙说："秦玉，你在哪瞧见的？"秦玉说："咱们府门口有一个摆果摊的王兴，他家就住在木头市。那一天小人买了两张楠木椅子，想要雇一个人替我挑到我家去，偏巧没有相当人，我就上王兴家找他去了。一叫门，正赶上他的妻子出外。小人一见，果然长得是国色天香，天下少有，第一等美人。打那一天我瞧见，我就要告公子爷，只因未得其便。"秦桓道："不行呀？好与不好，在王兴家里，还能算得是我的人吗？你可有什么主意？想法把美人给我弄来，我必定多赏你银子。"秦玉说："公子要这个美人不难，你能花二百银子，奴才有一条妙计，保管今天美人到手。只要公子爷舍得赏我二百两银子，我就替你出个主意。"秦桓说："去至账房给拿。"二百银子到手，就在秦桓耳旁说道："只需如此如此。”秦桓一听，哈哈大笑说：“你就去叫他去。”秦玉到了外面一瞧，见王兴正把果摊摆好，说：“王兴，公子爷呼我来叫你。”王兴赶忙托付看街的郭四照应果摊，跟着秦玉往里走。王兴笑嘻嘻，只打算是要卖几两银子，必是公子要什么好果子。来到花园里丹桂轩，一瞧追命鬼秦桓正在那廊子下坐着，两旁站着有几个家丁。王兴连忙过去行礼说：“公子爷呼唤小的来，有什么事情？”秦桓说：“王兴，你家里有什么人？你多大年纪？照实说。”王兴不知是什么一段事情，赶忙说：“公子爷要问，我家里就是小人，我母亲今年五十岁，我今年二十二岁，我妻子十九岁。家中就是三口子度日。”秦桓一听，这小子一阵狂笑，说：“王兴，我听说你女人长得不错，我给你二百银子，再娶一个，把你女人接来给我吧。”王兴一听此言，打了个冷战，心想：“我若一说不答应，必然一顿乱棍把我打死。”心中一忖度。王兴说：“公子爷在上，小人有下情上告。我娶妻并不为别的，为的服侍我老娘。待我老母死了，我把妻子送与公子爷，我也不敢领二百银子赏。”秦桓听王兴之言，正要说你去吧。那旁秦玉过来说：“公子爷，你休听他此话，明明是搪塞你，他母亲今年才五十岁，再活三十，他媳妇已五十岁了，岂不送了来养老吗？”秦桓一听勃然大怒道：“好一个狗头！你敢在你家公子爷面前搪塞，实在可恼，来！把他替我吊起来！”众恶奴就把王兴吊起来。秦桓说：“秦玉，你有什么主意？把他女人给我诓来。我叫他看着跟他女人成亲。”秦玉这小子眼珠一转，计上心来，到了外面，把跟他的三小子叫过来，交代了几句话，雇了一乘二人轿子，这个三爷跟着来到王兴的住家的门首。一叫门，王兴的母亲由里面出来，说：“什么人叫门？”这个三爷说：“老太太，你不认得我了。姓张，在秦相府花园子有二分小差事，跟我王大哥至相好。今天早起我王大哥刚摆上果摊，他摔了一个跟头，口吐白沫，不知人事。我等把他搭到花园子去，请个先生给瞧。先生说他的病太厉害，要有他的亲近人在旁边看着，才给治病呢。我王大哥叫我来接我嫂嫂。”老太太说：“也好，我去看着。”那人说：“老太太，你老人家这样年纪，如到那里见事则迷。再者留下小妇女看家，尤不方便。”老太太一听此话甚为有理，到家中和儿媳吴氏一商议，那吴氏也是知三从四德之人，听说丈夫病了，心内乱了，忙换衣服说：“孩儿去看来。”到外面说了几句客气话，上了轿子，抬起来竟奔相府而来。到了花园之内，放下轿子，把帘子一掀，吴氏看见上房廊檐之下，端坐一位公子，她丈夫王兴在旁绑着,吴氏不知所为何因。因那公子打扮得整齐,怎见得?有诗为证:但只见——

头上戴,如意巾,绣带儿飘,羊脂玉,吐光豪。身披一件达子袍,团花朵朵金线绕。粉底靴,足蹬着。看相貌,甚难瞧,贲拉头,下巴梢,瓯口眼,双睛暴,伸看脖子似仙毫,活巴巴的一块料。愿当初,做成时节手执潮。

吴氏看罢说:"公子,你是什么人?因何把我男人绑上了?"旁边家人说:"这是我公子,乃是秦相爷之子,还不过来叩头。"那吴氏尚未回言,只听秦桓说:"娘子,你休要害怕。我本是一举两得,三全其美,不料王兴这个狗头反不愿意起来。我已久仰小娘子这一分芳容,真乃倾国倾城之貌。我想你跟着王兴,无非吃些粗茶淡饭,穿的粗布衣衫。我才把王兴叫进来跟他商酌,打算给他二百两银子,再娶一房。岂不是一举两得,三全其美?二百银子他再娶一个也使不了,又可以发点财,又省得你跟他受罪。把你接来服侍我,我也有一个得意的人。同他一商议,他倒好大的不愿意。因此我把他捆上。"吴氏一听此言,蛾眉倒竖,杏眼圆睁,说:"公子爷,依我之见,趁此把我夫妻放回,万事皆休。你乃是当朝宰相之子,宦门之后,家中姬妾满堂,何必与我等作对?公子理宜行善积福修德,这件事要被御史言官知道,连尊大人都要被参。"王兴在那里也说:"公子爷,我在你府门口做买卖,没有得罪你老人家。你开恩把我夫妻放了吧!"秦桓听此言,反冲冲大怒,吩咐一干恶奴:"把他二人替我吊起来打!"手下人就把这小夫妻两个吊起来,用鞭子一抽,这夫妻是把心横了,就让他打死,也不想从他。这件事直到晚间,他只摆着酒喝着,又拷打二人,忽听东院相府闹鬼,手下人回报道:"公子爷快瞧瞧去吧。"秦桓一听,急忙吩咐家人:"前面提灯,快去看看。"家人也要去看闹鬼,众人一同走了,这里一个人也没有。王兴夫妻在此忍痛。王兴说:"娘子,你同我受这般委曲。"吴氏说:"该是我二人死在这里,但是死后再到阎王爷面前告他便了。"正说之间,外面来了一人。王兴睁眼一看,原来是探囊取物赵斌。王兴说:"哎呀,赵大哥救命吧!"赵斌见王兴夫妻周身是伤,走过去先把王兴由上面放下来,然后把吴氏放下来。赵斌伸手解王兴的绳扣,解不开,捆得太紧,正是着急。后面有一人抱住赵斌。赵斌要使脱袍式把那人捺个跟头,自己好逃走。哪知道用尽平生之力,后面那人如泰山一般,把赵斌抱住不能转动。是这样的英雄,今天都会被获遭擒。不知究竟如何,且看下回分解。

第二十二回

施妙法鬼入闹秦宅　治奇病济公戏首相

话说赵斌正要给王兴解绳扣,忽有人在后面把赵斌抱住。赵斌打算要夺身出去,哪想到摇不动,回头一看,原来是济公长老。赵斌说:“师父,你快放开我。只当你老人家为秦相所害,不想到师父还在这里。”济公方才松手,说:“赵斌,你把他们的绳扣挑开,跟我往屋中来,我有话说。”赵斌把王兴夫妻解放下来。济公掏出两块药,把王兴夫妻被打的伤痕治好。和尚进了屋中,上面一坐,大口喝酒,大把抓菜,满面抹油,赵斌说:“好,这桌酒原给师父预备下了。”和尚说:“赵斌,你往西厢房北里间屋中,有四只箱子,第三只箱子内有黄金一匣,重百两,有白银六封,重三百两,你给拿来。”赵斌急忙到那里去一找,果然济公说得不错。赵斌把金银拿过来,济公方才问:“王兴,你是哪里人?”王兴说:“我原籍是余杭县人。”济公说:“王兴,你把这金银拿去,明天可同你母亲雇只船逃回余杭县去吧。你家中破坏的东西,给赵斌吧。你有这金银,到家买些地做个买卖,也足够你们度日子了。”王兴一听,急忙趴在地上,给罗汉磕头。济公说:“赵斌,你可送他夫妻走吧。”赵斌说:“师父,你在这里不要紧么?我原打算杀了秦相,给你老人家报仇。”济公说:“不要你问,我自有道理,三日后你必听得到信。”赵斌点头答应,正要走,只听那旁有人说:“小子们跟我走,看看王兴的妻子从我不从。”众恶奴答应说:“是。”只见打着灯光,原来是二公子追命鬼秦桓,由相府回来,领了一群恶奴。原来是听说东府闹鬼,他便去给秦相请安。秦相疼儿子,怕他害怕,不叫他进去,叫他回自己花园养息,故此率领众人回来。方一到花园子,就想起王兴之妻说:“小子们,去看那王兴之妻从我不从。如其不从,我活活把她打死。”赵斌一听,大吃一惊,道:“师父,可了不得了!要不咱们躲到屋里。”济公说:“不要紧。”和尚用手往外一指,口念六字真言:“唵嘛呢叭㖿吽。”秦桓偶然打了一个冷战,扑咚栽倒在地。众家人上前搀扶,大众一乱。赵斌趁他一乱,领着王兴夫妻直奔花园子角门,由角门出去,送王兴夫妻到家。

第二天一早，王兴同他母亲、妻子叫船逃走，把家中破坏东西给了赵斌，这话不表。单说济公见赵斌等走后，吃饱喝足，仍然回归东府空房。且说这里秦桓摔了一个跟头，心中觉得惊慌。有众家人把他扶至房中。秦桓说："哎呀，好热！"秦玉把帽子给摘下来，秦桓说："热！"家人又把袍子脱下来。秦桓仍叫热，连忙把趁袍脱下来。秦桓说："热。"秦玉又把靴子、袜子脱了。秦桓说："热。"秦玉把大褂中衣又脱了。秦桓叫热，秦玉吩咐快给打扇。打扇也是热，秦玉叫抬进两块冰来。手下人才把冰抬进来，秦桓叫好冷，即把冰抛去。秦桓说："冷。"照旧把褂裤穿上。还叫冷，又把袜子靴子穿上。秦桓说："冷。"穿上趁袍还叫冷，套上袍子还是冷，加上帽子还是冷，盖上两床被还是说冷。秦玉叫上火盆，才把火盆引着，秦桓又嚷热，把火盆拿出去，还是热，仍然又脱衣裳。书不多叙。如是者冷了热，热了冷四五次，天色已不早了。秦桓突然说："脑袋里痒，痒得难受。快来人给我挠！"秦玉过去用手一挠，哪知道越挠越大，顷刻间脑袋胀得如麦斗相仿，吓得秦玉也不敢挠了，众家人一个个目瞪口呆。天已光亮了。秦玉说："快给东府送信吧。"秦相本是告假，也不上朝，闹了半夜的鬼，也没有审问和尚，天色明了，正要休息，外面有家丁进来报告说，"有人来送信，公子爷病了。"秦相一听，父子关心，急忙带着从人来至秦桓花园子。秦相到了屋中一看，见秦桓躺在炕上打滚，脑袋大得如斗。秦相就急了，说："你们这些奴才，真正可恼！公子爷的这般重病，为何不早送信与我？"秦玉说："相爷有所不知，昨天夜间公子由东府回来，偶然跌了一个筋斗，到屋内就叫热，脱了又说冷，穿上又叫热，如此者数次，后来就叫脑袋痒，奴才就替他挠。越挠越大，这病来得奇怪。"秦相连忙吩咐："快请有名先生来调治。"家人答应。那临安城内有两位名医，一位叫指下活人汤万方，一位叫赛叔和李怀春。家人忙至李怀春家相请。李怀春一听是秦相府，不能不去，随同家人来至相府门首，去往里回报。秦相心急如火，赶忙吩咐有请。家人带领李怀春来至里面。秦相见李怀春头戴四楞逍遥巾，身穿蓝袍子大氅，篆底官靴，气宇轩昂，一表非凡。连忙请到屋中，有人献上茶来。李怀春给公子秦桓一诊脉，便心中纳闷。眼瞧他脑袋甚大，看寸关尺六脉十二经，并没有病。察看多时，不知他脑袋之病，从哪经所得，实在自己无法用药。方才说："公子这病，小生才疏学浅，相爷另请高明吧，我实不能治。"秦相说："我怎知道谁是高明？李先生你必知道，给引荐一位。”李怀春心想:“我要治不了,汤二哥也不能治,他治不了的病,我也不能治。除我二人之外,还有谁可引荐?”想罢说:“相爷,我实无人可荐。”秦相一听真急了,说:“你既不能治我儿的病,又没人可荐,你今天休想出我这相府!”李怀春一听:“只知以势力压人!”猛然心中一想:“我何不把济师父荐来?”想罢说:“相爷,要给公子治病,只有一个人,就是酒醉疯癫,衣衫不整,恐相爷见怪。”秦相说:“这有何妨,只要他能给我儿治病。”李怀春说:“可是出家人。”秦相说:“不问出家人,只能治病便好。你可说来,快请去!”李怀春说:“乃是西湖灵隐寺济颠。”秦相一听,说:“原来是他呀!现在疯僧在我东院里锁着。”李怀春一听锁着济公,心中方才明白:“怪不得他长大头瓮。”秦相赶忙吩咐家人:“去把疯僧叫来,他要能把我儿的病治好,我放他回庙,免他之罪。”家人急忙来到东院空房一看,众和尚都起来。家人说:“和尚,你这造化大了。”济公说:“灶火大,费点柴。”家人说:“我家相爷叫你去替公子治病,你能治好了,放你回庙。”和尚说:“你们相爷他把我锁来,要过堂审我,一叫我就到,叫我和尚给治病,你就说我说的刷了。”家人一听说:“好,我就照你这话回相爷去。”家人就回来,见秦相说:“回相爷呀,我去说丞相叫和尚去治病,他说要过堂审他,一叫就到,叫治病他说刷了。”秦相不懂这句话,问李怀春什么叫刷了。李怀春微然一笑说:“这句话,乃是一句戏言。相爷要叫他治病,须下一请字。”秦相疼儿子,说:“好,你等去,就说我请他来治病呢。”家人想:“真是和尚走运。”连忙来至东院,见和尚说:“和尚,真真你的架子太大了,我家相爷叫我来请你治病。”和尚说:“你家相爷安居首相,位列三台,我和尚同他平日并无往来,他要交结僧道,叫御史言官知道,就把你给参了。”家人一听说:“好,和尚,你说得好,我去给你报告,见我家大人去。”自己到了西花园之内见了秦相,说:“回相爷,我去到那边面见和尚。奴才说,大人请他给公子治病。他说大人官居首相,位列三台,他和大人素无来往,说大人交接僧道,要叫御史言官知道,就把大人给参了。”秦相一闻此言,勃然大怒,说:“好大胆的僧人!”李怀春说:“相爷不要生气,要教和尚给公子治病,大人必须亲自一往。”秦相见公子满床乱滚,没奈何道:“李先生,你要随我同往。到了那里,看和尚怎样?”李怀春答应:“是。”随同秦相到了东府空房院内。秦相咳嗽一声,谓是叫家人知道我来,你们都要规矩点。果然房中众家丁听见都站起来,说:“大人来了。”

济公说:“众位,这是狗叫唤。”众家人连忙止住:“不要胡说,我家大人来了。”只见秦相同李怀春进来,到了济公面前。秦相说:“和尚,只因我小儿得了奇怪之病,本阁特来请你治病。”和尚说:“我是被大人拿锁子锁来的,并不是请我来治病的。”秦相一听,便勃然大怒道:“好好。”李怀春一见事情不好,连忙说:“大人暂息雷霆之怒,我前去必要把济公请来。”秦相只得往后一退。只见李先生过去说了一席话,圣僧便施佛法,大展神通,要来戏耍秦相。不知后来之事毕竟如何,且看下回分解。

第二十三回

找妙药要笑众家丁　联佳句才惊秦丞相

话说李怀春到了济公面前说："师父久违了，弟子有礼。今日秦公子得了奇异病症，我把你老人家荐了去给公子治病。不论什么事，都看在弟子分上。"济公说："好，李怀春。你要给人治病，都拿锁子锁了去呀？"李怀春一看说："好，秦大人，请你老人家派人把圣僧铁链撤去。"秦相立刻把和尚链子撤去了。李怀春说："师父，你老人家可没有别的话说了。走吧！"和尚说："李先生，我师父、师兄、师弟都在这里受罪，我哪有心来给人治病？"那秦相听见，立刻叫把众僧人都放回庙去。众僧人走了，李怀春说："师父，你老人家可没得说了，走吧。"济公说："李先生，兵围灵隐寺，拆毁我庙中大碑楼，我要给人治病。我哪能情愿呀？"秦相知道和尚要把兵撤回来，他也没有话说，连忙吩咐手下人去传堂谕："去把拆楼之人一并撤回，连兵丁也撤回来。"李怀春说："圣僧，你老人家可没有话说了，走吧！"和尚说："走。"站起来说："行善积福作德，作恶必遭奇祸，贫僧前来度群魔，只怕令人难测。"和尚谈笑自若，秦相想："和尚放荡不拘，真要把我儿的病给治好了，我要不拆他大碑楼，我是被人耻笑，他白打了我的管家，我白把他锁来。就是他把我儿的病治好了，我也要拆他的大碑楼。"济公在后面哈哈大笑说："好好，善哉善哉，我和尚唱个歌给大人听吧：皂帽丝绦第一人，难略紫绶罗袍，一品还嫌小。量尽海波涛，人心难忖着。翠养翎毛，谓谁头上好。豕养脂膏，谓谁肠肉饱。千寻鸟道上云霄，是处都经到，平地好逍遥，世人知事回头少。"和尚一唱山歌，秦相暗暗点头，知道这和尚甚是明白。一同来至西花园秦桓的书房，听秦桓在那里咳嗽不止。和尚到了屋中一瞧，说："哟，原来是这么大的脑袋，可了不得！"李怀春听和尚这话大吃一惊，心说："费这大事，把他请来，他若不能治，可就糟了。"秦相也是一惊，连忙问道："和尚你会治不会治？"和尚说："会治。不要紧，这是三小号，我连头号大脑袋都能治。这病有个名，叫大头瘟。"说着话，和尚伸手往兜囊一摸，说："可了不得了，我把药丢了！"秦相说："什么药？"和尚说："治大头瘟的药。"秦相一听一愣说："和尚莫非是你来到我这相府，就知道我儿长大头瘟么？"和尚说："不是。只因有一位王员外，他儿子也得这个病。每逢得这个病，必不是好人，定在外面行凶作恶，抢占少妇长女，才有此病。王员外儿子不法，得了大头瘟，请我去治。我带了药刚要去，就被相爷派人把我和尚锁来。我进相府的时候，摸兜子药还有呢，这时候会没有了！"秦相吩咐："尔等快给和尚去找药！"众家人一听，说："和尚，你这药是丸药？是面子药？告诉我们，好找去。"和尚说："是颗丸药，有小米粒大，像瓜皮颜色，也没有纸包着。"众家人一听说："我去吧。"和尚说："大人，他这病可有转，这是小三号，要一转了大脑袋，就没法治了。"秦相说："那怎么办呢？"和尚说："我得吃饱了再治，要不吃饱了治，越治越冤。"秦相一听，怕儿子转冤大头，赶忙吩咐家人摆酒，在大厅上摆下三桌酒，让和尚先行奔厅上去吃酒，吃完了再治病。李怀春同着和尚来至厅上，和尚一看是三桌酒，并不谦不让，就在正面上头落座。秦相一看，虽是心中有些不快，暗想道："这个和尚是有点来历，我如今为当朝的宰相，他竟占我的上座。"秦相也没法，只可主座相陪，让李怀春在东首坐下。和尚酒过三巡说："大人这个闷酒没喝头。"秦相说："依你便该如何可以不吃闷酒呢？"和尚说："出个灯谜，说个酒令，对个对子，批个字意，都可解闷。"秦相说："和尚，你还认得字么？"济公说："不敢云认字，也略识一两个。"秦相说："要说酒令，是喝酒，是赌什么？"和尚说："不赢酒。大人出个对句，我和尚如对上，我赢大人一万两银子；要对不上，我和尚输一万两银子。大人想我一个穷和尚要输了，哪有一万现银子？我要输了，大人不是要拆我那个大碑楼么？我要输了，把大碑楼给大人好不好？"秦相一听，心中甚为欣悦，说："和尚，我先试试你的文理，要真有才学，我再跟你打赌。我先出两个字你对。"和尚说："大人说吧。"秦相说："幽斋。"和尚说："对茅庐。"秦相点了头说："开窗。"和尚就对"闭户"。秦相说："读书。"和尚说"写字"。秦相说："和尚你输了。我这六个字凑成一处，成一句话，是：幽斋开窗读书。"和尚说："我那六个字也是一句话，凑成一处，是：茅庐闭户写字。"秦相说："我给你出个拆字法的对子，你对上，我输你一万银子。"和尚说："也好。"秦相说："酉卒是个醉，目垂是个睡，李太白怀抱酒坛在山坡睡。不晓他是醉，不晓他是睡。"和尚吃了一杯酒，哈哈大笑说："这个对子好对！月长是个胀，月半是个胖，秦夫人怀抱大肚在满院逛。不晓他是胀,不晓他是胖。”秦相一听连摇手,说道:“和尚不要诙谐。”秦相想:“这个和尚真淘气。我再出个对子,叫他知道我秦相本是满腹文章,怀揣锦绣,腹隐珠玑。”大人说:“佛祖解绒绦,捆和尚扣颠僧。”济公说:“哎呀,大人这个对子可真好,我和尚才疏学浅。”秦相说:“你对上,我再输银一万;对不上,我要拆你的大碑楼。”和尚说:“好。”喝了一杯酒说:“我对一个天子抖玉锁,拿大臣擒丞相。又赢你一万两!”秦相想:“和尚果然满腹奇才,对对子赢不了他。”方才说:“和尚不用对对子,出酒令吧。”和尚说:“出酒令就出酒令。大人说的,还是大人出。”秦相说:“我要说两个古人,两种物件。这两个古人要一样的脸膛,做事相同,落在两件物件上,要一活一死的。说上来算赢,说不上来算输。”和尚说:“大人先说吧。”秦相说:“和尚,你听我道来,你要听着。远看一座楼,近看一只牛,吕洞宾醉卧岳阳楼,孙膑架拐骑牛。”和尚说:“远看一座庐,近看一尾鱼,张飞顾庐,敬德吊鱼。”秦相说:“和尚,你输了一万。张飞顾庐,三顾茅庐还可以说。敬德吊鱼,鱼哪有腿?”和尚说:“甲鱼不是有四条腿?”秦相无法,又让和尚赢了一万。秦相想:“我总要想法赢他。”出来告诉秦安:“你拿个捧盒装点凉糕,你在外面等着叫和尚猜。他要猜盒子里没东西,你装着凉糕拿进去,他要猜有东西,你拿空盒子进去。”秦安点头。秦相回到里面说:“和尚,我久闻你能掐会算,善知过去未来之事。我已派家人去拿个盒子来你猜,猜盒子里有东西没有。你要猜着,我照数输给你一万银子,如猜不着,我要拆你的大碑楼。”和尚说:“大人,你输急了吧?”秦相说:“我并非是输急了,我倒要试试你的能为。”和尚喝了一杯酒,定了定神说道:“秦大人出的主意高,这件事情真奇巧,捧盒本是空空物——”这第三句,和尚拉着长声。秦安听和尚说是空空物,把凉糕装上拿进来。刚走进来,和尚又说道:“里面装的是凉糕。”秦安一听一愣,到底被和尚猜着。秦相想:“天也不早了,给儿子去治病要紧。”想完说:“和尚,你的酒如何?可以吃饭,给我儿去治病?”和尚说:“我已然酒足饭饱。哎呀!你们给我找着药没有?”众家人说:“我等趴在地上把鼻子都粘好些土,也没找着。”和尚一伸手掏出一个包,说:“我这有点药料,再加两味药就成了。”秦相接过来一看,上面的字太草率,看不出来。打开一看,白得很,李怀春一看,认得原本是吃的白面,问:“和尚,此是什么?”济公说:“这叫多磨多罗多波罗散。”秦相说:“还有什么东西?”和尚说:“朱砂一两,白面四两,盒子一个,用开水一冲,又用刷子一把。”秦相吩咐赶忙照样预备。家人答应。少时,回报相爷,所有应用的东西俱已齐备。和尚方才放下杯筷,随同秦相够奔书斋。罗汉爷便大施佛法,来治大头瘟,度化秦桓。不知后事如何,且看下回分解。

第二十四回

认替僧荣归灵隐寺　醉禅师初入勾栏院

话说济公听家人回话，所有应用俱已全备，站起身来，同秦相李怀春一同往花园书房之内。早见家人秦玉，端着一盆朱砂红糨子，里面放着一个刷子。和尚伸手拿起来，说："大人要什么样都行。"照秦桓头上一刷下去，立刻是粘着糨子的，都消肿归原。和尚一连数下，秦桓立刻肿消病止。和尚说："这病可有反复，必须好好休息。我今给写下一纸药方，如要犯病，看我这药方便好。"秦相知道这是和尚妙法，请济公到前厅。李怀春说："我可不能相陪。我要告辞，还有几家请我看病，我要走了。"秦相派人送出相府。那济公在书房和秦相一谈，甚是投机。二人高谈阔论，和尚对答如流，秦相甚为喜悦。说："和尚，我哪能如你跳出红尘，在古寺参修，也不问国家的兴亡，也不问非是之成败，奉经念佛，打坐参禅，说是一段乐事。我虽然在朝居官，终日伴君如伴虎，有一些不是，便有身家性命之虞。"和尚说："大人说哪里话来，大人官居宰相，位列三台，在佐理皇猷，参赞化育之才。一人之下，万人之上，察吏安民。"秦相说："哎呀，和尚，你休要提那当朝一品，位列三台。不提当朝一品犹可，一提起来，更觉心中发慌。俗语云：官大有险，树大招风，权大生谤。我自居官以来，兢兢业业，对于王事，诸凡谨慎，外面尚落了许多怨言。哪里像你和尚如此清闲自在，无患无忧。常言说得好：铁甲将军夜渡关，朝臣待漏五更寒，山寺日高僧未起，算来名利不如闲。我打算要认你和尚作为我的替身，不知你意下如何？"和尚说："大人既是愿意，我和尚求之不得。"正在说话之间，外面家人进来报告："大人，公子爷病又犯了，脑袋照旧大了。"和尚说："我也不用去，你叫他打开我那药方瞧，照那药方行事，他自好了。若不依我那药方行，他的病是越来越重。"家人赶忙回西院去告诉秦桓。书中交代：秦桓他病好了后，便想起王兴夫妻。问家人："我的美人在哪里？"秦玉说："丢了。"秦桓说："好东西！你们敢把我美人放了，那可不行！"方一着急，脑袋呼呼又长起来，吓得家人急向西院里回报相爷。只才听得和尚一说，家人回来告诉秦桓。秦玉道："公子爷，方才和尚说的话，叫你照那药方行事，病自好了。"秦桓说："快把药方拿来我瞧瞧。"家人连忙呈上去，秦桓打开一看，上面写的是："自身有病自心知，身病还需心药医，心若正时身亦净，心生还是病生时。"秦桓一看，心想："哎呀，我这病都是自己找的，我抢掠人家的妇人，作恶多端，我由此要改行为善，我这病就可好了。"想到这些，脑袋呼呼就小了。家人连忙来至东院报告相爷："公子爷的病，一念和尚的药方就好了。"秦相说："很好，汝等要好好服侍公子爷。"家人答应去了。只见东府家人进来说道："夫人得了篆风疼的病，满床乱滚。"秦相说："知道了。圣僧，你可会治篆脑风？"和尚说："夫人必是说错了话啦。不然，不能得这样病症。我去看看。"秦相说："夫人也未说什么呀。是了，昨夜是那里闹鬼，我做了一梦，见老太师回煞归来，劝我良言。我醒来就要传谕大碑楼止工，把众和尚放回。夫人说：这不过是心头想罢了，把我的善念打断，少时就闹起鬼来了。"济公说："我去照定夫人一抓就好。"秦相同和尚到东院内宅上房，听见屋中咳声不止。和尚说："夫人，不要着急。我来，管待立时就好。"说完，口中念念有词，冲定房中一抓，立刻夫人在里面就好了。和尚说："大人，你看好不好？"秦相连说着："好，好。"济公说："我会神仙一把抓，一抓就好，抓出来还得捺出去。你看。"照定那里一条卧着的癞犬一扔，只听"汪汪"叫了两声，一滚竟自死了。秦相说："好厉害！错说一句话，就得篆脑风。久后我在朝中居官，说话总要小心谨慎。"秦相同和尚到书房内坐定，派人预备酒菜，就在此作通宵之乐。天有三鼓，只听外面风起。秦相说："不好，又到昨日闹鬼的时候了。"济公说："大人不必担心，我去给大人捉鬼去。我和鬼打在一处，千万不可管。"和尚出去了，只听那外面和尚说："好鬼好鬼，把我吃了，我去和你以死相拼。"秦相在屋内一听，心中大为不安，候至天色大明，出去一看，只见那边和尚躺着不动，叫家人过去把和尚唤醒，到了里面坐下。秦相说："和尚，我这里给你换换衣服，送你荣归庙宇。"叫家人去到外面，给和尚买僧衣鞋袜。家人答应，去不多时，给拿了三身僧衣，都是上好之物，一身黄云缎的，一身白缎绣花的，一身蓝缎子的，三身连鞋袜，一百二十两。秦相派书童侍候，和尚沐浴更衣。济公头一回洗脸换上衣服，到了书房坐了。秦相把和尚赢的银两给他兑好，派家人把自己所乘之马备好，打全班执事，送和尚荣归故庙便了。和尚说："大人，可恨我与大人缘浅,相见已晚,离别甚速。今日一分手,不知何年才能相见?”秦相说:“和尚,你哪时愿来只管来。这也不是离着千山万水,我正要无事和你盘桓盘桓。”济公说道:“和尚要常到大人这里来,大人,我那里有些门包。”秦相吩咐把门工叫进来。不多时十几个家人都来,站在书房以外,大人说:“济公是我本阁的替僧,哪时来,不问我有什么公事,不许阻他,须回我知道。”那些家人连声答应:“是是,奴才等谨依命。”济公道:“这几个人我和尚要赏他几个钱,大人意下如何?”秦相知道和尚有赢到的几万银子,必是做个脸,想罢说:“和尚,你自己酌量。”济公说:“众管家,每人我赏你们一百文。”秦相说:“和尚,你多赏他们几两,我给你垫上。”济公说:“不是,我赏他们每人一百文,今天给明天不给了。我和尚来,这一百文,雇他们回话;我和尚不来,有一天算一天,每月每人加工钱三吊,大人你替我垫上吧。”秦相说:“是了。”和尚这才告别,秦相派二十家人护送:“传我的堂谕,所有各庵观寺院,必须跪接跪送。他乃是本阁的替僧,送他荣耀归庙。”众家人答应,外面备马。和尚告别秦相,出了相府上马。家人打着引马,头前边牌锁棍旗锣伞扇,赶退闲人。街市上看热闹的人就多了,都要来看秦丞相的替僧。和尚骑马来至灵隐寺,鸣钟擂鼓,聚集众僧。济公先叫监寺的:“过来。我后面有银子,你给称五十两一封二十封,十两一封一百封。”监寺的答应。济公说:“众管家,当着我和尚,代我传传堂谕。”管家说:“是,不知圣僧就传什么堂谕?”济公说:“你们这庙中和尚听真,济公和尚乃是秦相爷的替僧,今天荣耀回寺。圣僧要同你们这些和尚借钱打酒,要有钱不借,登时送有司衙门治罪。”家人照这传谕,众僧人一听:“这也不错。”济公又说:“众管家来,再给我传堂谕,久后我和尚没钱,跟他们借钱,屋内没人,偷点什么,不许言语。如瞧见,不叫偷。如违,当时推出庙门立斩。”管家一听也笑了,只可含糊答应。众僧人一听,心想:“这庙里由他反了。”虽心中不悦,但敢怒而不敢言。济公把银子赏二十家人,每人五十两,打执事的人每人十两。一个个欢天喜地,竟自去了。和尚把新衣裳脱下来,包在包裹之内,仍披上旧衲衣,拿住包袱,信步出了钱塘门。见眼前一座当铺,和尚进了当铺,把包袱往柜上一捺。掌柜的一瞧,一个穷和尚,穿着一身破衣,拿了些衣服,都是件件新,再瞧和尚直掀着帘子东瞧西看,仿佛是后头有人追他,他像害怕的样子。当铺掌柜的说:“和尚,你这衣服从哪里拿来的?趁此说实话。”济公说:“掌柜的，你看估多少给当多少？不然，给包上，我上别处当去。”旁边二柜过来说：“你别不开眼了。这位大师父，不是方才骑着马由门口过去，做了秦相的替僧。你不认得了？大师父当多少钱吧？”济公说：“给我当一百五十吊钱吧。”二柜说：“和尚要银子还是要票子？”和尚说：“我要现钱，暂把当票存在柜上。”掌柜的叫人把现钱搬在门口，和尚就嚷：“谁来扛钱？”由那边过来一大汉说：“和尚，我给你扛。”和尚说：“你心坏了，不叫你扛。”和尚叫些穷人这个扛三吊，那个扛二吊，大众一分，还剩下五吊，和尚说：“叫那大汉扛着吧。”大汉扛起来趁乱就跑，和尚不追。众人说：“和尚，把钱扛到哪去？”和尚说：“随便吧。”众人各自散去。和尚找胡同一蹲，那大汉扛了五吊钱跑了十七条胡同，和尚过去一把将大汉揪住。不知后事究竟如何，且看下回分解。

第二十五回

尹春香烟花遇圣僧　赵文会见诗施恻隐

话说济公过去，一把揪住大汉。和尚说："好东西！你没造化，你要在那里多站一刻的工夫，我把五吊钱就给了你；你打算抢了走，那可不行。你只有五百文的命，若要拿五吊跑，我把你揪到钱塘县打场官司。"那大汉一听一害怕，用力一扯，撒腿就跑。和尚说："追！"那大汉忙不择路，刚一拐胡同，正遇见一个瓷器担子。他没存神给碰了，摔了十七个碗，两个碟子，一算四吊五百钱。大汉没法，不得不赔，给人家四吊五，剩了五百，不怪和尚说他心不好。和尚把钱都施舍完了，正往前走，见前面来了两位员外，一位是赵文会，一位是苏北山。一见济公，苏北山二人赶过来行礼，说："师父，你老人家的官司冤了。我们听说师父被秦相府锁了去，我等甚不放心，今日特地到灵隐寺去探访。"济公说："我官司已完了，秦相也未把我怎么样。"便把相府之事向二人说了一遍。苏北山一听说："今天可曾吃过酒了？"济公说："我正要想吃酒。你二人这时上哪去？"苏北山说："我等听家人传说，有一官家之女落在烟花，只不知是真是假。我二人要去瞧瞧。"和尚说："好，我也去瞧瞧。"赵文会说："师父，你老人家要上勾栏院①，有些不便了。你是出家人，讲究修道参禅，要到那个地方去，岂不被人耻笑？"和尚说："逢场作戏，也未为不可。你我三人，就此前往。"苏北山哈哈大笑，三个人一同向前行，见前面是东西的一条胡同，上写烟花巷。进了胡同，是路北第二个门，见上门高悬门灯，门上有一副对联，上写着："初鼓更消，推杯换盏多美乐。鸡鸣三唱，人离财散落场空。"和尚看毕，三个人往里面走，才一进去，门房便让："原来是赵老爷、苏老爷二位员外来了！"和尚抬头一看，迎门是照壁，墙头前有一个鱼盆，里面栽的是荷叶莲花。照壁上有四句诗，上写道：

---

① 勾栏院——"勾栏"，一作"勾阑"、"构兰"。"勾栏院"，原指宋元时百戏杂剧演出的场所，此处指妓院。

下界神仙上界无，贱人须用贵人扶。兰房夜夜迎新客，斗转星移换丈夫。

三个人往里面走，只见那院中方砖铺地，北上房五间，前廊后院，东西配房各三间，东西配着还有院子。院子里搭着大天棚。北上房柱子上有一副对句，上面写着："歌舞庭前，栽满相思树。白莲池内，不断连理香。"横批是："日进斗金。"三个人方到院中，见由上房出来一位仆妇，说："苏老爷、赵老爷来了！今天怎样这等安闲？"高打竹帘，三个人进到上房一看，见靠北墙一张花梨俏头案，头前一张八仙桌子，一边一张椅子，条案上摆着一个水晶鱼缸，里面养住龙睛凤尾的蛋黄鱼，东边摆着一个果盘，里面又有许多果子，西面摆着镜子，墙上挂着一幅条山，上面是画的半截身子一个美人。有人题了四句诗，上写道：

百般体态百般娇，不画全身画半腰，可恨丹青无妙笔，动人情处未曾描。

下面写着："惜花主人题。"两旁又有一副对联，上面写的是："得意客来情不厌，知心人至话偏长。"赵文会看罢，点了点头，果然是风月天生一种人。三人落座，老鸨儿说："老爷，今日是哪阵风把你老爷刮来？许久不到这里了。"苏北山说："我等听家人说，你这里新接来一个美人，把她叫出来，我们见见。"鸨儿说："我这院人皆是新接来的，我唤来你们老爷看吧。"说了一声："吩咐见客！"只听外面娇滴滴声音婉转，软却却万种风流，进来四名美妓，个个皆是光梳洗头，淡敷胭脂粉，轻扫蛾眉，身穿华服，到了赵员外、苏员外二人跟前站定。问了姓名，都瞧有一穷和尚也坐在那里，众妓掩口而笑。济公说："好好，苏北山你二人看这几人如何？"苏员外说："也好。"和尚说："你看那些人都好。按我说，芙蓉白面，尽是带肉骷髅，美丽红妆，皆是杀人利刀。"说罢，提起笔在桌子上拿了信纸，随手写了一首七律：

烟花妓女俏梳妆，洞房夜夜换新郎，一双玉腕千人枕，半点朱唇万客尝，装就几般娇羞态，做成一片假心肠，迎新送旧知多少，故落娇羞泪两行。

赵文会二人看了，哈哈大笑。只听鸨儿说："老爷吩咐叫哪个伺候？"用手指定报名：兰香、秋桂、莲芳、小梅。苏北山说："不是这几人，你家新接来那个，我听说还是宦家之女，误入烟花，我等是访她而来。"那鸨儿素知道这二位是临安首户有钱,连忙说:"二位老爷不提那新买之人,倒也罢了。提起那新买之人,一言难尽。原来我们吃这行饭的人,一老就不行了。我有一个女儿,叫花花太岁王胜仙大人买去做妾。我虽得几百银子,指着它吃,坐食山空,我才买了一个人。此人原来是金陵①人,她父亲先年做过刺史②,母早亡,因被议在京,住在胡万成店。她父亲叫尹铭传,要在京找个门路,哪想到被骗子骗了几千银子,功名也未得着。他一口气病在店中三个月,把积的几文全行用完,便死了。他女儿春香就卖身葬父,我用了三百五十两买来。及至过来,她一看是烟花院便恼了,要寻死。我一细问她,合共使了一百两都叫胡万成赚了。胡万成告诉她,是卖与官家为妾,她一见是勾栏院就要死。还是我苦诉我的苦处,这三百五十两甚不容易,你若死就苦了我了!她也好,说暂在我这里避难,如遇知音之人,把她赎出去,银子少不了我的。她亲笔写了首诗,说:"如有绅商文雅之人,可给他一看。"苏北山说:"你拿来我看。"鸨儿取来展开一看,二位员外一愣,上写道:

万种忧愁诉向谁?对人欢喜背人悲。此诗莫作寻常看,一句诗成千泪垂。

济公三个看毕,问:"尹春香在哪院?我等要见此人。"鸨儿说:"在东院,本是我女的住房,三位爷跟我来。"苏北山等站起来,同她出了上房,向东有四扇屏门,进去也是一所院落,三合房,北上房前出廊,后出厦。掀帘而入,只见北壁上挂住四屏条,两旁有联头。一条上画一个女子在门首站立,有五六个男子都不走,站在那里瞧女子。上面有人题了诗句:

一绾凤髻绿如云,八字牙梳白似银,欹倚门前翘首立,往来多少断肠人。

第二条上画的是一个女子,在那里梳头。一个男子仿佛要走,那个女子仿佛不叫男子走。画得甚是传神,上面也有人题了四句诗:

姻缘本是百年期,相思日久岂肯离,描神画影传体态,二人心事二人知。

第三条上画的是一个女子,一位公子拉着手,仿佛要去安睡的样子。上面

---

① 金陵——古邑名,在今江苏省南京市。
② 刺史——官名。

也有人题了四句诗：

欲砌雕栏花两枝，相逢却是未开时，姣姿未贯风和雨，嘱咐东君好护持。

第四条上画的是一张床，上面有帐幔，露出男女安眠半春的意思。上面也有人题了四句诗：

鸾凤相交颠倒颠，五陵春色会神仙，轻回杏脸金钗坠，浅扫蛾眉云鬓偏。

两旁边的对联上写的是："室贮金钗十二，门迎珠履三千。"二位员外瞧了一瞧，果然是别有一番的风景。进了屋中坐下，见东里间垂着落地帐幔，西里间也是如此。东墙挂的条山，上面的牡丹富贵图，有人题四书两句："素富贵行乎富贵，素贫贱行乎贫贱。"两旁又有一副对联，上面写的是："名教中有乐地，风月外无多谈。"鸨儿到里面说："姑娘，今有赵老爷、苏老爷特前来过访，久仰姑娘这样的高才美貌。"就听见里面娇滴滴的声音说："原来二位老爷来此探访，待奴出去看看。"用手掀起帘子，由里面走出一位女子来。赵文会、苏北山连济公睁眼一看，果然是国色天姿，一种柔情玉骨，婉转动人。不知尹春香见了苏赵二员外毕竟如何，且看下回分解。

第二十六回

救难女送归清净庵　高国泰家贫投故旧

话说赵文会、苏北山、济公三人，在外间屋中坐定，见东里间帘子一起，出来一位女子，长得是姿容秀美，大约在十八九岁，头梳的是盘龙髻，身穿的是素服。苏北山一见，便知她是个良户人家之女。一问女子的出身来历，那女子现出一种愁容，就把卖身葬父，后为奸人拐卖，误入烟花巷的事，由头至尾细述了一遍。二位员外一听，心中甚为悲惨，便问道："春香姑娘，你可能吟诗？"尹春香说："我粗通文理，略知一二。"赵员外说："你既能如此，可以做两首诗，如感怀绝句我看看。"赵员外方才见那诗句，疑惑不是春香自己写的，故此要当面试试她的文理。那尹春香并不假思索，提笔就写：

教坊脂粉喜铅华，一片闲心对落花，旧曲听来犹有恨，故园归去却无家。云环半绾临妆镜，两泪空流湿绛纱，安得江州白司马，樽前重与诉琵琶。

写完了，递与苏赵二人观看，连济公俱是赞美，可惜这样的高才，这样的人品，坠落在烟花院中，甚是可惨，甚是可叹。正在叹息之间，又见尹春香又做了一首七律诗，上写的是：

骨肉伤残事业荒，一身何忍入为娼，涕垂玉箸辞官舍，步蹴金莲入教坊。对镜自怜倾国色，向人羞学倚门妆，春来雨露深如海，嫁得刘郎胜阮郎。

济公将诗看完，连声说好。赵文会说："来来，我做一首七绝。"鸨母取过文房四宝，赵文会不假思索，提笔一挥而就，上写：

误入勾栏喜气生，幸逢春香在院中，果然芳容似西子，卿须怜我我怜卿。

苏北山也是信口做了一首绝句诗，上写的是：

红苞翠蔓冠时芳，天下风流尽春香，一月饱看三十日，花应笑我太轻狂。

济公说:“我也有一首诗。”便说道:“今天至此甚开怀。”尹春香听说:“师父,你老人家修道的人,叫我做什么?”济公说:“快快解开香罗带,赠与贫僧捆破鞋。”众人听了,连声大笑。和尚说:“二位员外可以做一件功德事。”苏北山问:“尹春香,你愿意把婆家,还是怎么样?”尹春香说:“但能有好善之人,救我出这火坑,我情愿出家做一小尼,我尹氏之门三代感恩不浅。”苏员外问:“鸨儿,要多少身价?”鸨儿说:“我花费了三百五十两之多,还不算她在我家来这两月日用吃穿。”苏北山说:“好办。”赵文会说:“苏兄这件事,你给我做吧。我花五百两,把她救出,送在城隍山上清贞老尼姑那清净庵中,叫她照应她也好。”吩咐家人立刻取了五百两银交与鸨儿,叫家人雇轿,把春香送往尼庵。春香一听,连忙给三位叩头,求三人亲自护送。济公说:“很好,我三人先走,前头在那里等你。”家人赵明等候跟轿。济公三人出了勾栏院,一直奔城隍山而来。和尚信口说道:“行善之人有善缘,作恶之人天不容,贫僧前来度愚蒙,只怕令人不惺忪。”罗汉正往前走,只听上面有人喊叫说:“济公,你老人家可来了!我连到灵隐寺去了三次,并未见着,今日你老人家可来了!”说着,跑到面前双膝跪下,向上叩头。济公一看,是一个六十以外年纪老者,头戴四楞巾,身披土色铜氅,腰间束丝绦,白袜云鞋,五官倒也纯正。书中交代:来者这个人是怎么一段缘故呢,只因城隍山有一位老尼姑,名叫清贞。她娘家有一位侄女,名叫陆素贞,配夫高国泰,原籍余杭县城里南门内儒林街住家。那个高国泰本来家中甚有钱,后来他只知道念书,不懂得营运,家中过得一贫如洗,只剩他夫妻二人。上无片瓦遮身,下无立足之地,日无隔宿之粮,柴无一把,米无一粒。陆氏娘子就说:“你我夫妻莫非待守坐毙不成?常言说得好:人挪活,树挪死。莫如你我投奔临安城,我有一姑母在城隍山出家,你我投奔到那里找个学馆,一来也可度日,二来官人也可用功,待至大比之年,官人再求取功名。不知官人意下如何?”高国泰说:“你我二人也只能这样,走吧!也没法可施。”夫妻二人才变卖些破坏的家伙、零星的物件,凑成了盘费。夫妻起身,那一日到了城隍山。老尼姑一见,心中甚悦,特给他们打扫三间房子,叫他夫妻这里居住。陆氏娘子帮助做些针线,高国泰在庙中发愤读书。在此庙中,夫妻甚是平安。过了有一个多月,这天活该有事,老尼姑有一个大徒弟,名叫慧性,看高国泰是玉堂人物,文质彬彬,满腹经纶,文雅秀士,品貌端方,两个人时常在一处高谈雄辩。这位慧性乃是宦门之女，文理通达，高国泰也是对答如流。这一天屋中寂然无人，慧性就拈笔挥毫，做了一首七绝诗，呈与高国泰。高国泰接在手中一看，上面写的是：

身在白衣大士前，不求西度不求仙，但求一点杨枝水，洒在人间并蒂莲。

高国泰一看，颜色改变，说："少师父不必如是，人生世上，男女只因片刻欢娱，坏一生名节，遗臭万年，被人耻笑。况且这乃是佛门善地，岂可污秽？"慧性一听此言，便面红耳赤，竟自去了。从此慧性再见高国泰自知羞耻，急忙奔避。国泰也知多不便之处，便求老师父："在山下帮找两间房子，我夫妻搬在山下居住，庙中多有不便。"老尼没法，就在山下给找了三间屋子，单门独院，是周半城周员外的房子。周员外问老尼："什么人住？"老尼说："是我一个亲戚，由余杭县来，在庙中居住，是我内侄女，就是他夫妻两人。我这内侄婿姓高，名叫国泰。他是念书的人，他因住在庙中多有不便，故此要找房住。"周半城说："明天你把高国泰带来我看看。"老尼次日把国泰带去见房东。周员外一看高国泰举止端方，文文雅雅，欲有心周他，初次相见，又恐高国泰不受，自己又觉鲁莽，暗中吩咐家人，"高国泰房钱如有拖欠，不许催讨。"这是周员外一分恻隐之心。果是他夫妻搬下山来，国泰以卖卜为生，得一百吃一百，得二百吃二百，夫妻度日，甚为窘困。不知不觉，已是半年六个月的房钱，尚未交过。这日，活该有事，收房租的家人告假，就托伙计代收房租。伙计不知细情，把房租折子一查，只有高国泰欠房租六个月。他就想："高国泰项长三头，肩生六臂，头顶着脚，踏着人家的产业，不给房租，我去找他去！"那家人到国泰门首叫门，里面陆氏问道："什么人叫门？"那家人说："是周宅来取房租的。"陆氏说："我家先生不在家，回来告诉他吧。"家人说："人不在家，钱也不在家么？六个月都不在家吗？住人家的房子，你们头顶着，脚踏着，不给钱，挨便挨过去就算完了。"陆氏说："待我家先生回来，给送钱去吧。"家人说："不用送，我们在口外头修理房屋，把街门借与我们使吧。"家人就把街门扛走了。至晚，高国泰回来，一见街门没有了，便问陆氏。陆氏说："房东来索房租，家人扛了去。"国泰一听，气冲牛斗："好个大胆周半城！竟敢欺辱斯文？我要往钱塘县把他去告状！"陆氏说："官人，我们没钱,就是没理。六个月的房租都未把还①,要告人家,岂不于理不合?”夫妻二人正在商议,就见老尼姑清贞来了,见他夫妻正在焦烦。老尼一问,陆氏便把取房租扛门之故,说了一遍。老尼说:“先生不要在外面住了,仍是回我庙内去吧。在外面找钱甚难,先生指着算卦,如今天一天卖了三件假,三天卖不了一件真。先生口太直,不必在外面了。”就叫陆氏收拾收拾,老尼代交房子,同他夫妻仍回城隍山。哪想到他夫妻到庙住两天,那天一早,国泰不言而去,临走给陆氏三张字柬。陆氏一看,吓得魂飞魄散!不知因何缘故?且看下回再解。

---

① 把还——交纳。

第二十七回

寄柬留诗别妻访友　拜请济公占卦寻夫

话说高国泰二次回城隍山，仍在旧屋子居住。那天晚间，同陆氏对坐。国泰说："娘子，明天我要访友去。"陆氏说："官人明天出去，我还有二百钱，是我姑母与我买针线的，官人拿去做茶点之用。"说完便拿出来，国泰面有愧色，接在手中，说："娘子，安息吧。"陆氏安眠，国泰坐在灯下，痴呆呆发愣，仰天长叹，徒唤奈何，心中一阵难过，提笔写了三张字柬，压在砚台之下。待至天明，意欲唤醒妻子，又怕烦闷，站起身来，硬着心往外便走。庙中有一位香火道①，姓冯叫冯顺，今已六十多岁，老者起得早，在院内扫地，见高国泰出来，便问道："高先生因何起得这般早？"国泰说："老丈你开下门，我要下山访友去。"冯顺开了门，高国泰下了城隍山竟自去了。陆氏醒来，不见丈夫，不由得大吃一惊，连忙到外面各处寻找，听冯顺说："高先生清早就走了。"陆氏连忙到屋内各处找寻，只见那边有三张字柬，头一张字柬上写的是："时衰运蹇度日难，含羞无奈住尼庵，佛门虽有亲情意，反被旁人做笑谈。"陆氏看了这首诗句的意思，云是自己因为贫寒，不能养家立业，与妻子托身庙中，岂不为人耻笑。再看那第二张是："此去他乡少归期，生死存亡自不知，大略今生难聚首，有缘来世做夫妻。"陆氏一看这两句诗是绝话，此番一去，没有回来之日，死活不定，大概不能团圆，再结来生之缘。又看那第三首是："留书落笔暗含悲，恨我无能更恨谁，寄与贤妻细参悟，托身另找画蛾眉。"陆氏一看这第三首诗，放声痛哭，五内皆裂。正在悲惨之时，老尼姑过来问道："侄女因何这般伤感？"陆氏就把高国泰留了三首绝命诗走了，大概是九死一生。老尼姑说："儿呀，不要着急，我倒有个主意，现在西湖灵隐寺有一位济公，乃是在世的活佛，能掐会算，善知过去未来之事。我派香火道冯顺去到灵隐寺，把他老人家请来，给占算占算，高先生上哪去了？落在哪方？派人去

---

① 香火道——寺庙中管理香火杂物的人。

把他找回来。”陆氏立刻说：“既是如此，赶速派人去请济公。”老尼姑派冯顺下山去请济公，第一次到灵隐寺，济公不在庙里。第二次去请，见兵围灵隐寺。第三次冯顺一打听，济公被秦相锁了去，因此耽误了三四日。那天冯顺又下山去找济公禅师，见罗汉爷同着赵文会、苏北山正往山上来。冯顺赶忙跑过来行礼说：“师父，你老人家可来了。我连次到庙里去找你老人家几次，今天你老人家为何这般消闲？此时上哪里去？”济公说：“我要到你们庙里找老尼姑，我们送一个人出家。”冯顺说：“好，好好。我们当家的，正要请你老人家有要紧事。”赵文会、苏北山问道：“你们的庙里有什么事？”冯顺就把那高国泰之事，由头至尾，一五一十，详细说了一遍，众人方才一同奔进庵来了。冯顺前面引路，进了庙来，到得西院。那院是三合房，东西房各三间，北房三间。冯顺同众人进了北房。赵员外一看，屋中甚是清洁，北墙旁一张条桌，上面摆了许多经卷。头前一张八仙桌，两旁有椅子。济公在上首椅子上坐，赵文会在下首坐下，苏北山在旁面椅子上坐定。抬头一看，见正面墙上有一副对句，写得甚好。当中一张大挑①，上写的是：“惟爱清幽远世俗，靠山搭下小茅屋，半亩方塘一鉴水，数棵柳树几行竹。春酒热时留客醉，夜灯红处读我书，利锁名缰全撇去，一片冰心在玉壶。”两旁又有对句，上写着：“青山不改千年画，绿水长流万古诗。”下面落款，写的是高国泰拙笔，苏北山一看说：“圣僧，你看高国泰真是风流才子。方才听冯顺之言，果然不差。你看这对句，写的笔迹甚佳。圣僧，你老人家大发慈悲，把他找回来，我成全成全他，给他找个学馆，待至大比之年，我再赠他银两，叫他求取功名。”和尚说：“好，这也是员外的功德。”正说之间，老尼姑清贞领着徒弟侄女，一同前来参拜圣僧，求罗汉大发慈悲：“这是我侄女陆素贞，只因她丈夫高国泰把她留在我这庙中，不言而别，今天已三四日，求圣僧大发慈悲，给占算占算。”和尚说：“那个容易，我们今天救了一个人，乃是名门之女，误入烟花。她意欲出家，我等打算送到你这庙里来，你收个徒弟吧。”老尼姑说：“师父吩咐，弟子从命就是。”赵文会说：“少时就送到，我施舍给你庙里二百两香资。”老尼姑谢过赵员外，还求：“圣僧先给占算占算，高国泰落在哪里？”济公按灵光连拍三掌，和尚说：“啊呀，完了，完了！”陆氏娘子在旁边一听，吓得

① 大挑——本为古代选官的一种制度。此处可作“较大篇的一张”解。

面色改变说:“圣僧慈悲设法搭救搭救。”清贞也苦苦哀求,和尚说:“此刻有了什么时光?”冯顺说:“天已到了午初之时。”济公说:“这个人刻下距此有一百八十里路,天要到落日之时,他有杀身之祸。”苏北山说:“师父,你老人家慈悲吧。”和尚说:“我要找他回来,你可以代他成一个学馆。”苏北山说:“弟子成全他便是了。”济公说:“你派家人同我去叫他,带二百银子盘缠。”苏北山说:“苏禄,你快去到钱铺之中,去取二百两银子,同圣僧去找高先生。”清贞说:“冯顺,你同济公前往。”陆氏连忙叩首。济公说:“赵文会、苏北山,你二人待尹春香来,送她出家,你二人再走。”二人答应。苏禄把银子取来,济公同二人出了清净庵,到了山下,往前走一步,往后退三步。苏禄说:“师父,你老人家到黑还走一百八十里路,连八里路也走不了,你老人家要换个样走容易哪。”和尚说:“换个样走不难,向前走两步,向后退三步。”冯顺暗地只是笑,说:“师父,你至黑走回去了,这样走如何是好呢?”济公说:“我要快走,你跟得上吗?”二人说:“跟得上。”济公说:“好,我就走。”说完,彳亍彳亍,往前就跑,转眼就不见了。那二人连忙追下去,只跑了有二三里之遥,二人走得浑身大汗说:“咱们到树林之内休息吧。”二人方一进树林,和尚说:“才来呀。”二人说:“我等连休息都没有,你老人家早来了。”和尚说:“我倒睡了两个盹了。那腿是你两个人的?”二人说:“我们腿长在身上,这不是我们的是谁的?”和尚说:“倒是你二人的,我一念咒,他就走。”冯顺说:“好好,你老人家来念咒吧。”和尚见二人都站好了,说:“我念咒了。”口中念念有词,说:“唵嘛呢叭咪吽唵敕吓。”那二人身不由自主,两腿如飞地跑下去。苏禄只叫道:“师父,可了不得了!前面皆是树,撞了,准死无疑。”和尚说:“不要紧,都有我哪,到了那里就撞不上。”二人果然到了那里,穿着树就过去了。正跑着,见由村里出来一人,手中拿了一个碗。济公睁眼一看,这是一个逆子。此人姓吴名叫云,家里就是他寡母。今天吃饺子,他母亲都做好了。吴云回去一瞧,没打醋,他就恼了,说他母亲:“年纪越老越昏,哪家吃饺子不打醋?你真是没用!”他母亲也不回言。他赌气出来,拿了碗打醋,被济公看见,济公早已占算明白,用手一点指,这吴云也就跟了冯顺二人跑,不由得喊叫道:“我不往那里去呀!这是什么一段事①?我的腿要疯呀!”三个

① 一段事——一回事。

人耳朵内，只听呼呼风响，仿佛驾了云一般往前跑去，见眼前白亮亮是河。苏禄就叫："圣僧，休叫我跑了，面前是河呀，跌在里头就死了！"和尚说："不到紧，加点劲就过去了。"来到河这里，仿佛如飞，就过了河。苏禄想："我快找株树抱住就得了。"好容易见有了树，苏禄忙一抱，栽倒在地。冯顺也跌倒在地，那打醋的人也跌倒。和尚来到说："你们起来。"三个人说："起不来了。"和尚掏出一块药来，分给三个人吃。三个人觉得身体能活动，站起来，吴云直发呆。由那边过来一位走路的，苏禄道："借问这是什么所在？"那个回道："这是小刘村。你们几位上哪里去？"苏禄说："我等由临安城上余杭县去。"那人说："你们走过来了，只离余杭县二十里地面。"吴云一听："哎呀，把醋碗也摔了，饺子也没有吃，出来二百里之远。如今怎么回去？"和尚说："我还把你轰回去！"吴云说："可别轰了，我一个站不住，上了北塞，我怎么回来？"自己由这里走了两天一夜，才到了家。自此见了化小缘的和尚就跑，把穷和尚怕在心里。这且不表，单说苏禄向圣僧问道："你我今日可是往余杭去找高先生么？"济公说："正是。"三个人于是直奔余杭而去。罗汉爷又做出一件惊天动地之事，搭救高国泰。不知后来之事究竟如何，且看下回分解。

第二十八回

苏北山派人找寒士　高国泰急难遇故知

话说济公带着苏禄、冯顺，来至余杭县南门外。路东有一座饭店，和尚抬头一看说："苏禄、冯顺，你我进去吃杯酒，可休息休息再走。"二人点头，进了饭店，要了几样菜。苏禄说："圣僧，你我已至余杭县地面，高国泰现在哪里？可以把高先生找来，一同喝酒好不好？"和尚说："咱们先喝点酒，回头再找他去，离这样的路甚远。"三个人说着话，把酒吃完了，给了饭钱出来，离了酒饭店，进了南门，来至十字街，往东一拐，路之北头就是县衙门，和尚放步就往衙门里跑。苏禄说："师父往哪里去？"和尚说："你两个人在这里等着，我到里面找个人。"和尚才一到大门，就听见里面叫喊："抄手问事，万不肯应，左右看夹棍伺候！""把高国泰夹起来再问！"和尚闻之，就打了一个寒战。书中交代：高国泰因何来至此处吃官司呢？这内中有一段隐情。只因那日高国泰下了城隍山，自己因回思细想：若要投往地方，又没有亲故，也没处安身。自己一想："莫如回归余杭县。"自己搭了一只船，也是乡亲给了一百文船钱，吃了东西，来至余杭县，二百文也是用完了，心想："此时回往故土，也是没处投奔。一无亲戚，二无宾朋，想借几吊钱的地方都没有。在外思想回家，即至回家，又该如何？有几家至亲，也可以代我分忧解闷；有几个知己的朋友，也可以谈谈肺腑之言。真是应了古人那两句话：贫居闹市有钢钩，钩不住至亲骨肉；富在深山有木棒，打不断无义亲朋。"自己想了半天。高国泰本是一位有志气的人，又不屑求亲乞友，越想越难过，倒不如一死方休！来至南门外城河，打算跳河一死。站在河沿一看，来往船只不少，心想："死了死了，一死便了，万事皆休。生有时，死有地，这就是我绝命之所。"想罢，将要往下跳，就听背后有人说话："朋友，千万勿跳河，我来了。"高国泰回头一看，见那个人身高七尺，细腰扎背，头戴青壮帽，身穿青布裤袄，青抄包，外罩青绸子英雄氅，面皮微紫，紫中透红，红中透紫，环眉阔目，准头端正，三山得配，五岳停匀，年有二十以外，说："先生乃读书明理之人，何故寻此短见？”高国泰说：“兄台，你不必问我，是阳世三间没有我立足之地，我非死不可。”那人说：“先生，你有什么为难之事？何不与我谈谈。”高国泰见那人诚实，说：“兄台，尊姓大名？”那人说：“姓王名成璧，就在此地居住。我在河沿这里当一个拢班，所有来了客货，都是我找人来卸。先生是因何事寻此短见？”高国泰说：“我也是此地人，王兄。我在南门内居住，姓高名国泰，只因家世式微①，我带着家眷，到临安城投亲，让家眷住在尼庵之内。我想男子立身于天地之间，上不能致君泽民，下不能保养妻子，空生于世上，因此我想生不如死。”王成璧说：“兄台，你聪明还被聪明误，何必如此轻生？你先来同我到酒饭馆中吃点酒，我给你再出个主意。你不必呆想，人死则不能再生。”高国泰方才同王成璧来到酒馆里。两个人要酒要菜，吃了个酒醉肴饱。王成璧说：“我现在手底下没有一文，也没有一项进款，还要等上半天才能到手，今天你先去拉船纤。”高国泰说：“我手无缚鸡之力，哪里能个拉纤？”王成璧说道：“先生，你不要这样子说，人得到哪里是哪里。你可记得古人有两句话：君子之身可大可小，丈夫之志能屈能伸，才能够行呢。今天你先去拉纤，等我的钱到手，我再给你些银两去接家眷，然后，我再托朋友，给你找一学馆，你看好不好？”高国泰想：“我今与你萍水相逢，如此劝我，我也不可过于固执。”想罢说：“兄台，既是这样厚爱小弟，我就去拉船纤。”王成璧说：“好。”站起身来，领着高国泰来至河沿，见有一只杂货船，早已装好，少时就开船。王成璧说：“管船的，我这有一位朋友，叫他同你们拉拉船纤，管船的多照看点，到了卸了货，千万仍把他带回来，可不必管他。”管船的道：“是了，有王大爷在里头，我们决不能错待了。”高国泰就在这里等候，工夫不大，管船的开船，众人都拿起纤板。大家皆是行家，高国泰也不懂。有人把纤板递给他。当时开船，别人拉纤都喊号子，高国泰想起念书来了，念的中庸右第十三章：“君子素其位而行，不愿乎其外，素富贵行乎富贵，素贫贱行乎贫贱，素夷狄行乎夷狄，素患难行乎患难，君子无入而不自得焉。”他只念他的书，众拉纤人一阵大笑。那一日到了殷家渡，货船卸了，高国泰累得疲困不堪，就在船中睡了。次日船上又装上别的货往回走，高国泰又拉起来。这一日回至余杭县，正到了码头口，见王成璧在那里站着，高国泰即赶过

---

① 式微——指家道衰落。

来。王成璧说:“先生,这一次多有辛苦了。我在此盼望你,活是你我弟兄有一段前缘,今天我进了一笔款三十五吊,你先同我来吃碗茶,用点心,回头再进城换银子,明天你去接家眷。今天沽酒买肉,你我痛饮,以尽通宵之乐。”高国泰说:“很好,很好,我与王兄初会,兄长这般厚待,我实深感谢。”王成璧说:“你我好弟兄知己,不必客气。”高国泰想:“这个朋友倒很诚实。”跟王成璧吃了些点心,天已不早了。王成璧把钱交付高国泰,进城换银子,拿了酒瓶,打酒买肉。高国泰拿了钱入城,换了五十两银,打酒买肉。买完了东西往回走,正要关城。国泰刚赶出了城,只见由对面来了一人,飞也似直奔,仿佛有急事的一般,正与高国泰迎面相撞。那人连忙说:“先生不要见怪,我一时太急,因有要事,我给先生赔罪。”拱手作揖,说着话,竟自出城去了。高国泰本是文雅之人,虽被他碰了一下,自己一想:他也不是有心,这有何妨。高国泰出城往前走,忽然一想:“方才不要把银子碰去了!”用手一摸,银子形影全无,把高国泰吓得目瞪口呆!原来方才那个是个白日贼,早看见高国泰换银子。真是贼有贼智,故意撞高国泰,把银子搭了去了。高国泰越想这件事越觉得不对:“回头我见了王成璧,无言可答,莫如我一死。昨日要死没死了,是还有两天罪未受完呢?这真是阎王注定三更死,哪敢留人到五更?”到了护城河岸,打算要投河。自己叫道:“高国泰,高国泰,你好命运不通!不想我今天死于此地!”正自怨恨,只听那旁有人说话:“莫非是恩兄高国泰吗?”来至切近,把高国泰一拉说:“恩兄可想死小弟了!我往各处去找,并无下落,不想今日在此相见。”说着话,就过来叩首。高国泰一看,并不认得。看来似面熟,一时想不起来,因说道:“老兄不要认错了人。”那人说:“兄长,你连我小弟李四明都不认识么?”高国泰一听,说:“哎呀,原来是你呀?”且说那李四明幼年家贫,寡母住在高国泰家和左右比邻而居。高国泰一家全好善,时常周济他家,后来李四明就在高国泰家念书。他母亲死了,也是高家花钱给她安葬。高国泰问李四明:“是要求功名,还是去做买卖?”李四明说:“要我找个铺子去学生意才好。我家又没钱,哪有这样花费去求功名?”国泰说:“也好,我给你找一个买卖吧。”便在本城天成米店去学生意。凡上工一切衣服被褥,全是高家代给。李四明也用心练习,并不荒误,专心做那生意。三年已满,东家到店算账,见李四明各事勤俭,心甚爱悦,把他带到家中,另给他开个米店,在清江做买卖,甚为得利。东家没儿子，只有一个女儿，把李四明招做养老的女婿，把一分家业全给他。后来他们老夫妻也死了，李四明一手成运，全是他经理①。想起当年若不是恩兄，我哪得有今日？就带着家眷，收拾细软物件，要回故土，去访恩兄高国泰。到了余杭探访，并无人知道高家移往何方，皆云穷跑了。李四明叹息不已，就在西门外买了一所房子，又在南门外开了一个粮店。今天是要回家，遇见高国泰，二人相见，悲喜交加，各诉往事。高国泰说："老弟，我今日要不丢银，你我也见不着。"李四明说："你先跟我到家，咱二人有话再讲。"二人站起来，往前走了不远，高国泰脚下一绊，伸手拿起一宗物件来。有分教，小人怀仇挟恨，误害良民，忠良尽公，判决奇案。要知后事如何，且看下回分解。

---

① 经理——打理。

第二十九回

故友相逢知恩报德　小人挟仇以德报怨

话说高国泰捡起来伸手一看，原来是两匹缎子。借着皓月当空，打开一看，上面有“兴隆缎店”四字。李四明说：“那两匹缎子，还不是咱们本地余杭县的字号。我们余杭县有两家绸缎店，字号是天成永顺。这兴隆缎店不知在哪里?”高国泰说：“咱们在这里站着，等等有人来找好给他。要是本人丢得起，还不要紧，倘如是家人替主人办事，一旦丢了，可就有性命之忧。”那二人在此等候多时，不见有人来找。李四明说：“天也不早了，你我回去吧。待明日有人找，说对了，就给他；没人找，我们四门贴起告白，也不算瞒昧这东西。”高国泰说：“我今天理该去见见王成璧。我拿钱出来买东西，并换银子，他还待我回去吃酒。我因为丢了银子，才要寻死。今我不回去，恐其他多疑。”李四明说：“兄长先同我回家，然后再派家人去给他送信，明天你我弟兄再回拜。”说着话，两个人向前走。来到西门李四明的住宅门首，大门虚掩，推门进去。高国泰见二门外有西房三间，屋中灯光闪灼。高国泰说：“今天天已晚了，明天我再至里面，我们就在这屋中坐吧。”李四明说：“这三间房，被我租出去，我倒可不要房钱。因为我常不在家，再招一家街坊，彼此皆有照应了。”高国泰点头，来至二门叫门，里面出来一个婆子，开了门一看：“大爷回来了。”李四明说：“你进去告诉你主母，就提我恩兄高国泰来了。”婆子进去不多时，听里面说：“有请。”二人才来至里面上房，见屋中倒也干净。里面何氏出来，见了高国泰行完了礼。李四明告诉婆子：“给收拾几样菜，我们弟兄两个，到东配房去吃酒。”两个人来至东配房，在灯光之下，又把两匹缎子打开一看。李四明说：“两匹缎子倒是真真宝蓝的颜色，只不知这兴隆缎店的字号在哪里？明天咱们四门贴上告白条，要有人来找，说对了就给他。没人找，活该你我每人做一件袍子穿。”高国泰说：“是，明日贤弟你要带我去谢那王成璧大哥。若不是他救了我，我早已在九泉之下。那位朋友倒是一位忠正诚信之人，笃实仁厚，大有君子之风，同我一见如故，我心中甚为感念,良友颇不易得。”李四明说:“好,明日我同兄长去见见那个朋友。”二人吃完酒,安息,一夜无话。次日天明起来,二人净面吃茶,只听外面有人叫道:“李四明,你家住着一位高国泰吗?”连声叩门。二人站起来,到了外面,门开了一看,门口站两个头役①,带着四个伙计,头戴青布英翎帽,身穿青布衬衫,腰扣皮廷带,足下穿着窄腰快靴,个个手拿铁尺木棍。这两个头儿,一位叫金陵寿,一位叫董世昌。一见高国泰道:“朋友,你姓高叫国泰吧?”高国泰说:“不错,二位怎样呢?”那头儿一抖铁锁,把高国泰锁上。李四明走来一拦,把李四明也锁上了,拉住说:“进院搜赃。”到里院各屋一找,由东屋找出那两匹缎子来。李四明二人问:“头儿,你二人因什么事,把我二人锁上?”金头说:“这里有一张票子,是我们本县老爷派我们来急速拘锁,我二人无故也不敢误锁良民,诬良担不了。你二人做的事,自己也知道,尚来问我们吗?”那些头役说:“拉着走,休要多说。到了衙门,你们就知道了。”立刻拉着二人,抱了两匹缎子,到了县衙班房之中坐下。此时老爷迎官接差未回,候至日色西斜之时,老爷方回衙署之内,立刻传伺候升堂。三班人役喊堂威,站班伺候。壮班,管的是护堂施威;皂班,管的是排衙打点;快班,管的是行签叫票,捕盗捉贼。三班各有所司之事。老爷姓武名兆奎,乃是科甲出身,自到任以来,断事如神,两袖清风,爱民如子,真正治得路不拾遗,夜不闭户。今日升堂,吩咐:“来,带差事!”只听下面有人说:“殷家渡抢夺缎店,明火执仗,刀伤事主,抢缎子五十匹,银子一千两,贼首高国泰,窝主李四明拿到。”“哦。”两旁一喊堂威,立刻带上高国泰、李四明。二人跪下,口称:“老爷在上,生员高国泰叩头。”“小的李四明叩首。”老爷在上面一看,只见高国泰文质彬彬,品貌端正,五官清秀,面不带凶煞之气,遂问道:“高国泰,汝等在殷家渡抢夺缎店,明火执仗,同伙共有多少人?抢去缎匹归于何处?讲!”高国泰说:“老父台在上,生员乃读书之人,不知殷家渡抢缎店之故。至于明火执仗,生员一切不知。”老爷把惊堂木一拍,说:“呔,抄手问事,万不肯应。来,拉下去,给我打!”高国泰说:“老父台且息怒,生员有下情上达。殷家渡明火执仗,刀伤事主,生员实不知情,要严刑拷打,就是叫我认谋反之事,生员也不认。”老爷说:“据我看来,你这厮必是久贯为贼之人。既是

① 头役——即公人。

抢缎店你不知情，因何这两匹缎子在你手？"高国泰说："生员昨日晚在城外捡的。我本打算今日四门贴帖，如有人来找，生员必还他。不料老父台把生员传来，这是一派真情实话。"老爷把那两匹缎子拿在手中一看，吩咐："带兴隆缎店守铺王海。"不多时，只见由外面上来一人，年约五旬以外，五官丰满，面带忠厚，跪下给老爷叩首。老爷叫差人："把二匹缎子拿下去，看是你铺中卖出的，还是贼人抢了去的？事关重大，不可混含①。"王海拿过去一看，说："老爷，这两匹缎子，是贼人明明抢了去的。"老爷一听，问："你怎么知道是被贼人抢了去的？有什么凭证②？讲。"王海说："回老爷，有凭证。在小的铺子内，架子上的货，就有兴隆缎店四个字。没有我们铺中的图记兑印，要是有人上我们那里买的缎子，临买好之时，单有一个兑印，图记是篆字：生财有道。这缎子上没有兑印，故此知道是贼人抢去的。"老爷吩咐下去，高国泰跪在一旁听得明白。老爷说："高国泰，你可曾听见了么？给我上挟棍，挟起来再问。"高国泰说："老父台的明见，生员这两匹缎子实是拾的。就是贼人抢了去，也许遗失，被生员拾着。老父台说生员明火执仗，有何凭证？可以考核。"老爷一听勃然大怒，把惊堂木一拍，说："你这厮分明是老贼，竟敢在本县面前如此刁猾，你还说本县把你判屈了！"吩咐左右："把见证带上来。"高国泰一听有见证，吓得面上失色。只见从旁边带上一个来。高国泰一看，并不认得。只见此人有二十余岁，头戴青布头布，身披青布小夹袄，青中衣，白袜青鞋，面皮微白，白中带青，两道斗鸡眉，一双瓯口眼，蒜头鼻子，薄片嘴，窄脑门，撇太阳，长脖子，大颏落素。李四明一看认得，原来是同院的街坊姓冷行二，外号叫冷不防，住李四明外头院三间房，平时与李四明借贷不遂，他怀恨在心。冷二就是人口③两个过日子，他养不了他媳妇，他媳妇去给人家佣工做活，他一个人在家终日盘算，可恨李四明有钱不借给他。那天晚上，他正在屋中着烦，听李四明的家中请人。冷不防想："李四明平时未在家内请过朋友，莫非有什么事？"他暗中偷听，请的是高国泰，李四明同了进去。冷二站在二门一听，听李四明说拾了两匹缎子，是兴隆店的，没

① 混含——糊里糊涂。

② 凭证——证据。

③ 人口——指夫妻。

人找，我们二人做两件袍子。冷二听得明白，心中想："我听说兴隆缎店在殷家渡，前次闹明火执仗，此案尚未拿着。我明日到衙门去，给他贴一贴膏药，就说他是窝主。李四明真是可恨，发此大财，我去借几吊钱都不借，叫他知道我的厉害！假使我再借钱，他就不敢不借给我了。"因此他第二天一早，就奔县公署来，问："哪位头该班？"有人答话："是金陵寿金头的该班。"冷二进来说："金头，殷家渡明火执仗这案，你们办着没有？"金头说："没办着。"冷二说："我们院里房东李四明，他窝藏汪洋大盗，昨天有贼首高国泰住在他家，两个人商酌一夜，我听得明白，特地前来送个信息。"金头儿一听说："好哇，我带你见见我们老爷吧。"叫人往里回话，老爷立刻升堂，带上冷二回话。冷二上来跪下说："老爷，小的住的李四明的房子，常见有形迹可疑之人从他家出入。昨夜晚间，有贼首高国泰在他家里，诉说殷家渡的明火执仗，刀伤事主。我和房东并无冤仇，怕老爷访知，小的有知情不报、纵贼脱逃之罪。"老爷吩咐先把冷二带下去，派金陵寿、董世昌把高国泰、李四明一并锁拿到案，及二人一到，说带见证，便把冷二带上来。不知如何判法，且看下回分解。

第 三 十 回

余杭县清官逢奇案　殷家渡济公捉贼人

话说冷二上堂来。老爷问道:“冷二,你说高国泰明火执仗,现在已把高国泰带来,你可认得?”冷二说:“认得。回上老爷,他与李四明在屋中谈心,小的听得明白。”高国泰在旁说道:“回老父台,我生员并不认得他。”李四明往前趴跪半步,说道:“老爷在上,这个冷二原来跟我同院,住我的房子,皆因他欠着小的房租不给,时常同我借钱。借了几次不还,他还要借,我不借与他,因此借贷不遂,他记恨在心,诬赖好人,求老爷格外施恩。”老爷说:“好,我用刑拷你们。拷明了谁,我办谁。大概抄手问事,万不肯招,把高国泰并李四明一同夹起来再问。”两旁衙役等答应。将要用刑,忽然间公堂之上起了一阵狂风,刮得真正好厉害,对面不见人。少时风住了,老爷再一看,见公案桌上有一张纸,上写“冤枉”二字。老爷也不知是谁写的,自己揣度:“其中必有原因”。遂吩咐:“来,暂把高国泰、李四明二人押下去,把冷二也押下去!”老爷退了堂。书中交代:这阵风乃是济公来到,把手一指,起了一阵怪风。迷住众人眼目,在公案之上写了“冤枉”二字,自己出了衙门,领了冯顺、苏禄二人到了西门外。他也并不说住房,仍是往西走了有二里之遥,说:“二位,你等看这是哪里来的银子?”苏禄、冯顺二人立刻收拾起来,一起往口袋里装。济公说:“这必是保镖的达官遇见贼,把银子抢了,这是剩下的,咱们捡个便宜。”三人说着,一直往西走,到一个镇市叫殷家渡,由北往南走了有一箭之地,只见路东有一段白墙,上写黑字是“孟家老店,草料俱全,安寓客商”。济公立于那座门外叫开门。里面问:“做什么的?”外面说:“住店,快开门。”里面说:“没房,都住满了。”济公说:“找一个独屋就行了。”里面说:“没有。”济公说:“我这里银子甚多,走不了,如何是好?”里面听得明白。书中交代,这座店乃是孟家老店。店东孟四雄、李虎。两个伙计,一个姓刘,一个姓李,久贯害人。要有孤行客,行李多,被套大,他们立刻用蒙汗药酒,把他治倒杀害。上房全有地道,因此这店不只做买卖,还专门害人。伙计一听外面说有银子，连忙到门口往外一看，见三人扛着有无数银两。伙计连忙来至柜房说："掌柜的，外面来了两个人，同着一个和尚，带着许多的银子要住店。"孟四雄说："你何不把他们请进来。"伙计说："我已经告诉他们说没房。"孟四雄说："我教你几句话，你就说我们掌柜的说了，怕你们三位带着银两一路走，年岁饥荒，倘若遇见贼，轻者丢银两，重者伤性命。我们掌柜的最喜行好，给你们三位顺一间房，叫你们住吧。"伙计听明白，回身出来开门，见三个人还站在门口。伙计说："三位没走呀？"济公说："你们掌柜的听见了，顺一间房叫我们住，怕我们丢了银子是不是？"伙计说："不错。"济公说："好，前面引路。"伙计前头走，济公三人大步进了店门，见迎面是个照壁，东边是柜房，西边是厨房，里面东边一溜房，西边一溜房，正北是上房。和尚站在院里不走，说："你这院内是什么味？"伙计说："什么味呀？"和尚说："有点贼味。"伙计说："和尚别打哈哈，你们住上房吧。"和尚说："好，上房凉快，八面全通的。"伙计说："只是没有糊窗户，你进去吧。"和尚同苏禄、冯顺来至上房西里间一看，靠北墙是炕，地下靠窗户是一张八仙桌、两把椅子。冯顺、苏禄也困乏了，坐下休息休息。伙计先打洗脸水，然后倒茶送来，说："你们三位要吃什么？"和尚说："你随便给煎炒蒸煮，配成四碟，外两壶酒。"苏禄、冯顺说："我们两个人可不喝，已困乏要去睡了。"和尚说："你们不喝我喝。"伙计下去喊了煎炒蒸烧四个菜，"白干两壶，海海的迷字。"和尚说："伙计回来。"伙计问道："要什么？"和尚说："你代我要白干两壶，海海的迷字。"伙计一听，大吃一惊，心想："这和尚可了不得，真是内行人。要不然，他怎能也说江湖黑话？"伙计回道："和尚，什么叫海海迷字？"和尚说："你说理①不说理？你如不说理，我打你一个嘴巴。"伙计说："我怎么不说理？"和尚说："你才说海海的迷字，你倒问我，我还要问你什么叫做海海的迷字。"伙计一想："这话对呀，方才可不是我说的吗，倒叫和尚问住我了。"伙计方才说："我方说的海海的迷字，是给你打些好酒。"和尚说："我也是说要点好酒，你去拿去吧。"伙计到外面把酒拿来，和尚便睁开一只眼直向酒壶内瞧。伙计说："和尚你瞧什么？"和尚说："我瞧瞧分量多少，贵姓刘伙计？"伙计说："你知道我姓刘又问我。"和尚说："我看你这个人倒很和气，咱们两个人一见

---

① 说理——讲理。

就有缘,来吧,你可喝杯酒?”伙计说:“不行,我是一点酒不喝,一闻酒便醉了,人事不知。”和尚说:“你少喝点,一杯吧。”伙计说:“不行,要叫我们掌柜的知道,我跟客人喝酒,明天就把我散①了。”和尚说:“你不喝我的酒,倒叫我好疑心,仿佛酒里放搁上什么东西似的,你不喝我也不喝了。”伙计说:“和尚,你喝你的。倒不是我不喝,如我们掌柜的知道,不是买卖规矩。”和尚说:“你喝一口酒,这也不要紧,一段小事。”伙计说:“我把酒给你温温去,也许凉了。”伙计拿住酒壶来至柜房说:“掌柜的,这个和尚真怪,拿了酒去,他叫我喝,我不喝,他也不喝。我先换一壶没麻药的,他叫我喝,我就喝。”掌柜的给了一壶好酒,伙计拿到上房来说:“和尚,小店本没有这个规矩,你既叫我喝,回头我喝。”和尚说:“你把酒温热了?”伙计说:“温热了。”给和尚,和尚一仰脖子,把一壶酒都喝了。和尚拿那壶有麻药的给伙计。和尚说:“你喝这壶吧。”伙计赌气往外就走。和尚说:“你不喝,我也不喝了,一个人喝酒没趣。”吃了些饭菜,撤去残桌,和尚闭上门睡了。伙计到前面柜房说:“掌柜的,这三个人可就是和尚扎手。回头动手的时候,可得留神和尚。”李虎说:“不要紧,回头叫李伙计拿刀去,你在此休息,不用你问了。”刘伙计点头答应。待天交三鼓后,李伙计拿了一把刀,就奔北上房。来至里面,把上头门插棍挑开,再挑底下。把底下挑开,用手一推,门上头又插上。伙计一想:“怪呀。”又挑一头,把上头又拨开,一推门,底下又插上。伙计把窗户捣了一个小洞,往里面一看,见屋内三个人睡得是呼声振耳,沉睡如泥。伙计又拨门,拨了半天,依旧没拨开。他方才直奔上房西边,单有一个单间,有地道通到上房。李伙计把一轴画卷起来,桌子移开,由地道而入。方一低头向前走,就走不动了,仿佛有什么阻住。掌柜的李虎在柜房等了半天,不见李伙计出来,遂叫刘伙计去瞧瞧。刘伙计拿了一把刀,来至上房,见那门也没开,也不知李伙计往哪里去了。刘伙计便直奔上房东边,也有一个单间通到上房,有地道。他到了那东间把桌子挪开,画条卷起。打算要由地道进去。及下地道向前走不过去。把李虎、孟四雄等了半天,不见李、刘两伙计回来。二人等急了,各持钢刀一把,扑奔上房,见门闭了,也不知两个伙计往哪里去了。李虎用刀将门拨开,二人来至外间屋中,入神一听,西里间屋内鼻息如雷,

---

① 散——开除。

方才把西里间帘子用刀一挑，往屋中一看，见和尚头向南，伸着脖子脑袋，将炕帘夯拉着，那两人睡得人事不知。李虎想："活该你三个人该死。"放步向前，举刀方欲杀和尚，见和尚冲他龇牙一乐，把李虎吓了一跳，回身便要走。见和尚又睡了，李虎想："敢是和尚做梦呢？我怎么刚要杀他，他冲我一乐？"愣够多时，复又近前把刀举起来，往下一落，和尚用手一点指，用定神法把他给定在那里，李虎也不能动。孟四雄在外面等了半天，看李虎举刀不往下落，心中着急，方才闯进屋中，伸手拉刀。罗汉爷施佛法大展神通，要捉拿贼寇，搭救高国泰。不知后事如何，且看下回分解。

第三十一回

拿贼人完结奇案　施邪术妙兴定计

话说孟四雄拉刀要杀济公禅师，罗汉爷翻身爬起来，用手一指，口念六字真言："唵嘛呢叭咪吽，唵敕令赫。"就把贼人用定神法定在那里。和尚一脚把苏禄揣醒，一脚把冯顺揣醒，这才喊嚷："了不得了！有了贼人，要杀人呢！"和尚站起来要往外跑，苏禄、冯顺二人睁眼一看，只见孟四雄、李虎二人，各执利刃，站在那里不动。二人立刻跳下床去，往外就跑，站在院中喊嚷起来，说："有了贼啦，杀了人啦！救人哪！"外边正遇巡夜官兵到来，听说店内嚷有贼，本汛千总①刘国斌，带着有二十名官兵，正因前街兴隆缎店明火执仗，刀伤事主，失去缎子五十匹，银子一千两，并未破案获贼。今日听见店内有人喊嚷有贼，连忙叫兵丁登梯子上房，跳在院中，先把大门开放。刘老爷从外边进来，先把苏禄锁上。苏禄说："众位先别锁我，我不是贼，贼在屋中哪！我们同伴三人，还有一个老头儿冯顺，一个和尚济公，共三个人，是由临安来找人，昨日住在这店内。是贼人执刀要杀我们，故此我们喊嚷。"官兵说："好，我们要不是上过当的，我们还不先锁你。只因我们前番在绸缎店内捉贼，进院内有人嚷，我们疑是本家，没拿。进屋一看，把本家全上了锁，贼倒跑了，我也是出于无法，这次不能上当了。"苏禄说："你们先到房内看看贼，找我们同伴两个伙计。"众兵丁到上房一看，原来是孟四雄、李虎、刘大、李二。先把四人刀给夺过来，然后都锁上。出来各处一找，并不见那二人，正自着急，听见马槽底下有沉吟之声，过去一看，原来是冯顺爬在那里。出来一问，和苏禄说的一样。先把苏禄放开，再找和尚。众兵丁帮着苏禄、冯顺找和尚，各房中都找遍了，并没有和尚。找到厕中，听见里面呼声振耳，到里边一看，果然是和尚站在那边，身倚墙睡熟了。冯顺过去一推说："济公，你老人家还睡呢，官兵来了，把贼拿住了。"和尚一睁眼，说："了不得啦！有贼啦！救人

---

①　千总——古代武官名。

哪!”苏禄说:“有贼,你老人家为什么会睡着了呢?”济公说:“只因贼人一闹,把我睡着了。”众人说。“到上房拿你们的东西。”三人到北上房再看,那些银子全变成石头了。苏禄问和尚:“银子怎么会变成石头了呢?”济公但笑而不答。官兵把三人带到武汛衙门之内,问冯顺,把已往之事述说一番。刘国斌问了贼人的名姓,一并办好文书,连济公三人解往余杭县衙门。且说余杭县老爷正因高国泰这案为难,不知如何办法,只见殷家渡武汛千总解上这案来。先把济公叫上来一看,是个穷颠和尚,站在那里。老爷问:“和尚是哪里的?来此何干?见了本县,因何不跪?”济公哈哈大笑说:“老爷,我是西湖灵隐寺济颠和尚。只因:西湖有座城隍山,清贞礼拜我济颠,只因寻找高国泰,谁想公堂来鸣冤。”知县一听,说:“原来是济公,弟子不知,来人安座!”和尚坐下,述说住店情由。苏禄、冯顺二人磕头,起来站在一边。知县叫把贼带上来,两旁答应。先把孟四雄带上来,跪下叩头。老爷问道:“孟四雄,店是你开的?”贼人答应:“是。”又问道:“因何害人!开贼店,共有多少年?共害了多少人?讲。”孟四雄说:“回老爷,小的务本做买卖,并不敢害人。只因昨天夜内小的店中闹贼之时,小人执刀追贼,正遇官兵巡夜,把小人捉住当了贼啦。”知县说:“你先下去。”叫上官兵问问,是怎么拿的?官兵把捉贼的情形,大概说了一回,老爷叫把李虎带上来,不准叫他二人串供。带上李虎来跪下,堂上老爷一看那贼人,五官凶恶,定非良善之辈。年有三旬以外,一脸横肉,短眉圆眼。看罢问道:“李虎,方才孟四雄已然全招,你还不实说吗?”李虎想:“他既实说,我也不必隐瞒。”说:“老爷,既是他说,小人我也说吧。我二人都是殷家渡本街人,自幼结义为友,开这座店之时,也是我二人同伙开的,今年整开了十年多。每有孤行客商,行囊褥套大,下些迷魂药酒,把人迷倒了,害人得财,共害了有三四十个人。今年上月二十六日,我们店内来了山东蓬莱岛的三个人,全是绿林中朋友。为首的净江太岁周殿明,还有他两个徒弟翻浪鬼王廉、破浪鬼胡方。他三人因为买缎子,和兴隆缎店口角相争打起来了,当晚邀我等去抢兴隆缎店,抢去缎子五十匹,银子一千两,持刀押颈砍倒更夫。有我们店中四个人,抢回来,因为分赃不均,周殿明赌气走了。我等只因和尚带着二人到店之内,见他等银子多,我等派伙计去暗害他三人,不想被官人拿获。这是已往之事,小人并不敢撒谎。”知县问明白,把两个伙计叫上堂来,一问,刘大、李二二人也都招认了。再把孟四雄带上堂来对词，都讯问明白。把高国泰、李四明、冷二三人带上堂来，叫招房书班先生一念招供，抢兴隆缎店，并无高国泰、李四明。先吩咐把二人放开。冯顺一见高国泰，连说："先生久违，我等都为找你而来。"高国泰下堂站住，见冯顺过来先行礼，然后把上项之事，从头至尾，述说一番。只见堂上把冷二打了四十板子，钉枷示众。把孟四雄打了四十板子，连李虎带两个伙计，一同钉镣入狱。济公见把这案了完，立刻站起身来，谢了知县下堂。见高国泰，都引见了明白。李四明说："先请高兄同济公，二位管家，先到我家，明天再走。"济公说："也好。"一同往前走，方出西门，济公问高国泰说："王成璧周济你的银两，被何人偷去？"高国泰说："弟子不知是谁，圣僧莫非知道？"和尚哈哈大笑，说："你来跟我看那边。"用手一指，只见从李四明院中出来一人，年有二十多岁，青白面皮，短眉小眼，两腮无肉，头挽牛心发髻，身穿青布小夹袄，青布中衣，白袜青鞋，两只眼似篱鸡，东瞧西看。李四明一看，认得是冷二的妻弟，名叫夏一跳，久在街市窃取偷盗，是个白日贼。那天高国泰在钱铺换银子，被他看见。贼起贼智，假作进城，故意把高国泰撞了一个筋斗，把银子掏去，在赌博场中两夜的光景，把五十两银子输净。今日找冷二借钱，到这里一问左右街坊，才知道是冷二打了官司。自己方一出门来，正遇见济公带着众人，用手一指。夏一跳说："众位你等看我，今天报应临头。"伸手自己打了几个嘴巴，跑到河沿，跳下河去，往上冒了一冒，顿时死了。地方官人知道后，报无名男子一个。本地面该管职官相验已毕，就地葬埋。李四明请众人到家，整理酒筵，款待济公。高国泰说："李贤弟，你到南门外去找王成璧，把我的事都说明白，你替我谢谢吧。"李四明说："明天我就去。"留济公住了一夜。次日天明，济公带高国泰、苏禄、冯顺由余杭县起身，顺大道直奔临安。这日正往前走，到了一座镇店，见街市人烟稠密，买卖甚多。正走在十字街，只见东边路北有一座大门，门内高搭一座法台，三丈六尺，上安法桌法椅，头挂五色彩绸，分东西两边。济公看罢，按灵光连击三掌，说："善哉，善哉，我和尚既遇此事，焉有袖手旁观之理？且慢，我必须如此如此。"书中交代，这座镇店名叫云兰镇，路北这家姓梁名万苍，家私巨万，膝下一子，名梁士元。老员外为人乐善好施，专好修桥铺路，斋僧布道，创修寺院，印造经文。只因有一个老道在这里，化了一百两银子，说修佛殿，及至给了他银子走了。老员外在西街拜客，正看见老道由烟花院出来。

老员外回到家中,对家人说:“我施舍这些钱,原来老道前去问柳宿花,我是不能再舍施的。”家人梁修德说:“老员外乃好善之人,咱们这里连年失收,米贵如珠,员外何不修些好事,设立个粥厂,赈济这一方之邻里乡党,倒是一件好事。不知意下如何?”梁万苍一听,心中甚喜,立刻禀明本地该管官长,择日放粥。每日早来,打粥之人,吃粥一份,外给钱一百文,好叫众人种地。梁员外每日在门外看讨粥之人,过了半月之久。这日梁士元在门外闲立,天有晌午之时,只见从正西来了一个老道,年约半百以外,头戴青布道冠,身穿青布道袍,白袜青鞋,背后斜宝剑,手拿蝇拂,面似乌金纸,黑中透亮,粗眉大眼,一部连鬓络腮胡子。一见梁士元,恶念顿起。正是妖人妄兴害人计,罗汉长施恻隐心。要知后事如何,且看下回分解。

第三十二回

云兰镇恶道兴妖　梁万苍善人遇害

话说梁士元正在门外站立，见从正西来了一个羽士道人，站在面前："无量佛，善哉善哉。贫道闲游三山，闷蹈五岳，访道寻仙，善观气色，能治吉凶。看公子这分相貌，五官端方，定是翰院①之材。"梁士元连忙躬身施礼，说："道爷贵姓？在哪座名山，何处洞府参修？我要领教。"道人说："贫道就在这正北五里之遥，五仙山祥云观出家。我姓张名妙兴，专好相法。"梁士元说："道爷既是好相法，奉求给我看看。"老道一听，正中心怀。他此来原因他游方回庙，见围墙已倒，大殿失修。张妙兴就说他师弟刘妙通，不知化缘修庙，尽在家中吃饭。刘妙通说："我不能化缘了。如今云兰镇梁善人概不书缘，家中立了粥厂，竟赈济我们这一方穷人。也是道门中人自己坏事，前者有一位道门中朋友，在梁善人那里化了一百两纹银，说是修佛殿，后来并不修佛殿，他把一百两纹银全皆在烟花院中嫖了，被梁员外看见他从烟花院出来。老员外因此不施舍僧道，我还往哪里化缘？"张妙兴说："好，我要化不了梁善人，我给你磕头，明天我去。"故此今日他来到这里，见公子梁士元在门首站立。他眉头一皱，计上心头，过来一相面，见公子问他，张妙兴要施五鬼钉头法，七箭锁阳喉恶化。张妙兴先拉过公子的手来，说："公子这分相貌，是上等相法，看尊像眉清目秀，生在诗书门第，礼乐人家，祖上根基不薄，真乃是石中之美玉、花中之丹桂。此时不但泮水游香，定然科甲有准。此时官星未露，遇而不遇，达而不达，好比冲云之鸟，落在荆棘之内；吞舟之鱼，临于污池之间。未得三江之水，焉能脱鳞为龙？公子把生辰八字说明，我给细细掐算。"梁士元把自己生辰八字全说明白，恶道记住，暗中掐诀念咒，照定梁士元，冷不防一掌！三魄勾去一魂，七魄勾去二魂。梁士元一愣，反身倒下。老道自己回庙中，叫师弟用干草绑一个草人，用朱笔写了生辰八字，用七个新针，把草

---

① 翰院——即翰林院，为古代储备人才的所在。

人之心钉住。刘妙通是个忠厚之人，见他这样行为，问他所害之人是谁。张妙兴说："你不要胡说，我这不叫害人，我要恶化梁员外。"从此每日往云兰镇上走走。书中交代，那梁士元自老道走后，家人出来一看，见公子爷倒在门外，立刻叫同事之人，把梁士元抬至内院上房。梁员外一听，吓得惊魂千里。自己六十多岁，就是这一个孩子，倘有不测，那还了得！连忙派人请高明先生来，给儿子治病。把先生请来一看，都说："是失去魂魄，吃药不效。"急得老员外求神祷告上天，许了大愿。一连两天，并不见好。这天早晨，梁善人站在门首，看那讨粥之人，来的不少。他自己本是烦闷，只见从南来了一个妇人，头里跑着三个小子，都有十一二岁，后面跟着两个小子，也有七八岁，背后扛着一个男孩，有三四岁，怀中抱定一子，也有一两岁。梁员外一看，说："哎呀，这个妇人把街坊孩儿全带来了。来人把那位娘子请过来。"家人过去说："娘子，我家员外有请。"那个妇人过来，慢慢先把孩儿都放下，然后叩头："唯愿员外三多九如，多福多寿多儿女，福寿绵长。"梁员外问："这几个孩儿，都是你家的吗？"那妇人说："我姓赵，只因丈夫在外贸易未归，我这几个孩儿幼小，人口甚重，又过这样荒年，故此我来这里讨一分粥，我一家人也好活命。"梁员外吩咐家人："取十吊钱赏给这几个小孩儿。"那妇人叩头谢了，拿钱去了。老员外自己一想，方才那个妇人，虽然穷，现有七个孩儿，久后要是长大之时，倒是造化。我虽有百万之富，可就这一个儿，如今还病得这样儿。我看人生世上，大概也是命中所定，该当无子，苦求神佛也是徒然。正是思前想后，只见正西来了一个老道，穿青色褂，面如刃铁一般，一部连鬓络腮胡子，背后欻插宝剑，口中说："无量佛，善哉善哉。贫道闲游三山，闷踏五岳，永未见过这样房煞！这房犯五鬼飞廉煞，家中不利小口，主于有恶病缠身。"梁员外一听，连忙过去说："仙长请了，我家这房犯五鬼飞廉煞，求仙长给破破。"老道说："员外需带我到宅院之内，细细看个真实。"梁万苍带着老道到了里院，往各处一看，然后到了书房之内。老道说："员外明日在大门内，高搭法台三丈二尺，上面预备八仙桌一张，太师椅子一把，再预备长寿香一封，五供一堂，黄毛边纸一张，砚台一方，笔一支，白芨一块，朱砂一包，香菜根无根水一碗，五谷粮食一盘。法台头前预备五色绸子，青黄赤白黑五色，按金木水火土五行。预备五百两银子，我给你散散福，你这房子的劫煞就没有了。先把这五鬼解了，然后我再给你儿治病。"员外一听，心中甚为喜悦，赶紧吩咐家人倒过茶来，说：“未领教道爷贵上下？怎么称呼？在哪座名山洞府修炼？”老道说：“员外是贵人多忘事，我常到员外这里来。我姓张名妙兴，在这村北五里地五仙山祥云观出家。”员外说：“原来是街坊，我实在失敬了。”赶紧吩咐摆斋伺候。老道连连摆手，说：“员外不必费心，容日再扰，我还得回庙预备应用的东西，明日好来除煞。”说罢，站起身来告辞。员外亲身送到外面，拱手作别。老道去后，员外赶紧吩咐家人，在大门内高搭法台一座，把应用的东西照样预备。众多家人直忙乱了半天，至日落之时，诸事俱已齐毕，大家安歇，一夜晚景无话。次日众人起来，净等候老道来。天有已正，老道倒没来，和尚来了。原来是济公带着高国泰、苏禄、冯顺从余杭县回京，由此经过。和尚睁眼一看，大门内有法台。罗汉爷早已占算明白，心说：“好孽畜，竟敢在此放妖作怪！”吩咐高国泰、苏禄、冯顺三人在此等候。和尚迈步直奔大门，见门口站立几个家人。和尚打一问讯说：“辛苦众位，我和尚从此经过，由早晨尚未用饭，我要在尊处化一顿斋吃。”众家人说：“和尚你来得晚了，看我们大门上，这里贴着：‘概不书缘。’原先我们员外本是善人，最喜斋僧布道，现在无论是僧是道，我们员外一概不施舍。你要早来粥厂，可以讨一分粥，你来迟了，明天再来吧。”和尚说：“我由早晨没吃饭，你们众位慈悲吧。”旁边有一位老管家，最好行善，见和尚说得怪可怜的，他站起来说：“和尚，我由早起身体不爽，有一碗白米饭，连菜都一点没吃，我拿来给你吧。”说罢进去，把饭端出来递给和尚，和尚伸手一接，老管家一撒手，和尚往回也一撒手，叭嚓，连碗带饭掉在地下。老管家说：“你这和尚，我好心好意，给你端出饭来，你怎么把碗碰了？”和尚哈哈一笑说：“你叫我和尚吃这个剩饭？”老管家说：“你不吃剩饭吃什么？”和尚说：“要吃干鲜果子，冷荤热炒，粉拌蜜饯，鸡鱼鸭肉整桌的。把我和尚请在上面独坐，叫你们员外陪着我，我才吃呢。”家人一听这话，气往上撞说：“你这穷和尚满嘴胡说，我们员外陪你吃饭？你这是说梦话呢。要叫我们员外陪你吃饭，你还得转世投胎。”和尚说：“你说的话算不算？我和尚要化不出这样斋来，我对不起你们。”说着话，和尚就嚷：“化缘来了！喂！”拿手往嘴上一抓，往大门里一扔。众家人掩口而笑。和尚连嚷了三声，就听里面说道：“外面什么人喧哗？”由里面出来一位员外。和尚看这位员外身长八尺，头戴双叶逍遥员外巾，三蓝绣花，身穿宝蓝缎子逍遥员外氅，衣领紧系，足下篆底官靴，面如三秋古月，慈眉善目，海下一部花白胡须。从里面出来，一见济公，要请罗汉爷给儿治病。有分教，行善之人有善终，作恶之人天不容。要知后事如何，且看下回分解。

第三十三回

设阴谋恶化梁百万　发慈悲戏耍张妙兴

话说济公正自喊嚷化缘,见梁员外从内院出来,说:"什么人在我门首喧哗?"和尚过去,先打一问讯,然后说:"员外要问,是我和尚,从此路过,久仰员外是个善人,我一看这所宅院,犯五鬼飞廉煞,家中定有病人,我要给净宅除煞,退鬼治病。一到你这门首,这些家人先问我要门包。我说我又不是来求员外,哪里有门包给你?因此争吵起来。"梁员外一听说:"这些奴才!不知在门首做了多少弊端?"家人说:"员外不是,他来到这里,先说化缘。"就把上项之事,也学说一回。员外也不理论,问:"和尚宝刹在哪里?"和尚说:"我在杭城西湖灵隐寺。我名道济,讹言传济颠僧就是我。"梁员外看和尚那样,半信半疑,说:"既是济公慈悲,随我来。"济公跟着员外,一直来到里面上房东里间。济公见炕上躺着公子梁士元,昏迷不醒,两旁有许多婆子家人伺候。梁员外忙说道:"儿呀!梁士元醒来!"连叫数声,见梁士元昏昏沉沉,人事不知,连头也不抬。济公说:"员外不使着急。我叫他说两句话,吃点东西,少时立刻见效。"老员外甚喜,说:"既得如是,圣僧慈悲慈悲吧。"罗汉爷伸手把帽子摘下,叫人把梁士元扶起来,慢慢把帽子给他戴上,口念六字真言:"唵嘛呢叭(口迷)吽唵敕令赫。"见梁士元慢慢把眼睁开,叹出一口气来,说:"来人,给我点水喝。"老员外一看,甚为喜悦,连连称好。和尚说:"冲这一手,值你一顿饭不值?"梁员外说:"圣僧何出此言?慢说一顿饭,就是我常常供奉你老人家,也是应当的。"和尚说:"那倒不必。"员外说:"圣僧你要吃什么?叫他们预备。"和尚说:"你把你们管厨的叫来,我告诉他。"家人去把厨子叫来。和尚说:"你去预备糖拌蜜饯,干鲜果品,冷荤热炒,一桌上等高摆海味席,就在这外间屋中吃。"厨子答应。本是大富贵人家,一应的东西俱都现成,家人摆设桌凳,少时厨子菜已齐备。员外请和尚上座吃酒,老员外旁边陪着开怀畅饮。老员外心说:"和尚这个帽子倒不错,比什么灵丹妙药都强。我问他要多少钱,把帽子留下,给我儿戴。"员外见梁士元在屋中也说出话来，要喝糖水，要吃东西，心中甚悦。员外说："圣僧的妙法，果然是手到病除。"和尚说："员外你瞧我这帽子好不好?"员外说："好。"和尚说："好可是好，我打算找个主儿，把它卖了。"员外一听，心中欢喜，说："和尚你要卖多少钱？我留下。"济公说："员外要留下好办，把你这分家业买卖房产地业给我，我把帽子给你。"老员外一听，连连摇头说："我买不起。"说着话，家人把菜上齐，员外陪着和尚喝酒。和尚说："员外，你把你门上看门的那位管家叫来，我有话说。"员外当即吩咐家人叫去，少时来到里面说："员外叫我有何吩咐?"和尚说："我方才说要吃上等高摆海味席，干鲜果品，冷荤热炒，糖拌蜜饯，叫你们员外陪着我。你瞧我没说错吧？对得起你。"家人说："是。"和尚说："员外你还得慈悲，我还带着三个跟班的在外头等着，没吃酒呢。"员外吩咐请进，预备酒席。家人心说："他还有跟班的？连他都没有整衣裳，他的跟班的必然更穷了。"想着，来到外面喊嚷："哪个是跟穷和尚来的?"高国泰说："是我。"家人一看，是一位儒流秀士打扮，俊品人物，仪表非常，穿得甚是整齐。家人说："还有二位在哪里?"苏禄、冯顺二人过来说："我们也是跟和尚来的。"梁福一看，这二人更阔了。本来苏禄是苏北山的家人，穿得更齐整。梁福心里说："和尚有钱，全打扮了跟班的。"赶紧把三位让到门房，摆上酒席，让三个人吃饭。里面老员外陪着和尚喝酒，说闲话，正在高谈阔论之际，外面进来一个家人，走至员外耳边，说话不敢叫和尚听见："回禀员外，道爷来了。"这一句话不打紧，可让梁员外为了难。有心陪着和尚说话，又怕老道挑了眼走了；有心走出迎接老道，应酬老道，又怕和尚挑了眼。老员外的心思，谁也不肯得罪，不拘和尚老道，谁把他儿病给治好了，老员外都要谢的。自己正在心中为难，和尚说："员外你必是来了亲戚，你倒不必拘束。"这一句话，把老员外提醒。员外说："是。"和尚说："你去应酬亲戚要紧，多一半还不是外人，许是你小姨子来了。"老员外一笑站起，吩咐家人给圣僧斟酒："我去看看，少时我就来陪圣僧喝酒。"说罢站起奔外书房来。这院中是小四合房三间，西配房做外书房。老员外进到书房一看，见老道早已进来坐定，有家人在一旁献茶。梁员外赶紧行礼说："仙长驾到，未曾远迎，面前恕罪。"老道说："员外说哪里话来，知己勿叙套言。"梁员外赶紧吩咐摆酒，问："老道用荤用素?"张妙兴说："荤素皆可。"家人擦抹桌案，杯盘连落，摆上一桌酒菜。老员外亲自给老道斟酒，一旁相陪，闲谈叙话。梁员外说:“仙长,我跟你打听一个人,你可知道?”老道说:“那个有名便知,无名不晓。”梁员外说:“西湖灵隐寺有一位济公,你可知道?”老道心中一动:“我要说济公有能为,就显不出我来。”想罢老道说:“员外你提的就是那西湖灵隐寺的酒醉疯癫的济颠僧,乃无知之辈,不足挂齿。”这句话尚未说完,就听院中有人答话:“好杂毛老道胆大!竟背地里说人!”只见帘拢一起,由外面来者正是济公。老员外一见,心里说:“这些家人实在可恨,我叫你们陪着和尚吃酒,你们为何放他出来?这老道一见面,倘若辩起嘴来,多有不便。”书中交代,和尚在里面喝着酒,家人在旁边伺候,无故的和尚站起,来到里间屋中,把梁士元头上的僧帽摘下来。梁士元正然坐着,又说又笑,和尚把帽子一摘下来,梁士元翻身躺下,人事不知,仍然昏迷不醒。家人说:“和尚,你为什么把帽子给摘下来?”和尚说:“一桌酒要戴多大工夫?”家人说:“好,你拿帽子换酒喝了,也不用我们员外吩咐,再给你摆一桌,你还把帽子给我们公子戴上。”和尚说:“我不饿了,等我饿了再吃吧。”说着话,和尚往外就走。家人说:“和尚上哪去?”和尚说:“我上茅坑。”家人说:“我们带你去。”和尚说:“不用,要有一人跟着我,我就不能出恭。”家人也不敢跟了。和尚出来,就奔西跨院,刚到这院中,正赶上老道跟员外说酒醉疯癫的济颠乃无知之辈,何足挂齿,被和尚听见。和尚这才说:“好杂毛老道胆大!竟背地里说人。”一掀帘子,口中说:“好杂毛老道!”张妙兴刚要答言,济公一抬头说:“哟,这屋里有个老道,你可别挑眼,我没骂你,我骂那个老道呢。”梁员外赶紧站起来说:“圣僧请坐,仙长请坐,我给你们二位引见引见。”济公说:“员外不用给我们认识。”说着话和尚坐下了。家人给添了一份杯筷,和尚斟酒就喝,老道见和尚褴褛不堪,坐下就吃,这才问道:“和尚你是哪庙里的?”济公喝了一杯酒,把眼睛一翻说:“你要问我,就是那西湖灵隐寺酒醉疯癫无知之辈,不足挂齿的济颠。”老道一听,有些个心中不悦。和尚说:“张道爷贵姓呢?”老道说:“和尚你这是成心,你知道我姓张,你又问我贵姓。”和尚说:“我跟你打听一个人,你可认得?”老道说:“哪个?”和尚说:“我有个徒孙叫华清风你可认识?”老道一听,气往上撞:“他说我师父是他徒孙,待我结果他的性命。”想罢说:“和尚你满嘴胡说,待我山人结果于你!”老道当时手中掐诀,口内念咒,要跟济公斗法。正是强中更有强中手,能人背后有能人。不知僧道二人斗法,胜负如何?且看下回分解。

第三十四回

施妖法恶道害人　显神通济公斗法

话说济公同妖道二人正自口角相争,老道说:“和尚我叫你三声,你敢答应我三声?”济公说:“慢说三声,六声我都敢答应你。你叫吧!”老道一连叫了三声,那老道口中念念有词,把酒杯往桌上一拍,说声:“敕令。”只见和尚正自吃着酒,忽然间翻身躺地下。梁员外一见吃惊,连说:“老法师这是怎么了?”老道说:“你要问哪,我略施小术,就把他给治倒。我这酒杯在这扣一天,和尚躺一天;我把这酒杯拿起来,或给他吃药了,他才能活哪。”这话方说完,只见和尚站起来了。老道说:“我这酒杯并未拿起来,你就活了。”和尚说:“来,你还没给我药吃,我再躺下就完了。”老道说:“和尚你敢把生辰八字告诉我吗?”和尚说:“那也无妨,我就告诉你,我是某年某月某日生人,都告诉了你,你怎么样吧?”老道立刻口中念念有词,说声:“敕令。”照定和尚头顶之上击了一掌,说声:“急!”站起身来,说:“员外我走之后,你急速把和尚放走,要不然鸡一鸣他准死,你可要打人命官司。”梁员外一看那济公昏迷不醒,人事不知。老道往外就走,员外在后面紧紧跟随,说:“仙长爷慢走,我来替和尚赔罪。”老道并不答言,一直到五仙山祥云观之内,叫师弟刘妙通:“快给绑个草人来!”刘妙通问:“你又害谁呀?”张妙兴说:“我这不是无故害人,只因我化梁员外,这和尚济颠僧,他胆敢戏耍于我,我是要暗害济公,报仇雪恨,方出我胸中之气。”刘妙通也不敢违背他,立刻用干草绑个草人来,放在那里。恶道又派刘妙通置办物件,吃完晚饭,自己先把八仙桌放在那大殿之前,然后把香炉蜡扦五供,应用东西物件全都排好,把两个草人安放在两旁。恶道候至星斗出全,他到外面先把道冠摘下来,把扎头绳一去,包头条一解,把头发散开,把宝剑拉出来,立刻点上香,口中祷告说:“过往神灵,三清教主,保佑弟子,我要把济颠害了!我化了梁员外银两,我给烧香上供,挂袍还愿。”说完,把剑用无根水撢了,拿五谷粮食一撒,研了朱砂,撕了黄毛边纸条,画了灵符三道,把剑放好,粘上符咒,口中急说道:“快。”把宝剑一抡,那道符的火光,越抡越大,口中说:“头道灵符,叫他狂风大作!二道灵符,把济公魂魄拘来!三道灵符,我叫他人死为鬼,鬼死为灰!”正自扬扬得意,只觉背后一股冷风,抢刀剁来。老道往旁一闪身,抬头一看,来了一位绿林英雄,借灯光细看,头戴透风马尾巾,鬓边斜插一枝守正戒淫花,身穿皂缎软褂,靠周身密排寸扣,缎皂裤,花裹腿,蓝缎袜,倒纳千层底趿鞋。面如白玉,目如明星,眉似漆刷,鼻梁高耸,唇若丹霞,五官俊美,手执利刃,照定老道剁来。张妙兴往旁边一闪,用手一指点,口中念念有词,说声:“敕令。”那人翻身栽倒。老道要过来抢剑剁,只听屋中说:“师兄你千万别杀,那是我小弟的朋友。”过去先把那人扶起。书中交代,来者乃是镇江府①丹阳县人,姓陈名亮,家住陈家堡,自幼父母双亡,跟着叔父婶母长大成人。他还有一个胞妹玉梅,他叔父陈广泰,开白布店生理。陈亮自幼爱练拳脚棍棒,他和保镖之人,学了一趟进步连环腿的工夫,后来结交本地有一人,名叫雷鸣,绰号人称风里云烟。二人情如骨肉,把陈亮引入绿林之内。在江西玉山县,有保镖头姓杨名明,绰号人称威镇八方夜游神,乃是行侠仗义之人,专爱管一个路见不平之事,杀贪官,斩恶霸,平生好结交天下英雄。陈亮自入绿林之后,也就跟这些侠义在一处,人称“玉山县三十六侠”,内中何等人物都有。只因这日是杨明之母寿诞之辰,众人都来祝寿,俱有寿礼。陈亮来了,并未带来一物。雷鸣就说:“贤弟,你今理应置办些礼物来,以表你孝敬之心。老伯母生辰,叫别位观之也好看。”陈亮说:“我有礼物,少时取来,与众不同些。”此时正值四月初旬,夜内三更之后,他偷来一盘北鲜十个大桃,众人一看个个称奇。此时新桃未熟,陈桃已完,他能找来十个大桃,真不容易。众人给贺了一个号,人称圣手白猿,从此人都以此号呼之。陈亮这一年回家探望叔父,到家,他妹子陈玉梅和他叔父就说:“陈亮不该身入绿林。咱们陈氏门中,世代虽说没有做官的,也都是诗礼人家。你这一入江湖,绿林为贼,一则上对不起祖先,下也对不过这里街邻。一日为贼终身寇,事犯当官,难免云阳②市口,身受国法。上为贼父贼母,下为贼子贼孙。依我等相劝,你早早回头,急速改过自新,家中买卖也无人照应。”陈亮一听这些话,一语未发。这就

① 镇江府——相当今江苏省镇江市一带地域。

② 云阳——古代戏曲小说中常以此称行刑处所。

是:酒逢知己千杯少,话不投机半句多。次日也未告辞,他自己离家,却另有一个主意。他想:"我这一走,到京师求访高僧高道,自己一出家,了一身之孽冤,上无父母牵缠,下无妻子挂碍。"这日到了云兰镇,想要找点银钱做路费使用,夜间换上夜行衣,到了大户人家,盗了几十两银子,因天晚想要到祥云观看看刘妙通兄长,来至庙前,也没叩门,由东边蹿房进来。一看,那大殿头前,有一张桌子,后面站定老道,发髻散乱,黑脸带煞,手执宝剑,正自作法。陈亮并未识认,自己一想:"这厮定是把刘妙通兄给害了!他在此兴妖作怪,真乃可恼,不免我杀了他,一出我心中之气。"想罢,跳下来一刀,未砍着老道。老道一抖袍袖,把陈亮治倒在地。那陈亮闭目等死。只见刘妙通跳出来说:"师兄这是我的朋友,看我分上别杀他。"张道说:"好,原来你勾串外人要害我,你好独占这座庙。"陈亮说:"不是,我是一时粗率,只当是你把刘妙通害了,你自己占这庙,我不知你们是师兄弟。"刘妙通给他二人见了,陈亮认了自己之错,然后到屋内问:"张道爷在那里作何法术?"刘妙通说:"贤弟,你早不来晚不来,单候至今日来,他这是要害那灵隐寺的济公长老,拘人家三魂七魄。我也听人说过,那济公是一位得道之人,恐其未必能把人家魂给拘来。"陈亮一听,心中说:"我正要访高僧高道,想要出家,不想今日在此相遇。我今看他二人谁的能为好?"正在思想,只听外边老道又作起法来,口中说:"济颠魂魄不来,等待何时?"又把那二道符抡起来,火光大作,方往外一甩,只见由西北起了一阵狂风,怎见得?有赞为证:

扬罢狂风,倒树绝林,江声昏惨惨,枯树暗沉沉,海浪如山纵,浑波万叠侵,万鬼怒嚎天烟气,走石飞沙乱伤人。

这阵风过去,只听有草鞋之声,随风彳躅彳躅。响不多时,只见桌案以前,站定一个穷颠和尚。张妙兴说:"好胆大妖僧!我拘你魂来,你怎么人来了?"济公哈哈大笑说:"孽障你好胆大!你不知善恶到头终有报,只争来早与来迟。"要知僧道斗法胜负如何,且看下回分解。

第三十五回
烧妖道义收陈亮　访济公路见不平

话说张妙兴正在大殿作法，想要拘济公魂魄，焉想到济公亲身前来。老道一见，勃然大怒说："好胆大妖僧！我拘你魂魄，你怎么人来了？"书中交代，老道自从云兰镇梁家出来，梁员外没追上老道，梁员外只当是济公死了。及至回到书房，见济公在那房里坐着喝酒，梁员外心中甚为喜悦，说："圣僧，你老人家没死呀？老道说把圣僧魂魄拘了去。"济公说："他把我的魂魄、你儿子的魂魄，一定是拘了去。我今天晚上去找他！"老员外说："不必，他一个出家人，这等作恶，早晚必遭天报，圣僧不必跟他一般见识。依我之见，由他去吧。"济公也不还言，在这里喝酒，直到天晚。济公说："我到外面方便方便，少时就来。"老员外信以为真。和尚出离了梁宅，一直正奔五仙山来，到了祥云观，见老道正在作法。陈亮来，济公也看得真真切切，见老道第二次书符念咒，济公这才随着风来到桌案以前。按说老道自己就应当醒悟：拘魂把人拘来，济公这点道德就不小。可是老道倒冲冲大怒，用宝剑一指，说："颠僧，我化梁万苍，与你何干？你无故坏我的大事，你好大胆量！你今天要知时达物，跪到我法台以前，磕头，叫我三声祖师爷，山人有一分好生之德，饶尔不死。如要不然，当时我用宝剑结果你的性命！"济公说："好妖道，你在这里兴妖作怪，无故恶化梁万苍，你还敢见了我这样无礼，我和尚越说越有气。"冷不防济公打了老道一个嘴巴，打得老道脸上冒火，气往上撞，抡剑照定济公头就剁。二人就在大殿以前，各施所能。老道恨不能一剑把和尚杀了，和尚跟他来回乱绕，掐一把，拧一把，气得老道哇呀呀直嚷。老道身子往旁处一闪，由兜囊掏出一宗法宝，口中念念有词，就声："敕令。"白亮亮一宗物件，扑奔济公打去。罗汉爷睁眼一看，见半悬空刷啦啦一响，白茫茫一宗物件，扑奔顶门而来。济公一看，认识这宗法宝，名叫混元如意石。这石头能大能小，要大真能有数丈大，要小如鸡子一般，可以带在兜囊。这石头要打人，准打个头碎血出。济公禅师用手一指，口念六字真言："唵嘛呢叭咪吽唵敕令赫。”这石头滴溜溜一转，现了原形，落在济公袖口之内。老道见济公把他的法术破了，气得三尸神暴跳，七窍内生烟，伸手又掏出一宗物件。老道站在正北，用宝剑一晃，口中念咒，手内掐诀，由就地起了一阵怪风，刮得毛骨悚然。济公再睁眼一看，原来是一只斑斓猛虎，摇头摆尾，扑奔济公而来。罗汉一看，好生厉害，真是：

头大耳圆尾小，浑身锦绣难描；牧童一见胆落，樵夫闻声魂消；常在深山抖雄彪，万兽丛中招讨。

济公一见，哈哈大笑说：“好孽障，你用这等法术，也要在我跟前卖弄，真乃是江边卖水。”说着话，用手一指，那老虎立即变作一个纸老虎，现了原形。老道见连破了两宗法宝，不由气往上撞，说：“好，和尚真乃大胆！叫你知道我山人的厉害。”伸手由兜囊掏出一根捆仙绳，在手中一托。老道说：“人无害虎心，虎有伤人意。我本不打算害你，这是你自找，屡次讨死，休怨山人。我今天要开开杀戒！”他这根捆仙绳，最厉害无比，无论什么妖精，捆上就得现原形。和尚一看，连说不好！老道口中念咒，把绳扔起来，只见金光缭绕，扑奔济公。济公连声喊嚷：“救人哪！可了不得了！要捆和尚！”转眼就见这根绳把和尚捆了三道，和尚翻身栽倒。张妙兴哈哈大笑说：“颠僧，我只当你有多大神通。敢情原来你就是这样无知之辈，待我结果你的性命。”老道说这话，举剑照定和尚脖颈就剁。宝剑砍上一道白印，见和尚睁着眼瞧看老道，也不言语，并没砍动。老道想：“怪呀！我这宝剑怎么会砍不动和尚？”老道一连又是数剑，仍未砍动。老道豁然醒悟，心中一动：“莫非这是假的？”想到这里，再一瞧，捆仙绳捆的是一个石香炉。再找和尚，踪迹不见。老道正在各处寻找，和尚由后面掐了老道一把。老道一回头，气得直嚷，说：“好颠僧，气死我也，我今天与你势不两立！”伸手由香炉内把那点着的一炷香，拿起来，大殿旁边堆着一堆柴草，口中念句火咒，把柴草引着，一团火扑奔济公而来。老道今天下毒手，要用真火把和尚烧死。老道用咒语一催，这团火扑向济公。济公用手一指，口念：“唵嘛呢叭咪叭唵敕令赫。”这团火卷回去扑奔老道，老道胡子也烧了，头发也烧了，衣裳也着了，往大殿里就跑。活该应当老道遭报，这火把大殿勾连上，少时凡火勾天火，烈焰腾空，火鸽子火蛇乱蹿，就把老道烧在里面，尸骨化灰，连东西配殿火也连上。和尚也不管他，先过去把老道害梁士元做的草人拿起，把七根针拔出来，将梁士元的魂魄收在袖口里,也不管刘妙通死活,和尚往外就走。陈亮此时在东配房里,全都看得真切,见火连配房要连上,陈亮一脚把窗户踹了,跑出来就追。济公和尚紧走,陈亮紧追;和尚慢走,陈亮慢追,跟着和尚来到云兰镇,见济公奔到梁员外的门首。门口有家人,一见和尚回来,家人说:“圣僧,你上哪里去?我家员外都等急了。”和尚说:“好。”迈步奔向里面,来到书房。梁员外一见说:“圣僧,你老人家去哪里去了?”和尚说:“我给你儿找魂魄去了,现在已经把你儿的魂魄找回来。”说着话,济公来到梁士元的屋中,只见梁士元昏迷不醒。济公立刻先把他魂魄给入了壳,少待片刻,梁士元能活动了。老员外在外间摆上酒席,款待济公。二人落座,吃了有三四杯酒。济公问:“员外,你这里闹贼不闹?”梁员外说:“我这里不闹贼。好贼知道我是一个良善之家,也不肯偷我。那下流贼他也进不了我这宅院。”济公说:“好,我提几个好贼,你可认得?”梁员外说:“我不认识是谁。”暗中,陈亮正在房上偷听多时,听见要提说几个贼,自己心中一动,不知济公说是哪路的英雄。就听和尚说:“那有一个踏雪无痕柳瑞,你可知道?”梁员外说:“不知。”济公说:“这个人外号人称踏雪无痕,是从雪地上走,全无脚印的。多轻妙。”梁员外说:“好轻妙,人从雪上走都无脚印。”济公说:“他走雪地无脚印,可是拿着扫帚扫着走。”梁员外一听,也就乐了。和尚又说:“有一个登萍渡水陶芳,这个人能从水面上走,落不下去。”梁员外说:“世界上尽有这些能人,可真少,我实未见过。”济公说:“那不算出奇,可是冬天冻冰之时。”员外说:“冬天我也行了。”和尚说:“梁士元已然好了,我明日急速回临安。”梁员外说:“圣僧何必忙,我还要留师父多住几日,报答你老人家救命之恩。”济公说:“叫一个家人来。”梁福过来,和尚附耳如此如此,梁福出去。陈亮在房上暗中观看,听济公说那些笑话,所说这二人,都是陈亮的朋友,心中说:“他一个出家人,为何也知道我们绿林中之事?”正自思想,只见四方人都围满。梁福带着看家、护院、更夫、壮丁三四十名,各执刀枪器械,口口声声,叫捉拿房上之人!把陈亮吓了一跳。原来是济公吩咐梁福如此如此,就是派他叫人暗中捉人。陈亮站在房上,把手中刀一擎说:“呔!你等闪开,我也不是偷盗,无非借路行走,如挡我者死,躲我者生!”翻身跳下房来,济公从屋中出来,有分教:“英雄得登三宝地,罗汉广开大乘门。”要知后事如何,且看下回分解。

第三十六回

逛西湖酒楼听闲话　气不平夤夜入苏宅

话说济公出来，见陈亮早已蹿至外面，和尚随后追至村外，只见陈亮跑得甚快，围着村庄只绕，至天明之际，济公见祥云观已然烧了一个冰消瓦解，一概皆无，尺木未剩，片瓦不存。外边有无数人救火，西边围着有十数人。济公临近一看，只见刘妙通在那里烧得浑身是泡，并无一处无伤，堪堪要死。济公动了恻隐之心，过来说："道爷，你这是怎么了？"刘妙通一看是济公，说："圣僧，我没得罪你老人家，我师兄他行为不端，已然遭报。求师父慈悲，救救我吧！"和尚哈哈大笑，说道："你既知循环报应，你可知道他自作孽不可活？来吧，我给你一粒药吃。"那边地方官人说："不行，和尚你别惹事，你给他药吃，倘有错误，那还了得。"刘妙通说："无妨，我吃死与和尚无干，是我命该如此。"旁边众人说："他既是愿意吃，何必拦他呢？"济公叫人给他找了一碗热水来，把药化开，给刘妙通端过去。刘妙通喝下去，工夫不大，觉着肚腹"咕噜噜"一响，浑身烧的泡立刻全化开，流出毒水，也不疼了。旁边众人齐说："好药！"在济公身背后站立一人，说："罢了，真乃神也仙也！灵丹妙药。"济公回头一看，见那人身高八尺，细腰扎背，头上戴宝蓝缎六瓣壮士帽，上安六颗明珠，身穿一件月白绸箭袖袍，鹅黄丝鸾带，足上薄底靴子，闪披宝蓝色缎英雄大氅。面如白玉，眉分八彩，目如朗星，五官清秀。济公回头一看，照这人脸上"呸！"啐了一口，这人拨头就跑，和尚就追。头前跑的这人，非是别人，正是圣手白猿陈亮。只因他被和尚追了半夜，好容易听不见草鞋响了，自己止住脚步，把白昼衣服换上，打算瞧瞧刘妙通是生死存亡。刚到这里来，见和尚给刘妙通药吃。陈亮一说"好药"，和尚回头一啐，陈亮拨头就跑，和尚随后就追。陈亮跑着，自己一想："我可就是个贼，他也没拿住我，我何必跑？我问问和尚为什么追我？"想罢，止住脚步，见和尚也赶到了，陈亮说："和尚，你为甚追我？"和尚说："你为甚跑呀？"陈亮一听也乐了，说："和尚，我知道你老人家是一位高僧，你老人家收我做徒弟，我跟你出家吧！"济公连连摇头说:“你是个贼,焉能跟我出家?我们出家人,讲究三规五戒,三规是规佛、规法、规僧,五戒是戒杀、盗、淫、亡、酒。你要出家,你如何能改得了这几样?”陈亮说:“我上无父母牵缠,下无妻子挂碍,了一身之孽冤。师父所说的话,我都能行得了。”济公说:“你既是行得了,你到临安城去等我。我把这里事情办完,咱们在临安再见。”陈亮一听,说:“师父你叫我在临安等你。临安城的地方大,叫我在什么地方等你老人家?”济公想了半天说:“咱们在临安城床底下见吧。”陈亮一想:“必是临安城有这个地名。”这才给济公行完礼,说:“师父我这就起身,直奔临安去等你去。”济公说:“你头里走吧。”陈亮告辞,也不到祥云观瞧刘妙通,自己顺大路直奔临安。在道路之上,饥餐渴饮,晓行夜宿,这天来到临安。陈亮本是初次到京,见人烟稠密,甚是热闹,就在钱塘门外天竺街,找了店住下。次日由店中出来,打算要逛西湖,散步而行,见西湖上有冷泉亭。站在苏堤上,四下观看,一眼望不到边。信步来到灵隐寺门首,见有两个门头僧在那里坐定。陈亮过去说:“二位师父,这庙里的济公长老,可曾回来?”门头僧说:“他没在庙里。时常不在庙的时候多,也许十天八日不回来,也许三五个月不回来,没有准。”陈亮听罢,转身回来,见人就打听,逢人便问:“借问床底下在哪处?”一逢人便问这个地方,问了好几位人,俱皆不知。自己无法,心中一烦,打算找座酒楼喝点酒,回头问问跑堂的。想罢,转身往回走,来到上天竺街,见路北有一座酒楼,字号是天和,挂着酒幌子,里面刀勺乱响,过卖传菜。陈亮进了酒楼,登楼梯上去,靠楼窗临街有一张空桌。陈亮坐下,伙计赶紧过来擦抹桌案。陈亮要了几样菜、两壶酒,自斟自饮喝着酒。陈亮把伙计叫过来。伙计说:“大爷还添什么菜?”陈亮说:“不是添菜,我跟你打听一个地名,你可知道?”伙计说:“你说吧,大小地名,我都可以知道。”陈亮说:“这临安城有个床底下,你可知道?”伙计连连摇头说:“没有这个地名。”陈亮也不往下再问,心中暗想道:“济公老人家不能跟我撒谎,没有这个地名,我哪里问去?”正在心中发闷,只听下街上一阵大乱。陈亮往下一看,见有一乘小轿,跟着有许多人,各拿刀枪棍棒。听轿子内有人哭,仿佛这个样子,大概是抢人,由西来往东去。陈亮站起来,瞧够多时,又见由西来了一人,浑身的血迹,跟着许多看热闹的,奔到这酒馆,在这楼下争争吵吵乱嚷。陈亮也听不明白,把伙计叫过来说:“伙计,这楼下方才进来那受伤的人,是被何人打的?因为什么事?”堂官说:“老爷,你老人家不是我们这本地人,要问这件事,实实可恼,令人可恨。你可见那位受伤的人,他姓王,跟我们掌柜的是磕头的弟兄,因为管闲事,路见不平,被人家打了。他们门外有一家邻居,姓韩名文成,开钱铺生理,只因把铺子荒闭了,欠下苏北山员外二百两银。今日苏宅管家,去要银子去。韩文成说,等卖了房再还。苏管家不依,带着人把韩文成的妹子金娘抢去作押,把韩文成也打了。那位王三爷多管闲事,要和人打架,被人家打了,来找我们掌柜的给他出气。这位苏北山,是我们临安城内绅士,又是头等财主,结交官长,谁惹得了?”陈亮一听,说:“这天子脚下,要是这样没王法,要到了外省,应该如何呢?这是恶棍,他在哪里住家?”跑堂的说:“在城内青竹巷四条胡同路北头一大房,门也高大,门外有四棵龙爪槐树。”陈亮听了,吃完了酒,会钱①下楼,进城在青竹巷左右,探了道路。各处一看,自己找了一座茶社吃茶,心中说:“帝都之所,有这样恶棍。我今既见,就要多管闲事,今夜晚我到他家,把他一家人全皆杀死,也叫他知道天网恢恢,自有报应。”想罢候至天晚,吃了晚饭,找到无人之处,换好了夜行衣,把白天所穿衣服包好,斜插式系在腰间,蹿房越脊,走了有几所院落。到了苏宅,往各处探听。到内宅,见是四合瓦房,前出廊后出厦的上房,西里间屋中灯影摇摇,听有人说话。就听见说:“秋香,把茶给我斟上。”陈亮到窗外一看,见那边有个小小窟窿,眇一目往里看,只见靠北墙是花梨俏头案上,摆上好古玩,顺前檐是一张大床,上放着小几。桌西边坐着一个半老妇人,年约四旬以外,五官清秀,有两名丫环、两个仆妇,正伺候吃茶。听那个妇人说:“员外这时候也不回来,是往哪里去了?内宅又无男子,好叫我不放心。”那使女说:“太太,咱们员外不回来,也应该给送个信来。这内宅男子非呼唤是不能来的,太太你老人家破个闷儿②,我们猜猜谜。”太太说:“我说一个,你们猜去:花姐最贱是油头,送旧迎新一夜床,来往客传情不尽,谁将玉体肯轻揉。”两个仆妇猜了半天,也没猜着。使女秋香、秋桂叫:“太太说了吧,别闷人了。”那太太说:“是芝麻楷。”秋香等全笑了,又说:“你老人家说个浅近的,我们猜猜。”那太太说:“哟,我可不说了,说了你们猜不着,又来搅我。”秋香说:

① 会钱——作“结账”解。
② 破个闷儿——即“猜个谜语”。

“这回我们不问了，太太说吧。”那妇人说：“一条白蛇乌在江，乌江岸上起红光，白蛇吸尽乌江水，乌江水尽白蛇亡。说完了，你们猜吧。”使女正是思想要猜，忽听那外边“叭嚓”一声响亮。众妇人往外一看，一片红光，只冲斗牛之间。有一宗岔事惊人！正是：眼见之事由然假，耳听之言未必真。不知陈亮在苏宅做出何等事来，且看下回分解。

第三十七回

听奸言苏福生祸心　见济公皂白得分明

话说苏北山之妻赵氏夫人，正同使女、仆妇屋中闲谈，只听外面一声响。大家回头一看，外面火光冲天，见院中那些花盆架和桃柘槐树上俱有火光。仆妇、丫环过去一看是火，用手一掐就灭。书中交代，原来是圣手白猿陈亮使的调虎离山计。陈亮见众人出来，自己由房上下来，滴溜一转身，进到房中一看，见屋中极其幽雅，墙上名人字画，挑山对联，山水人物，工笔写意，花卉翎毛，顺前檐一张湘妃竹的床，挂着床帏幔帐。地下桌椅条凳，摆着古玩应用物件。陈亮正在屋中观看，听外面婆子丫环说："这必是福儿、禄儿两个孩儿淘气，弄的这火。"说罢，众人往屋中直奔。陈亮正在屋中观看，听众人要进来，自己一想，叫人堵到屋中，可不像话。急中生巧，一撩床帏，钻在床底下隐藏。众人进来，也不知屋中藏着人。方才落座，只听外面有脚步声音。秋香赶紧问："什么人?"外面有人答话，原来是家人得福。秋香说："什么事?"得福说："员外爷回来了，同着和尚。这位和尚，也不在书房坐着，也不在客厅坐，要到太太屋里来坐着。员外说，赶紧叫太太躲避躲避。"太太一听，赶紧叫丫环把屋中收拾收拾，心想："员外太不对，外头有客厅，又有书房，为什么让和尚进卧室里来?"正在思想，外面得禄又进来说："太太快走，员外已然同和尚进来。"太太赶紧躲出去，丫环尚未收拾停妥，只听外面员外说话："师父请你老人家来到我家，就如同你老人家自己俗家一样，不可拘束，愿意哪屋里坐都可以。"陈亮在屋中床底下藏着，心中暗想："恶霸他往家里让和尚，也没好和尚，必是花和尚。"外面济公哈哈大笑说："没有好和尚?我怕你等急了，早来约会了。"苏北山一听："好呀，和尚跑到我媳妇屋里，来约会来了。"说："师父你老人家醉了。"和尚说："没醉。"说着就往里走。陈亮一听，大吃一惊，来者非别，正是西湖灵隐寺济公长老。心想："济公怎么会来到这里?"书中交代，济公自从打发陈亮走后，回到云兰镇梁员外家中。梁员外说："圣僧来了，我这里甚不放心，自从夜内追贼出去，不见回来。

我派家人各处寻你,你老人家上哪去了?”济公说:“我到五仙山祥云观瞧了瞧,那座庙烧了个冰消瓦解,片瓦无存,尺木未剩。”梁员外吩嘱摆酒。把酒摆上,梁员外陪着喝着酒说:“师父你从哪来?外面带着都是什么人?”济公就把被城隍山老尼姑清贞所请,到余杭县寻找高国泰,带着苏禄、冯顺找着高国泰,要回临安。从头至尾,已往从前的事,细说一番。梁员外说:“原来圣僧去找高国泰,是通家之好。他父在日,和我是金兰之好。不想他家中一贫如洗。”叫家人把高国泰请进来。不多时,高国泰进到里面。梁员外让高国泰落座。梁员外说:“高国泰,你家中从前的事情,你可知道?”高国泰说:“我略知一二。”梁员外说:“你父亲名叫高文华,乃是余杭县的孝廉,我等乃是金兰之好,那时你尚年幼,提起这话,有十数年的光景。后来你父亲去世,你也年幼,也没给我送信,因此就断绝往来。不想这几年不见你,落得一贫如洗。方才我听圣僧提起你的名字,我才知道是你。”高国泰一听,曾记得当初母亲也提过,赶紧站起来行礼,说:“原来是老伯父,小侄男有礼。当年我听我娘亲提过你老人家,只因家道寒难,不能应酬亲友,未能常常给伯父请安。”梁员外说:“现在你兄弟梁士元,正在用功读书,也少个人指教他。你也不必到余杭县去,我把你家眷接来,你同你兄弟读书,一同用功。等大比之年,你二人一同下场。”高国泰点头答应。济公说:“梁员外,我和尚要化你的缘。”梁员外说:“圣僧有什么话,只管吩咐。”济公说:“你花几百两银,把祥云观烧的地基买回来,把刘妙通叫来,给他五百两银,叫他回古天山。你把祥云观仍然修盖起来,改为祥云庵,把城隍山老尼姑清贞连高国泰的家眷接来,叫他们住,这段事算我和尚化你的缘。要不然,老道张妙兴也得讹你几千银子。”梁员外说:“是了,谨遵师父之命,赶紧派家人去找刘妙通。”此时刘妙通烧的伤痕已好了,来到梁员外家中,梁员外给了他五百两银,刘妙通知恩感德,拿银两告辞,自己回古天山凌霄观去了。梁员外把高国泰留在这里,把冯顺也留下,派妥当家人直奔城隍山迎接老尼姑清贞等,并高国泰的家眷一同接来。把诸事办妥,济公禅师这才告辞。梁员外给拿出数百两银,叫济公换衣裳做盘费,和尚哈哈大笑说:“员外不必费心,我和尚常说:‘一不积钱,二不积怨,睡也安然,走也方便。’我不要钱。”济公带领苏禄,告辞出了云兰镇,顺大路直奔临安。一路之上,见天气晴和,和尚信口歌曰:

参透炎凉，看破世态。散淡游灵径，逍遥无挂碍。了然无拘束，定性能展才，撒手辞凡世，信步登临界。抛开生死路，潇洒无静界。初一不烧香，十五不礼拜。前殿由他倒，后墙任他坏。客来无茶吃，宾朋无款待。谤的由他谤，怪的由他怪。是非临到耳，丢在清山外。也不逞刚强，不把雄心赛。学一无用汉，亏我有何害？

济公带着苏禄往前走，顺道路饥餐渴饮，晓行夜宿。这日到了临安，见眼前坐西朝东一座酒馆，和尚说："苏禄，咱们在这里吃杯酒再走。"苏禄点头答应，刚一进酒店，只见苏北山带着苏升，正在这里吃酒。一见济公进来，苏员外赶紧站起来说："师父，你老人家回来了，一路之上多有辛苦！可曾将高国泰找来？冯顺哪里去了？"济公就把找高国泰的事，已往从前之事，述说一遍。苏北山说："原来如此，师父多受苦了，请坐一同吃酒吧！"济公同苏员外刚才坐下，忽然从外面进来一位老者，苍头皓首，须发皆白，手执拐杖，慌慌张张进来，举拐杖照定苏员外搂头就打。苏员外赶紧往旁边一闪，吓得惊慌失色，说："韩老丈你我素有相识，再者你我远日无冤，近日无仇，你为何见我用杖搂头就打，所因何故？"老丈说："苏北山我今天跟你以死相拼，我这条老命不要了。我儿已然上钱塘县去告你，我老汉上你门口上吊去，我这里有阴状！"苏禄、苏升赶紧把老丈拦住，见这位老丈气得直哆嗦。苏北山也不知所因何故，两个家人把老丈搀扶在板凳上坐下，苏北山说："韩老丈你不要着急，有什么事要跟我拼命？你说明白我听听。"韩老丈坐在那里，缓了半天，叹了一口气说："苏北山，可是我儿欠你二百银子，把买卖关闭了，应着卖了房子还你钱？你不但不等，你竟敢派家人带着许多匪棍，把我女儿抢了去，把我儿打了，将账目折算人口。我韩氏门中，世代商贾传家，无故你把女儿抢去，这了得么？"苏北山一闻此言，说："老丈此言差矣！这件事我实不知道，这其中定有缘故，这不是我手下家人。你问问，我如何能做出这样伤天害理之事！什么人去找你要钱？"韩老丈说："明明是你的家人，当初给我儿送银子，就是他送的。"苏北山想了半天，也想不起这个人来。济公哈哈大笑说："苏北山，韩老丈，都不用着急，我带你们去找这个人去。先叫人去把韩老丈的儿子韩文成找回来，不必叫他钱塘县告去。"打发苏升去不多时，把韩文成找回来，韩文成一见苏北山，仇人见面，分外眼红，说："苏北山，我这条命不要了！"苏北山说："贤弟你我知己相交，你欠我二百银子，我并没打算跟你要。什么人去抢人？把这件事遗①在我身上。”韩文成说：“分明是你的家人，去把我妹妹抢了去，打了我一身伤。我正要去告你，你还不承认?”苏北山说：“这不是济公在这里，这件事求济公他老人家给办。”和尚说：“你们不便争论，少时你等自然知道，跟我去。”说罢，给了酒饭账，带领苏北山、韩老丈父子出了酒馆，一直往南。进了一条胡同，来到一家门首，和尚就嚷：“苏管家，给你送银子来了！”只见由里面出来一人，苏北山、韩员外众人一看，说：“原来是你！”和尚要捉拿行凶作恶之人，不知出来是谁，且看下回分解。

---

① 遗——赖。

第三十八回

苏北山酒馆逢韩老　济禅师床底会英雄

话说济公带着苏北山、韩文成来到一家门首叫门，只见由里面出来一位管家。韩文成一看，说："不错，找我要银子，带人抢我妹妹的就是他。"苏北山一看，原来是苏福，苏北山赶紧叫苏禄、苏升把他揪住。这个苏福当初他本是金华县人，他父亲带他逃难，把他卖给苏员外家五十两银子，充当书童。自从来到苏员外家，老员外待他甚厚，苏福自己很积聚两个钱，就有一样不好，最好喝酒，喝了酒，不是英雄仗酒雄，坐在门房不管是谁张嘴就骂。这天，同伴伙友就劝他，大众说："苏福你自己不可这样胡闹，你常常骂人，倘若叫员外听见，你是自找无趣。"苏福借着酒性说："我告诉你们众位，慢说是员外，我拼得一身剐，敢把皇帝打，就是打皇上一个嘴巴，也无非把我剐了。员外也是个人。叫他听见，他敢把我怎么样？"正说着话，正赶上苏北山由外面回来，听见苏福在门房里大嚷大叫。苏员外一想："苏福这东西，真是无法无天。"本来素常苏福在外面胡作非为，声名就不好，苏员外就灌满了耳朵。今天听见苏福在门房里胡说，苏员外气往上冲，来到里面，吩咐把苏福叫进来。少时有人把苏福叫进来，苏北山说："苏福，你这厮素常在外面指着我招摇撞骗，任性胡为，喝了酒胡闹，我早就要管你。现在如今你这样任性，实在难容！我本应当把你送到衙门办你，无奈我这家中乃是积善之家，我不肯做损事。只可你们不仁，我不能不义，你这卖身的五十两银子的字据，我也不要了。"当时就点火烧了，吩咐家人："把苏福给我赶出去，是他的东西，全叫他拿了走，永不准进我的门。"苏福自己有几只箱子的衣裳，还有二百多两银子，由苏宅出来，自己住店。手里有钱，年轻人无管束，自己也没事，遂终日游荡，结交一个朋友，姓余名通，外号人称金鳞甲，在二条胡同住家。家里就是夫妻两口度日，素常就指着女人过日子，在外面说媒拉纤，余通他也往家里引人，他还装不知道，假充好人，见苏福年轻又有钱，余通就把苏福带了家去，跟苏福拜盟兄弟。苏福就在余通家住了一年多，把钱也都花完了。余通见苏福没了钱,就要往外赶,苏福常跟余通抬杠,口角相争。金鳞甲妻子暗中告诉苏福说:"你可想法弄钱,你要不想主意,余通说了不叫你在这里住着。说你没钱,在我们这里吃闲饭,养活不起你。"苏福一听急了,钱都花完了,没有主意。忽然想起开钱铺的韩文成,当初借过我们员外二百银子,是我给送了去,我找他要去。这天苏福去找韩文成,韩文成应着卖了房给银子,韩文成也不知道苏北山把苏福赶出去。这天金鳞甲说:"苏福你要真打算找韩文成要钱,我倒有个主意,现在净街罗大公子,要花二三百银子买一位姨奶奶,咱们带着人去找韩文成要钱,他给钱便罢,如不给钱,韩文成有一个妹子长得十分美貌,带人把她抢了来,卖给罗公子,可以卖三二百现银子。你想好不好?要等着韩文成卖了房给钱,直到几时能把房卖出去?"苏福一想也好,说:"你给约会人,明天就去。他如不给钱,就把他妹子抢来。"余通出去,就找了些地痞光棍,有二十多位,都是不法之徒。苏福带着余通,连余通之妻马氏,一同来找韩文成要钱。韩文成出来一看,说:"苏管家我已然着你说,叫你回禀你家员外,等我折变产业给银子,你怎么又来了?"苏福说:"我家员外说了,这么等不行,你不给钱,我们员外叫把你妹子带了去,就不跟你要钱了。"说着话,马氏带人进去,就把姑娘抢出来,搁在车上,拉起就走。韩文成一拦,这些人把韩文成打了;韩老丈一拦,把韩老头推了几个跟头。隔壁邻居出来,路见不平,要管闲事,这些人把邻居也打了。大众就把姑娘抢到余通家中,马氏又转了一个媒人,跟净街罗公子说要四百银子。罗公子说:"回头骑马到余通家看看,再还价。"余通、苏福众人在家中,静等候罗公子来瞧人。外面济公叫门,苏福只打算是罗公子那里有人来了,赶紧到外面一看,原来是苏员外同着韩老丈、韩文成、济公众人。苏北山一看,勃然大怒,叫苏禄、苏升过去,先把苏福揪住。余通出来要拦,苏员外吩咐把他揪住,先叫本地面地保来,别放他二人走。苏北山此地人杰地灵,地保立刻来把苏福、余通二人揪住。一面韩文成到里面一看,韩姑娘倒捆二臂正捆着,要不捆,姑娘早就自己撞死了。正在危急之际,韩文成进来把姑娘放开,带出来找了小轿,叫韩老丈把他女儿送到家去。此时天已掌灯,苏北山说:"师父,苏福这两个东西,是把他们交官厅,还是送到钱塘县衙门去?"济公说:"不必,暂时把他二人带到你家去,我自有道理。再者,我还有事。"苏北山深信服济公,就吩咐苏禄等押着他二人回家去。众人来到苏员外家中，天有起更以后，叫人看守着苏福、余通。苏北山让济公来到里面书房，济公说："我今天不在这屋里坐着。"苏北山说："师父，要上哪屋里坐？"济公说："我要到你住的卧室里坐坐。"苏北山一听，说："师父请你老人家来到我家，就如同你老人家自己俗家一样，不可拘束，愿意哪屋里坐都可以。"叫得福快给太太送信，把屋子腾出来，立刻太太躲避出去。和尚同着苏员外由外面进来，刚一到房门，和尚说："来了么，约会？"苏北山说："师父你跟谁定约会？"济公说："有约会，不见不散的准约会。"说着话，苏员外同着济公连韩文成一并让着来屋中，陈亮一听是济公，隔着床帏一看，见济公进来。这屋中地下一张八仙桌，两边有椅子，济公在上首椅子坐下，韩文成也坐下了。苏员外说："师父，先喝酒还是先喝茶？"济公说："先坐堂，先把苏福给我带来。"员外吩咐家人："把苏福给我带来。"济公说："苏福你今天给我说实话，是谁出的主意抢人？说了实话，我和尚饶了你。你不说实话，把你送当官治罪。"苏福一听这话，自己也知道济公为人，善晓过去未来之事，不敢撒谎，说："圣僧要问，我是被主人逐出去，在店中住。金鳞甲余通把我让至家中去，我有衣服银钱，他就帮着使我的，银钱完了，他就往外逐我。他妻子告诉我说，因为我没钱，余通不叫我在他家住了。我是被穷所困，想出韩文成欠我主人二百两纹银，是我经手给送去的，我想要过来，我先使用。不想他当时没钱，余通听见，他给我出的主意，叫我抢他妹子，卖给净街罗公子，以账目折算人口。不想被主人知道，把我拿来，这是已往之事，并无半点虚话。"和尚一听，说："来人把他带到床前头，叫他冲床跪着。"陈亮在床底下听得明明白白，心中暗想："哎呀，这件事我错了！敢情苏北山苏员外是好人，一概都是他这家人假传圣旨。这件事亏得济公他老人家前来，要不然，还许错杀了好人。"和尚在外面用手指点说："我叫你认准了他，明天你要报应他，无故的想要拿刀杀人，你好大胆子！你自己知道是错了？"苏北山一听说："师父，你老人家跟谁说话呢？"济公说："你不知道，你不要多说。来人，把余通带进来！"家人把余通带到里面，跪到和尚面前，和尚用手指点说："余通你这厮好生大胆，你打算你做的事，我不知道呢？趁此说了实话，我饶你不死。要不说实话，我把你呈送到当官治罪。"余通说："众位，这件事实实不怨我，实是苏福他要找他主人家账主要账，与我无干。"和尚说："虽然是苏福他要找他主人的账主要账，你就不该给他出主意。"余通自己一想:“这件事大概不说不行,莫如我实说了,央求央求和尚,倒许把我放了。”想罢,说:“圣僧,你老人家不必往下追问,这件事是我的错。皆因苏福他在我家住着,想起找韩文成要钱,去要不给,我们商量着,以账目抢他的人卖钱。”和尚点了点头,说:“叫他冲床跪着去,你可听见了。”陈亮心中一动:“这是叫我听。”和尚在外面答话:“可不是叫你听。”陈亮一想,莫非济公他老人家知道我在这里?和尚哈哈一笑,说:“那是知道,要不知道呢,我还不来呢!我叫你认准了这两个人,明天你好报应他们。”苏北山道:“师父,你跟谁说话?”和尚说:“你不要管。”苏北山这才吩咐摆酒。酒摆上,苏北山说:“韩贤弟,你我虽系买卖交易,总算有交情。我素常为人,大概你也知道,我焉能做这伤天害理之事?”韩文成说:“也是懵懂,我既往不咎。”苏北山说:“给圣僧斟酒。”和尚说:“斟酒倒是小事,我闻你这有味。”苏北山说:“什么味?”和尚说:“贼味。”苏北山说:“哪里有贼味?”和尚说:“床底下。”苏北山赶紧吩咐拿贼,大概陈亮要想逃走,势比登天还难。不知该当如何,且看下回分解。

第三十九回

圣手猿初入灵隐寺　济长老被请上昆山

话说济公告诉苏北山床底下有贼味，苏北山立刻叫家人拿了绳，往床底下扎了数下，也没见动作，这时吓得陈亮惊魂千里。书中交代，怎么会没扎着陈亮？原来陈亮往上一蹦，贴在床上，全仗提着一口气的工夫，家人连扎几下，并未扎着。陈亮以为是躲过去了，心中说："师父，这可是跟我玩笑，这要是叫人把我拿住怎么好？"只听家人说："员外，这里头没有贼。要有人，拿棍子还试不出来。"和尚说："什么没有贼？你拿灯笼照照，或者你们四个人把床翻过来，瞧瞧有没有？我说有贼，准有贼。"苏员外叫家人进来，把床翻过转来瞧瞧有没有。家人果然进来，四个人把床一翻，陈亮如何隐得住？自已执刀往外一蹿，登时把众人吓了一跳。旁边家人用木棍一截，陈亮刀正剁在木棍之上。众人一围，陈亮一害怕，往外一跑，刀已撒手。众家人一片喊叫："拿人哪！"陈亮早已上房，吓得不敢久待，到了外边无人之处，先把夜行衣换上，然后在暗中等候。天光已亮，到了苏宅门外，只见从里边大门一开，苏福出来自言自语："员外也不要我了，我可往哪里去呢？"正自为难，只见陈亮过来说："你站住别走，我正想要打你。"一伸手先把苏福抓住，抡拳就打，正打得恶奴苦苦哀求。陈亮正打得高兴，只见从那边过来二位，是一早上果子市。正走至此，只见二人打架，过来说："二位别打，清早起来，为什么争斗起来？别打了。"陈亮抬头一看，说："你们二位来劝解，我好说话。堂前生瑞草，好事不如无，既是你们二位来劝，冲你们二位完了。"这两人一看，这架倒好劝，一劝就完，又一看，认得是苏福，"这不是苏管家么？你们二位因为什么打起来？"苏福说："我也不知道，我跟这位也不认识，无冤无仇。我今天早起，由我们宅里出来，他叫我站住，揪住我也不知因为什么？"这二人说："苏管家走吧。"苏福也不敢不走，打又打不过，自已无奈走了。他刚才走，余通由苏员外家里出来。依着苏北山要把他二人送县治罪，济公说："不必，他二人既是苦求，只要叫他二人知道知道，如再要不改过必遭恶报。"

苏北山说："既是师父给他二人讲情，便宜你这两个东西。"等到天亮苏员外这才吩附把他二人放了。先放了余通，刚一出来，那陈亮一瞧，气往上冲，心说："好东西，要不是你二人，我焉能陟险？"想罢，赶奔过去，揪住余通，不容分说，抡拳就打，连踢带踹，直打得余通满地乱滚。这一顿比打苏福还厉害，偏巧有个路人一劝，陈亮也就不打了，连说："完了。"余通也不知因为什么，忍痛而去。陈亮在这里立着，工夫不大，见济公出来，手里拿着陈亮那口刀。苏员外说："师父，你吃了饭再走，何必这么早回庙？"济公说："我得回庙，我甚不放心，有半月之久，我也未曾回去。"说罢，往前走。走了不远，陈亮在那里看看，四处无人，要过去跟济公要刀，又不敢过来，只听济公那里说："你真好大胆，还要跟我要刀？你一过来，我就拿刀剁你。眼见之事犹然假，耳听之言未必真，无故要杀人家满门家眷，也不访察真假虚实。我把这刀一卖，谁要买我卖给谁。"只见那边有一位是专买古玩字画、书籍刀剑，一听济公之言，过来一看，那刀是纯钢打就的。看了看，说："师父，你老人家要多少钱？我买。"和尚说："你给我两瓶酒钱，你就拿去。"那人说："师父，你要喝多少钱一壶的？"和尚说："我喝十两银一壶的。"那人一笑就走了。陈亮跟到西湖冷泉亭，过来跪倒说："师父，我只是一时间懵懂，做错了事，你老人家慈悲吧。"济公说："你起来，把刀给你，跟我回庙。"陈亮答应，跟随在后。到了灵隐寺山门，见了山头僧，济公说："二位师弟，我收了徒弟了，你二人看好不好？"净明一看，连连说："大喜大喜，师兄请吧！"济公说："也得引见引见，陈亮你过来给你师叔叩头。"门头僧只是说："不敢当。"济公说："你不必说虚话，头是要叩的。你二人受了礼，给徒侄多少钱吧。"二人说："没有，没有，哪里来的钱？你不要取笑。"济公带陈亮进了山门，只见那边监寺的正在那里站定，济公说："陈亮快过来给你师太爷叩头。"广亮说："别叩头，我没钱。"济公带陈亮到方丈屋内，先给老方丈行礼。然后行到大雄宝殿，先拜佛，后鸣钟击鼓，聚集大众僧人，说："众位师兄师弟，我可收了徒弟了，你们众位都要照应。可有一件，陈亮你是我徒弟，我要想酒喝，你就给我沽酒，我要想吃肉，你就给我买肉。"陈亮答应："是，徒弟理应伺候师父。"济公说："你要没了钱呢？"陈亮说："徒弟有钱没钱，我有地方去找。"和尚说："不必找，要偷在本庙偷，都是你师叔师太爷，哪个看见也不能嚷，我说这件事对不对。"众僧一听都笑了，说："好，你先教他偷，有什么师父，有什么徒弟。”自此日起，每日陈亮给沽酒买肉供奉济公。陈亮把所有的钱也都花完，把衣服也当了，不到十几天把衣服也都当完。这日实在没钱了，自己一想：“我今夜出去偷些钱，好供奉师父。”候至天有三更之时，只见济公睡着了，陈亮自己起来，先拿夜行衣包，拿起来要走，只听济公那边说：“我告诉你在本庙里偷，你不听我的话呀！好的，先给你落了发，我好管你。”济公站起来，到了斋堂①之内说：“伙计们，给我一把开水壶。”那监斋僧②说：“好，你黑夜要开水何用？”济公说：“给徒弟剃头落发。”先抢了一把开水壶。到了外边，此时众僧听见喊嚷都来了，说：“黑夜之间，你又犯了疯病。”陈亮不能动转，众人作好作歹，把陈亮拉到外边，说：“你快去吧，他是疯子。”陈亮此时也能活动了，到了外面，换上夜行衣，偷了几十两银，天亮把自己衣服都赎了来换上。找了一个小饭馆，进去要了四样菜，紧靠后门坐下。喝了一口酒，自己心中盘算：“本打算要出家，不想闹得这样。我想济公乃是有道行高僧，进庙之时，先不给我落发，莫非我不应出家？”自己正自后悔，只听外边说：“好一个酒馆，我今日要一醉方休。古人说的‘人生有酒须当醉，一滴何曾到九泉？’”说着话，由外边进来，正是济公长老。只因众僧把陈亮放走，他恼了，讹了监寺广亮两吊钱，一早出庙，到西湖把两吊钱都施舍了，一个也没留，来到酒馆门首，他一看里面人多，一边说着话，就进来了。陈亮一看，吓得跑了。济公到了桌子一旁落座，拿起酒来就喝。过卖③一看，说：“要菜的走了，和尚喝上了。”和尚一边喝着，口里说道：“酒要少吃性不狂，戒花全身保命长，财能义取天加护，忍气兴家无祸殃。”吃了酒足饭饱，站起来要走，过卖一拦，说：“和尚，没给钱哪，别走！”济公说：“你到柜上说，给我写上，改日来我还你，好否？”过卖说：“和尚，我们这里没有账。”济公说：“没账好办，叫你们掌柜的去买一本账。”过卖说：“你不要开玩笑，我们这里有账的。和尚，我们不认识你，故此说没账。”济公说：“敢则是你不认识我？你可是胡说，你们都认识我。”过卖说：“我们要认识你装不认识，我是个王八。”和尚说：“你发了誓了，你长这样大，连个和尚都不认识？”过卖说：“我知道你是个

① 斋堂——指庙中吃饭的场所。

② 监斋僧——指监管僧人吃饭的出家人。

③ 过卖——即是“跑堂的”。

和尚，但不知道是哪庙里的和尚。"正和他争斗，那掌柜的过来说："和尚你打算搅我可不成，没钱走不了。"正自二人争嚷，只见从外面进来了两个人说道："和尚吃了多少钱，我们给吧，我们找和尚如同攒冰取火，轧沙求油[①]。师父，你老人家快跟我们来呀！"济公一看，不知来者二人是谁，且看下回分解。

---

① 攒冰取火，轧沙求油——从冰中取火，从沙土中榨油，均是不易之事，此处以此形容寻找济公的不容易。

第四十回

济公舍银救孝子　赵福贪财买巨石

话说济公正自同过卖要笑，从外面来了两个人。是长随①打扮，先给还了饭账，然后过来给济公行礼，说："圣僧，我二人赵福、赵禄，是这临安太守衙门的。我二人伺候太守老爷，只因我们太夫人双目失明，我们老爷接着信，遍请名医调治，请了多少先生，都说治眼科不行。有一位赛叔和李怀春李先生，在我们大人跟前把你老人家荐举出来，说你老人家在秦相府治大头瘟，在苏宅治过紧痰绝，知道你老人家是一位世外的高人。故此派我二人前来请，好容易才得找着来，求你去给治病。望圣僧大发慈悲，跟我们走吧！"济公说："我一个出家人，哪里懂得医道。你二人回去吧，我不会治眼。"赵福、赵禄苦苦哀求，济公方才应允。跟随二人来到知府衙门以外，赵福、赵禄二人进去回话，工夫不大出来，说："我家大人说了，衣冠不整在书房恭候。"济公哈哈大笑，口中说道："行善之人有善终，作恶之人天不容，贫僧前来点愚蒙，只怕令人不惺忪。"济公跟着来到里面，只见太守降阶相迎，头戴四楞青缎方巾，双飘绣带，身穿翠蓝袍，腰横玉带，篆底官靴，面如三秋古月，慈眉善目，三绺黑胡须飘洒胸前。和尚一看，就知道是一位干国忠良。太守一见济公，忙躬身施礼，说："弟子久仰圣僧大名，今日得见，真乃三生有幸！"济公打问讯答礼相还，让着来到屋中落座，家人献上茶来。原本这位太守姓赵，叫赵凤山，乃是科甲出身，为人极其精明。他有一个兄弟，叫赵凤明，自幼父母双亡，跟着婶母长大成人。近来接到家信，知道婶母老太太把眼坏了，连忙请先生打算到家中给老太太治眼。无奈请了几位先生都说不行，这才有李怀春荐举济公。说："济公精通岐黄，手到病除。"故此今天把济公请来，赶紧吩咐置酒款待，说："求圣僧到昆山前去治病。"和尚慨然应允，说："老爷既是吩咐，我和尚焉敢不从命？"赵太守说："我派赵福、赵禄二人伺候圣僧。"和尚说："不

---

① 长随——指地位卑下、做随从的宦官。

行不行,老爷派这二位伺候我,他们二位穿的是什么衣裳?我和尚这个样,他们二位伺候我,有点不像样吧!”太守说:“这倒好办,我给圣僧拿一身衣裳换换。本来圣僧衣裳太烂,换一身就行了。”和尚说:“不行,我不爱穿新衣裳,我就是这个样。既是老爷派这二位管家伺候我,我可有一句话,只不过当着你们老爷,我要把话说明白。他们二位伺候我,走在道上,我说走就走,我说住就住,可不准违背我。哪时要一违背我,我就回来不去了。”赵福、赵禄二人连连点头。太守立时写了一封家信,多带黄金数锭,问:“圣僧是坐轿是骑马?是坐车是坐船?”和尚说:“我骑路。”太守说:“圣僧骑鹿,我哪里找去?”和尚说:“我骑道路之路,全不用,多带点盘费就得了,给我带二百五十两银子。”太守点头答应。把银子备好了,和尚告辞,带着赵福、赵禄起程。赵福、赵禄一想:“到昆山县来回有五十两银子富足有余,我二人每人剩一百两,道路上好好伺候和尚,这次差倒当着了。”跟着和尚往前走。有天正午,和尚说:“住店。”这两人说:“是。”到了店里,要酒要菜,吃喝完了,和尚躺下就睡,这两人坐着直到掌灯时。和尚睡醒了,又要酒要菜,吃喝完了,赵福、赵禄困了,和尚说:“算结账,我睡醒了,我高兴了要走。”两个人睡眼蒙眬,跟着深一脚浅一脚,走了一夜。天亮人家都出店,他们进店,这两人也顾不得吃,躺下就睡了,和尚要酒要菜吃。这两人睡了一天醒了,有了精神,想着吃的什么走呀,和尚又不高兴了。和尚睡了,这两个睡了一天,倒不要困了,瞪着眼看着和尚睡了一夜。天亮这两人倦了,和尚却睡醒了,吃酒算店账起身,这两人迷迷糊糊,吃也吃不下去,睡也睡不安神,和尚调动得实在难受。这一天正往前走,离昆山县不远,临近有一个山庄,在一个篱笆院内,有三间土房,听那面号啕痛哭,说:“不睁眼的神佛,无耳目的天地,我穷困至此,老娘你老人家一死,我连棺材都买不起!”济公禅师按灵光一算,早已知道这里住着这人姓高叫高广立。原本是一个孝子,打柴为生,待母至孝,皆因他这天打柴由山上一滑摔倒,把腿摔伤。有人把他搭回家中,他母亲一瞧,一着急,又没余钱,如何是好?急得老病复发,一命呜呼哀哉死了。高广立连棺材都买不了,自己号啕痛哭。正在悲叹之际,济公在外听见,和尚心中一动:“好事人人愿做,要一花银子,就掌不得。我和尚要明着把银子周济他,大概赵福他二人准不愿意。”济公想罢,用手冲篱笆往里面一指,说:“二位管家,你们看宝贝。”赵福、赵禄一看,里面有一块石头,七棱八角，朔朔放光，金光缭绕。赵福、赵禄二人一看，就问："圣僧，那是什么？"济公说："那是宝贝，价值连城。"赵福说："既是宝贝，他们本主为什么不收起来，放在这里？"济公说："你好糊涂，常言说：'运去黄金失色，时来铁也增光'，本家必是没造化，不知道，要知道是宝贝，决不搁在这里，我和尚过去买吧，你们两人别过去，我去买去，若赚了钱，你们两人二一添作五平分，我和尚不要。"赵福说："只要赚了钱，我二人必孝敬圣僧。你过去买去吧！"和尚赶上前去问："里面有人么？"只见里面出来一个妇人，身上褴褛不堪，说："哟，大师父，找谁呀？"济公说："我听说你这里死了人，我和尚问问放焰口①不放？"这妇人一听，说："大师父，我们这里连棺材都没有，不能放焰口。大师父，你请吧，我们也舍不起斋饭。"和尚说："我也不化你们斋饭。"和尚用手一指顶笆篱门的石头说："你们这块宝贝卖不卖？"妇人一想："我们还有宝贝？这石头由我过门来扔着就在这里顶门，无用之物，他怎么说是宝贝？"想罢，这妇人说："卖呀！"和尚说："要多少钱？"这妇人愣了半天，半晌无语，也不知要多少钱好。和尚说："你也不用要价，我给你一个价，我多了也没有，给你二百三十七两银子，你卖不卖？"赵福、赵禄二人一听，心说："他倒真能给价，二百五十两银花了十三两，还剩二百三十七两，他还说他会买东西，把银子全给人家。"两个人听着生气。那妇人听和尚一给价，有心卖吧，又怕卖漏了，有心不卖吧，真等着钱使用，想罢说："卖了。"和尚说："赵福、赵禄快给他银子，你们抱起来就跑，你掉了地下，惊走了宝贝，可是一文钱也不值。"赵福过来，把二百三十七两银子放在地下。赵福说："赵禄你帮我抬着。"赵禄说："我不帮你抬着，你先扛着，你扛不动，我再换你。"赵福一想也好，把石头扛起来，真有七八十斤重，走了有一里多地，扛得力尽筋乏。赵福说："圣僧，这宝贝叫什么名字？"和尚说："这叫压狗石。"赵福说："这个宝贝可不错，就是这个名儿可不好，怎么叫压狗石呢？"和尚说："本来就叫这名儿。"赵福说："圣僧，我扛不动了，歇歇行不行？"和尚说："不行，要往地下一搁走了宝，一文钱不值。"赵福说："扛在哪里卖去？"和尚说："在昆山还卖不了，还得扛回临安卖去。"赵福一听，说："要把我压死了！赵禄，你分钱不

① 放焰口——"焰口"，佛教用语，形容饿鬼渴望饮食，口吐火焰。"放焰口"，即"和尚向饿鬼施食"的一种佛事。

分?”赵禄说:“分钱。”赵福说:“你分钱,别叫我一个人扛着,你也换换我。”赵禄把石头接过来扛着,说:“圣僧要在昆山卖。行不行?”和尚说:“也行,无非少卖钱。要到临安卖,可以卖两万银。要在昆山卖,就卖一万银,少一半。”赵福、赵禄说:“我们没得两万银的命,就到昆山卖也好。”这两人压得浑身是汗,好容易来到昆山。到了十字街热闹地方,和尚说:“你们俩把宝贝扛着,站在这里卖吧。”只见由旁边过来几个人,看见这两个人穿得衣冠整齐,掮着一块大石头站着,众人问道:“二位是做什么的?”赵福说:“卖宝贝。”有两个人说:“可就是这块石头是宝贝?”赵福说:“是。”这两人微微一笑走了,连连十数次,俱都如是,一问就走。赵福二人正在发愣,只听那边有人说:“世界上有买的,就有卖的,你买吧。”赵福二人睁眼一看,来了两位买主。当时赵福二人就想发财。不知来者是谁,且看下回分解。

第四十一回

昆山县巧逢奇巧案　赵玉贞守节被人欺

话说赵福、赵禄二人正卖压狗石，从外面进来二人，问："这块石头要卖多少钱？"赵福说："白银一万两整。"那二人一语未发，回头就走。和尚说："二位请回来，我们要得多，也不算卖了。你二位还个价钱，我们满天要价，你二位就地还钱，倒是给多少？"那二人说："我们是有人送给我们一条狗，它尽跑。我想用链子把这狗锁在这块石头上，它就跑不了啦！你们要的价钱太大，我们要还价，你可别恼，给你一百钱吧！"和尚说："一百钱也不少，你给满钱吧。"那人说："也好，我就给你满钱。"把钱给了，雇了一个闲汉，扛着要走。赵福说："济公，这种宝贝卖一百钱，那如何行？"和尚哈哈大笑，说："这块石头除却他还怕没主要哪。"赵禄说："一百钱够挨压的钱了。"和尚说："你二人二一添作五，一人五十文，我一文不要。你们赚钱，我再给你二人去找宝贝，短不了，不定什么人遇见。"二人一听，也不敢说别的话，无奈说："去吧，我二人这一回差事白当了，分文不落己。"和尚说："快走。"正往前走，只听对面有人说："快躲开，来了疯妇人了！见人就打，这可不好。"济公一听，这件事必得我算算，按灵光连击三掌，口中说："好好，这件事，我焉能不管，这还了得！"正自思想，只见从西边来了一个疯妇人，年有二十以外，姿容秀美，身穿青布裙，蓝布衫，青丝发散乱，口中说："来呀！你等随我上西天去见佛祖。"济公一听，早已明白，说："好哇，闪开，我也疯了！"撒腿往前就跑。赵福、赵禄随后追。书中交代，这是怎么一件事呢？原来昆山县有一家绅士人家，姓赵名海明，字静波，家中豪富，膝下无儿，就是一个女儿，名叫玉贞。生得秋水为神，白玉做骨，品貌端严，知三从，晓四德，明七贞，懂九烈，多读圣贤书，广览烈女文。赵海明爱如掌上珠，家大业大，又是本处绅士，姑娘长到十八岁，尚未许配人家。皆因赵海明有一宗脾气不好，先前常有媒人来给姑娘提亲，海明不是把媒人骂出去，就是赶出去，因此吓得媒人多不敢去了。他有一个本族的兄弟，叫赵国明，乃是乡绅人家，也是个本处大财主，在外面做过一任武营里千户,后来告职在家中养老,为人极其正直。这一天,来瞧他族兄赵海明,二人在书房谈话,赵国明就问:“兄长,今年高寿?”赵海明说:“我今年五十八岁,贤弟你忘了?”赵国明说:“今年嫂嫂多大年岁?”赵海明说:“她今年六十,比我长两岁。”赵国明听罢,点了点头说:“兄长你还能活五十八岁么?”赵海明说:“贤弟此言差矣!寿夭穷通是命,富贵荣华自修,寿数焉能定准。”赵国明说:“既然如是,我有几句话劝你,我侄女已然十八岁,媒人一来说亲,你就骂出去,再不然抢拨出去,你莫非等着你死了,叫我侄女自己找婆家去?自古以来,男大当婚,女大当嫁,人之常礼。”赵海明一听,长叹一声,说:“贤弟有所不知,这并非是我不给你侄女找婆家,皆因来的那些媒人,有提的不是浮浪子弟,就是根底不清,都不对我的意思。我要给你侄女找婆家,倒不论贫富,只要是根本人家,本人五官相貌端正,不好浮华,就可以。真要给一个浪荡子弟,岂不把侄女终身耽误?再说女儿姻亲大事,也不能粗率就办。”赵国明说:“我来就为我侄女的亲事而来,咱们这西街李文芳李孝廉,他有一胞弟叫李文元,新进的头一名文学,小考时也中的小三元,人称为才子,今年十八岁,我想此人将来必成大器。”赵明海说:“好,明天你把这位李文元约来,我求他写两副对联。我要看看此人人品如何。”赵国明点头答应。次日早饭后,把李文元带来,赵海明一看,果然生得丰神飘洒,气宇轩昂,五官清秀,品貌不俗,连忙让至书房。家人献上茶来,赵海明说:“我久仰大名,未能拜访。”李文元说:“晚生在书房读书,所有外面应酬都是家兄,故此我都不认识。”谈了几句闲话,又盘问些诗文,李文元对答如流,赵海明甚喜。然后书童研了墨,求李文元写了一副对联,写完一看,上写是:“书到用时方恨少,事非经过不知难。”写的笔法清秀,赵海明甚为爱惜。写完了,又谈些闲话,李文元告辞要走,赵海明送至外面,回来就托赵国明去说这门亲事。三言五语,这也该当是婚姻,就停当①了。择日下礼行茶,过了有半月,又择了日子,搬娶过门,赵海明陪送嫁妆不少。自过门之后,李文元夫妻甚是和好,过了一年之后,这也是该当李文元下场。自到场以后,自己以为必中,焉想道:“不要文章高天下,只要文章中试官。”三场之后,竟自脱科不第,名落孙山。李文元心中郁闷成疾,到家总说:“考试官无眼,这样文

---

① 停当——指办妥、成功的意思。

章不中。”越病越厉害，不知不觉病体深重。赵氏玉贞衣不解带，昼夜伺候，不想大限已到，古语说的是：“好花偏逢三更雨，明月忽来万里云。”李文元一病不起，呜呼哀哉，竟自死去。派人给赵海明送信，赵海明一听这话，如站万丈高楼失脚，扬子江断缆崩舟。老夫妻连忙来到李宅，一见死尸，痛哭不止。到了女儿房中，只见赵氏玉贞连半滴眼泪都未落，赵海明和黄氏安人说：“儿呀，你这样命苦，你丈夫去世，如何你不伤心？”赵氏一听，说：“娘亲，为孩儿，红颜薄命，我怀中有孕，已然六个月之久，我此时虽然五内皆裂，就不敢哭，怕伤损胎，为之不孝。久后生养，要是一男哪，可以接续李氏门中香烟，要是一女，也是我那去世丈夫一点骨血。”说着话，甚是悲惨。那赵海明夫妻，又是劝解，又是悲哀。李文芳请人开吊念经，过了几日，发引已毕，赵氏玉贞暂守贞洁。过三四个月，腹中动作，派人把赵海明夫妻请来，临盆之际，有接生婆伺候，生了一男，起了一个乳名，叫末郎儿。每逢丈夫去世，守节孀妇，生这个孩儿，讹传叫慕生，正字是末生儿。人秉天地阴阳之气所生，孤阴不生，独阳不长，阴阳合而后雨泽降，夫妇合而后家道成。闲言少叙，赵氏自生了此子之后，单打出一所院子，守节三载。儿童非呼唤不准进那院中去，赵海明夫妻也时常来看女儿来。一天，赵氏向她父母说：“爹爹，娘亲，明天备一份寿礼来。明天是我哥哥李文芳的寿诞之辰，前来给他祝寿，好叫他照应你这苦命的外孙子。”赵海明夫妻点头说：“我夫妻明天必到，给他祝寿。”说完了话，夫妻二人回了家，次日先叫家人送来烛酒桃面，又送一轴寿幛，然后安人坐着轿，员外骑着马，带领仆从人等，来到李宅门首。一看，真是车马盈门，白马红缨。那些不是亲的也来强说是亲，本来李文芳又是本处的绅士，又是财主，又是孝廉公，本处谁不恭敬？所有昆山县的举监生员，绅董富户，都来给他祝寿起来。李文芳才三十岁，家中大排筵宴款待亲友。赵海明夫妻来到里面祝寿，李文芳说：“亲家翁，自我兄弟去世，你我久未得畅叙。今天趁此佳期美景，等晚间应酬亲友散去，家中现成的粗酌野芹，你我今天可以畅谈。”赵海明点头答应。天至掌灯以后，众亲友俱各散去，在书房摆了一桌酒，李文芳同赵海明慢慢小饮，吃着酒谈了些闲话。天有初鼓之际，只见由外面进来一使女，手中拿着一个灭灯进来，站在桌前说：“亲家老爷，员外爷，可了不得了，方才吓了奴婢一惊。方才亲家太太同大奶奶在上房屋里吃酒，叫奴婢等去请二主母。我方到东院门前，紧对着书房那里，只见那边一条黑影，我一害怕，也没瞧出是什么来，把灯笼也灭了。”李文芳、赵海明一听这话，心中诧异，把灯笼点上，二人跟着来到东院门首，叫使女叫门。使女叫了一声：“二奶奶开门！”只听里面脚步响声，把门一开，跑出一个男子，赤身露体，赵海明、李文芳一看，“呀”叫了一声。有一宗岔事惊人。不知后事如何，且看下回分解。

第四十二回

贞节妇含冤寻县主　济禅师要笑捉贼徒

话说使女正叫赵氏守节的院门，从里面跑出一个赤身露体的男子。李文芳一把没揪住，气得颜色更变，说："赵海明你来看，这是你养的好女儿！咱们来书房说！"二人来至书房，酒也不能喝了。赵海明气得颜色改变，在那里默默无言。李文芳说："咱们是官罢是私休？要是官罢，咱两个人到昆山县打一场官司。你愿意私休，你写给我一张无事字，我写给你一张替弟休妻字。我李氏门中，世代诗书门第，礼乐人家，没有这不要脸的人，给我败坏门风。"赵海明是一位读书明理的人，一听李文芳这一遍话，自己本来是没得话，赵海明说："官罢私休，任凭你吧。赵海明要是不讲理，也有的话，我女儿在我家好好端端，到你家这是你家的门风，我能管三尺门里，不能管三尺门外。无奈，赵海明不能这么说。"李文芳说："要是依我，咱们私休。"赵海明说："也好，我先写给你无事字。"使女站在一旁，听明白了，跑到里面上房说："亲家太太、大奶奶，可了不得了！奴婢去请二奶奶去，走在东院门首把灯笼灭了。我到书房点灯笼去，亲家老爷跟员外爷送我出来，一叫二主母的门，由二奶奶院里跑出一个男子，浑身上下一点衣服也没穿。员外爷跟亲家老爷都瞧见了，也没抓着这个人。我听员外说，要写替弟休妻字，亲家老爷要写无事字，这怎么好？"黄氏老太太一听这话，吓得颜色更变，女儿院中出这个事，酒也喝不下去了。大奶奶本是贤德人，素常妯娌很和美，一听这话也愣了，赶紧同黄氏老太太够奔东跨院。来到赵氏玉贞这屋中一看，地下还点着灯，阴阴惨惨。这西里门是顺前檐的床，见赵氏怀中抱着小孩，脸冲里和衣而睡，已然睡熟，在她旁边有一身男子裤褂，男子鞋袜各一双。使女过去叫二奶奶醒来，连叫数声，赵氏惊醒，睁眼一看，娘亲、嫂嫂带着许多丫环、仆妇在地下站着，赶紧问："娘亲还没回去么？方才我抱着孩儿睡着，也不知天有什么时光。"黄氏说："儿呀，你怎么做出这样事来，叫我夫妻二人有何面目见人！"赵氏一听，说："娘亲，孩儿做了什么事啊？"旁边有个使女爱说话，就把方才之事，如此如此述说一遍，说："二主母你不必装憨，这男子的衣裳、鞋袜还在这里。"大奶奶就问："妹妹，这是怎么一段事情？素常你不是这样人。"黄氏也是这样说。赵氏玉贞一听此言，是五内皆裂，气得浑身立抖，身不摇自战，体不热汗流，自己长叹一声，说："娘亲，孩儿此时也难以分辩，有口也难以分诉。这叫浑浊不分鲢共鲤，水清才见两般鱼。"正在说话之际，只见赵海明同李文芳进来，赵海明一瞧，气往上撞，告诉黄氏："你还不把你这不要脸的女儿带了走，我如今与李文芳换了字样，外面轿子已然都预备在院中。"赵氏玉贞抱着小孩，来到外面，方要上轿，李文芳过去一把抓住说："赵氏你这一回娘家，不定嫁与张、王、李、赵，这孩儿是我兄弟留下的，趁此给我留下。"由赵氏怀中把孩儿夺过去。赵氏放声痛哭，坐着轿，母女同赵海明回了家。到了家中，母女下轿，来到上房，赵海明气昂昂把门一锁，拿进钢刀一把，绳子一根，说："你这丫头，做这无脸无耻之事，趁此给我死。如不然，明天我把你活埋了！"黄氏老太太一心疼女儿，身子一仰晕过去了。赵氏玉贞一想："我要这么死了，死后落个遗臭万年，莫若我死在昆山县大堂上去，死后可以表我清白之名。"自己想罢，拿刀把窗户割开，自己钻身出奔。到了外面一看，满天的星斗，不敢走前院，直奔后面花园子角门。开了角门一瞧，黑夜光景，自己又害怕。往外一迈步，被门槛绊了一个筋头，拿着这把刀，把手也碰破了，流了血。擦了一身的血迹，把刀带好，自己往前行走，深一脚浅一脚，心中又害怕，又不认得县衙门在哪里。心中暗想："倘要被匪人掠抢，自己是活是死？"走到天光亮了，自己也不知东西南北，正往前走，只见有一位老太太端着盆倒水，一见赵氏头上青丝发散乱，一身的血迹，不由得心中害怕，说："哟，这不是疯子么？"赵氏玉贞一听，借她的口气说："好，好，好！来，来，来！跟我上西天成佛做祖！"吓得老太太拨头就跑，见人就告诉来了疯妇人了，甚是厉害。过路人又要瞧，聚了人不少。赵氏玉贞也找不着昆山县，天有巳正，正往前走，只见对面有人喊嚷："我也疯了，躲开呀！"赵氏抬头一看，由对面来了一个穷和尚，口中连声喊嚷："我也疯了！"赵氏看这和尚，头发有二寸多长，一脸的污泥，破僧衣短袖缺领，腰系绒绦，疙里疙瘩，光着脚穿着两只草鞋，走道一溜歪斜，脚步猖狂。赵氏一瞧，大吃一惊，心说："我是假疯，这和尚是真疯，倘若他过来跟我抓到一处，揪到一处，打到一处，那便如何是好？"吓得不敢往前走。来者这疯和尚，正是济公。后面赵福、赵禄跟着，一听和尚说“我也疯了”，可是气就大了。他俩想：“花二百三十七两银子买了一块石头，压得我二人力尽筋乏，卖了一百钱，他无故又疯了，倒要看看怎么样。”只见济公来到疯妇人跟前，止住脚步，和尚口中念道：“要打官司跟我去，不认衙门我带着去。”说着话，和尚头前[1]就走。赵氏一想：“莫非这和尚也有被屈含冤之事？他要打官司，我何不跟他走？”和尚头里走，赵氏后面就跟着，大家看着真可笑。往前走了不远，只见对面来了轿子，和尚口中说：“得了，不用走了，昆山县的老爷拜客回来，我和尚过去拦舆喊冤告状，有什么事都办得了。我和尚过去一喊冤，轿子就站住，我非得打官司，谁也拦不了。”赵氏一听昆山县老爷来了，心中说：“这是该我鸣冤了。”不多时，只见从那边旗锣伞扇，清道飞虎旗、鞭牌、锁棍，知县坐轿，前呼后拥，跟人甚多。这位知县姓曾名士侯，乃科甲出身，自到任以来，两袖清风，爱民如子，今日正是迎官接送回来。赵氏在道旁喊：“冤枉哪！”轿子立刻站住，老爷一看，只见那道旁跪定一个妇人，年约二十以外，身穿缟素。知县看罢，吩咐“抬起头来”，只见那妇人抬起头来说：“老爷，小妇人冤枉！”知县一看，说：“你为何叫冤？从实说来！”赵氏说：“禀大人，小妇人赵氏，配丈夫李文元，丈夫去世，小妇人守孀。只因昨天是哥哥的寿诞之辰，天有初鼓，小妇人在东院抱着末郎儿已然睡熟，使女叫门，从小妇人院中跑出一个赤身男子，上下无根线。我婆家哥哥，见事不明，也不知道怎样，写了一张替弟休妻字样，我父亲见事不明，写了人家一张无事字样，把小妇人带回家去，给了绳子一根、钢刀一把，叫小妇人自寻死道。小妇人非惜一死，怕是死后落一个遗臭万年，故此求老爷给我辨白此冤。”老爷一听这件事，心中一动：“她告的她娘家爹爹赵海明，婆家哥哥李文芳，清官难断家务事。”打算要不管，只听人群中有一穷和尚说：“放着案不办，只会比钱粮。”知县一听，说：“什么人喧哗，别放走了，拿住他！”官人过去一找，踪影全无，老爷吩咐把那妇人带着回衙，到了衙门之内，下轿升堂，又把赵氏叫上来一问，只见赵氏一字不差，照方才所说之话不二。知县知道赵海明、李文芳二人，是本处两个绅士，传来一问便知。想罢，吩咐：“来人，先把赵海明、李文芳传到。”听差人等答应，立刻就到赵宅门首，一叫门，有人出来问明白，

① 头前——掉头。

到里边一回话,赵海明一听,心中一动道:“好丫头,你上县衙去,现在我有什么脸在昆山住着?”就跟人到了衙门。先禀见,知县一看,是五品员外模样,五官淳厚,看罢问道:“赵海明,你女儿告你,你要从实说来!”赵海明说:“老父台在上,职员家门不幸,出这样事,求老父台给职员留脸,不必问了。我要不亲看见,如何能答复?”知县说:“事已到堂,焉能糊里糊涂下去?本县必要问明白。”只见来人回话:“李文芳到!”不知此案如何办法,且看下回分解。

第四十三回

巧取供审清前案　赵凤鸣款留圣僧

话说知县正在公堂之上，审问赵氏，下面差役上来禀报："将孝廉李文芳传到。"知县吩咐带上来。原来李文芳正在家中料理家务，外面家人进来禀报说："老爷，现在外面有昆山县的差人来传老爷过堂，是咱们二奶奶把你告下来了。"李文芳一听，勃然大怒，说："好一个赵海明，这厮反复无常。你既不要脸面，我还怕羞耻？"自己把赵氏屋中那身男子的衣裳带着，用包袱包着，跟着差人来到县衙。禀见知县，口称："老父台在上，孝廉李文芳给老爷行礼。"老爷抬头一看，见李文芳年有三十以外，头戴粉绫缎色幅巾，迎面嵌片玉，绣带双飘，上面走金线，镶金边，绣三蓝花朵，身穿一件粉绫缎色袍，绣三蓝富贵花，腰系丝绦，足上篆底官靴，面皮正白，眉分八彩，目如朗星，五官清秀，透着精明强干。老爷看罢，说："李文芳，赵氏是你什么人？她把你喊冤告下来，你可知道？"李文芳说："回老父台，晚生知道。皆赵氏犯七出之条①，我兄弟已然故去，故此我写了替弟休妻的字样，赵海明写了无事字，他情愿把女儿领回，不必经官，免致两家出丑，不想，赵氏又听她父亲赵海明撺唆，来捏词诬告。"老爷一听，问："赵氏犯七出之条，有何为凭据？"李文芳说："老父台，有凭据。若没有凭据，晚生也不敢无事生非。她是守节的孀妇，晚间由她院中跑出赤身裸体男子，里面有男子的衣服，晚生业已带来，请老父台过目。"把包袱递上去。知县打开一看，里面是男子头巾、裤褂、鞋袜。老爷一看，问："赵氏，你屋中可见这包袱没有？"赵氏说："回老爷，不错，这包袱是在小妇人屋里来着。"老爷说："你既是守节的孀妇，你那院中又没有男子出入，何以有男子的衣服？你还来刁词诬控，搅扰本县！大概抄手问事，万不肯应，拉下去给我掌嘴！"赵氏一听，心中一动："我要在昆山县堂下挨了打，我有何面目见昆山县的人？再者赵氏门中岂不玷辱？莫如我一死倒好；死

---

① 七出之条——即封建时代丈夫休妻的七个理由。

后必有隐婆验我，可以皂白得分，我落个清白之名。”想罢，自己往前跪趴半步，说：“大老爷，先不必动刑，小妇人有下情禀告。”老爷说：“你讲！只要说得有情有理，本县并不责罚你。”赵氏说：“小妇人我苦守贞洁，我院中并无男子出入，老爷如不信，有跟同榻而睡的人。”老爷一听，心中一动：“既有跟她同床共榻的人，这事也许别人做的，她不知情。”老爷说：“什么人跟你同床共榻？”赵氏说：“是我那孩儿末郎的奶娘李氏。”老爷吩咐传李氏。手下差役人等下去，不多时把李氏传到。一上堂，李氏说：“好，我二主母把我告下来了，我正要上堂前去鸣冤！”来到公堂跪倒说：“老爷在上，小妇人李氏给老爷磕头。”老爷睁眼一看，见李氏有三旬以外年岁，长得姿容丰秀，身穿蓝衫、青裙，足下窄小宫鞋。老爷说：“李氏，你二主母院中跑出一个赤身的男子，这男子衣服是哪里来的？你必知情，从头说了实话，与你无干！”李氏说：“回大老爷，小妇人我不知道，我昨天告假回家。”老爷一听，在上面把惊堂木一拍，做官的人，讲究聆音察理，见貌辨色，说：“李氏，你满嘴胡说，你这就该打！你当奶娘，你说告假，难道说你走了，把孩子饿起来了不成？”李氏吓得颜色更变，说：“老爷不必动怒，我这里有一段隐情，回头说。二奶奶，我可要说了。”赵氏说：“你说吧，只要你照实话说。”李氏这才说道：“老爷要问，小妇人也并不是久惯指着当奶娘为生，我就在西街住，离我家主人家不远。是我家二主母雇了奶子散了，老不合适，我家就是一个婆母娘，丈夫贸易在外，我有个小女儿死了，我这也是一半行好。这一天，我二主母就问我：‘李氏，你不告假么？’我说：‘不告，末郎公子养活得又娇，带到我家去，二主母不放心，不带了去，公子岂不要受屈？’我家二主母因为这个，有两天没跟我说话。又过了些日子，我家二主母又叫我歇工，小妇人我是不敢违背了，我就告假，二主母还赏了我两串钱，一包袱旧衣裳。晚间给公子吃了乳，回我家去睡觉，我在家住了一夜。昨天我家二主母又叫我告假，我还说：‘今天是大老爷的生日，焉有我告假之理？’我家二奶奶说：‘你是我这院中的人，大老爷他也不能管。’故此我就走了，告了假，二主母还给了我三吊钱。这天晚上，就出了这个事，故此我不知。素日我家二主母实系好人，并无闲杂人进院里去。”老爷听罢，说：“赵氏，你叫李氏告假，是所因何故？”赵氏说：“小妇人是红颜薄命，李氏她丈夫贸易在外，新近回来，我想为我这孩儿叫她夫妻分离，不叫她回去么？小妇人是修合无人见，存心有天知。老爷自己不明白，到后面问太太就明白了。”知县一听这话，其中定有别情，说：“赵氏，你这是刁词胡说，大概不打你，你也不说实话。来了呀！给我拉下去掌嘴。”赵氏一想：“我要等他打了我再死，我总算给赵氏门中丢脸，莫如我急速一死。”想罢，说：“老爷，不便动怒，小妇人我还有下情。”知县说：“讲！”赵氏说：“我死之后，千万老爷派隐婆相验，以表我清白之名，但愿老爷公侯万代。我死后老爷如不验，叫我皂白不分，老爷后辈儿女，必要遭我这样报应。”说着话，自己拉出刀来就要在大堂自刎。知县在上面也未拦，幸亏旁边差人手疾眼快，伸手把刀夺过去。知县正在无可奈何，就听外面一阵大乱，有人喊嚷：“冤枉！图财害命，老爷冤枉！”老爷借这一乱，吩咐先把赵氏、李氏、李文芳、赵海明带下去，先办人命案要紧。差役人等将众人带下去，只见外面有一个和尚，带着一个人，两眼发直，扑奔公堂而来。书中交代：来者和尚非是别人，正是灵隐寺的济公长老。原来济公自带着赵氏鸣冤之后，赵福、赵禄追上和尚。赵福说：“师父，你老人家别犯疯病，咱们走吧。”和尚跟着往前走，来到南街赵凤山的住宅门首，家人说：“师父，这里站一站，我们进去回话。”不多时，由里面二员外迎出来，赵凤鸣出来一看，见济公衣服褴褛不堪，心中暗想：“我打算请了什么高人来给治病，原来是一穷僧。”无奈拱手往里让。到书房落座，赵福、赵禄二人先把书信拿出来，二员外叫人献上茶来。打开书信一看，是自己哥哥亲笔手书，上写：

夕阳入律，曙气同春。伏念贤弟德门景福，昌茂之时矣！前接华翰，知家务一切事宜，仰赖贤弟料理，愚兄承情莫尽矣！兹者叩禀婶母太君，万福金安！以是侄仰赖祖宗之福庇，蒙圣主恩德，简任太守，不能日侍左右。前接二弟来函，知婶母太君玉体违和，瞳眸被蒙。奉读之下，感泣涕零，悲鸣之嘶，实伤五内。侄处请灵隐寺济公禅师治病，精通岐黄；手到病除，可急愈矣！侄遣家人赵福、赵禄捎至黄金数锭，重五十两，供为甘旨之资。已是侄尽忠则不能尽孝矣！并候均安不一。

不孝侄男赵凤山顿首拜

赵凤鸣看罢信书，这才重新给济公行礼，说：“圣僧佛驾光临，弟子有失远迎，当面恕罪！我兄长给请圣僧前来给我老母治病，不知圣僧应用何药？何等治法？”济公说：“贫僧自有妙法。”正说着话，听外面有脚步声，济公说:“外面什么人进来?”赵凤鸣也问:“什么人进来?”只见由外面进来一位大汉,头挽牛心髻,身穿旧裤褂,白袜青鞋,原来是种稻地的长工笨汉。和尚说:“你怎么这么没根基,把我的鞋偷了去?你一走到,我就听出来了。”那笨汉把眼睛一翻说:“和尚,你别讹人,我的鞋,你怎说是你的?”和尚说:“二员外你看,我由临安来,穿这草鞋这么远走得了么?我是穿着那鞋来的,到了门口我换上草鞋,他就把我那鞋偷了去。”只见这大汉方要给济公争竞①,济公说:“你说是你的鞋,有什么凭据?说对了就算是你的。”大汉说:“我鞋底上有十四个钉子。”济公说:“我鞋上有十六个钉子。”大汉脱下来一数,果是十六个,急得要跟和尚打架。赵凤鸣说:“我给你两吊钱再买一双吧,这双鞋给圣僧留下。”大汉也不敢再争,拿钱去了。赵凤鸣说:“圣僧要这鞋何用?”济公哈哈一笑,说:“要给老太太治病,非这双鞋不可!”当时拿笔开了一个方子,赵凤鸣一看,暗为点头。不知济公写的是何言语,且看下回分解。

① 争竞——说个明白。

第四十四回

诱汤二县衙完案　两公差拜请济公

话说济公和赵凤鸣二人谈话:问圣僧要用什么妙药治眼。济公说:“这一双鞋是药引子,还要一个全单。药味不同,我开出来,你等照方预备吧。”叫家人取过文房四宝来,立刻,济公写完,给赵二员外一看,吩咐家人照样预备,用包袱包好。济公叫:“赵福,扛着包袱跟我去,找药引子去,没有药引子不能办。”赵福跟着和尚出了大门,又告诉赵福几句话,立刻赵福去了。和尚信口唱着山歌,街前行走,唱的是:

得逍遥,且逍遥,逍遥之人乐陶陶。富贵自有前生定,贫穷也是你命该招。任你用机谋,难与天公绕。劝君跳出这朦胧,随意逍遥真正好。杯中酒不空,心上愁须扫。花前月下且高歌,无忧无虑直到老。

济公信口作歌,一直出了西门。只见前面有一人,扛着包袱,往前正走,那街市上之人全都让他说:“汤二哥,你老人家怎么会走了?我们都不知道,也没给你送行,有什么急事?”只听那人说:“我家来了一封急信,叫我急急回家。我回来再见吧!”众人让着他,他并不站住。济公一看,心中说:“要把此人捉住,方好办事。”想罢,随后就追,一直出了关厢。那人不住回头,直看和尚,和尚后面紧追。那人就把包裹放在地下,坐在包裹上,心说:“这个和尚,追我干什么?我又不认识他。看他过来怎么样?”和尚来到近前,也就坐在地下,扬着脸看着那人,目不转睛。那人气往上撞说:“和尚,你瞧我做什么?”济公哈哈一笑,道:“你姓什么?”那人道:“我姓汤,你问我做什么?”和尚说:“你一说姓汤,我就知道你叫什么。”那人说:“我叫什么?”和尚说:“你叫汤油蜡。”那人勃然大怒,说:“和尚你又不认识我,你为何张嘴就跟我玩笑?”赌气拿起包袱来就走,和尚随后就追。走了有一里之遥,和尚后面直嚷:“汤油蜡,你等等我!”汤二一想:“这个和尚真可气,我不认识他,竟跟我玩笑。”往前走了不远,眼前一个镇市,有买卖铺户,也有酒馆。汤二一想:“我进酒馆喝两壶酒躲躲他,大概穷和尚他没钱,等过去我再走,省得他直叫我汤油蜡。”想罢,进了酒铺坐下,说:“伙计,你们这里卖什么酒菜?”伙计说:“我们这里有酒,有豆腐干,卖饺子,没别的。你要吃菜,南隔壁有卖的,我借给你一个盘子,你自己去买去。”汤二拿了个盘子说:“伙计,你给我照应着包袱。”伙计说:“不要紧,你去买去吧。”汤二拿着盘子,刚一出酒铺,见和尚一掀帘子,进了酒铺。汤二心中好后悔,说:“我要知道和尚来,我就不来了。”自己已然拿了人家的盘子,又不好不喝,就在隔壁买了一盘熟菜。进酒铺一看,和尚把包袱坐在屁股底下,汤二一看,也不问和尚。汤二问伙计:“我叫你看着包袱哪里去了?”伙计一看,和尚那里坐着包袱,伙计过来说:“和尚,你别坐着人家的包袱,给人家吧。”和尚说:“包袱是他的给他,我是才捡的,只当我又丢了。”伙计心说:“跑我们屋里捡东西来了。”立刻把包袱给了汤二。汤二在和尚对面坐下,每人要了两壶酒,伙计说:“有汤面饺,你们二位吃不吃?”和尚说:“吃得了。”伙计下去工夫不大,说:“汤面饺好了,你们二位要多少?”和尚说:“热不热?”伙计说:“刚出笼,怎么不热。”和尚说:“热,我怕烫了嘴,待凉再告诉我。”汤二说:“给我来十个。”和尚见汤二要,说:“我也要十个。”伙计给端过来两屉,每人一屉。汤二要醋蒜,还没吃呢,和尚把饺子掰开,啐了一口痰,复又放在嘴里嚼了吃了。汤二一瞧,说:“伙计拿开吧,我呕心死。”伙计说:“大师父你别闹脏,你这么吃,人家一呕心,都不用吃了。”和尚说:“我就不那么吃了,叫他吃吧。”汤二刚吃,和尚把草鞋脱下来,把热饺子搁在鞋里,烫得臭汗味熏人。汤二赌气,把筷子一摔:“不吃了!”和尚把筷子也往桌上一摔,说:“你不吃了,我还要吃呢。”跑堂的过来一算账,说:“你们二位,都是一百六十八文。”汤二带着还有六百多钱,刚要掏钱,和尚那边说:“唵勒令赫!”伸手掏出有六百多钱。汤二一瞧和尚掏出那串钱,心说:“是我的那串钱。”一摸怀中果然没了。心中纳闷:“我腰里的钱,怎么会跑到和尚腰里去?”自己哼了一声,和尚拿着这串钱说:“这串钱是你的吧?”汤二说:“和尚,钱可是我的,我不要了,你拿了去吧。”和尚说:“不能,钱是我捡的。方才我一进来,见钱在地下,我捡起来。是你的,给你,我不要。”说着,把钱拿过去。汤二把钱拿起来说:“和尚,你倒是好人,你要不闹脏,我真请你喝几壶酒。”和尚说:“我就不闹脏,你请我喝两壶。”汤二说:“那有何妨,我就请你喝。”和尚说:“伙计,你给拿二十壶酒来。”伙计拿上酒来,汤二见和尚一口就是一壶,汤面饺三个一口,两个一口。汤二一看,大概吃完了,得一吊多钱,给我六百,得拐回去一半去,汤二就说:“和尚,我可没钱了,今天咱们别让,你吃你给,我吃我给,同桌吃饭,各自给钱。”和尚说:“你要小气,今天连你吃都是我给,我焉能扰你?我最实心的,我说我给你就别让。”汤二倒觉着过不去。和尚说:“我说我给就我给,算到一处。”伙计一算,二账归一,两吊二百八十。和尚说:“我给,我最实心的。你别瞧我穿的破袍子,有肉不这上。”汤二说:“还是我给吧。”和尚说:“你给,你就给,我是实心的。”汤二无法,委委屈屈打开包袱给了钱,自己牛气。和尚打起汤二的包袱就走,汤二说:“和尚你吃了我的两吊钱,你还要抢我的包袱?”和尚说:“不是,人得有人心,我不能白吃你,我给你扛着好不好?”汤二一想,和尚倒也有良心,真倒罢了,说着话,出了酒铺。汤二往西走,和尚往东走,汤二一回头,说:“和尚,你怎么往东走?”和尚说:“我是东川的,你是西川的,我跟你往西做什么?”汤二说:“你拿我的包袱给我。”和尚说:“你的包袱给我拿着。”汤二说:“和尚,你要抢我?”和尚说:“不但抢你,还要打你。”和尚用手一指,口念:“唵嘛呢叭噬吽,敕令赫?”汤二打了一个冷战,就迷糊了。和尚过去打了汤二一拳,把鼻子打破了,流出血来。和尚抹了一包袱血迹,带着汤二往城里走。刚到关厢,有人认得汤二,就问:“汤二哥,什么事?”和尚说:“你们少管,图财害命事。”吓得这人也不敢问了。和尚带着汤二,一直来到昆山县。到了县衙,和尚往里走,口中直嚷:“阴天大老爷,和尚冤枉!”旁边有差人说:“和尚别胡嚷,哪有阴天大老爷?”和尚说:“图财害命,人命案。”说着往里走,直到公堂。老爷已派人把赵氏等带下去,见来了一个穷和尚,扛着包袱,上面污血,汤二迷迷糊糊来到公堂跪下。和尚一站,老爷说:“和尚,你见了本县,因何不跪?可有什么冤枉事?可有呈状?”济公说:“我和尚只因在庙中众僧人都欺负我,我师父叫我化缘,单修一个庙。把殿宇全都盖好了,正要开光,偏巧下了半个月的雨,又都坍塌了,又不能再化缘,我师父在这昆山县地面有两顷地,叫我卖了盖庙。我带着一个火工道,把地卖了,带着银子,走在半路,我那火工道他说要出恭,我和尚头里走。在三岔路等了有两个时辰,见这人他背着我的包袱来了,敢情他把我火工道图财害命了。”老爷把案桌一拍,说:“你叫什么名字?因何你把火工道图财害命?”汤二才明白过来,一瞧这是公堂之上,自己就把方才之事,说了一遍。老爷说:“和尚,你这包袱是汤二的?”济公说:“我也不必跟他相争论,我和尚开个单子,他要说对了包袱的东西,我的单子不对,那是我诬告不实,老爷拿我治罪。如我的单子对了,他说不对,那是他图财害命。”老爷一听有理,就叫和尚写。写完了,呈给老爷一看,字还很好,上写:红绫两匹,白布两匹五尺,黄绫一块,纹银二百两,大小三十七块,钱两吊,旧衣裳一身,鞋一双钉子十六个。老爷一问汤二,焉想到由此人身上又勾出谋夺家产,暗害贞节烈妇之事。要搭救赵氏玉贞,且看下回分解。

第四十五回

华云龙气走西川　镇八方义结英雄

话说知县看罢和尚写的单子，这才问汤二："你说包袱是你的，你说里面都是什么东西？你要说对了，把包袱给你，你若说不对，我要办你图财害命。"汤二说："我那包袱里有碎花水红绫两匹，松江白布两匹，有钱两吊，使红头绳串着，里面还有红绫一块，有旧头巾一顶，旧裤褂一身，旧鞋一双，有纹银二百两，余者并无他物。"老爷一听，说："和尚，你写的跟他说的一样，叫本县把包袱断给谁？"和尚说："老爷问的还不明白，老爷问他银子多少件？"汤二说："我那银子就知是二百两，不知多少件？"老爷勃然大怒，说："你的银子，你为何不知道件数？打开包袱一看！"立时把包袱打开，一点，别的东西都对，银子果然是三十七件。老爷说："汤二，我看你这东西，必是久惯为贼。你把这和尚的香火道杀了，死尸放在何处？"汤二说："小的实实不是图财害命，这个包袱有人给我的。老爷如不信，把给我包袱的人，传来一问便知。"老爷说："什么人给你的包袱？"汤二说："是本县的孝廉①李文芳，他是我的主人，他给我的，我并未图财害命。"老爷就问手下书吏人等，本县有几个孝廉李文芳？书吏回禀，就是一个孝廉李文芳，老爷吩咐传李文芳上堂质对。李文芳正在书房坐着生气，众书吏都跟他认识，正在劝解他。外面差人进来说："请李老爷过堂。"李文芳问："什么事又叫我过堂？"差人说："人命重案。"李文芳到堂上一看，汤二正在那里跪定，旁边站着一个穷和尚，也不知是所因何故。汤二说："员外，你给我这个包袱，他讹我，说我图财害命。"济公在旁边说："你拉出你窝主也不怕，咱们看看谁行谁不行。"知县那里问道："李文芳，你可认识他吗？"李文芳一听："这件事，甚不好办，我别和他受这牵连官司。"遂说："回禀老父台，孝廉不认识他，包袱不是我给的。"知县勃然大怒，说："好大胆鼠辈，我不动刑，你也不肯直说来，看夹棍伺候！"三班

---

① 孝廉——对举人的一种称呼。

人役，立刻喊堂威，吩咐人来，把夹棍一放，吓得汤二颜色改变，说："老爷不必动刑，我还有下情告禀，我和李文芳还有案哪！"老爷吩咐："招来！"汤二说："小人原籍四川，自幼在李宅伺候我家二员外，书房伴读，指望我家二员外成名上达，我等也可以发财。不想，我家二员外一病身亡，我一烦闷，终日饮酒取乐，醒而复醉。这天我家大员外李文芳，把我用酒灌醉，问：'你愿意发财不愿意？'小人说：'人不为利，谁肯早起哪！'我说愿意。他说：'你要能赤身藏在你二主母院中，等我生日那天，我叫使人叫门，你从里面出来，我给你二百两银子。'小人一时被财所迷，就应允了。昨天是我暗中藏在二主母院中，候至天晚，我溜进房中，在床底下，把衣服全脱了，放在床上。我看见二主母抱着小孩睡熟，我自己出去一听，只听外面叫门，我往外一跑，被我家员外同赵海明看见，也没抓住我，我躲在花园书房之内。候至天明，我才知道把二主母休了，小孩子留下，要辞奶娘，奶娘只哭不走。我家大员外要谋夺家产，给了我二百两银子，连绫子带布，下余还等转过年再来给我。我打算要回家，不想遇见这么一个要命鬼和尚，他说我图财害命，我并未做那样之事。这是已往之事，小人并无谎言。"知县一听，方才明白此事，旁边招房先生①写着供，心中暗骂："好一个李文芳混账东西，还是个孝廉，做出这样伤天害理之事！"招房先生写完了供，知县吩咐把赵氏李氏及赵海明带上堂来，叫招房先生一念汤二这篇供，赵海明一听，这才明白自己的女儿是贞节烈女，自己颇觉后悔，几乎叫我逼死，心中甚是可惨，这才给老爷叩头，求老爷做主。知县勃然大怒，说："李文芳你既是孝廉，就应当奉公守分，竟做出这样伤天害理之事？为子不孝，为臣定然不忠，弟兄不义，交友必然不信。你兄弟既死，你应该怜恤孀妇，也是你李氏门中的德行。赵氏苦守贞节，你反施这样虎狼之心，设这等奸险之计，你就死在地府阴曹，怎么对得起你兄弟李文元的鬼魂？你知法犯法，本县要重重办你，你是认打认罚？"吓得李文芳战战兢兢，自己觉着脸上无光，心中惭愧，无话可答，求老父台开恩，请示："认打怎么样？认罚怎么样？"老爷说："认打，我行文上宪，革去你的孝廉，本县还要重办你。你要认罚，本县待你恩典，你快把你家中所有的产业，归赵氏经管。他母子如有舛错，你给我立一张甘结存案，那时有舛错，我拿治

① 招房先生——即录供之人。

罪。我罚你五万银，给赵氏请旌表，立牌坊，你还得叫本处的绅士公同用轿，把你弟妇迎接回去。如不遵行，本县我仍然重办你。”李文芳说：“那是老父台的公断，举人情愿认罚。遵老爷堂谕办理。”老爷说：“虽然如是，本县我还要责罚你，恐你恶习不改。来！传吏房书，给我责他一百戒尺！”吏房立刻上来。李文芳本是本处的绅士，苦苦地哀求，老爷说：“我不叫皂隶打你，就是便宜。”吏房过来，打了一百戒尺，打得李文芳苦苦求饶。老爷吩咐带赵海明，老爷说：“赵海明，你见事不明，几乎把贞节妇逼死，你认打认罚？”赵海明叩头说：“我认打如何？认罚如何？”老爷说：“认打，我把你员外革去，打二百军棍。认罚，罚你三千银，当堂交来，并非本县要，给你女儿盖一座节烈祠，留芳千古。”赵海明说：“那是老爷的恩典，我出六千银也愿意。”老爷又叫把李氏带上来，老爷说：“李氏，你要好生伏侍你二主母，你虽然是不指着当奶娘，既出来就得实心任事。你二主母有体恤你之心，你也该尽心，再说把孩子奶大，你也有名有利。”李氏说：“谨遵老爷之谕。”知县说：“汤二，你这厮狼心狗肺，你二主人在日，待你如何？”汤二说：“二员外在日，待我甚厚。”老爷说：“既是二员外待你甚厚，他死了，你就该在你二主母跟前尽心，你反生出谋夺家产，合谋勾串，陷害贞节烈妇。来人，把他拉下去，重责八十大板，用二十五斤的枷，在本处示众三个月，递解原籍，交本地方官严加管束。”众人具结，李文芳约请绅士迎接赵氏回家，与末郎儿团圆，这且不表。众人下了堂，老爷倒为了难，心说：“这个和尚怎么办法？要没有和尚，我这案断不完，要说多亏他，他又说香火道图财害命，我哪里给他找凶手去？”老爷心中想：“我威吓他几句，说他诬告不实，打他几下，胡乱把他轰下去就完了。”老爷刚想到这里，还没说话。和尚说：“老爷你这倒为了难了，要没我和尚，这个案办不完，要说多亏我和尚，你又得给我办图财害命，莫如威吓我几句，打我几下，糊里糊涂把我逐出去。”老爷说：“和尚你猜着了，来，拉下去给我打！”官人过来就拉，说：“和尚你躺下！”和尚说：“铺上被了么？”官人说：“没有那些说。”和尚就嚷：“我要挨打了！我要挨打了！”连嚷了两声，就听外面有人嚷：“大老爷千万别打我们那位和尚。”由外面进来一人，背着包袱，跪到公堂。老爷一看，是个长随的打扮，说：“你叫什么名字？”这人说：“我叫赵福，我是火工道，我和和尚走在半路，我要出恭，出完了恭，没追上和尚。我一打听，听说和尚打了官司。”和尚说：“老爷，这是我的火工道,老爷打开包袱看,如里面东西不对,这算我和尚诬告不实。”老爷打开包袱一看,果然跟汤二的包袱一样,连银子件数都对。老爷一想:“这可怪!”看赵福不像火工道的人,老爷说:“赵福你不像火工道,你说实话,那和尚是哪庙的?”赵福把济公的根本源流,如长如短一说,怎么被赵太守所请来到昆山。知县一听,赶紧离了座位,恭恭敬敬过来行礼,说:“圣僧,原来是秦丞相的替僧济公,弟子实在不知,多有得罪!若非是你老人家前来,弟子这案焉能断得清?来,把这包袱赏给圣僧跟人吧!”和尚说:“谢谢!”当时告辞,把两个包袱,赏给赵福、赵禄,每人一个。一同来到二员外家中,掏出一块药来,和尚给老太太洗眼,就透清爽,一连三天,就透了三光。赵凤鸣先叫两个家人回临安,留济公住着,给老太太治眼。老太太眼也好了,济公在这里住了三个月,终日跟赵凤鸣讲文理,这天忽然家人进来回禀说:“现有临安来了两位班头,请济公有紧要大事。”和尚按灵光一算,就知临安出了塌天大祸。不知所因何故,请看下回分解。

第四十六回

贺守正花群雄结拜　逛临安城巧遇王通

话说济公正在昆山县赵宅闲住，把老夫人眼也都治好了，屡次要走，可二员外不放，苦留在书房之内。每日闲谈诗文，济公对答如流，二员外益加佩服，说："可恨和济公相见之晚，自己要早见济公，文章必然大长。"济公在这里，不知不觉住百天之久。这天外面有人来回话，带进临安太守衙二位班头来，站在面前，给济公行礼，说："圣僧你老人家这些日子未在临安，只闹得天翻地覆，我二人特来请你老人家。"和尚一问："二位班头，怎么一段事？"二人从头至尾，述说一番。书中交代：是那西川路出了一个江洋大盗，此人姓华名忠字元龙，绰号人称乾坤盗鼠。由十八岁在绿林闯荡，跟鬼头刀郑天寿久在一处，都是有文武全材，就是好采花，都在镇山豹田国本家寄住。一拜之交有数十位，唯有五个至近之人，都是绿林人物，人称五鬼。内中有开风鬼李兆明、云中鬼郑天福、鸡鸣鬼全德亮、蓬头鬼云芳、黑风鬼张荣，人都知晓西川五鬼一条龙。只因窝主田国本由西川搬走，不知去向，这些人无地可居，都四散各投亲友。华云龙在西川采花作案，留下了九条命案，都是先奸后杀，地面官差总领各处寻踪访拿甚急，他一想"此地不能久住"，因此他离了西川。到了江西玉山县，听人传说此地有一位保镖达官，人称威镇八方杨明，乃是一位英雄，专好结交天下豪杰。华云龙去到凤凰岭如意村拜访杨明，家人回禀进去，杨明一听，知道华云龙是一个采花淫贼，告诉家人不见。家人出去告诉："我家主人不在家。"华云龙无奈，已然走了。过了几天，又有人提杨明在家，华云龙去拜，又未见着，一连去了三次。这日杨明把他请进去，一说话，本来人又能说，对答如流。他一看杨明身长八尺，细腰扎臂，头戴宝蓝缎色扎巾，金抹额二龙斗宝迎门一朵绒桃，身披宝蓝箭袖袍，腰束丝鸾带，足下青缎快靴，闲披蓝缎团花氅，面如古月，眉分八彩，目如朗星，准头端正，三山得配，四字方口，海下一部黑胡须，分为三绺飘洒胸前，五官清秀，品貌端方。华云龙甚为欣羡，说："小弟之仰兄台大名，实深想念。今幸得会，实三生之大幸也!”杨明说:“愚下有何德能之处？多蒙雅爱,屡次枉驾,未能面会。”二人说了几句谦虚话,华云龙说:“小弟异乡客居,年幼无知,求兄台教益。”杨明见华云龙说话和气,心中甚喜,留在客厅吃酒。提说他从前在西川采花作案之事,华云龙甚是后悔,杨爷要给他庆贺守正戒淫花,戴花不准采花,华云龙也愿意。杨明撒帖请人,内中有追云燕子黄云、铁面夜叉马敬、千里独行杨德瑞、千里腿杨顺、飞天火祖秦元亮、立地瘟神马兆雄、追风燕子姚殿光、过渡流星雷天化、登萍渡水陶芳、踏雪无痕柳瑞、顺水推舟陶仁、摘星步斗戴奎、飞天鬼石成瑞、夜行鬼郭顺、三岔鬼姚洞、金脸鬼焦亮、律令鬼何清、探花鬼马诚、矮月蜂鲍雷、雷鸣、陈亮等,共是三十六人结拜,给华云龙庆贺守正戒淫花。大家喝了血酒,从此别人走了,华云龙他在杨爷家中住着。无事也同到镖局里去去,跟着杨爷学打镖,学了一路八卦篆还刀,就在这里一住三年之久。这日他想要去逛临安城,杨明给了他一百两纹银,临走嘱咐他:“到外面不可胡为,无事早回来。”他自己自离了江西玉山县凤凰岭如意村,在路上晓行夜住,饥餐渴饮。这日到了临安城,先到钱塘门外,在大街一看,只见人烟稠密,买卖铺户不少,只见路北有一座酒楼,字号是“望江楼”,挂着酒幌子、茶牌子,两旁抱柱上有对联,上写“醉里乾坤大,壶中日月长”。华云龙想要在这里吃两杯酒,迈步进去一看,楼上下甚乱,登楼梯上去,找了一张桌坐下。方才要酒,猛抬头一看,见东面楼窗下坐定一人,头戴紫缎色六瓣硬包巾,身穿紫缎色箭袖袍,腰系皮挺带,肋下佩着腰刀,足下薄底缎靴,闪披绿色缎绣团花一件英雄氅,面皮微紫,紫中透红,黑真真两道重眉,一双怪眼皂白得分,准头丰隆,三山得配四字口,压耳两绺黑毫,海下抱长一部刚髯,看此人真是推垒着威风,一股杀气。华云龙一看那人,独自在那里摆着一桌酒,华云龙赶紧过去行礼说:“二哥少见,久违！你我自西川分手,倏经四载的光景,万不想你我在此相遇,兄台一向可好?”那人一看,哈哈大笑说:“原来是华二贤弟,真是有缘千里来相会,无缘对面不相逢。”书中交代:这个人姓王名通,绰号人称铁腿猿猴,乃是西川路的江洋大盗,跟华云龙是换帖的弟兄。二人是许久未会,今天在此相遇,彼此各叙离别。二人落座,重新要酒要菜,喝着酒,王通问道:“二弟你我由西川分手,贤弟在哪里存身？今天来此何干?”华云龙把在江西拜遇威振八方杨明,三十六友结拜庆贺守正戒淫花,从头至尾述说一遍,这才问:“兄长来此是闲逛,是有事呢?”王通说:“我来到这里,是找一个仇人。只因我兄长在成都府当一名书办,因为二百两赃银,狗官把我兄长入狱,闷死在狱内。那时我并未在家,等我回去才知道。我要找那狗官,给我兄长报仇,无奈那狗官已然卸任,我来到京都,寻找于他。我今天才到,尚未打店,你我二人可以住在一处。”华云龙说:“好,我也才到。”二人正在说话,只听楼梯咚咚一响,上来一人,手内拿着果筐,此人有四十来往岁,头戴青布头巾,青布小夹袄,青布夹裤,白袜青靸鞋,淡黄的脸面,细眉圆眼,鹰鼻子,裂腮额,微有几根胡须,上头七根,下头八根。一上楼来是吃酒的,他向各桌上一看,忙到华云龙桌上,把筐子放下,说:“哎呀!原来是二位太爷,小人有礼!”趴地下就磕头。华云龙一看,说:“我打算①是谁?原来是刘昌。”原来刘昌生长西川,久和这些绿林人物在一处,充当踩盘子小伙计,只因被事牵连,他逃在临安城,做一个小本经营,今日遇这二位,连忙过去行礼。王通说:“起来,刘昌你在这里甚好?住在什么所在?哪里有繁华热闹所?你说说我听。我二人初到此地,人地不熟。”刘昌说:“二位太爷要逛这西湖,三条大街,买卖铺户都有。西湖十景,天下第一的城隍山,都是这热闹之处。二位大爷要逛,跟我走走,天晚也不必住店,我那里有间上房,院中静雅,并无闲杂人等,也可住。”华云龙一听这话,心中甚喜,刘昌坐下,跟着一同吃酒。三人用完饭,王通给了钱,三人下了酒楼一看,街市之上,人烟不断。信步到了城隍山上,一看,果然好一处山林,树木森森,来往游人不少。正往前走,只见对面来了一乘小轿,内中坐定一个女子,真真是梨花面,杏蕊腮,瑶池仙子,月殿嫦娥,不如也。华云龙一看,他是久惯采花之人,非得真好,不能入他的眼,他是曾经沧海难为水,除却巫山不是云,今日一见这妇人,跟随轿后,直到钱塘外,路北有一座乌竹庵,那轿子进去。他一回头,见王通刘昌二人,也在后面跟来,到了无人之处,问刘昌:“你知道这个妇人的来历不知?”刘昌说:“这个人,二太爷你老人家别妄想,这个人是赵通判之女,给孙孝廉之子为妻,未过门,孙家之子已死,赵家之女要去吊孝说:‘我和你儿有夫妻之名,没有夫妻之分,开开棺材我看看。’孙家叫人一开棺材,那姑娘把头发自己剪了,要守望门寡。婆家娘

---

① 打算——以为。

家两旁都劝她不要，她自己一气到乌竹庵出家，带发修行。这是娘家常接去，你老人家问，要想别的怕不行。"华云龙一听，心中一动，要夜入尼庵前去采花。要知后事如何，且看下回分解。

第四十七回

遇节妇淫贼采花　泰山楼复伤人命

话说华云龙听刘昌之言，自己也未答言。三人吃了晚饭，住在钱塘门外刘昌家中。天有初鼓之后，自己也睡不着，起来看了看王通、刘昌二人都睡了，自己起来把夜行衣包打开，把夜行衣换好，把白昼的衣服换下来，用包裹斜插式系在腰间，把钢刀插在软皮鞘内，拧好了轧把簧，自己这才出离了上房，将门倒带。抬头一看，见满天的星斗，并有朦朦的月色，跳墙出了这所院落。见街市上路静人稀，来到尼庵以外，拧身纵上房去，往四野一看，这座庙是三层大殿，正大殿东边有一个角门，单有一所东跨院。来到东配房一看，见那院中是北上房三开，东西配房各三间，正南是一道墙，里面栽松种竹，院中倒也清雅，北上房东里间屋中，影影射出灯光，隐隐有念经之声，东配房北里间也有灯光。他这才由东配房上跳下来，直奔北上房台阶，来到窗棂以外，把纸湿破一看，这屋中是顺前檐的坑，坑上有一张小床，桌上面有一盏灯，有四个小尼僧，都是十四五岁，在那里抱着经本，那里念经。地上靠北墙一张条案，上面堆着许多经卷，头前一张八仙桌，两边有两张椅子，上首椅子上坐着一位老尼僧，有六十多岁，长得慈眉善目。华云龙看了一看，这里面并没有那一个带发修行的少妇，复又转身够奔东配房。来到北里间窗棂以外，把窗纸湿了一个小窟窿，往里一看，也是一张床，上面有一张小床桌，桌上搁着灯，旁边坐着正是那白天坐轿的那少妇，正在灯下念经。华云龙看罢，推门而入，来到房中，把赵氏吓了一跳，自己正在念经之际，见外面进来一个男人，穿着一身青，背后插着刀，赵氏赶紧问道："你是什么人？此地乃是佛净地，黑夜光景来此何干？快些说！"华云龙说："小娘子，白昼我见你坐轿由城隍山经过，我见你貌美，我跟到此处，故此我今夜前来寻你。你要从我片刻之欢，我这里有薄意相酬。"妇人一听，把脸一沉说："趁此出去，不然我要嚷了！把我师父叫来，将你送到当官，悔之晚矣！"华云龙一听这话，勃然大怒，说："好！你要从我便罢，如不从我，你来看！"用手一指背后的刀。那妇人一看，本是位烈节的妇人,赶紧就嚷:“了不得了!杀了人了!救人哪!”华云龙一听,恐怕有人来,过去一揪青丝发,拔出刀“扑”的一刀,竟将妇人杀死,可怜红粉多娇女,化做南柯一梦西。华云龙本是一团高兴,今朝把人一杀,心中甚是懊悔,只见外面老尼姑说:“什么人在我这里扰闹?已把房门堵住。”华云龙急了,照定老尼姑头上就是一刀,老尼姑一闪身,正砍在膀背之上,老尼姑“哎呀!”一声,翻身栽倒。华云龙趁势纵在院中,拧身上房,自己仍由旧路回来。刘昌正醒了,说:“华二太爷上哪里去了?”华云龙也不隐瞒,就把方才采花之事,如此如此一说,王通也醒了,听得明白,说:“二弟初到此地,就做了这样的大案,唯恐你在此地住不长久。”华云龙一听,微微一笑,说:“不要紧,就凭此地这几个班头,我有个耳闻报,不足为论。”说着话,二人起来。天光亮了,华云龙说:“刘昌你做你的买卖去,不要跟我二人闲逛,你有公事在身。”刘昌答应去了。王通同华云龙二人,够奔钱塘门,见街市上人烟稠密,二人就听纷纷传言:“乌竹庵回头验尸。”王通说:“兄弟,咱们二人找清雅地方喝酒去吧,不要在那里闲逛。”二人进了城,来到凤山街路北,有一座泰山楼,是一个大酒饭馆,二人想要进去喝杯酒。二人迈步进去,见里面虽有柜灶,并无人张罗座,二人上了楼一看,见柜里坐定一人,面如青粉,头戴宝蓝缎四楞巾,身穿宝蓝缎大氅,长得凶眉恶眼,怪肉横生,有四五个跑堂的,都不像正经买卖人。二人坐下多时,也没人过来,就听那万字柜里,面如青粉那人说:“伙计们,方才我没起来,听你们大家嚷什么来着?”伙计说:“别提了,你回头吃碗饭去瞧热闹去罢,钱塘门外有座乌竹庵,庙里有一个守节的孀妇,带发修行。昨夜晚间被淫贼杀了,还把老尼姑砍了很重的刀伤,少时就验尸,你说这事多蹊跷?”就听这位青脸掌柜的说:“这个贼真可恨!可惜这样贞节烈妇,被淫贼给杀了。必是这个贼人,他上辈叫人家给淫过,他这是来报仇来了。”华云龙气得眼一瞪,又不好答话,自己在这里生气,把脚一蹬板凳,说:“你们这几个东西,没长眼睛,二太爷来了半天,怎么你们不过来?是买卖不是?”伙计一听,把眼睛一翻,说:“你先别嚷,你若要来挑眼,你打听打听这个买卖谁开的?告诉你吧,我们自从开张,打了也不是一个了,净说本地的匪棍,打了十几个,打完了拿片子送县。告诉你是好话,你先别挑眼。”华云龙一听此言,把眼一瞪,说:“二太爷不论是谁开的,你惹翻了二太爷,我放火烧你的楼。你把你们东家找来,二太爷我会会,莫非他项长三头,肩生六臂？二太爷我挑定眼了。”书中交代:这座酒楼的东家,原本是秦丞相的管家秦安他的侄儿叫净街太岁秦禄开的。这座酒楼,本不为卖散客座,所为是有人托人情打官司来,找秦禄他给秦相府走动,所拉拢都是几个仕宦人等买卖,很势利。今天见华云龙一发话,秦禄由柜里就出来说:“什么东西敢在我这里发横？来人给我打他,打完了他,拿我的名片,把他送县。”华云龙一听,气往上撞,伸手就把刀拉出来,秦禄说:“你敢杀人么？拿刀怎么样,给你砍？”自己倚为有势利,把脑袋往前一递,华云龙说:“杀你还不如碾臭虫。”手起刀落,秦禄脑袋分了家。吓得伙计喊嚷:“我的妈!”往下就跑,脚底下一软,“骨碌碌”滚下楼梯去。立时有人到本地面官厅去报:“我们酒楼上来了两个人,把我们东家杀了!”众官人说:“赶紧拿!”及至众人来到楼上一瞧,楼上已没了人。华云龙同王通早由楼窗跳出去,站在人群中看热闹,见泰山楼都围满了人,众人说:“贼跑了!”有说:“不要紧,这贼跑不了。咱们太守衙门,有四位班头,叫柴元禄、杜振英、雷四远、马安杰,这四位久惯办有名的江洋大盗,像这个贼,不等三天必办着。”华云龙在人群中听明白,记在心中,同王通找了个背向所在,进了酒铺,到雅座里坐下喝酒。王通就说:“贤弟,你太闹得不像,昨天你方到这里,晚间杀了一个,今天又杀了一个。”华云龙说:“我告诉大哥说,既我来到这里,我要做几件惊天动地之事,也是他自己找死。方才我听见说,此地有四个能办案的马快,我倒要斗斗他们这几个,晚间我到秦相府去,把当朝宰相秦喜的项上人头取来。我要在临安城住半年,倒要看什么样的人物前来拿我。”王通说:“贤弟你当真有这个胆量?”华云龙说:“我焉能说了不算。”王通说:“贤弟真要敢做这件事,愚兄也必跟着,我二人也是多贪了几杯酒。”王通拿话一激他,华云龙气往上冲,吃完了酒,二人就够奔秦和坊前去探道。两个人探完道,找了个僻静的酒铺,说话谈心。候至天色已晚,二人来到无人之处,把夜行衣包打开,换去白昼衣服,打在包裹之内。来到秦相府拧身上墙,蹿房越脊,如履平地相仿。来到秦相府的内宅,各处一寻找,见后宅北上房屋中,灯光闪闪。两个人一想:“这里是内宅,大概必是秦相所居之处。”瞧见里面有两个丫环,在那里坐着值宿,都是十四五岁,桌上点着蜡灯。二人蹿上房来,伸手掏出一支薰香点着,往房中一送,少时把两个丫环都薰晕过去。华云龙这才进到中间一看,只打算是秦相在屋里住,敢情是秦夫人卧室。华云龙一看，座头之上放着镯囊，内边有奇巧玲珑透体白玉镯一对，半天产，半人工，实乃外国进贡之物，被秦相留下。华云龙说："王二哥你要这个吧！"王通说："我不要，你要吧！"又回头见那边有一个凤冠盒子，里边有十三挂宝贝，垂珠凤冠一顶，也拿起放在囊中，然后出来，见桌上有笔砚，拿起笔来，在墙上写了两首诗，投笔于桌，自己转身到外面，和王通二人竟自去了。秦相一早起来上朝，必要到里边来，一见丫环昏迷不醒，到屋中一看，失去镯囊玉镯凤冠，急派人先把夫人使女救活，一看墙上，秦相方知贼人已远去了。不知墙上写的是何诗句，且看下回分解。

第四十八回

赵太守奉命捉贼　昆山县迎请济公

话说秦丞相起来看墙上写的两首诗，是贼人留下笔迹。上写的是：

乾元宇宙逞英雄，坤刀一口任纵横。
盗取大位奸邪佞，鼠走山川乐无穷。
化日光天日正中，云游四海属我能。
龙天保佑神加护，偷盗奸臣气不平。

秦相看下面还有一首是四句，写的是：

一口单刀背后插，实是云龙走天涯。
丞相若见侠义客，着派临安太守拿。

秦相看罢，立刻到朝房，派人递了请假的折子，然后派人到临安太守衙门，把临安太守请来。不多时太守来到，一禀见，来到书房，赵凤山说：“丞相呼唤卑职，有何吩咐？”秦相说：“我请太守到我家验勘。昨天晚上竟有江洋大盗，把我的传家之宝，奇巧玲珑透体玉镯一对、十三挂宝贝垂珠凤冠一顶盗去，临走还留有两首诗。”太守一闻此言，吓得魂惊千里，说：“卑职即刻派人昼夜巡查，帝都之所，人烟稠密，最易藏奸。丞相开恩，候卑职回去，赶紧派差拿贼。”丞相说：“我给太守期限三天，要把贼人拿住，将我的传家之宝交回。”太守无奈，说：“遵钧谕。”把贼人所留的诗句抄下来，带着回衙。到了衙门，派人请钱塘、仁和二县，并镇虎厅所属的官员，一并前来。等众人齐到太守衙门，赵凤山说：“现在丞相府失去玉镯、凤冠，相爷把我传去，给了三天限，缉拿贼人，诸公回衙，赶紧派人访拿，如有人拿获贼人，一府两县共赏银一千二百两，诸公回去急办为妙，倘贼人逃窜无着落，你我有地面疏防之处，恐丞相开参。”大众立刻下去回衙，各派妥差，缉捕贼人。三天如何拿得着？钱塘县知县刘通英，原是两榜出身，为人正直，回衙立刻派赵大、王二等八名差役，出去访案。仁和县派田来报、万恒山出去，标出赏格，务宜各尽心。三天渺无踪迹，幸喜太守托罗丞相，见了秦丞相，又宽限三天。又过了三日，并未见贼的踪影，仁和县又求京营殿帅，转求秦相，再宽限三天。府县就求六部九卿十三科道，这个见秦相宽限三天，那个见秦相宽限三天，不知不觉就是两个多月的光景，也并未将贼拿住。这天太守又去求秦相，秦相说："我原是给你三天限缉拿，皆因众大人来求，面目相观，已经两个月有余，你并未将贼拿获，实属捕务废弛①，我明天必要开参于你。"太守说："相爷格外施恩，卑职等现在派人去迎请灵隐寺的济公长老，只要他老人家一来，要拿这些贼人，易如反掌耳，毫不费吹灰之力。"秦相说："你提的就是本阁的替僧济颠和尚，我正然想念他。他现在哪里？"赵凤山说："济公现在我兄弟家中，给我婶母治眼，我已派人去请。"秦相说："我看在济公的面上，再给你几天限，你赶紧把济公给我请来。"赵太守唯唯听令，回衙派柴元禄、杜振英带上盘费够奔昆山，去请济公。这天二人到了昆山赵凤鸣的门首，叫家人通禀进去，济公正在书房，同赵凤鸣谈话。家人进来一回禀："现有临安太守衙门的班头，柴元禄、杜振英二人求见。"济公说："叫他们进来。"家人带领两位班头来到书房。柴元禄、杜振英先给济公行礼，然后给二员外行礼，行完了礼，站在一旁，就把临安之事，从头至尾一说。济公听罢，说："这件事我和尚得管。"当时就在二员外跟前告辞。赵凤鸣说："师父可以明天再走，何以这样忙呢？"和尚说："我有事不能久待。"赵凤鸣立刻吩咐摆酒，给济公送行。赏了两位班头的路费，济公这才跟着二位班头，告辞出来。离了昆山，顺着阳关大路，在道路上饥餐渴饮，晓行夜宿。这日走在道路上，相离临安只有三十里路，济公说："柴头、杜头，你们二位愿意拿住盗玉镯凤冠之贼，还是不愿意？"柴头说："那怎么不愿意？"济公说："你们两个人要拿盗凤冠玉镯的贼，赶紧走到钱塘关的外门洞里头，里门洞外头站着一个穿青衣的人，你两个人过去就揪，把他拿住就是贼人，到衙门领府县一千二百两银子赏格。"两个人说："我二人就此前往。"心中甚为喜悦，以为是一趟美差，紧紧往前走。赶到钱塘关门洞一看，果然有一个穿青衣的人，在那里站着，两眼发直，直往东瞧。杜振英一看，喜出望外，说："柴大哥，你我活该成功！把差事得着，到衙门领了赏，我们三人均分。"说着话，来至切近，掏出锁链"哗啦"一抖，把那人锁上。杜振英说："朋友，这场官司你打了吧！你做的事你还不知道么？"那人大吃一

---

① 废弛——政文令因不执行或不被重视而失去约束作用。

惊，回头说："二位为什么锁我？谁把我告下来了？"杜振英、柴元禄二人一看，认识这人是钱塘门里炭厂子掌柜的。柴头、杜头一愣，那人说："二位公差为什么锁我？"柴杜二位话还没出来，这时和尚赶到，和尚说："二位拿住了么？"柴头说："你说叫我们拿穿青衣的，就是此人。"那人说："和尚为什么拿我？"济公说："我买你的炭，你不给好炭，净给烟炭。"柴头一听，这话不对，说："师父，这人不是盗玉镯的贼。"和尚说："不是，我跟他闹着玩呢。"柴头赶紧把铁链撤下来说："师父，这可不是闹着玩的，无故锁人家。幸亏他是老实人，要不然，人家可不答应。"和尚说："我倒不是撒谎，你们二位太走快了，贼还没来，你们先来了，跟我走吧。"那人也不敢说什么。和尚带领柴、杜二班头进了城，往家走了不远，和尚说："柴头，你瞧差事来了。"用手一指，柴头是久惯办案的人，抬头一看，见对面来了一人，两只眼东瞧西望，手中拿着包裹。柴头看此人有些形迹可疑，二人迎上去说："朋友，你别走了，你的事犯了。"那人一听，拨头就往南胡同跑，柴、杜二位随后就追。这个人脚底下甚快，二人追进这条胡同，一直往南，和尚也在后面跟着追。那人跑出南口往东一拐，就往北进了二条胡同，柴头、杜头紧追贼人跑出北口。应该往东，他又往西跑，贼人岂非智哉？复又进了头条胡同。焉想到和尚在那里等着，用手一指说："好贼哪跑？"把贼人用定身法定住。和尚就嚷："拿住了！捉拿贼！"本地面官人过来说："和尚，他是贼，把他交给我们吧！"和尚说："交给你，你放心我不放心。"正说着，柴元禄、杜振英赶到说："师父你老人家放开，我把他锁上。"本地面官人一看认识，说："柴头，你把他交给我吧。"柴头一看，是本地面官人，可不知姓什么。柴头说："你姓什么？"那人说："我姓槐，我们伙计姓艾，我叫槐条，他叫艾叶。"柴头说："你们两个人帮着送到秦相府吧，到了相府，把贼交给相爷，听候发落。"二人答应，同着济公押着贼人，来到相府门首。相府当差人等，都认得济公，众人赶过行礼，到里面回禀相爷。相爷正在客厅，同钱塘、仁和二位和县、知府赵凤山办理公事。家人进来说："回禀相爷，现在有灵隐寺济公，同着太守衙门两个班头，押着一个贼人，现在府门外求见。"相爷吩咐有请济公，家人来到外面说："我们相爷说了，衣冠不整，在客厅恭候，有请圣僧！"罗汉爷往里够奔，相爷降阶相迎，赵太守打恭，谢过济公给婶母把眼治好。来到里面落座，钱塘知县、仁和知县二人不认得济公是谁，一看是个穷和尚："怎么相爷太守这样恭敬他?”心说:“这穷和尚有什么能为?”见济公与相爷分宾主落座,先谈了几句闲话,叙了离别。秦相说:“师父,我听说你老人家走在道路上,把贼拿来?”济公说:“可不是,我听说相府失盗,案情紧急,我捎带着把贼拿来。”秦相一听,心中甚为喜悦,吩咐家人把贼给我带上来。下面答应,到了外面说:“相爷吩咐把贼人带进去审问。”柴元禄、杜振英二人,先把贼人包袱搜出来,还有单刀一把,留在外面,把贼人带进去,跪在厅房之外。秦相立刻问道:“下边跪的是何人?通上名来!你把我玉镯、凤冠偷去,卖在哪里?从实说来!”不知贼人如何招来,且看下回分解。

第四十九回

秦相府太守审贼　如意巷刺客捉拿

话说秦相一问那人叫何名，所偷物件放在哪里，那人说："小人姓刘名二，乃西川人，做小本经营为业。只因今日要回家，走至大街，不知为何，官人把我拿来。至于玉镯、凤冠，小人一概不知。"秦相一听，向济公说："圣僧，他是做小本经营之人。"和尚微微一笑，说："大人不是问案之人，可派赵太守问问此事，定然明白。"秦相说："既然如此，来，太守你可问问此案。"赵凤山立刻到外边廊下，摆了一张桌子，叫把贼人带过来，问道："你既做小本经营，来把他所带物件拿上来看。"下面答应，立刻先把包袱刀都全呈上。太守说："你这刀是作何使用的？"刘二说："那是我走路防身之用。"太守问："你做什么小本经营？"刘二说："我卖鲜果子为生。"正问着，只见和尚过来说："我问你，这小包只是什么物件？"刘二说："是随身所用之物。"和尚把包袱打开一看，有两件衣服，翻到底下，有一双新袜子。和尚说："你既做小本经营，为甚还穿新袜子？"太守一听，这不像话，也不好答言。刘二说："回禀老爷，我做小本经营，有钱买一双新袜子，也不犯法。"和尚往袜子里一掏，掏出一个包来，打开一看，是一颗大珍珠。和尚说："你穿袜子不犯法，你这珠子是哪里来的？"刘二吓得颜色更变，说："回禀老爷，那珍珠是我捡的。"秦相在那边看得明白，这颗珠子是凤冠上的珠子，叫家人把珠子拿过来细看，果然不错，说："圣僧，这颗珠子是我失去的凤冠上的。"赵太守一听，勃然大怒，说："你这厮，大概我不打你，你也不实说！"秦相府这里有的是竹棍，吩咐手下人打，刚要拉下去要打，吓得刘二说："大爷不必动怒，我实说。小人姓刘名昌，绰号叫野鸡溜子，原本在西川路绿林中当小伙计跑道。这颗珠子并不是小人所偷的，原本是今天早晨，有一个西川路的大盗，叫华云龙，外号叫乾坤盗鼠，同着一个铁腿猿猴王通，他二人先在尼庵采花，后在饭馆杀人，又到秦相府盗的玉镯、凤冠，旧日我伺候过他们二人，今天他们二人给我的，叫我回西川，说这颗珠子能值四五百两银子，叫我卖了，可以做小本经营，也够我吃的了。今天我方要出钱塘门,不想被二位公差把我拿来,这是已往从前真情实话,并无半句虚言。”太守说:“这华云龙、王通在哪里住着?你定然知道。”刘昌说:“他们两个人原先在兴隆店住着,他现在搬了,小人我可不知道了。”和尚说:“太守,把他交钱塘县钉镣入狱,这案总算破了。相爷,赏他们原办。”相爷吩咐家人拿五十两银子,赏给柴元禄、杜振英,钱塘县地面官人帮着送来,每人赏他们二两银子。柴元禄、杜振英谢了赏,把刘昌带下去。秦相说:“圣僧,这个华云龙现在哪里?求师父可以帮着拿了,本阁过了事再谢。”济公说:“我给你算算他在哪里。”秦相说:“甚好!”和尚说:“你拿八锭金子来,我拿金子算。”秦相立刻吩咐家人,“到账房取八锭金来。”立刻家人取来一两一锭八锭,交给济公。和尚搁在桌子上,嘴里咕哝哝也不知念些什么,念完了把金子带起来。和尚说:“仁和县的知县呢?”秦相说:“现在外面。”立刻把仁和县知县叫进来。和尚说:“贵县你手下有一位班头田来报,给我叫来。”知县吓得颜色更变,也不知什么事,说:“不错,有一个田来报。”济公说:“给我叫来。”知县也不知济公什么心意,心中辗转,又怕田来报窝藏着盗玉镯、凤冠的贼人,赶紧派人把田来报叫来。此时田来报正同万恒山在班房说话,外面进来一个伙计说:“田头,了不得了,现在盗玉镯这案破了,拿住一个贼叫刘昌,招出盗玉镯的贼,一个叫乾坤盗鼠华云龙,一个叫铁腿猿猴王通。秦相叫灵隐寺济公给占算,这两个贼人落在哪里,济公占了半天,什么话也不说,叫咱们老爷提说,叫你去有话说,把老爷都吓了一跳,也不知什么事,老爷派我叫你来了。”田来报一听,愣了半晌,叹了一口气,说:“了不得了!万贤弟,咱们哥俩知己相交,我这一去,倘有舛错,我家有老娘,有你嫂嫂,无人照管,你要多多地照应。”万恒山一听这话,诧异其中有因,万恒山说:“田兄长,你说这话从何而来?”田来报说:“你也不必问,少时你便知道。”站起来跟着来人,直奔相府。到了相府,往里回禀,把田来报带到,济公吩咐把他带进来。田来报来到里面,先给秦相济公行礼,然后给大众行完礼,往旁边一站,和尚过去说:“田来报你来了。”过去伸手,把他拉到厅房之内说:“你把这顶缨翎帽给我摘下来。”田来报一想:“要革我这个头役吧。”和尚说:“把这皮挺带解下来,把青布衫脱下来,把靴子脱下来,把汗褂脱下来。”田来报一听,说:“师父,你叫我把衣服都脱下来做什么?”和尚说:“我叫你脱下来有好处。我问问你,这顶头巾值多少钱?”田来报说:“大约卖去得两吊钱。”和尚说:“不多,你这件青布靠衫多少钱买的?”田来报说:“也得两吊五百钱,连皮挺带汗衫靴子也得两吊五百钱。”和尚点了点头,吩咐家人去到账房称二百两银子来。家人知道济公是相爷替僧,遂不敢违背,立刻取了二百两银子,交给和尚。济公一只手拿着二百两银子,递给田来报,田头接过,和尚说:“你拿去吧!”田来报也不知是怎么回事,拿了二百两银子,出了相府。刚一出来,见万恒山在府门口站着,万恒山一看,田来报帽子衣裳靴子都没有,就剩了一条单裤子,赶紧问道:“田大哥,你的衣裳哪里去了?”田来报说:“衣裳卖了。”万恒山说:“卖了多少钱?”田来报说:“二百两银子。”就把方才之事一说,万恒山说:“你问问还要不要,我还有一身衣裳。”田来报说:“我不能再进去。”万恒山说:“田大哥你方才说的话甚凶,又说叫我照看老娘,照看嫂嫂,倒是什么事情?”田来报说:“你好粗心,咱们两个人做的事你忘了?当初兵围灵隐寺,锁拿济公,不是你我把济公诓到秦相府?我怕他记恨前仇。”万恒山这才明白,二人拿着银两回去。此时秦相见和尚留下田来报的衣裳,给了二百两银子,也不知是什么心思,刚要问和尚,济公说:“太守哪去了?”秦相说:“现在外面。”济公说:“请进来。”赵太守进来说:“师父,你呼唤我有什么吩咐?”和尚说:“你把你乌纱帽摘下来,蟒袍脱下来,玉带解下来,靴子脱下来。”秦相一想:“这倒不错,二百两银子买了一身,又买这身,这身衣裳得花二千,倒看和尚怎么样?”赵太守说:“圣僧不要诙谐,我非田来报可比,他是个头役。”和尚说:“你脱下来,自有好处。”赵太守无奈,只好脱下来。和尚说:“太守,你把田来报的这缨翎帽戴上,穿这件青布靠衫,穿这双布靴子。”太守就穿上,真就像头役了。和尚说:“太守,我叫你穿这身衣裳,你知道为什么么?”赵太守说:“弟子不知。”济公说:“你可知道盗玉镯的贼人临走留下诗句,末句有‘派着临安太守拿’的一句,我派你去拿贼。”赵太守说:“我如何能拿得了?自有差役人等去办案。”和尚说:“我帮你去拿贼,你带上柴元禄、杜振英、雷世远、马安杰四个人,今天三更至五更,我要把贼人拿来。”回头说:“相爷今天你可别睡觉,三更至五更,我把贼拿来,要审问盗玉镯贼人的口供。”秦相点头。和尚带着赵太守、四个班头出了秦相府,够奔大街。赵太守跟着和尚,直绕了一趟四城,天有二更,赵太守说:“师父,倒是上哪去?我实在走不动了。”和尚说:“到了。”来到一条巷口,地名叫如意路,西边有一个更棚,里面墙上有一个黄瓷碗点着灯，阴阴惨惨，打更的枕着梆子睡着的。和尚慢慢进去，拿半头砖，把梆子抽出来，替上半头砖，打更的也没醒。和尚告诉柴元禄、杜振英，叫打更的就说大人下夜，柴杜二班头进去一叫，打更的睡得迷迷糊糊，拿起砖头出来。和尚问："几更天了？"打更的要打梆子，一瞧是砖，吓得惊慌失色。和尚说："你不用害怕，我告你。"就附耳如此这等，打更的点头。和尚把梆子给了他，带着五个人来到一家门首，和尚用手一指，说："要拿盗玉镯的贼，就在此门内。"不知后事如何？且看下回分解。

第五十回

捉贼人班头各奋勇　办海捕济公出都门

话说济公带着五个人，到了如意巷路东，有一座大门。和尚说："要办案，就在此地。柴头、杜头你们二位在门缝北边站着，雷头、马头你们二位在门缝南边站着。"四位班头说："师父做什么？"和尚说："你们四位隔着门，由门缝往里吹气，就把贼吹出来。"这四个人也不敢不信，只好就得听和尚吩咐，上前用手拍门说："开门来！开门来！"连拍了数下。里面门房里有两个二爷，正在屋里要睡觉。听外面叫门，这个说："你瞧瞧去。"这位二爷素来是胆子最小，点上白蜡，捻出来刚要扒门缝往里瞧，觉着一阵冷风，蜡烛也灭了，吓得拨头就走。屋中这个家人说："怎么了？"这个说："黑咕隆咚，毛毛哄哄鬼吹风。"两个人正说，又听外面嚷："开门！开门！"吓得这二位二爷也不敢出来开门。正在这番光景，里面老爷出来了。书中交代，这家主人，原本姓杨名再田，原任做过四川成都府正堂①，因丁母忧，回家守制②。今天正在书房，听门外喧哗，叫童子掌下灯光出来，叫手下开门，把门开开，一看门口站着几个官人，这个时节，济公早隐在一旁蹲着。赵太守一见大门开了，由里出来一人，头戴青四楞方巾，身穿蓝袍，腰系丝绦，篆底官靴，面如三秋古月，三绺黑胡须飘洒在胸前，赵太守一见认识，赶奔上前说："原来是大哥，此时尚未睡觉？"杨再田"哼"了一声，说："什么人敢跟我呼兄唤弟？"赵太守说："小弟赵凤山，莫非兄长就不认识了？"这二人本来自幼同窗，又系同年，又是知己相交，今日见赵太守这样的打扮，黑夜的光景，没瞧出来，故此这样一问。听赵太守一说名字，杨再田说："贤弟，拿着你堂堂的，怎么扮作这个样子？岂不失了官体，自讨下流。再说要被御史言官知道，定必奏参。"赵凤山说："兄台

---

① 正堂——即知府、知县。

② 守制——旧时父母或祖父母去世，儿子或孙子需谢绝人事，做官的解除职务，在家守孝二十七个月，叫做"守制"，意思指"遵守居丧的制度"。

有所不知，只因秦相府失去玉镯、凤冠，有灵隐寺济公长老拿住贼人刘昌，审问出盗玉镯的贼人叫华云龙、王通，故此叫我改扮出来拿贼。”杨再田一听，叹了一声，说：“贤弟，你我乃念书之人，怎么也信服这攻乎异端、怪力乱神之事？和尚妖言惑众。”赵凤山说：“兄长不要如是，济公跟着我来办案。”济公站起说：“赵太守，咱们在他这里歇歇坐坐再走可否？”赵太守说：“小弟我欲在兄这里歇息，叫我这几个人就在门房等候。”杨再田说：“请！”二人说着话往里走，和尚后面就跟着。院中北上房暗五明三，东西各有配房，和尚绕着头里进去，在上首椅子上一坐，杨再田一看，大大不悦，心里说：“自天子以至于庶人，一是皆以修身为本，他连身体都不顾。”心中虽不悦，但是不好说。进来落座，赵太守说：“我也忘了给你们二位引见。”杨再田说：“不用引见，我已知道了。”吩咐家人倒茶。和尚说：“不用倒茶吧，摆酒！”杨再田故作未闻，问赵太守拿住的刘昌，审出来的贼人，是哪里的人？和尚说：“摆酒呀！”赵太守把秦相府的事，述说一遍。和尚说：“摆酒呀！”二人这里谈话，和尚一连说了十几声，赵太守实在忍不住了，说：“兄长，小弟也饿了，有什么吃的？预备点。”杨再田说：“方才和尚说，我已听见了，只因舍间酒菜不齐，不敢奉敬。既是贤弟饿了，马上来预备。”一句话把酒菜摆上。和尚也不让，拿酒壶就斟，和尚说：“咱们一见如故，不要拘束。”喝了两三杯酒，杨再田存心要试探和尚，杨再田说：“和尚你既善晓过去未来之事，我有一事奉求。我自己把我的生日忘了，不记得哪年哪月所生，求你给占算占算。”和尚说：“那容易，你是某年某月生辰，今年五十八岁。”杨再田一听，直对。素常他本不信服妖言惑众，今天和尚真说对了，又说：“和尚，你给我相相面，多怎能好？”和尚说：“你可别恼。”杨再田说：“是君子问祸不问福，只要说真情实话。”济公哈哈一笑说：“大人，你气色不好，此时印堂发暗，眼光已散，脖子是裂了纹了，今夜三更，定有掉头之祸。”杨再田一听，问道：“我今夜三更准死，有何为凭据？”济公说：“今有你本宅家人，勾引外来贼寇来杀你。”杨再田说：“我哪个家人？”济公说：“你把众家人全都叫来，我一看就知道。”杨再田立刻吩咐家人都来。这宅内总有二十七名男家人，九名仆妇丫环，于是男家人全来至书房以外，都站在那里。和尚一看，按名内中有一个三十五六岁家人，五官清秀，和尚问：“你叫什么名字？”那人说：“叫杨连升。”乃是老家人杨顺之子，为人忠厚。济公说：“你勾引贼人外来，今夜来杀你家主人。”杨连升一听，把脸一沉说：“和尚，你可是搬弄是非。我自幼受主人之恩，今日如何做出这样无礼之事？你说无凭无据之话。”济公说：“你别生气，我问你，今一早你扫大门之时，有一人向门里只瞧。你问他找谁？他说‘贵宅是做过成都府正堂杨大人吗？’你就说是，对不对？”杨连升一听和尚之言，想了想说：“不错，早晨虽有此事，但我也没勾引贼来杀人家主人。”和尚说：“你一告诉他，是做过成都府正堂杨大老爷，他是你家主人仇人，今夜准来，与你无干。”杨再田半信半疑，自己又害怕，听见和尚问家人不是谣言，就说：“圣僧，这件事应如何办法呢？”济公说：“杨太守放心，我等今来此，就为此贼而来。把我带来四个头役叫进来，我有话吩咐。”杨再田立刻派人把四个班头叫进来。济公说：“柴头、杜头你二人在东厢房廊下埋伏，雷头、马头你二人在西厢房廊下埋伏，候至三更以后，由东边来一贼人，等他落于地下，你四人过去，各摆兵器，把他围住拿获，杨太守自有重赏。”四人出来，分两边埋伏。那雷世远可说：“马二兄，咱们和柴、杜同衙门当差，今日他二人得了五十两银子，理应让让你我才是，他二人不但不让，连说一句也没说。今夜贼来之时，他二人过去，你我别过去，他二人捉了贼人，叫他二人进去领赏。他二人如不行，那时你我二人过去捉贼，得了赏也是你我二人均分，不能分给他二人。”马安杰说：“有理，就依你吧。”二人暗暗计议，不知不觉天有三更时分，不见动作。那边柴、杜二人也暗暗说：“天到这般时候，怎么不见贼来呢？莫非济公算的不灵？要是贼人不来，今夜看济公该如何？”二人正说之际，只听院中“啪”的一声，落下一个问路石子，后面随下一人，身穿夜行衣服，臂插单刀，身高八尺以外。方落下来，柴元禄、杜振英二人飞身蹿下来，说：“呔！贼人休走！我二人在此等候多时！你今日可是放着天堂有路你不走，地狱无门闯进来！”摆刀就剁。那贼人哈哈一阵冷笑，说：“好，杨再田你有防备，我叫你防备一年，早晚我二太爷必来取你首级。”拉出刀来，和柴、杜二人杀在一处。两个班头见贼人刀法纯熟，武艺精通，实不能拿他。那铁尺到了贼人致命之处，不敢往下落，怕伤了他的性命，贼人刀可往二位班头致命处上剁。柴、杜二人只累得力尽汗流，不见雷世远、马安杰出来帮助动手，柴头真急，口中说：“济公，你老人家快出来吧，我二人可不行了。”济公在屋中答言说：“我出去。”从里面出来。贼人一见，透些慌张，往旁边一闪，说：“今日我饶你二人不死，改日再会吧！”飞身蹿上房去。柴杜二人说:“不好,贼人逃走了,济公快念咒吧!”和尚说:“可以。”冲定贼人,用手一指,口中念六字真言。“唵,嘛呢叭𠺗吽!唵,敕令赫!”那贼人从房上一滚,落下院中。柴、杜二人过去,立刻先把贼人按住,把刀夺过来,捺于地下,绑好了抬至上房屋中。杨再田一看,果然长得雄壮,问道:“贼人,我与你远日无冤,近日无仇,你如何前来行刺?你叫什么名字?说来!”那贼人愣了半晌,抬起头来说:“可恨,可恨,别无话说,我也命该如此。”杨再田说:“你与我有什么仇,前来杀我?快些说来!如不然,我要重重责罚你。”贼人说:“不要动刑,我说。”从头至尾,如此如此,说了一番。要知说出何事,且看下回分解。

第五十一回

救义仆同赴千家口　见拜弟各诉别离情

话说杨再田在书房内问刺客名姓，那贼人说："我姓华名云龙，绰号人称乾坤盗鼠，乃是西川人。"赵太守说："兄长不用问了，我把他带到秦相那里，听候相爷办理。"杨再田过来谢了济公，说："如非圣僧来此，吾早为泉下人矣！从今我再也不敢不信服僧道了。"重新又另整杯盘，给和尚斟酒，只吃到东方发晓，鸡鸣三唱。天色大晓，外面声音一片，门上人进来回话说："今有太守衙来轿接大人，在外边伺候。"不多时，只见赵福、赵禄二人，拿着衣包进来。赵太守立刻换了衣服，问："何人给你等送信，知道我在这里？"赵福说："是如意巷的更夫李三，奉济公之命令，一早给我们送信，叫我等在这里杨宅迎接大人。"赵太守一听这话，心中这才明白，立刻把衣服换好。问济公："是坐轿是骑马？"济公说："太守你先押解贼人去，我随后就到。"太守立刻告辞，出来上轿，杨再田送出到外面。柴元禄、杜振英、雷世远、马安杰四位班头，押解着贼人直奔秦相府，有人往里面回话。秦相自从和尚同太守走后，在书房直等到四鼓以后，不见和尚到来，身觉劳乏，眠在床上，和衣而卧。少时天亮，起来净面吃茶，方用过点心，只见家人进来回话说："回禀相爷，现在赵太守带领班头，将贼人拿来，在府门外听候示下。"秦相说："先把太守请进来，随后把贼人带上来。"家人到外面说："相爷有请！"赵太守来到里面，给秦相行礼，将昨夜晚在如意巷口拿贼的事，多蒙济公将贼人拿获，一一述说一遍。秦相立刻吩咐将贼人带上来，两旁人答应，将贼人带到。秦相一看这贼人，比刘昌更透雄壮，穿着一身夜行衣服，怒目横眉。秦相说："你姓什么？叫什么？哪里人氏？将我的玉镯凤冠盗去，放在何处？趁此实说，免得皮肉受苦！"下面贼人说："大人不便细问，我是西川人，我叫华云龙，玉镯、凤冠是我盗的。"秦大人说："你卖在哪里？"华云龙说："我卖给过往客商，不知名姓，卖了一千三百两银子，被我随后将银子花了。"秦丞相一闻此言，勃然大怒，说："我的传家之宝，竟被你盗去！"正在动怒，要打贼人，外面有人进来回禀:“济公禅师到!”秦相吩咐有请。书中交代,怎么济公到来晚了？只因济公由杨再田家中出来,出了如意巷,刚来到大街,只见一人拿着果篮,直奔向前,跪倒行礼,口称:“师父,你老人家一向可好?”济公用手相搀,原来是探囊取物赵斌。济公说:“徒弟你跟我来,我有话说。”赵斌说:“我今天刚到果子市,买点果子要做小本经营,师父有何话说?”济公说:“你跟我到酒铺喝盅酒。”赵斌点头,跟着济公来到酒铺,要了两壶酒。济公说:“赵斌,我看你这几日印堂发暗,气色不佳,我给你八锭黄金,你自己拿家去,籴米买柴,过百日之后,再做买卖。”说罢把那八锭黄金取出来,交给赵斌。赵斌谢了圣僧,给了酒钱,二人出了酒馆,济公直奔秦府而来。到了门首,家人回禀进去,秦相叫请,和尚到了里边,见相爷正自审问贼人。济公说:“大人可曾问明了口供?”秦相说:“今已问明了,他叫华云龙,盗我玉镯、凤冠,卖给不知名姓之人,把我两种宝贝失迷了。”济公说:“贼人名叫华云龙,你别不要脸啦！你那样人物,连真名姓多没有吗？说姓华为是发财呀?”贼人一听,把眼一翻说:“和尚,你真是我的对头冤家,我打算替华二弟打一脱案,要招出我的案来,我也是死,不想和尚认识我。”大人说:“你姓什么叫什么？倒是怎么一段缘故？讲来!”贼人说:“我姓王名通,乃是西川人,家住在成都府。因为我家兄在成都府,当一书办①,因为使了二百两赃银,被杨再田收监入狱,置之死地。那时我正在外面流落,后来我回去,才知我家兄已死了。我要找杨再田报仇,不想赃官已然丁忧回籍,故我找到临安来。在酒楼,遇见华云龙,他也是西川人,绿林的朋友。我二人见面,就住在城隍山下刘昌家中。因为游城隍山,遇见一个带发修行的少妇,华云龙一见美色起意,晚间入乌竹庵意欲采花,不想因奸不允,他将那少妇杀死,又将老尼姑砍倒。他回到寓所,一告诉我,我就替他担惊。我二人次日到泰山楼喝酒,因为口角相争,他一刀把静街太岁秦禄杀死。后来我同他在酒楼吃酒,我劝他不可这样胡闹,倘被官人拿获,岂不有性命之忧？他说我胆小,他要做惊天动地事,要杀秦相。我又用话一激他,我二人晚间就来到秦相府。他到了相府,盗了奇巧玲珑白玉镯,十三挂嵌宝垂珠凤冠,他在粉皮墙题的诗,所有的事,都是他一人做的。”旁边也有先生写了招供,写完了,呈与秦大人过目。秦

① 书办——文书类的职务。

相一看，自己这才明白，问道：“王通，现在华云龙他在哪里住？你必知情。你如要说了实话，我必要从轻办你，你如不说实话，我必要重办你。”王通说：“大人不必生气，我同华云龙原先是一处住，也不住店，或庙宇钟楼鼓楼，或大户人家花园僻静之处存身。自从昨天晌午，听说刘昌犯了案，他不敢在临安再住。我二人商量好了，他到千家口通顺店去等我，不见不散，准约会我那时去，我二人同回西川。”秦相听明白，问：“济公，这此事如何办法？”济公说：“大人派人拿去吧。”秦相说：“手下官人如何拿得了这样贼？还是师父慈悲慈悲吧！”济公说：“我去拿也行，有功就得赏，有过就得罚，大人先赏二百两银子，给柴元禄、杜振英，他二人办此贼有功。再给二百两银子盘费，大人办一套海捕公文，相谕我带他二人去拿贼。先把王通交钱塘县钉镣入狱，不准难为他，候把华云龙拿来，当堂叫他二人对质。”秦相说：“甚好。”立刻叫太守回衙门，给办海捕公文，相爷亲笔标了相谕。和尚说：“柴头、杜头你们二位班头去跟和尚去办案，别穿这在官应役的衣裳，你们两个人改扮做外乡人的样，好遮盖众人的眼目。”两位班头点头答应，跟太守回衙门。太守办好文书，柴头杜头到街上买了两身月白粗布裤褂，左大襟白骨头钮子，两只岔配鞋，二人装扮起来，把官衣包在包裹之内，带着文书，来到相府。济公已吃完早饭，二班头领了相谕、盘费，秦相说：“师父这一到千家口，如将贼人拿获了，三衙门领一千二百两银赏格外，也是一种喜事。”济公同二人出了府门，往前行走，只见桃红柳绿，艳阳天气，野外芳草一色新。和尚信口作歌：

堪叹人为岁月荒，何时得能出尘疆？从容做事抛烦恼，忍奈长调远怨方。人因贪财身家丧，蚕为贪食命早亡。诸公携手回头望，元源三教礼何长！才见英雄邦国定，回头半途在郊荒。任君盖下千间舍，一身难卧两张床。一世功名千世孽，半生荣贵半生障。那时早隐高山上，红尘白浪任他忙。

和尚唱罢山歌，说：“二位头儿，你二人快走！华云龙在前边树林之内上吊哪，他要一死，亦不能拿他去了。”柴、杜二人一听，立刻答应，飞身上前。快跑了有五六里之遥，果然见前边一树林，有一人正在歪脖树上拴套。柴元禄一瞧，说：“不得了，了不得！要是贼人一上吊，这一千二百两银子的赏，也不用要了，差事亦不要办了。”自己赶紧脚底下加劲，往前跑到树林，那人早已吊上。柴元禄急了，双手一抱，竟将贼人捉住。要知后事如何，且看下回分解。

第五十二回

美髯公拜请济公　会英楼巧遇贼寇

话说柴元禄过去把上吊人抱住。杜振英追来一看，说："大哥你把华云龙拿了？"柴元禄低头一看，说："这是华云龙的姥爷。"杜振英说："怎么？"柴元禄说："你看这个人胡须都白了，他这大年纪还采花么？"两个人就把这老丈扶起来，一个捶腰，一个呼唤："老丈醒来！"缓了半天，这老丈缓过一口气，一睁眼瞧了瞧，老丈反勃然大怒，说："两个小辈，放着道路不走，多管闲事！"柴头等老头骂完了，说："老头你真不讲理，要比我两个人在这里上吊，你瞧见了，你管也不管？人焉有见死不救之理？你别瞧我二人穿的衣服平常。你这大的年纪，为什么事情行这样愚志？是为银钱，是受人欺辱？你依实细细告诉我二人，或我二人能救得的，可以救你。你骂我二人，我们也不计恼，我问你实因怎么一段情节？"老者叹了一口气，说："方才我是一时的急火，多多得罪你二人。我倒不是因为别的骂你，我想我的事，细细告诉你二人，你们也管不了，我横竖还得死，你们倒叫我受两遍罪。"柴头说："你说说为什么事寻死？我二人既说能办就能办。你瞧我们两人穿的衣裳，像村庄乡人，也不是在你面前夸口，说一句大话，无论什么事，我二人都可管得了。"老丈说："二位既要问我，二位请坐下，听我慢慢告禀。我本是阜丰县聚花村人，我姓傅名有德。我家主人姓冯名文泰，在安徽泾县做了一任知县。我家老爷是一位清官，两袖清风，爱民如子，病故在任上，官囊空虚，一贫如洗。我同着我家夫人、公子、小姐，扶柩回归故里原籍。我家小姐给的是临安城的官宦人家，婆家是吏部左堂朱大人，现在来信，婆家要迎娶。我家夫人无钱陪送小姐妆奁，叫我上镇江府，原本我家舅老爷，做那里的二府推官①，叫我去要二百两银子，陪送小姐。去到镇江府，一见我家舅老爷，舅老爷一听说我家老爷死在任上，埋怨我为何不把我家主母送到他那里去？倒难为我家夫人带着儿女

---

① 推官——职掌勘问刑狱的官吏。

过这十分苦日子。我家舅老爷给了我六百两银子,说,五百两给我主母陪送姑娘,那一百两给我,叫我垫办着用,常看我年老受苦辛不易。我怕银子在路上不好拿,我买了十二锭黄金,做了一个银幅子,就带在腰中。我走到这树林子,觉着腹中疼痛,总是在道路上,是白天受暑夜晚着凉。我肚腹疼痛不能走,就在这树下歇息。正在发愁,来了一个二十多岁的男子,手中拿着一条绳子,问我为何坐在树下不走?我说:'我肚腹疼痛得厉害。'他过来给我两颗痧药万金锭,我吃下去,觉着一行动,就睡着了。后来我醒来一看,那男子踪迹不见,那条绳子在地下放着,我一摸腰里十二锭黄金银幅子都没有了。二位想想:我回去见了我家主母,怎么交代?我家夫人本来家寒,又要陪小姐,急等用钱。我有心再回镇江府,见了我家舅老爷,也是无话可答,我说:'罢了,还许我家舅老爷不信。'我左思右想,是前进无门,后退无路,莫如我一死倒也干净,也就管不了我家夫人的事了。二位虽是好意救了我,我还是得死,岂不是受二遍罪?"柴、杜二位一听,就知道这是济公的取巧,支使我两个人来救人,哪里有华云龙?柴、杜一想:"我二人何不给和尚找点麻烦?"想罢,说:"傅有德,你别死,回头由南边来了一个穷和尚,你过去揪住他,跟他要银子。他不给银子,不叫他去,叫他给你想主意。"傅有德说:"甚好。"正说着,只见由北边来了一个穷和尚,一溜歪斜,脚步仓皇,来者正是济公。一边往前走,和尚信口说道:"你说我疯我就疯,疯癫之症大不同,有人学僧疯癫症,须下贫僧酒一瓶。"口中正自唱歌。柴元禄说:"师父,你老人家快来。"傅有德一看,是个穷颠和尚,衣服褴褛。和尚过来问:"二位,这是何人哪?"柴、杜二人把上项事细述一番,济公问道:"你二人有六百两银子哪?"二人说:"没有。"和尚说:"你们两人既没有六百两银子,怎么能救得了傅有德?不是无故地找事么?你们两个人现有多少钱?"柴头、杜头说:"我们两个人,就是这二百两银子盘费,别处并无一文钱。"傅有德一听这三个人的话,自己一想:"我丢了银子,何必为难他们?"自己想罢,说:"你们三位不用管。"和尚说:"焉有不管之理?我方才已听明白两人说了,来吧!我给你把套拴上,你好上吊。"柴头、杜头说:"师父你老人家说这什么话?你叫我们来救他的,你老人家怎么又不管?总得想主意救了他才好。"和尚说:"事既是如此,傅有德你跟我们走吧,直奔千家口,你瞧有人大喊一声奔我来,那就是你的财了。"傅有德说:"就是吧。"三个人跟着济公,出了树林,一直往千家口走。还有四五里之遥，和尚一边往前走，口中说道：

你会使乖，别人也不呆。你爱钱财，前生须带来。我命非你排，自有天公在。时来运来，人来还你债。时衰运衰，你被他人卖。常言道，"做善好消灾"，怕你无福难担待。使机谋把心胸坏，一任桑田变沧海。

和尚唱着山歌，正往前走，忽然间由打千家口的村头，有人大喊一声说："圣僧长老，你老人家可来了！弟子找你老人家，如同钻冰取火，轧沙求油。"后面还跟着一位，两个人跑到济公跟前，双膝跪倒。二班头一看，认识这二人。前头这位身高八尺，膀阔三停①，头戴粉绫红缎软帕袖巾，绣团花分五彩，身穿粉绫红色箭袖袍，腰系丝绦，薄底快靴，面如白雪，两道细眉，一双大眼，裂腮额。后面跟定那位，头戴宝蓝缎色扎巾，身穿宝蓝缎箭袖袍，腰系皮挺带，薄底快靴，面似淡金，重眉阔目，三山得配，五岳停匀，海下一部黄胡须遮满胸前，外披一件宝蓝缎英雄大氅，这个乃是美髯公陈孝。前头一位，姓杨单名猛，外号病符神，这两个人乃是保镖达官。只因保着一支镖上曲州府，客人王忠住在千家口通顺店，忽然王忠得了禁口痢疾，忙请了一位先生来调治，又把药用反了，病症一天比一天沉重。王忠在床上睡着直哭，想起家里的父母，自己有病，在这里又无至近的亲人，带着三十万银子办货，倘如口眼一闭，原做他乡的怨鬼、异地的孤魂。杨猛、陈孝这两个人是忠厚人，看客人病得沉重，又是孝子，打算赶紧请先生给他治好了病。千家口这里，又没有高明医士，两个人去到灵隐寺问济公。到庙中一问，说济公并未在庙里，细细探听，说济公被人请到昆山县去治病。杨猛、陈孝二人无法，庙中留下话，仍回天兴店内等候。等了两天，也不见济公来，二人心中甚为愁闷，今天出来闲步，偶然听济公口唱山歌而来，杨、猛大喊一声，二人过去行礼。和尚说："你二人从哪里来？"陈孝就说："客人病在店中，到灵隐寺去请你老人家，没见着，我们也不能走，求师父慈悲慈悲吧！"和尚点头说："你二人起来！"柴头、杜头也认识，说："二位达官从哪里来？"陈孝一瞧，是二位班头，陈孝也乐了，说："二位为何这样的打扮？"柴头说："我们出来私访办案。"这几个跟着济公进了村口，是南北的街道，东西有铺户，路西有一座酒楼，和尚站住不走了。此

① 三停——此处三停指身高九尺，谓其人身材魁梧。

时这六个人是四样心意，柴头、杜头想要办案拿华云龙；傅有德心想有人大喊一声，我这六百两银子得跟他二人要；二位达官想济公来了，好把客人王忠治好，就可以起身；和尚见了酒楼，就想吃酒。说："众位，我们进去喝盅酒。"大众虽不愿意，也不好违背，众人同和尚进了酒馆。济公一看是会英楼，心中一动，说："要捉拿采花淫贼华云龙，在此等候。"要知后事如何，且看下回分解。

第五十三回

绿林贼偏遇路劫　设奸谋划虎不成

话说济公进了会英楼，掌柜的见他衣服平常，是一穷僧，并未逢迎。杨猛、陈孝等五个进来，他连忙过来说："众位里边坐。"济公站在柜外说："掌柜的，我也来了。"那掌柜的说："和尚，你来甚好，里面请坐吧。"六人进去，到了后堂，跑堂的过来说："你六位上楼还是在哪里？"和尚问："有雅座没有？"跑堂的说："只有一个雅座，方才进去三人，已然要酒菜吃了。你六位上楼吧。"和尚说："不上楼，我到雅座，把三位让出来如何？"跑堂的说："那不行！"和尚说："你不要管，我到雅座去。"一掀帘子进去，看见三人正自吃酒，是新拜的盟兄弟，大哥请两个兄弟吃酒。正在谈心，只见外边进来一个和尚，到这里来说："你们三位在这里吃酒，酒钱我给了，我给你三位再要几样菜吧！"三人都站起来，大哥疑惑和尚和二位盟弟相好，那二人疑惑是大哥认识的，都连说："和尚不必会账，你在这里同吃酒罢。"和尚说："请，请！"自己退身出去了。大哥问："二位兄弟，这是哪庙里的和尚？"那二人说："我们不知道，不是兄长的朋友吗？"他又说："不是。"三人都笑了，说："这是怎么件事呢？坐下喝吧。"三人方一落座，全都连忙起来，"哼"了一声，大哥说："我方才一坐，不知什么扎我屁股一下。"那二人说："叫跑堂的快拿盘来，你这屋中不好，我们挪外间去。"跑堂的给他们搬出来。济公几人见人家出来，他们就进去。到了里边落座，要了酒菜，摆上喝了几杯，只听外面有人说话，声音洪亮，说："合字并赤字，啃撒窑儿，把合字赤字窑儿英找孙。"说完，进来三个江洋大盗。书中交代：内中就有华云龙。只因华云龙自临安和王通分手，定准在千家口通顺店内约会，又不见不散，他在通顺店内，人家都当他是一个保镖达官。他往日住在后院上房之中，昨夜晚间他自己吃完晚饭，觉得心神不宁，发似人揪，肉似勾打，叫店中伙计算结店账，说："我要走，要有西川姓王名通来找我，你告诉他，我先走了，和他家中相见吧。"伙计答应。他出了店门，天已初鼓之际，走到村外，只见满天星斗，皓月当空，走了五六里之遥，

有一座树林,从树林内跳出一人,口中说:

自幼生来心性鲁,好学枪棒懒读书。漂蓬四海免民祸,浪荡江湖临草庐。遇见良善俺要救,专把贪官恶霸诛。我人到处居方寸,哪管皇王法有无。

说完了八句,把刀一亮,说:"呔!对面行路之人,快留下买路金银,饶你不死!"华云龙听罢说:"对面是合字。"那拦路之人,哈哈大笑说:"我是济字。"华云龙说:"你不是绿林中的合字么?"那人说:"我一概不懂。"说着话,摆刀过来搂头就剁。华云龙拉刀刚要动手,一看这人身高八尺,穿着翠蓝褂,面如蓝靛,发似朱砂,一部红胡髯飘洒胸前,长得凶如瘟神,猛似太岁。这人不觉把刀还入鞘内,说:"原来是华二哥,从哪里来?因何连夜行路?"华云龙一看,说:"原来是雷二弟,提起来一言难尽。"华云龙就把由江西来到临安,所作所为事一说,只是没提乌竹庵采花之事。书中交代:来者这人姓雷名鸣,原籍是镇江府丹阳县龙泉坞人,也是一位绿林的英雄。他与陈亮是结义的弟兄,二人分手有一年多没见。雷鸣去到陈家堡找陈亮,陈亮家中人说:"陈亮已上临安去了。"雷鸣一听,心中甚不放心,要到临安去找陈亮。今天走在半路之上,见对面来了一个夜行人,雷鸣故意由树林蹿出来,亮刀截住,过来一看是华云龙,二人这才行礼毕,叙离别之情。华云龙说:"雷二弟,你方才念的八句诗词,是你自己做的吗?"雷鸣说:"不是,这是杨明大哥做的。华二哥你在临安,可见着陈亮?我正要去找他呢。"华云龙说:"我倒没有见过陈亮。依我说,你别去找他,因我在临安泰山楼杀了人,秦相府盗了玉镯、凤冠,你要一去,恐怕人家瞧见你行迹可疑,把你办了,倒多有不便。"雷鸣说:"不要紧,我到临安没事便罢,倘若我要失了脚,我替二哥打一脱案。二哥你跟我同去,俺们二人在临安盘桓一月,你我一同回江西,也不为晚。"华云龙本是没准主意的人,一听雷鸣这话,自己动了心,说:"既然如是,雷二弟你我一同走。"二人刚走了不远,见眼前树林内转出一人,过来拦住去路,二人赶看,不是别人,正是圣手白猿陈亮。书中交代:陈亮自从前者济公要给开水浇头,切菜刀落发,吓得陈亮跑了,他就在临安城找了个僻静的店里住着。华云龙在临安城所作所为的事情,陈亮都知道,后来听说拿着野鸡溜子刘昌,济公奉命出都办案,陈亮才要追下华云龙送信,叫他远奔他乡。不想今天走在这里,遇见雷鸣、华云龙,三人见面行礼,坐在就地,各叙已往从前之事。天光已亮，陈亮说："你们先到千家口沐浴净身，吃点东西，商量着再走。"华云龙点头，三个人一同来到千家口，沐浴净身，吃点心。喝了点茶，天已正午，三人要去吃酒，来到会英楼，华云龙说："瞧见有翅子窑的鹦爪孙，留点神。"济公在雅座早已听见，和尚也未出来。三人上了酒楼，一看也干净，要几样冷荤菜，干鲜果品，烧黄二酒，只要好吃，就得不怕钱，跑堂的立刻到柜上要了酒菜。不多时摆好，三人吃酒谈话，真是开怀畅饮，酒逢知己千杯少，话不投机半句多。雷鸣告诉华云龙说："不必走，临安没有办案之人便罢，若要有办案之人，自有我认账，管叫他来一个拿一个，来两个拿一双。"陈亮一听，说："二哥，你别大意。现有济公长老，带着两个班头，要捉拿华二哥，那济公善晓过去未来之事。"雷鸣一听，哈哈大笑说："陈老三，你怕和尚，我不怕和尚，凭他这三人要捉拿华二哥？不是我说句大话，二百官兵围上，也捉不住他。"陈亮说："兄长你有所不知，我告诉你吧，那济公长老神通广大，法术无边，要用手一指，就不能动转。"雷鸣一听此言，拍案大嚷说："陈老三，你真气煞我也！你这是长和尚的威风，减咱们弟兄的锐气。这个和尚不来便罢，他要来时，我先把他杀了。要不然，你二人在此等候，我到临安去访问灵隐寺，把这和尚杀了，方出我胸中之气！"陈亮说："雷二哥，你趁早别说这个话，你不说倒许没事，你一说也许被济公掐算出来找你，真要一来，你我三人皆逃不了。"华云龙道："你们二位喝酒吧，幸亏此地没人，要有人听见，多有不便，你我说话总要留心。"雷鸣说："华二哥，你怕和尚，我不怕和尚。"正在说话之际，楼下就有人叫喊一声，说："好贼，我就是拿华云龙的和尚来了，我今天全把你们拿住，一个跑不了。"书中交代：和尚在雅座，同着杨猛、陈孝二位班头、傅有德正在那里吃酒，听外面有人一调绿林中的黑话，和尚就知道是他们三个人来了。容他们坐下，和尚这才由雅座出来，告诉杨猛等几个人说："我到外面方便。"和尚来到楼梯下，正听见雷鸣那里说大话，和尚这才答言，要上楼捉拿乾坤盗鼠华云龙。不知后事如何，且看下回分解。

第五十四回

显神通戏耍雷鸣　舍妙药义救王忠

话说济公在楼下一答，楼上华云龙是惊弓之鸟，贼人胆虚，一纵身跳出楼窗，竟自逃走。陈亮一听，说："二哥你看如何？我说不叫你说，你看来了！"雷鸣伸手拉刀，奔到楼门，往下一看，见和尚衣服褴褛不堪，长着二寸多长的短头发，一脸的油泥，登楼梯正要上楼。雷鸣举起刀来，打算和尚一上来，用刀将和尚劈下去。和尚一抬头，早瞧见他，用手一指，口念六字真言："唵嘛呢叭吽吽！"用定神法，把雷鸣定住。济公上得楼来，由雷鸣旁边过去。陈亮一见，赶紧行礼说："师父，一向可好？"和尚一瞧，说："亮儿，你在这里，好呀！"陈亮说："弟子在此等候多时，师父你来喝酒吧！"和尚过来坐下，陈亮斟了一杯酒，和尚端起来就喝，陈亮过来说："师父，慈悲慈悲吧！把定神法撤了吧！要是有人看见，成什么样子？"和尚摇头。正在这番光景，只听楼下一声"哎呀！咕噜噜，哗啦啦，扑咚扑咚"，原来是跑堂的拿油盘托着菜，心中想："楼上这三位大爷很富豪，要好好伺候，必多得酒钱。"拿着菜刚一上楼梯，猛抬头一看，见这位蓝脸红须，举着刀像欲杀人的样子，跑堂的一吓，手脚一软，油盘也打了，他也翻身栽倒，滚下楼梯。上面陈亮听见，又求师父说："师父，你快把定神法撤了吧！叫人瞧见，实不是样子。"济公说："便宜他。"用手一指，"你过来吧！"雷鸣这才能转动，方才心中明白，心中说："这个和尚可不好惹，我先把刀还入鞘内，我再算计他。我过去嘴里跟他说好话，跟他坐在一处，冷不防给他一刀，把他杀了，就算给我华二哥报了仇，叫他明枪容易躲，暗箭最难防。"想罢，过来跪倒，给济公磕头说："师父，你老人家既是我拜弟陈亮的师父，如同我师父一样，方才我一时间蒙昧无知，求你老人家恕罪。"陈亮一看，心中甚为欢喜，想："我二哥倒是好人，知过必改。"陈亮这才说："师父，我二哥知错认错，你老人家看在我的面上，饶恕他吧！"和尚说："你起来吧！"雷鸣站起来，就坐在和尚这条板凳上，和尚站起来，就躲到那边去了。陈亮说："师父为什么躲开？"和尚说："明枪容易躲，暗箭最难防,冷不防一刀,不是玩的。”吓得雷鸣心中一惊。陈亮说:“师父,只管放心！我二哥是个粗鲁的人,他也决不敢跟师父无礼。”和尚说:“我也知道。”正说着话,跑堂的上来,向雷鸣说:“大爷,我怎么得罪你了？你拿刀要砍我。吓得我摔下楼去,摔了四个盘子,糟蹋了四碟菜。”雷鸣说:“不要紧,回头我照数赔你钱。我是听见楼下有我的仇人说话,我拉刀要下楼,并不是恨你。”把这件事也就遮过了。再一看和尚,只顾跟陈亮说话,也不往这边瞧。雷鸣冷不防拉出刀来要刺和尚,和尚用手一指,又把雷鸣定住。和尚拍桌子大嚷:“好贼人,你要谋害和尚！二位班头快拿贼,贼在楼上呢!”下面雅座众人都听了,柴元禄、杜振英说:“二位达官帮个忙,贼在楼上呢。”二位班头拿着铁尺,蹿出雅座,直奔楼梯。陈孝没兵刃,抄起一把铁铳,杨猛本是浑人,也没有兵刃,他出来一看,正见掌灶的掌通条通火,杨猛跑过去一个嘴巴,把掌灶的打了一个筋斗,夺过铁通条就跑,也奔楼梯上来。楼下众酒饭客,吓得一阵大乱。二位班头同杨猛、陈孝上楼,见和尚那里坐着,旁边一位白脸俊品人物,一位蓝脸红须,瞪着眼拿着刀,跑堂的在旁边站着,别无他人。柴头说:“圣僧,贼在哪里?”和尚说:“我一嚷,贼即跑了,这是我两个徒弟。二位班头过来,我给你们引见。”用手一指陈亮,说:“这是我徒弟亮儿。”柴头说:“亮爷。”陈亮说:“我姓陈。”柴头说:“原来是陈亮爷。”和尚又一指雷鸣,和尚说:“这也是我徒弟鸣儿。”雷鸣此时也能动转,说得心里直跳,二位班头过来说:“鸣爷。”雷鸣说:“我姓雷。”二位班头说:“雷鸣爷。”和尚又给二位班头引见了。和尚说:“你们四位下去,在雅座等我。”四个人无法,转身下楼。刚一下楼,掌灶的过来把杨猛拦住说:“这位大爷,我又没有惹你,你把我的通条抢去,一个嘴巴,把我的牙给打落了。”陈孝过去给人家赔罪,说了许多好话,这才四个人回雅座去。雷鸣见四个人下了楼,把刀还入鞘内,心说:“这个和尚可不好惹,我明着不行,暗着结果他的性命。”站起来搭讪着下了楼。来到下面,问:“跑堂的,我们上面吃了多少钱？连雅座的饭账,及方才你摔的家伙,一共多少钱?”堂官到柜上算清了,雷鸣拿出银子来给了,又要了一个酒瓶子,叫伙计给包上两只熏鸡子,说:“我们回头带着喝。”伙计到柜上要了一个瓶子,打了一瓶酒,将熏鸡子包好,交与雷鸣。雷鸣掏出一包蒙汗药来,放在酒内。书中交代:这蒙汗药可不是雷鸣自己配的。原木是雷鸣由镇江府来,走在道路上碰见一个人,姓刘名凤,外号叫单刀刘凤，原先在绿林中当小伙计，也伺候过雷鸣、陈亮。因为他好赌，胡作非为，把他辞了，有二年多没见。这天碰见雷鸣，刘凤穿着一身华美的衣服，骑着一匹马。一见雷鸣，赶紧翻身下马，过来行礼。雷鸣说："刘凤，你此时在哪里？作何生理？"刘凤说："我现在开了一座黑店，遇有孤客行囊多，住下我就把他害了。我今是到慈云观去，买了十两蒙汗药。"雷鸣说："你这十两蒙汗药，能害多少人？"刘凤说："能害一百人。"雷鸣说："拿来我瞧瞧。"刘凤由兜囊掏出来递给雷鸣，雷鸣说："你瞧有人来了！"刘凤一回头，雷鸣一刀，将刘凤结果了，把尸骸捺到山涧之内，带药逃走。今天把药掏出来，放在酒瓶之内，立刻上楼见济公说："师父，我有一事不明，要你老人家指教。我看这楼上人烟太多，说话多有不便，请师父跟我到后面无人之处细谈。"陈亮叫人来算饭钱，济公说："不用算，早有人给了，咱们走吧。"三人下楼，和尚向雷鸣说："拿着咱们那些东西再走。"雷鸣答应，带着酒瓶熏鸡，出了会英楼，一直往北走，到了村口外一二里之遥，前面有一松树林，倒也清雅，当中一块坟地，内有白石桌一块，三人到石桌旁边，把酒放下，雷鸣说："师父，我请教你老人家，不为别故，我要问你一件事，你老人家是出家人，不应管在家之事。华云龙虽说是贼人，偷的是秦相府，又未上你老人家庙中偷了围桌偏衫五供，何必师父多管？"济公说："这话不对，我和尚要不然也不拿他。他不应往我们庙中去，闹到不堪。"陈亮说："师父，他并未往你们庙中去呀！"和尚说："没往我们庙中，他可往尼姑庵中去了，毁坏佛门静地，我故此拿他。"雷鸣说："师父不要提那些闲话，我这里给你老人家预备有酒，你老人家喝酒吧！"和尚拿过来一瞧，又放下，雷鸣就把熏鸡打开说："师父吃菜吧。"济公说："这酒我不能喝，主不吃，客不饮。陈亮你先喝。"陈亮拿起来就要吃，雷鸣一把手给夺过来，说："这是给师父预备的，你不要抢。"陈亮也不知其中缘故，就说："师父喝吧！"济公接过酒瓶子来说："陈亮，你可是我徒弟，我是你师父，师徒情如父子。我要叫人害了，你怎么样？"陈亮说："我必要与你老人家报仇。"和尚说："你所说这话当真？"陈亮说："那是一定。"和尚又连说数遍，陈亮说："师父太烦絮了，你老人家只管放心，真有人害你，我必要给你报仇。"济公说："就是。"拿起酒瓶子晃了晃，连喝了十数口，和尚翻身栽倒，雷鸣哈哈大笑。不知济公性命如何，且看下回分解。

第五十五回

天兴店施法见贼人　小镇店吃酒遇故旧

话说雷鸣见济公喝了酒，翻身栽倒，雷鸣哈哈大笑说："和尚我打算你是个活神仙，事事未到先知，敢情你也被我制住了。"陈亮说："二哥这是怎么一段情节？"雷鸣说："三弟，是我酒内下了蒙汗药，将他麻倒。回头我把他捆在道路，等他还醒过来，我羞臊羞臊他，看他跟我说什么？"陈亮一听，说："二哥，你这是不对，他是我师父，你也不应当。"雷鸣也不回言，提起和尚往东就走。陈亮只打算雷鸣把和尚提在道旁，焉想到雷鸣来到东岸，一撒手将和尚抛下涧去，拨头往西就走。陈亮也追过来，见雷鸣把和尚抛下涧去，刚要着急，见和尚往上一冒，露出半截身，龇着牙，吓了陈亮一跳。陈亮说："二哥你这不对，你这个乱子惹大了。济公他老人家神通广大，法术无边，你要遭报应呢！"雷鸣说："三弟，你别胡说了，我已然用蒙汗药把他迷住，抛在水内，还有什么法术？跟我走吧。"陈亮无奈，跟雷鸣往北走。走了有二里之遥，眼前是一道土冈，二人刚上土冈，就听得有人说："我死得好冤屈，不叫我见阎罗天子，叫我见四海龙王。龙王爷没在家，巡江夜叉嫌我脏，把我轰出来，大庙不收，小庙不留，我死得好苦！我静等害我的人来，我们是冤家对头，我把他掐死！"雷鸣、陈亮抬头一看，正是济公，吓得二人魂不附体，拨头就往南跑，后面和尚彳亍彳亍就追，二人跑得紧，和尚追得紧，二人跑得慢，和尚追得慢。雷鸣、陈亮脚底下一按劲，跑出五六里远，好容易听不见草鞋响了，二人累得浑身是汗。雷鸣说："老三，我们前面树林子下歇歇吧！"二人刚一到树林，和尚说："二位才来呀！"二人一看是济公，吓得拨头就跑，和尚就追。二人好容易跑脱了，刚来到土冈，和尚站在土冈之上说："才来！"雷鸣、陈亮又往回跑，心中暗怪道："怎么和尚又跑到头里去？"二人复又跑到树林，和尚又早到了，说："才来！"一连来回跑了六趟。雷鸣说："别这样跑了，你我往西南去。"二人往西南岔路来，好容易听不见草鞋响了。二人实在跑乏了，见前面有树林子，雷鸣说："老三，你我爬上树去歇歇，躲避躲避。"说着话,雷鸣往树上就爬,刚爬到半截,和尚在树上说话了:“我看你往哪里跑去?”用手一指,用定神法把雷鸣定住。和尚下树说:“好东西!我也不打你,也不骂你,我拘蝎来咬你。”和尚一念咒,就见地下来了无数的青大蝎子,和尚摘下帽子来说:“我找蝎子去。亮儿,你给我看着。”说了,竟自往东去了。书中交代,杨猛、陈孝二位班头同着傅有德在雅座等候多时,不见济公下楼,众人到楼上一看,没了人。柴元禄说:“伙计,我们那位和尚呢?”跑堂的说:“早已走了,那位雷爷连你们雅座的饭账都给了。”柴元禄一听,说:“二位达官,帮我们到通顺店去办案去。”杨猛、陈孝点头答应,说:“可以。”同着傅有德五个人,出了酒馆,直奔通顺店。到了店门首,柴头到柜房说:“辛苦,你们这个店里住着一位姓华的么?”掌柜的说:“不错,昨天走的。”柴元禄一听,说:“了不得了,贼走了!”陈孝说:“不要紧,济公他老人家神通广大,法术无边,要拿这样贼,亦不费吹灰之力,易如反掌。二位班头,跟我们到天兴店去瞧瞧,回头再说。”二位班头无法,连傅有德一同来到天兴店。见客人王忠卧在床上,哼声不止,陈孝说:“客人大喜!”王忠说:“唉,世界上最难受,莫过生死离别,我要做他乡的冤鬼、异地的孤魂,喜从何来?”陈孝说:“我给你请了灵隐寺的济公和尚来给你治病,他老人家神通广大,手到病除,回头少时就来。”偏巧这话给店里伙计听见,这店里掌柜的生长一个腰痈,有碗口大,疼得要命。伙计就告诉掌柜的说:“你在门口去等着,回头你见了和尚就磕头,求他给你治病,那是济公活佛,手到病除。”这掌柜的果然到门口,搬了凳等着。偏巧来了个和尚,掌柜的趴在地就磕头说:“圣僧救命!”磕过头一看,是隔壁三官庙的二和尚,掌柜的说:“为什么给你磕头?”二和尚说:“我不知道你为什么给我磕头?”掌柜的说:“我等济公和尚。”这位二和尚走了。工夫不大,那边来了一个穷和尚,来到近前说:“辛苦了!这店里有闲房么?我住店。”掌柜的一看,和尚褴褛不堪,说:“我们这里是大客店。”和尚说:“我在街口绕了个弯看过了,就是你这个店小。”掌柜的一赌气,转过脸来不理穷和尚,焉想到和尚冷不防,照定掌柜的疮口就是一拳,打得脓血溅了一地,血流不止。店里伙计一看,各抄家伙,要打和尚,杨猛、陈孝由里面蹿出来,说:“千万别打,为什么?”就见掌柜躺在地下“哎呀!哎呀!”直嚷,说:“和尚不好,和尚打死我了!二位达官别管,非打这和尚不可!”陈孝说:“先别打,你把情由说说。”掌柜就把方才之事一说,陈孝说:“这位和尚就是济公呀!”掌柜的一听,说:“既是济公,求你老人家给治治吧,这算白打了。”和尚说:“不白打,你好了。”说罢,由兜囊掏出一块药,放在嘴里嚼了嚼,给他敷在疮口之上,就见由疮口往外流出烂肉,和尚口念六字真言,“唵嘛呢叭𠵇吽!”用手一摸,立刻腰痛好了,复旧如初。大众这才给济公磕头,把和尚让到店内。见上房东里间屋中,卧着客人王忠,哼声不止,一见济公进来说:“圣僧,我这里病体沉重,不能给你老人家行礼,圣僧慈悲慈悲吧!”和尚说:“好办!”叫伙计拿半碗凉水、半碗开水,和尚掏了一块药,扔在水内化开,给客人王忠喝下去。工夫不大,王忠就觉着肚子“咕噜噜”一响,气引血走,血引气行,出了一身透汗,五脏六腑,觉着清爽,身上如失泰山一般,立刻病体痊愈。和尚出来,到外面屋中坐下,傅有德坐在那里,净等和尚给找黄金下落。和尚一看说:“柴头、杜头你们救了人,不叫人家上吊,又没有六百两银子,这不是叫我和尚为难么?”傅有德说:“师父,不必为难,你们三位办你们的公事,我自己就走了。”屋里王忠听见,叫陈孝出来问是怎么一段情节。柴头就把上回事从头至尾说了一遍。客人王忠说:“把傅有德叫进来,我今日给他六百两,叫他也不必寻死,就算我替济公济了他。”陈孝一听,心中甚为欢悦,一想:“这件事倒做得周全。”拿了六百两银子,递给傅有德,傅有德道了谢,拿着银子出来说:“师父你老人家不必为难了,有王客人周济我六百两银子。”济公一看,照傅有德脸上“呸”啐了一口,说:“你真好没根由!我给你找不着十二锭黄金,你再要人家的银子,你认识人家么?”闹得傅有德脸上一红一白,又把银子给送到屋里,自己一想:“倒莫如我一死。”和尚说:“傅有德,你的十二锭金子被谁偷了去,你可知道?”傅有德说:“就是那少年拿绳子偷去。”和尚一撩衣襟,说:“你来看!”连柴元禄、杜振英都一愣,见和尚贴身系着一个银幅子,露着十二锭黄金,二位班头也不知和尚是哪里来的。和尚叫傅有德瞧瞧:“是你的银幅子不是?”傅有德一看,说:“是。”济公说:“你看这十二锭金子,是你的不是?”傅有德说:“是。”和尚说:“是不是我和尚偷你的?”傅有德说:“我也没敢说你老人家偷我的。”和尚用手一指说:“傅有德你看,偷你黄金的人来了。”傅有德抬头一看,见外面一个少年的男子,穿的衣服平常,后面跟定一个妇人,傅有德说:“果然是树林子给我药吃的人。”那人两眼发直,直奔天兴店而来。不知是怎么一段隐情,且看下回分解。

第五十六回

郑雄途中见济公　王贵林内劫孤客

话说济公在天兴店，用手一指点，见外面有一人两眼发直，后跟一妇人。书中交代，来者这人，住在千家口东街，姓马名茂。他父亲马振刚，他有两位兄长都务本分，耕读传家，唯有马茂是个逆子，吃喝嫖赌，无所不为。那日他在大街之上，把银钱衣服全都输了，无脸回家，买了一根绳子，意欲上千家口外，无人之处去缢死。偏偏巧遇见傅有德肚肠疼痛，他带有痧药，说："我给你些药吃吃。"傅有德吃了，靠着树就睡着了。马茂见他一个孤单行客，想："他身上必有金银，我摸一摸他肚腹，他要醒来，我就说，我摸你肚腹，还有疼痛否？他若不醒之时，有什么，我拿了就走。"便伸手一摸，把银幅子就摸出来，一看，里面有十二锭黄金，他把绳子扔下，拿着黄金幅子就走。自己一想："我把我妻子接出来，找两间房子，把黄金换了一锭过日子，倒是乐事。"想罢往前便走。见北边有一个大苇塘，他四下一瞧，杳无一人，把银幅子连黄金埋在那里，留了一个暗记，自己回归千家口。刚到了家门口，他父亲马振刚立在门口，一见马茂气往上冲，说："畜生，你在外面无所不为，怎么又回家来了？"马茂说："我接儿媳来的。我也不在你家吃饭了，家里算没我这个人便了，以后你也不用再管我了。"马振刚听了，忙说："好好！你趁早把你老婆接出去吧，不要在家里再生我的气。"马茂即到里房，唤出妻子，要他跟了就走。妻子不敢跟他出去，因知他在外面无所不为，怕他生出异心把她卖了。他妻子孙氏，本是贤德之妇，跟婆婆说："我不愿去。"老太太说："不要紧，你只管跟他出去，有什么事，自有我给你做主。"孙氏无法，跟马茂出来，走到半路，马茂说："我告诉你，我若不发财，我也不能接你。"孙氏也不理睬他，跟他出了千家口的村口。到了苇塘，寻着埋黄金所在的暗记，马茂刨开一看，十二锭黄金踪迹不见，里面只有一堆大粪。书中交代，十二锭黄金是被济公拿去了。当柴元绿、杜振英救了傅有德的时候，说："你等着，由南边来一个穷和尚。"为何济公由北边来呢？那就是济公把柴头、杜头支开去救傅有德的,和尚走到北边,把黄金刨出,带在贴身,出了一回恭,照旧埋上。这时候马茂一瞧就愣了,方才由家中接妻子出来,说的大话不小,把妻子接了出来,此时黄金没了,再把妻子送回去,那如何能行?真是话出如箭,岂可乱发?一入人耳,有力难拔,自己无法可想,连话也没了。带着妻子往前正走,刚来到天兴店门口,济公由里面看见,用手往外一指,说:“傅有德你看,偷你黄金的人来了!”傅有德往外一看,果然不错,见马茂两眼发直,自己打了自己一个嘴巴,说:“众位,我今天是报应临头。”一边说,一边跑,刚到面前一个水坑,“扑咚”落下水去,冒了两冒,即时身死。他妻子孙氏一见,就放声大哭。正在痛哭之间家中有人跟了来,怕马茂卖了女人。跟来之人,见马茂落水溺死,把他妻子孙氏劝回,告诉他父亲并两位哥哥。马茂已死,把尸身捞起来掩埋,把孙氏送回娘家另聘,这话不表。单说这和尚把十二锭黄金给了傅有德,叫柴元禄、杜振英把二百两银子盘费拿出来也给傅有德,说:“我和尚念你是个义仆,我赏你二百两银子。”傅有德是千恩万谢,拿着金银告辞走了。柴元禄就说:“师父,我们已到通顺店去了,华云龙是昨天走了,你老人家把盘费都给了傅有德,这比不得在临安时节,眼前出门,在外吃饭要饭钱,住店要店钱,该当如何是好?”和尚说:“不要紧,无论大小饭铺店家,吃饭住店,只要我和尚一指鼻子就走不了。”杜振英说:“对,不指鼻子也走了。”三个人这里说话,客人王忠听了,自己一想:“济公给我治好了病,我应当酬谢酬谢,人心都该如此。”随后拿出一百两银子来说:“给师父做盘费。”和尚一瞧恼了,说:“你拿这一百两银子,算谢我么?我家值万贯,谁来要你酬谢?快请拿回,我决不收领!”王忠听如此说,亦不敢再给了。济公说:“二位头儿,跟我拿华云龙去。”柴杜二人无奈,跟和尚出了天兴店,陈孝等送出来。济公带着二人,走了已有数十里之遥,到了一座小镇,进店坐定,三人也觉得腹中饥饿了。柴元禄一想:“和尚大慈悲了,把银子都施舍了,现在囊中一文钱也没有,如何是好?吃饭得给饭钱,住店得给店钱,只得把富余的夹衣裳当了得一吊或八百,方可食宿。”想定主意,说:“师父,你老人家只顾行好事,把银子一两不留,这吃饭没钱,如何办法?”和尚说:“不要紧,我自有道理。你们二位不用着急,跟我来!”二位班头无奈,只得跟着和尚走路。来至西面,有一座大酒饭店,厨下刀勺乱响,座客满堂,和尚就往里面跑,柴、杜二人跟进,一直来到后堂坐定。跑堂的一瞧,见一个穷和尚同着两个人,穿着月白褂裤,白骨纽扣,左大襟,两只岔配鞋。伙计心里暗忖道:“这个样子,还不愿在前头这桌子上坐,还到后堂来吃?”后堂一概是金漆八仙桌椅凳,和尚在当中坐下,柴、杜二人在左右坐下,伙计过来说:“三位来了!”和尚说:“算我没来。”伙计说:“来了,三位要什么酒菜?”和尚说:“你们这里卖些什么?”伙计说:“我们这里烧烤红白,煮煎炒炖烹炸,大碟中碟小碗,应时小吃,随意便酌,果品珍馐,两京碗菜,粗细便饭,上等高摆海味全席,一应俱全。”和尚说:“上等海味,每席价需多少?”伙计说:“八两银子一席。”和尚说:“给我来一桌,要好绍酒一坛。”伙计答应,心里暗想:“这穷和尚吃这顿饭花这些饭资,何不换些齐整的衣服?岂不是好?看他们吃完了,拿什么钱来给我?”当时只得揩桌抹凳,杯盘狼藉,小菜碟杯筷摆好,随即将干鲜果品、冷荤熟炒、糖拌蜜饯、鸡鸭鱼肉各菜齐上。和尚说:“二位吃吧。”柴元禄、杜振英二人知道是腰内无钱,说:“师父,你吃吧!吃完了没钱给人家,我们不敢吃了。”和尚大声说:“没钱不要紧!”柴头说:“没钱你怎么讲?”和尚说:“不必担忧,吃完了没钱,他也无法。他要打,打轻了也不算什么,打重了他得给养伤之费,倒有了饭吃了。”柴杜二人也不敢吃,伏在桌边,和尚又吃又喝,说:“这鸭子欠烂,海参欠发,炖肉太咸,做得不入味,伙计过来!”伙计说:“大师父要什么?”和尚说:“这些菜都不合口,你给我一条活鲫鱼,头尾烧汤,中段糟溜鱼片,放醋。”伙计答应。和尚拣什么好吃就要什么,也不嫌贵贱,并且越贵越高兴,大吃一顿,几乎吓坏了伙计。吃罢,叫伙计过来算账,堂官一算说:“合共计纹银二十四两四钱。”和尚说:“不多,值得值得!外给小账银二两。”伙计说:“谢谢师父。”和尚说:“不用谢得,唯小僧匆匆,未及带得分文。”伙计说:“没钱怎样?”和尚说:“你告诉掌柜的,给我写上账吧。”伙计说:“小馆没有账的。”和尚说:“没账写在水牌上就是了。”伙计说:“写水牌,也是账呀!我们一概不赊,你给钱吧。”和尚说:“没钱,你瞧着办吧。”伙计一听,来告诉掌柜的说:“和尚吃了二十四两四钱,他说没有钱。”掌柜的一听,怒气上冲,说:“红口白牙,吃了东西,要甜的不敢给咸的,要辣的不敢给酸的,吃完了不给钱?打你也不值,就是不要打你也要打你。众友给我打他!”和尚说:“老柴、老杜你瞧怎么办?”柴头、杜头说:“我们没主意。”和尚说:“掌柜的不要着急,我给你变钱。”掌柜的说:“你变吧,不给钱你今天走不了。”和尚呆立半天说:“掌柜的,我们商量商量,我吃了你的东西,我给你吐出来对不对?”掌柜的一听,说:“你胡说!吐出来我卖给谁去?”和尚拍着桌子喊嚷:“哎呀,二十四两四钱呀!”伙计一瞧说:“哭也要给钱。”掌柜的正要打和尚,只听外面一声喊嚷:“贤弟,你我到里面吃杯酒。”帘栊一起,进来二人,带着十数个从人。一见济公,二人赶奔上前,要给和尚的饭账。不知来者是谁,且看下回分解。

第五十七回

避难巧救遇难人　雷陈误入黑贼店

话说济公在酒馆吃完了酒饭，没钱会钞①，掌柜的正不答应，帘栊一起，进来两个人。前头这位身高九尺，膀阔三停，头戴青缎壮士帽，身穿皂缎箭袖袍，腰系丝鸾带，足蹬单青薄底靴，面似乌金，重眉阔目，高鼻梁，四字方口，这位乃是临安城凤山街的天王郑雄，带着有几个从人。后面跟着一位武生公子打扮，俊雅人品，此人姓马名俊，绰号叫做白脸专诸，原籍是常山县人氏，为人最孝老母。他跟郑雄是因同年至好，马俊由常山县来到临安探望郑雄，见郑雄的母亲双目复明，因问郑雄说："老太太的眼睛怎么好的？"郑雄便把做寿，济公怎样治好的话，一一述说一番。马俊一听，说："灵隐寺济公既能治眼，现在我娘亲也是眼睛看不见，何妨劳兄长同我去代求求济公？"郑雄答应"可以"，二人同到灵隐寺一问，说不在寺内，听说济公被临安太守赵凤山请到昆山县治病去了。二人无奈，回来后又连找数次，并未遇着济公。马俊要告辞回家。郑雄说："我同贤弟去逛一逛。"收拾行囊，买了许多的东西，带着几个家人，二人一同起身。这天走在道路上，阴天飞细雨。面前是镇店，到了街上，见有酒馆，郑雄说："贤弟你我吃杯酒吧。"二人便进了酒馆。往里走，听后面一嚷，郑雄抬头一看，正遇了济公，赶奔上前，忙行了礼说："师父一向可好？"柴、杜二人一看，是认得的，说："郑大官人，你二人从哪里来的？"郑雄一看说："二位头目为何这样打扮？"柴头说："我们办紧要机密事。"郑雄说："师父嚷什么？"和尚说："哎呀！欺侮死了我也。"郑雄说："哪个敢来欺负你老人家？"和尚用手一指伙计说："就是他。"吓得伙计就跑。柴头说："郑大官人你莫着急，且问为什么欺侮他老人家？"郑雄说："师父，为什么欺侮你老人家？"和尚说："吃完饭不放我们走，只管要钱。"郑雄一听，倒也好笑，说："吃了人家东西，哪有不要钱的人？这也不算欺侮你。吃多少钱，我

---

①　会钞——会账。

给还便了。师父,你出门为何不带钱?”和尚说:“什么不带钱,带着二百两银子。”柴头说:“带的二百两银子,他都施舍了,一文钱没有留下。”郑雄说:“师父,既没钱不要坐下就吃,这幸亏我来,我若不来呢?”和尚说:“你若不来,我就不吃了呢。”郑雄一想:“这倒好,算计好了,吃我的。”连忙叫过马俊来引见,另整杯盘,连柴、杜二人一同坐下吃酒。方才坐定,就见帘栊动处,进来两个人,前头这位文生公子打扮,人品俊雅,头戴蓝绸头巾,身穿翠蓝袍,白袜云鞋,儒儒雅雅。后面跟定一人,头戴青缎软帕包巾,身穿青小夹袄,腰束钞包,青夹裤,白袜子,打绷腿趿鞋,外罩一件青绸子铜氅,面色青白,两道斗鸡眉,一双鸥口眼,鹰嘴鼻两腮无肉,长得兔头蛇眼,龟背蛇腰。济公一看,就知道这个不是好人。书中交代,前头这位公子,原来是龙游县人,姓高名广瑞,在龙游县北门外开高家钱铺,家中很称财主。原来三房合一单丁,伯、叔、父亲就是高广瑞一人,三房给他娶了三房媳妇,谁生养儿子,算谁院君之后。这高广瑞的舅舅,在临安城开绸缎铺,高广瑞在他舅舅铺子学习买卖。这天他要告辞回家,他舅舅说:“你要离不开家,你就不用来了。”高广瑞说:“不是我恋家,我昨天做了一梦,甚怕。梦见我祖母死了,我不放心,到家瞧瞧就来。”他舅舅给了他十两银子盘费,他自己还有二十多两银子,由临安起身。到了那千家口,在饭铺之中吃饭,过来一位老者说:“大爷,赏我几个铜钱,让我吃点东西。”高广瑞一看,老者须发皆白,甚为可怜,说:“老者,你那边吃顿饱饭,我给钱便了。”老者吃饱了要走,高广瑞打开银包,拿了一块银子,给了那老人,然后给了饭钱。刚要走出饭铺,过来一个人,穿一身青,说:“客人贵姓?”高广瑞说:“我是龙游县的,我姓高。”那人说:“我姓王,名贵,也是龙游的人氏,咱们是乡亲呢。方才那老者我看他不是好人,他是山贼的踩盘子,瞧你有银子回头他在半路上等着你,不但你把银子去了,还要没了命,你我一同走吧。”高广瑞本来没出过门,听这话害怕,便跟着王贵一同走了。到前方这座镇店,天飞起雨花来,王贵说:“贤弟,你我喝点酒再走。”二人进了酒馆。和尚一瞧,就知王贵不是好人。济公目不转睛瞧他,未免郑雄众人也都回头瞧他,王贵说:“贤弟,你我别处喝去吧。”二人出了酒馆往前走。出了镇,来到树林子中,四面无人,王贵说:“你站住!”高广瑞说:“做什么?”王贵说:“这就到了你姥姥家了,你打听打听大太爷我是做什么的?我姓王名贵,绰号叫青苗神,青苗不长,我没有路,青苗一长,我就有了饭吃了。我久在大道边做买卖,你趁早把银子衣裳都给了我,我把你一杀。”高广瑞一听,吓得颜色更变说:“王二哥,你我都是乡亲,我把银子给你,你饶我这条命吧!”青苗神王贵哈哈一笑,说:“你那妄想了,大太爷做了这些年的买卖,没留过活口。这时候我饶你了,明日你一个手指头就要我的命了,你用手一指说:‘你这人是路劫贼。’就办起我来了。你趁此把衣裳给我一件一件脱下来。要不然,我拿刀都剁坏了,衣裳少卖钱,我是要骂你的。你快把脑袋伸过来,给我杀了,不然烦躁了,我就拿刀乱砍。”高广瑞一听,吓得战战兢兢,口中说不出话,哀求道:“好爷爷,我把银子给你!”一边说一边把银递过,“我把衣服也都给你,只要留一条裤子。但求你饶我这条性命,我感你老人家的好处。”王贵听罢,一阵冷笑说:“小辈你不必多说,我是向例①不留活口的。”高广瑞见哀求不转,自己气往上冲,伸手抓起一块石头,照定贼人打来。王贵哈哈大笑说:“你真胆大包天,敢在太岁跟前动土,老虎嘴边拔毛!”抡刀就剁,只听树林西边有人喊:“合字让我!”王贵回头一看,只见从那边来了三人。前头那人,有诗为证:

头大项短胆气豪,蓝脸红须耳生毛。专管人间不平事,剪恶安良乐陶陶。

后跟一位穿翠蓝褂,俊品人物,来者非是别人,乃是雷鸣、陈亮。只因济公禅师把二人用定神法制住,说拘蝎子蜇他二人,把两个人吓得战战兢兢。济公走远了,雷鸣、陈亮方能动转,两个人撒腿就跑,跑到这个树林子,天下起雨来,两个人在一棵枯柳里躲雨,两人心神不定,商量着回头上哪边去好。正在这般景况,只见来了两个人,陈亮一看说:“二哥,你看这两人来得不对,一个是儒儒雅雅老实人,一个是贼头贼脑滑溜的样式,怕其中有缘故。”正在猜疑,见二人进了树林,王贵叫住,高广瑞哓哓不休,两个人所说的话,雷鸣、陈亮都听得明明白白。二人正要赶过来,青苗神王贵瞧见两个人的样儿,先吓了一跳,说:“二位贵姓?”雷鸣说:“我姓雷名鸣。”陈亮说:“我姓陈名亮。”王贵一听,说:“二位一说高姓,我就知道了。你就是风里云烟雷鸣雷大叔么?这是圣手白猿陈亮陈三爷么?”两人一听,把眼一瞪说:“我打你个球囊的!”“你是雷大叔,他是爷爷。”王贵说:

---

① 向例——向来。

“你是祖宗。”陈亮一拉刀，王贵说：“你是祖宗尖。”雷鸣说：“方才你说的话，我都听见了，你把银子给我拿过来！”王贵就把银子递给雷鸣，雷鸣又说：“你腰里的银子也给我。”王贵也摸了出来。雷鸣说：“你把衣裳脱下来。”王贵说：“大爷莫这么办，咱们都是合字。”雷鸣说：“放你娘的狗屁！”过去一刀，把贼人耳朵砍下一个来。王贵说：“大爷我们瓢把子来了！”雷鸣、陈亮一回头，激灵灵打一寒战，有一宗岔事惊人。要知后事如何，且看下回分解。

第五十八回

董家店双杰被害　济禅师报应贼人

话说雷鸣、陈亮正要杀王贵，王贵用手一指说：“大爷我们瓢把子来了！”雷鸣、陈亮二人一回头，王贵撒腿就跑。陈亮随后就追，说：“奸贼，我要叫你跑了，算我不是英雄。”王贵连头也不回，急急如丧家之犬，忙忙如漏网之鱼，恨不得膀生双翅，跳出树林子，偏巧眼前遇一道水沟河，有三丈宽，王贵跳下水去，浮水过去逃命。陈亮见王贵跳下水去，有心绕过去再追也走远了。陈亮一想：“便宜了他吧！”高广瑞来说：“不是二位大太爷搭救，我这条性命已死在贼人之手。”陈亮说：“你姓什名谁，哪里人氏？怎么跟贼人一同搭伴走路？”高广瑞说：“我姓高名广瑞。”就把在千家口吃饭之故，细说一遍。雷鸣说：“我们也不是绿林人，把这三十两还给你吧！”摸出来递给广瑞。广瑞感恩不尽，说：“二位救了命，积了德了。我家三门共我一条根，我在龙游县北门外开高家钱铺，二位倘到敝地，千万到敝舍屈驾枉临一叙。”陈亮说：“好，你赶路吧！”高广瑞方告辞别，陈亮本是热心肠的人，说：“二哥，你看高广瑞他一个人走路，又没出过门，倘若在道路上，仍遇着歹人，就了不得了。咱们二人也没事，何妨在暗中跟着他，送一程。”雷鸣说：“也好。”二人说着话，就远远地跟着高广瑞，往那条路去。雷鸣、陈亮止住脚步，也觉着饿了，天仍然下小雨，陈亮说：“二哥，你我到哪里去住店吃饭？天也不早了。”雷鸣说：“前面有座董家店，离此不远，那买卖做得和气，从前我在那店里住过，这话是上两年的事，而且我在那店里养过病。有一位董老掌柜很是慷慨，可不定那老掌柜在不在了，或已换了人。”陈亮说：“好，你我就上董家店去。”说着话来到一座村庄，南北的街道，朝东的店，二人上前叫门，里面有人把门开了。陈亮一看，这人三十以外的年岁，淡黄的脸膛，身着蓝布褂，系着青围裙，白袜青鞋，像个伙计的打扮。看了看雷鸣、陈亮说：“二位住店么？”陈亮说：“住店。”说着话二人就缓步进内。一进大门，迎面是影壁，转过影壁一看，是转正的北上房，东西两溜单间上房，廊下有一张桌，上面有一个纱灯，有一人在那里吃酒。那人见雷鸣、陈亮进来,一扬手,把纱灯打灭了。雷鸣、陈亮也不措意,也没瞧准是谁,伙计让着来到东配房坐下。书中交代,这座董家店,此时不是董家店了。皆因老掌柜一死,两位少掌柜的不务本分,跟青苗神王贵吃喝嫖赌。这天,王贵说:“二位少掌柜,把买卖让给我做吧,每年我给你们几百吊钱。”二位少掌柜就把店让给王贵。王贵本是打闷棍出身,找了绿林中几个小伙计,帮他做买卖,遇有孤单行客,行李稍丰的,他们就谋害了,大家分派资财。王贵素常跟他众伙计说大话,自称绿林中大有名的人都是他的晚辈,都叫他是大叔,众伙友也不知王贵有多大能为。今天王贵由外面回来,身上衣裳也都湿了,耳朵少了一个,流血不止,有一个伙计姓吴名纪方,爱说笑话,说:“寨主怎么耳朵丢了一只,衣裳湿透了呢?”王贵说:“莫提了,真是丧气。我在小镇店吃饭,遇见人家打架,动起刀来,无人敢劝,我过去一劝,误把我耳朵削了。我焉能容他?那人拿着刀一跑,我就追,他跳下水去要跑,我追下水去把衣裳也湿了。好些人给我跪着央求,我也不能不卖人情,大众劝我回来,明天必得给我来磕头,你把干衣裳给我拿出来换换。”伙计只当是真事,也不问了,拿出衣裳来。王贵换上说:“给我打点酒,做点心。”伙计打了两壶酒,做了两盘菜,王贵在廊檐下坐着喝酒,自己越想越后悔,幸亏我两条飞毛腿,不然死于雷鸣、陈亮之手。正在思想之际,听外面叫门,王贵想要说不叫伙计开门,然而伙计已出去开了门,把雷鸣、陈亮往里一让,王贵一见,吓得魂飞魄散,急把灯打在地上,一溜进了上房,心中乱跳,见伙计把雷鸣、陈亮让到东屋去。伙计出来,王贵把伙计叫进来,王贵说:“方才来的这两个人,你认识不认识?”伙计说:“我不认识他。”王贵说:“一个叫风里云烟雷鸣,那白脸的叫圣手白猿陈亮。”伙计一听,说:“这二位名头高大,咱们得跟他结交,回头不叫他们给饭钱。”王贵说:“我告诉你,这两个人是我的仇人。”伙计说:“怎么与你有仇?”王贵说:“今天我由千家口跟了一号买卖,来到大树林子下,刚要动手,雷鸣、陈亮过来说:‘王大叔你好。’过来给我请安,我说:‘你们二小子做什么?”雷鸣、陈亮说:‘见面分一半。’我不答应,他们倚仗人多,与我交手,他们也赢不了,偏巧我把银子丢了,我一捡银子,他们把我耳朵给削了去。今天活该回头把他们两个人害了,我正好报仇,有银子多少,你们大家分,我不要。”伙计说:“就是吧。”王贵附耳说:“你如此如此。”伙计点头。来到东配房说:“二人吃什么?”陈亮说:

“你们这里有些什么？”伙计说：“有炒豆腐、烩豆腐、豆腐干、豆腐丝。”陈亮说：“不吃，有别的没有？”伙计说：“没有，我们掌灶的，人家请了去办喜事，连我们家伙全借了去了，你要吃酒，小鸡子宰两只，白煮煮，无酱油，唯有酒没酒壶，要喝拿瓶打二斤。”陈亮说：“就是，要二斤瓶打二斤酒，烧鸡二只。”停了一息时光，伙计都拿了进来。雷鸣、陈亮喝了几口酒，陈亮说：“不好，二哥怎么我心里闷得慌。”雷鸣说：“我的心里也是如此。”陈亮说：“哎呀！合字朵尺窑吗？”说着话，雷鸣翻身跌倒。伙计一瞧，说：“寨主，这两个人老①了。”王贵说：“好。”陈亮此时心尚明白，一听是青苗神王贵说话，情知没了命了。伙计见陈亮少时也躺了，就告诉王贵，王贵说：“他们两个人身上有一包三十两银子，那是我劫的人家的，还有一包五两，那是我的。他们身上倘有多余的银子，我不要了，均是你们伙计的。”伙计一听，不大愿意，分赃没分，犯法有名，先说为报仇，这时又要银子了，伙计无法可强，又不敢说。王贵拿着刀，由上房出来，要杀雷鸣、陈亮。刚到东房台阶，就听外面有人叩打店门，说：“开门开门！睡觉来了！”王贵一听，说：“纪方，你先把外面的人支发②走了，莫叫他来搅我。”伙计来到门洞说：“谁呀？”外面说：“我睡觉来的。”伙计说：“住店没有空房间了。”外面说：“上房没有，就住配房。”伙计说：“配房也没有了。”外面说：“配房住满了，住厨房。”伙计隔门缝一看，是个和尚。书中交代，来者正是济公。原来日中在小镇店，同郑雄、马俊、柴、杜二位班头在酒馆吃酒，吃完了酒，天尚未晴，郑雄说：“师父，你我今天就住在这后面店内，倒也方便。”济公说：“好。”来到店中，说了回话，各自安歇。睡到有二更天，和尚说：“柴、杜二头，跟我起来拿华云龙去，他在树林上吊呢。”柴、杜二班头说：“真的么？”和尚说：“真的。”二人起来，同和尚出了店。天还下雨未晴，柴头说：“师父，华云龙在哪里上吊？”和尚说：“我不知道。”柴头说：“不知道你说什么？”和尚说：“我叫你两人起来逛逛雨景，上头下雨，底下踏泥，这比睡觉还好。”柴头、杜头两个气就大了，也不好言语。和尚来到董家店首，讨过包袱，重新包大了些，包裹好，和尚才去叫门。伙计说：“没房。”和尚说：“别的不妨，唯我是保镖的，怕物丢了道上，赔不起人家，

① 老——晕。

② 支发——打发。

我故恳求一宿。”伙计隔门缝一窥，说：“你是个和尚，怎么说是保镖?”和尚说：“我保的暗镖。”伙计说：“你保的是什么物件?”和尚说：“水晶猫儿眼，整枝珊瑚树，古玩等货。”伙计一听，进去告诉王贵：“外面来了一个和尚，暗保镖的，净是值钱重货宝贝等物，咱们先发大财好不好？这次做成了，倒有几万，每人可分七八千。”王贵说：“也好，先把东屋锁上，让他上房去。”伙计来到外面开门。济公要怎么施佛法，大显神通，报应贼人，搭救雷鸣、陈亮，且看下回分解。

第五十九回

济公火烧董家店　雷陈送信找云龙

话说王贵想要发财，先把东屋门锁上，叫伙计去开门。伙计开门一看，和尚同着两个人，搭着一个大包裹。和尚说："你帮着搬包裹。"伙计过来搬不动，和尚说："两位帮着。"柴、杜二人也帮着，四个人抬着往里走。来到上房，伙计心里想道："这必是好东西，四个人搭着且费尽心力，不想他三个人怎么搭来的。"和尚来到上房说："纪伙计，贵姓呀？"伙计说："你知道我姓纪，还问我贵姓？"和尚说："我瞧你像姓纪，我真猜着了。"伙计说："大师父要用什么菜吃呢？"和尚说："你们有什么？"伙计说："你要都有。"和尚说："炒豆腐、烩豆腐、豆腐干、豆腐丝，没得别的。我们掌灶的，人家办喜事请了去，连家伙都借了，有小鸡子两只，没作料，对不对。"伙计一愣，心里说："怪呀，这话是我刚才跟他们那两位说的，怎么和尚说这话？"济公答了话说："我省得你说呀！"伙计说："不是，你要什么菜全都有。"和尚说："要三壶酒，来两样现成的菜。"伙计答应，嚷喊："白干三壶，海海的迷字！"和尚说："对，白干三壶，海海的迷字。"伙计一听，吓了一跳，心想："了不得了，和尚也许懂的。"伙计想罢，说："和尚，什么叫海海的迷字？"和尚说："你讲理不讲理？你说倒来问我，我还要问你呢，什么叫海海的迷字？"伙计想了一想说："不是，我说的是要好干酒。"和尚说："我也是要好酒。"伙计然后把外边酒菜拿来，和尚拿了酒壶，瞧了半天说："伙计你喝呀！"伙计说："我不喝酒。"和尚说："老杜、老柴喝。"柴、杜二人每人各拿一壶来，三人喝了三壶，俱皆翻身跌倒。伙计告诉王贵："已把上房的三个人制住了。"王贵说："好，先报仇，杀他们两个人，然后再发财。"带领手下人，各执钢刀直奔东配房，要杀雷鸣、陈亮。急急来到东房窗外，找不着东房的门了，王贵说："伙计，东房的门，我怎么找不着了？"伙计说："我也找不着门路了，怪不怪？"王贵一着急说："咱们先到上房杀和尚，然后再报仇。"众人这才直奔上房。纪方说："我动手。"他进了西里间，刚一举刀，和尚就龇着牙，吓了纪方一跳，站在那里不能动转。王贵在外面一瞧，见纪方举刀不杀，心中气往上冲，说："我叫你杀他，你举着刀吓人家么？"王贵自己拿刀进去，要杀和尚，他刚一举刀，和尚用手一指，把王贵用定神法制住了。和尚说："好东西，你要谋害我和尚，回头我叫你知道我的厉害。"和尚又用手一指，把外面几个伙计全都定住。和尚够奔东配房，推门进去，掏了一块药，把雷鸣、陈亮扶起来，把药用开水化开给两人灌下去。少时二人还醒过来，睁眼一看，见济公眼前站着，雷鸣忙跪下磕头："弟子愚昧无知，我害你老人家，你老人家不记仇，反来救我，真是宽宏大量，弟子给圣僧赔罪！"和尚说："你也不用赔罪，我两位班头叫人家拿蒙汗药治住在上房躺着，我给你两块药，你们去把他两个人救过来。他们要问你，如此这般。"雷鸣、陈亮点头，和尚仍回上房躺下装睡觉。陈亮、雷鸣来到上房，把柴头、杜头救过来，二位班头一睁眼，说："原来是雷爷、陈爷，二位从哪里来？"雷鸣说："我们由千家口来，到这里住店，叫不开门，我二人蹿房进来，见他们店内要害你们，我们把他等拿住，把你们二位救过来。"柴头、杜头一看和尚还睡呢，二位班头这个气就大了，柴头说："好呀！和尚还是会掐算，叫我们住贼店，要不是你们二位，我们可没了命了。你们二位拿药把和尚救过来，问问他。"陈亮说："药可没有了。"和尚说："浑蛋，打我腰里掏出块药来，放在我嘴里，还不行么？"雷鸣等都笑了。济公说："你们四个人先出去，我报应[①]青苗神。"四个人出去，到了外面，只见和尚先取过干柴一把，连油亦覆添于上边，用火点着，霎时间只看见烈焰腾空，怎见得？有赞为证：

南方本是离火，今朝降在人间。无情猛火性炎炎，大厦宫室难占。滚滚红光照地，忽忽地动天翻；尤如平地火焰山，立刻人人忙乱。

众人看着四面火起，就听济公在里面嚷："了不得了，快救人哪！我出不去了，要烧死我了！"外面众人一听，说："了不得了，济公出不来了。"雷鸣本是热心肠人，一听济公喊嚷，自己一想："我用药酒害和尚，和尚反不记仇，来到店内拿住贼人救了我，总算宽洪大量。现在我瞧济公烧死在里头，我居心对不起和尚，我应该舍死忘生，闯进火场，把济公救出才是，人得知恩报德。"想罢，往火里就闯，连蹿带跳，蹿到里面，见和尚在里面站

---

① 报应——对付。

着。济公本是故意试试这几个人的心田①。雷鸣蹿进里面说:“师父,不要着急,你老人家伏在弟子身上,我把你老人家背着蹿出去。”和尚说:“好,你过来背着我。”雷鸣往地下一蹲,和尚往雷鸣身上一趴,雷鸣背起来往墙上一蹿,和尚一打千金坠,连雷鸣带和尚都摔在火中,吓得雷鸣连蹿带跳躲开火。和尚说:“你背不动我?”雷鸣说:“师父,你老人家别往下坠就好了。”和尚说:“别往下坠,那行。”雷鸣又把和尚背起来,刚往上一蹿,和尚一念:“唵敕令赫!”忽忽悠悠,连雷鸣起在半空中。陈亮、柴头、杜头一瞧,见雷鸣背着和尚直往上起。雷鸣吓得魂不附体,说:“师父,这要往下一掉,要摔死呢,要摔作肉泥烂酱的。”和尚说:“不要紧,摔不着。”口念:“唵敕令赫。”忽忽悠悠往下沉,一会儿,脚踏实地,也没摔着。雷鸣把和尚放下,吓了一身汗,心中乱跳,说:“师父,把我吓坏了。”和尚说:“我要带你上天,拜望拜望玉皇爷,你没那么大造化,咱们快走吧!回头叫人家瞧见,说咱们是放火抢夺,再把咱们办了。”陈亮说:“对,你我快走吧。”四个人同着和尚往前走,出了村口,陈亮说:“二哥,我跟你说句话,你们三位头里走。”和尚说:“二位班头,咱们头里走,他们两人要出恭。”陈亮同雷鸣止住脚步,雷鸣说:“三弟叫我做什么?”陈亮说:“咱们是同师父一同走好,还是单走好?”雷鸣本是直肠汉,说:“单走亦可,同师父走也好,那有什么?”陈亮说:“二哥,你真没心眼,要说飞檐走壁之能,窃取灵妙之巧,刀棒棍枪,长拳短打,能为武艺,二哥比我强,我不如你,要论机巧灵便,见识精明强干,足智多谋,见景生情,你可不如我。你想师父带着二位班头去拿华云龙,咱们跟着师父走,到见了华云龙是帮着师父拿华二哥,还是帮着二哥跟师父动手呢?”雷鸣说:“对,怎么办呢?”陈亮说:“我有主意,这叫一举二得,三全其美,都不致得罪。跟师父说:‘咱们帮着找华云龙去。’见了华二哥,再告诉他,济公带人到来拿他,叫他快躲。咱们两头都不伤,你瞧好不好?”雷鸣说:“好,还是贤弟你的主意比我高。”商量好了,二人追上济公,和尚说:“你们二人商量好了。”陈亮说:“我们两个人打算替师父找华云龙去。”和尚说:“对,见了华云龙就告诉他,说我要拿他,叫他快走。你们两头全不得罪,对不对?”陈亮说:“不是,我们访着他,必来给师父送信。”说着话,雷鸣、陈亮就走。和尚说:“咱们哪见

① 心田——心意。

哪?”陈亮说:“师父说吧。”和尚说:“咱们在龙游县小月屯见吧。”说着话,和尚同二位班头竟自去了,陈亮一听和尚说小月屯相见,陈亮一想:“不好,小月屯有绿林的朋友在住着,也许华云龙上小月屯去。”跟雷鸣一商量,二人直奔小月屯去。头一天,离小月屯还有三十余里,天黑了,住在半路镇店。第二天,给了店饭账,二人直奔小月屯来。刚一到村内,见对面来了一人,头戴粉绫缎六瓣壮士帽,上安六颗明珠,绣云罗伞盖,花贯鱼长迎门一朵素绒球,突突乱晃,身穿粉绫缎窄袖瘦领箭袖袍,上绣三蓝花朵,腰系丝鸾带,单衬衫,薄靴子,白脸,手中拿着菜筐,里面有几样果子,右手提着一条活鲤鱼。雷鸣、陈亮一看,正是华云龙。不晓得华云龙由何处而来?且看下回分解。

第六十回

众匪棍练艺请英雄　登山豹赌气邀拜兄

话说雷鸣、陈亮来到小月屯，正往前走，眼前来了一人，正是华云龙。书中交代，华云龙怎么会来到这里？原本这小月屯住着一位老侠义士，姓马双名元章，绰号人称千里独行。此人武艺出众，本领高强，平生不收徒弟，就传授了两个侄儿。一个叫马静，外号人称铁面夜叉，又叫黑虎怪海，皆因马静是黑脸膛所起；一个叫马成，外号皆称探海龙，弟兄两个，是家传武艺。老英雄马元章在外面闯荡江湖数十年，永远不跟绿林人搭过伴。他手下有两个人，一个叫探花郎高庆，一个叫小白虎周兰，他俩成家立业，就是本地人不知他俩是绿林中人，则知道他是财主有产业。老英雄看破红尘，自己有一座家庙毗卢寺，就在庙中出家。虽然出了家，没受过戒，不知道僧门中有什么奥妙。自己虽好道，常习经卷，总不得准根，就把庙中事交给高庆、周兰看守，自己出外方游去。老英雄走后，家中一切事务都归马静料理。每年马静出去一趟，或是一千八百里。找一处地方住下，做买卖，偷的都是官长富户、大买卖人家，得些银钱，打着骡子驮了回来，街坊邻居要问，马静就说取了租子回来。马静也是一身好武艺，平生就交了一个朋友，也是本地人，姓李名平，跟马静学了有五成能为，人送外号叫登山豹子李平。有一个兄弟叫李安哥，住在小月屯村外，开酒铺为生。常有本地的匪棍，在他铺子喝酒，三五成群，凑了十数位，竟要跟李平学艺。这些人本来都是无赖匪棍，游手好闲，无所不为，狐假虎威。这些人都有外号，叫做：平天转、满天飞、转心狼、黑心狼、满街狼、花尾狼等，凑了十几个人。在小月屯村外有座破三皇庙，在庙内立把式场，认李平为师。人家练功夫，为的是身子健壮，这些人练能为，所为①充光棍，李平结交这些人，可以多卖点酒，各有所贪。这些人吃别人的东西不给钱，吃李平的酒饭不敢不给钱。时常跟李平练功夫，这个练一趟刀，那个练一趟枪。后来，这

---

① 所为——为的是。

些人里有一个外号叫军师的，说："你们不用练了。"大众说："怎么不用练？"军师说："师父无能弟子浊，李平本来就是有名无实，跟他练不行了。"大众说："不跟他练，跟谁练去？"军师说："咱们这地方算谁有名？"大众说："要讲真有名，就是铁面夜叉马静。"军师说："咱们何不把马大爷请出来，咱们跟他练。"大众一想："这话对呀！"众人商量好了，次日早晨，大众来到马静门首叫门，拿着红白帖，有家人进去一回禀，马静由里面出来。大家一瞧，说："马大爷早起来了。"马静说："众位找我什么事？"众人说："我等久知马大爷威名远震，特意来请你老人家。我等在三皇庙立把场子，要跟你老人家学武艺，马大爷只要肯教我等，必有一分人情。"马静一瞧，心里说："交结你们这些匪徒，把我都沾染坏了。"嘴里不肯得罪，都是老街旧邻，马静说："众位既来约我，按说我不当辞却，无奈现在我母亲病着，我所以不能从命，众位请吧。等我母亲好了，我必去。"大众碰了个大钉子回来，都埋怨军师胡出主意，叫我们碰钉子。军师说："你们众位不用埋怨我，我要不叫李平把马静请出来，我不叫军师，叫我小卒，好不好？"大众说："就是。"正说着话，李平来了，军师说："李大爷，有人给你带了个好来。"李平说："谁给我带好？"军师说："就是马静。"李平说："你胡说！我跟马静是知己的朋友，情如手足，又常见，不是带好的交情。"军师一听，说："李大爷，你别说了，终日间你老说马大爷跟你至好，今天我见了马大爷，我说：'马爷我提一位朋友，跟你至好，你必认得。'他问我：'是谁？'我说：'登山豹子李平。'他想了半天，他说：'土居三十载，无有不亲人，就算认识吧，也跟我没多大交情的。'"李平一听，气往上冲，说："我告诉你说，我并未借马静的字号，闯我的人物，我们交情是有不假。"军师说："李大爷你要真跟马爷有交情，你能把马爷请到这里来，踢一趟腿，打一趟拳，我算信服你。"李平说："那算什么？我要请他，他不来也得来。"军师说："就是吧。"李平赌气，一直够奔马静家来，不用叫门，来到里面，马静一见，说："贤弟，从哪里来呀？"李平说："兄长，小弟我和你怎么没交情？今日你叫那军师何苦来给我带一个'好'去呢？"马静说："何出此言？"李平把在三皇庙合军师说的话，从头至尾述说一番，马静说："贤弟，他这些话是激你，你别听他那话。"李平说："无论是他激不激，请兄长明天跟我去一趟，给我转转脸。"马静说："好，明日我就去。"李平说："我走了，明日见。"次日李平找马静同到三皇庙内，众人一瞧马静来了，大家欢喜非常，全都给马静行礼，说："马大爷来了，我等正在盼望你老人家。"这个倒茶，那个买点心，大家众星捧月，马静一瞧，大殿前摆着十八般兵器，一应俱全，马静在大殿前，有桌椅处坐下，内中有一人姓胡名叫胡得宜，外号叫黑心狼，说："马大爷，我练一趟拳你看看。"说着话，胡得宜打了一趟拳，平天转贾有元练了一路单刀，满天飞任顺拿过大刀劈了一套，练完了，问："马大爷，你看这趟刀好不好？"马静说："好，大刀乃百般兵刃的元帅，自古来廉颇、黄忠的大刀，恐不如你的刀法纯熟。"任顺一听，把脑袋一晃，心思道："我这能为行了。"又过来一个白花蛇贾有礼说："马大爷，你瞧我一路花枪。"拿起花枪来练了一趟，说："马大爷，你瞧怎么样？"马静说："好，花枪为百兵之首，古来子龙、子胥真不如你这枪的着数。"贾有礼一听，心中甚为喜悦，自己觉着能为大了。他练完了，又过来一位叫邹士元的人，外号叫狼狈，说："马大爷，请你看我练一趟宝剑。"说着拿过剑来，练了半天，练完了，问马静，马静说："真好，这路剑可赴鸿门。"邹士元一听，也乐了。大众都练了，马静看了心里想道："刀不像刀，枪不像枪。"马静说："李平，我教你一场，你也练一趟，叫他们瞧瞧。"李平说："可以。"当时把拳脚一拉，真似：

太祖神拳丢四平，斜身绕步逞英雄。使到迎门刀入鞘，倒退一步不留情。低水势，扫地龙，十二连拳往上攻。拳打南山斑斓虎，脚踢北海滚江龙，上使马蹄高，下使低个平。

练完了，真是气不涌出，面不改色，心满意足。大众齐声说："好，果然强将手下无弱兵。"众人说："马大爷辛苦辛苦，给我等开开眼睛，见见世面。听说马大爷你老人家双锏出名，求你老人家练一趟。"马静一想："叫他们开开眼。"自己把双锏拿起来，说："众位多包涵。"把门路一分，施展开了。怎见得，有赞为证：

出手式双龙摆尾，梢带着枯树盘根。托鞭挂印惊鬼神，暗藏毒蛇吐信。白猿翻身献果，操式巧任双针。阴阳锏上下分，藏龙伏虎紧护身。夜叉探海无敌将，摘星换斗取命追魂。

马静一练，大众都瞧愣了，焉想刚练完了，就听庙的土墙外有人说："练得好！"马静不瞧则可，抬头一看，吓得亡魂皆冒，不知叫好之人是谁，且看下回分解。

第六十一回

托义弟英雄离故土　见嫂嫂李平生疑心

话说马静练了一趟双锏，外面有人叫好。马静一看，是一位年高的和尚，面如满月，身穿古铜色的僧衣，拿着一百零八颗念珠。马静一看，吓得惊慌失色，赶紧把双锏扔下，往外就跑，说："众位我要失陪！"大众说："马静爷哪去？"李平一看，说："了不得了，马静的叔父来了。"书中交代，这位和尚乃是千里独行马元章，由外面游方回到家中，问嫂嫂侄儿马静上哪里去，马静之妻何氏说："被人约出去练把势去了。"马元章一听，勃然大怒，说："好孩子！我马氏门中在这方住居多年，没人知道我家是做贼的，他恐怕人家不知道，在外面招摇是非，我去找他！"故此来到三皇庙外，有心进去叫他，又觉当着众人多有不便，故此失声一阵冷笑。马静一看，连忙出去，到他叔父跟前叩头行礼，马元章立刻转身回家，到了家中说："马静你自己好不知自爱！咱们马氏在这小月屯居住多年，并无人知道是绿林，你还要在众目所观之处去练把势？"马静一听，说："叔父你老人家有所不知，皆因是有我拜弟李平所约，是给他圆脸。"马静把上项之事，从头至尾说述一番。那马元章听罢，如梦方醒，说："我知道了，从今以后不准再和他们去练把势。"马静答应。叔侄二人吃酒，马元章说："明日我要访道游方，毗卢寺庙内你两个师弟高庆、周兰，如要是没有日用之费，你给他们些银钱使用。"马静答应。次日他叔父马元章游方去了，马静在家中侍奉老娘，见太太病体越发沉重，自己一想，今年手下并没有什么余钱，倘若老太太有一个山长水远①怎得办事？又要给毗卢寺庙里送钱，有心出去做一趟买卖，家中又没有人照应，左思右想，还是得出去弄点钱要紧，家中可以托付李平给他照应。想罢，这天自己够奔李平酒馆，来到门首，李平一见，赶紧把马静让到后面柜房。马静一看，见李安躺在炕上，咳声不止，马静说："二弟还没好哪？"李平说："只见他的病势沉重，请了许多先生也治不

---

① 山长水远——三长两短。

好。”马静说：“须得请高明医家，赶紧给他调治。我今天来找你，非为别故，我来求贤弟一件事，我打算要出外，家中老太太也病着，你嫂嫂也无人照应，我出外走后，早晚你没事去照看照看家里。要是没零用钱的时节，你可以给垫办垫办，我回来必如数奉还。”李平说：“你我知己弟兄，何必说还不还。兄长不必嘱咐，小弟必当从命，兄长打算哪天走？”马静说：“我明天就起身。”李平说：“兄长如若是明天走，我后天必到你家去。每天我给你家中老太太送两吊钱零用，要有别的用项，只管叫嫂嫂跟我提，我多了不敢说，三五个月，我可以垫办。”马静说：“甚好，我这就告辞。”马静回到家中，收拾行李，告诉何氏：“我走后李平兄弟来给送钱，你就留下，我已然托付好了，如有什么用项，只管跟李平借，我回来再还，大概多则两个月，少则四十天，我就回来。邻居要打听我，就说我取租子去。”何氏娘子点头。次日马静起身走了，不表。单说李平过了一天，自己一想：“马大哥托付了我，我得去瞧瞧。”把铺子的事，交代伙友照管，自己带上两吊钱，出了酒馆，一直向东往前走着。离马静的门首不远，看见马静家里出来一个妇人，李平远远一看，乃是何氏娘子，穿着一身华美的衣裳，浓妆艳抹，心说：“我马大哥在家，家规甚严，平素他家的妇女，大门不出。今日我大哥刚走，她这样打扮出去，恐其中有什么缘故，我何不去问问马老太太，是什么一段缘故。”想罢，李平刚要往前走，只听后面有人叫：“李大爷！”李平回头一瞧，是店中的小伙计。李平说：“什么事？”小伙计说：“铺子有人找你。”李平复又回来，一看是东街冥衣铺掌柜的杨万年。一见李平，杨万年说：“李大爷，我在这里等你半天了，所为当初我赁房①时节，是你老人家的中保人，立字为许推不许夺，现在他把房租给别人，硬要拿钱赎房，他赎也可以得，我开铺子，他应得赔偿我损失。不然，我们是一场官司。”李平说：“杨大哥你不用着急，你做你的买卖，我去找房东，跟他说说，凡事都有个情理。”李平立刻去给找房主说合。这件事办完了，天也晚了，李平一想：“明天再到马家去吧。”一夜无话。次日带上几吊钱，吩咐伙计：“好好照应酒座，我到马爷家里去一趟。”自己来到十字街，抬头一看，见马静家双扉一开，何氏娘子浓妆艳抹又往村东去了。李平紧走几步，要打算赶上何氏问问，见何氏走得甚快，已去远了，李平一想：“我

① 赁(lìn)房——即租房。

问问老太太,她到底是上哪去?”到马静门首,正要打门,小伙计追来喊嚷:“李大爷,李大爷,可了不得了! 你快回去吧! 有一个醉鬼,在酒店中和邻酒座打起来,这个拿酒壶把那个脑袋打破了,还不知是死是活? 地方官人都去了,你快回去瞧瞧吧!”李平无奈,回到酒铺中一看,果然是两个醉鬼,因说闲话打起来,有本地街坊众人帮着解劝。忙乱了半天,劝完了,算没成官司,天也晚了,李平一想:“今天又不能去了,明天再说吧。”到了次日起来,把铺子事忙乱完了,天已日中,自己带上几吊钱,出了酒铺。刚一到十字街,见何氏已出了东村头,李平一想:“怪呀,我马大哥不在家,他妻子接连三天打扮着出去,怕其中定有情节①。”自己一想了不得,大丈夫难免妻不贤,子不孝,我别到他家去了。倘若这妇人见了我,说出不三不四无廉耻的话,我如何能做那伤天害理之事? 我跟马大哥是知己的朋友,我断不能做无礼之事。倘若她恼羞变成怒,我马大哥回来她说我调戏她,我马大哥准信,红粉之言,能入英雄之耳。自己愣了半天,叹了一口气:“可惜我马大哥是一位朋友,叫妻子给染了。”自己一想:“我何不到东村头去等她,看她到什么时候回来?”想罢,自己直奔东村头,一直等到二更以后,并未见何氏回家,李平这才回归酒馆,从此永不到马静家去,自避嫌疑。光阴荏苒,日月如梭,不知不觉就是两个月的光景。马静此次出去,很为得意,正遇见罗相的侄儿,在外面一任太守,剥尽地皮饱载而归,道路上马静得便,偷了些金珠细软,买了许多的土产物件,打着骡驮子回家。来到小月屯,把东西卸了,先瞧瞧老太太,见老太太仍是病体沉重。何氏见丈夫回来,赶紧预备茶水点心酒饭,马静问:“娘子,自我走后,李平贤弟给送了多少钱来使用? 他共来家几次?”何氏一听,说:“你交的这个朋友甚好,你走后一次未来,也未送钱,我当了几两银子使用。他在咱家酒饭也吃过无数,实是一个忘恩负义之人。”马静一听,心中甚是有气。吃完了饭,拣了几样礼物,说:“我给李平送礼去,看他见了我,应该如何说话。”自己出了大门,往西头李平酒馆去。一进去,马静问:“伙计,你们掌柜的可在家么?”伙计说:“现在后面。”马静直奔后面,李平一瞧,赶忙的迎出来。马静本是大丈夫,面不改色,带笑开言说:“贤弟我给你带了些吃的来,都是你爱吃的。”李平说:“兄长一向可好? 请里面坐。”把礼物

---

① 情节——原因。

接过去，二人来到屋中落座，坐了半天，李平也没话说，马静说："贤弟买卖可好？"李平说："快关门了。"马静又问："二弟可好了？"李平说："快死了。"说完了话，李平愣了半天说："马大哥，我有句话，有心不告诉你，耽误你我弟兄的交情，有心告诉你吧，实在难以出口。"马静说："贤弟有什么话难出口，你告诉我听听？"就见李平不慌不忙，说出一席话来。马静一听，气得三尸神暴跳，五灵豪气腾空。当时回家，又生出一场是非，要知后事如何，且看下回分解。

第六十二回

暗访察路遇乾坤鼠　得私信雷陈遇盟兄

话说李平见了马静无话可说，愣够多时，自己一想：“要不说吧，又耽误了弟兄的交情，要是说吧我又难以开口。”马静说：“你有什么话只管说，不要隐瞒。”李平就把头一天拿了两吊钱送去，碰见嫂嫂浓妆艳抹，穿着华美的衣服，由家中出来，往东而去，正要追过去问，有人找我有紧要事，我就回来。第二天，第三天，怎么在村头等着，从头至尾，述说一遍。马静听了，“哈哈”一笑，说：“贤弟，我告诉你，今天我来，原打算跟你画地绝交，我不知有这缘故，既然如是，我也不必多说，路遥知马力，日久见人心。你这一分心，我今日方知非真知己，也不能说这些话。我走了！”站起身来，回到家中，也并不提这段事。过了一两天，告诉何氏：“你好生看家，龙游县有一家财主请我去看家，大约得两月回来。”带上单刀，辞别了老娘，由家中出来，直奔正南。离小月屯二里有庆丰屯，原是小镇，也有买卖铺户，路南有座万盛客舍，马静进去，店里伙友都认识，大众说：“马爷怎么闲着？”马静说：“给我找一间房，我家中来了几个亲友住不开。”伙计说：“是。”给马静找了一间上房。马静来到屋中，要了酒菜，心中闷闷不乐，正是：

　　人得喜事精神爽，闷来愁肠困睡多。

喝了几壶酒，叫伙计把残桌撤去，自己躺下就睡了。睡醒了，又吃了些东西，自己一想：“奸乱情热，互相难拴，奸夫必找淫妇，淫妇必找奸夫，知道我不在家必要往一处凑合。我今晚带上钢刀，到村头去等候，要遇见贱婢，我一刀将她杀死。”自己想罢，就直奔小月屯村头。一直等到三更以后，并未见一人，自己到家门口一瞧，双门紧闭，蹿身上房，各处偷听，并没有动作，自己复返回店。到店门口，叫开了门，到了屋中倒头便睡。白天除了喝酒，就是睡觉，晚上带刀出来，就在小月屯东村头等候。天有二鼓之时，听东边有男女欢笑之声，及至临近一看，听有人说：“你快走吧，明天就要请你去，请了好几位吉祥婆都不好。”马静一听，是请收生婆的，急忙退身，隐在树后。刚隐在树后，只见由正东来了一人，脚底下甚快，电转星飞，大约有三十多岁，白脸膛，看不甚真，马静见这人一直奔他的住宅去，来到他的门首，愣了半天，那人意思是要叫门，又害怕不敢叫的意思。马静在暗中瞧着，见这人围着门首来回绕了几个弯，就听这人说："哎呀！有心叫门，又怕大哥不在家，有心不叫门，黑夜的光景无地可投。"马静一听是熟人，即至临近一看，原来是乾坤盗鼠华云龙。说："二弟，你从哪里来呀？"华云龙连忙过来行礼，叙离别之情，说："兄长，黑夜因何在此？"马静说："二弟，我在这里等人，你我家中坐吧！"二人越墙而过，到里边开了东配房门。何氏娘子起来，立刻烹茶伺候。马静同华云龙在屋中落座，问华云龙是从哪里来，华云龙把在临安所做之事，述了一遍，就是没提尼姑庵采花之事。马静说："华二弟，你只管放心，在我这里住，没有人会到我这里办案。就算有人来，我这里有现成的夹壁墙地窨子。还告诉你，我这里属龙游县管，本地面官人决不能来，没人知道我是绿林人。"华云龙一听，说："甚好。"谢过马静，两个人说着话，天光已然大亮。二人正在净面吃茶，忽听门外人声嘈杂，一阵大乱，吓得华云龙颜色改变。马静说："你不要害怕，我出去瞧来。"到外面开门一看，门口站定有五六十位都是小月屯本地绅士富户、举监生员，大众一看说："马大哥在家甚好，我们约你有一件事，此事非马大爷出去不能完全①。皆因前街庆丰屯骡马市争税帖，帖主方大成跟姓柳的争税帖，打了官司，现在又要打架了，两头都约了有一二百人，这场架要打成，就得出几十条人命。听说这两家都跟马大爷至厚，我们说合了两天，没说合好，约你老人家出去就可完了。"马静说："就是吧，我该让众位家里坐，地方可是狭小，多有不便。众位在此少待，我到家里告诉一声。"众人说："是。"马静到里面，拿了两吊钱、一个菜筐，说："贤弟，人家约我说合事，家中没人买菜，回头贤弟你辛苦辛苦，到前街庆丰屯去买两条活鱼，买两只小鸡，买些干鲜水菜，买回来交给你嫂嫂做去。我少时就回来，你我弟兄好吃酒。"华云龙说："就是吧。"马静走后，华云龙拿了菜筐出去，买了些菜，正往回走，只见雷鸣、陈亮二人慌忙跑来。一见华云龙，雷鸣、陈亮说："华二哥，你原来在此！你还不快跑？后面有灵隐寺济公长老前来拿你。"华云龙向二位说："贤弟，你我由千家

---

① 完全——摆平事情。

口分手,你二人上哪里去了,你们怎么知道济公来拿我?"雷鸣、陈亮把上项之事,如此如此,述了一番。"现在济公领着二班头随后就到,他说小月屯见,大概必是算出你在这里。"华云龙一听这话,心中犹疑,正打算扔下菜筐要跑,只见那里马静来了。三个过去,给马静行礼,马静说:"雷、陈二位贤弟,既来到这里为何不到我家,你们三个还站在这里说话?"雷鸣、陈亮又把上项之事也说了一遍,马静说:"不要紧,雷、陈二位贤弟,华二弟,都跟我来。"四个人一同直来到马静家中。马静把菜拿到里面去,四个人来到东配房,华云龙说:"马大哥,我来到这里尚未给老伯母请安,你带我去见见伯母。"雷鸣、陈亮一听说:"原该如是。"马静说:"老太太有点身体不安,倒不必惊动她老人家,三位贤弟请坐吧。"少时间酒菜得了,四个人吃酒,谈心叙话。马静又细问雷鸣、陈亮济公的根本源流,陈亮从头至尾,又细说一遍。马静一听,哈哈大笑说:"二位贤弟,就凭一个和尚带同两个班头,就要拿你华二哥?就有二百官兵将他围上,也未必拿得了他。再说他在我这里,更没人敢来拿他。他不来便罢,他要来时,我先拿他,将他结果了性命。"雷鸣、陈亮说:"马大哥你趁早别说这话,你可不知济公长老的能为,你要一念叨,他可就来了。他能掐会算,算你要从前门跑,他在前门堵着,你要打后门走,他在后门等着,你往东,他在东面迎你,你往西,他又在西面候你,叫你够四面八方无处可跑,就得为他束手被擒。"这几句话,马静一听,气得拍案大嚷,说:"你两人休要长他人威风,灭自己的锐气,如来时,你看!"用手一指,"在东墙有一轴富贵牡丹图,把画卷起来,里面是转板门夹壁墙,进去就是地窨子,你们可以在这里面藏躲。"这句话尚未说完,就听外面打门说:"华云龙在这里没有?在这里叫他出来,见见我和尚。"雷鸣、陈亮一听,吓得颜色改变,说:"马大哥,你瞧,和尚来了。"马静就把这轴画卷起来,说:"你们三个人都进去,自有我一面承管。"三个人无法,进到夹墙之内,马静把画放下来,往外够奔。书中交代:济公从哪里来?和尚自从雷鸣、陈亮走后,和尚领着两位班头往前走,走来走去,天也不早了,肚也饿了,见前有酒馆,济公进去,柴头心说:"要是和尚吃我们就吃,反正有给钱的。"三个人坐下,和尚要了几壶酒,吃了个酒足饭饱,和尚说:"堂官,给我拿个溺壶来,我要溺尿。"堂官说:"我们管拿酒壶,不管拿夜壶,你外头去溺去吧。"和尚站起来说:"给我拿两壶酒搁着,我回头来喝。"说着话,和尚出去。柴头、杜头等着和尚,老是不来,柴头说:“老杜,了不得了,吃酒饭没有钱,和尚走了拿我两个人押了桌。”柴头说:“咱们两个也溜吧。”瞧伙计要端菜没留神,柴、杜二人一溜出来,到外面正碰见和尚。柴头说:“好呀,你出来拿我两个人押了桌。”和尚说:“你们两人跟我走,晚上我有钱。”柴头、杜头嘴里答应,心里说:“晚上我们两人吃完了先走,拿和尚押桌。”果然晚上三人到酒馆吃饭,柴、杜二人忙忙吃完了,站起来就走,和尚说:“你们两个人走呀?”柴头、杜头说:“早起你拿我们两人押账,我们不走怎么样?”说着话,两个人走了,跑堂过来把济公看上。不知济公如何走法,且看下回分解。

第六十三回

四英雄马宅谈心　济禅师酒馆治病

话说济公同柴杜二位班头在酒馆吃饭，柴头杜头先吃跑了，杜头站起来说：“出恭去了。”柴头站起来说：“我要小便去。”和尚说：“对，你们两个人都走，拿我和尚押桌。”柴头说：“你上次怎么先走了，把我两人留下？横竖没钱，我们先走。”说着话，二人都出去。伙计一听：“这两个人是蒙吃蒙喝的。”伙计留神看着和尚，和尚在那里，也不言语。偏巧外面有一个人，端了一碗木樨汤，端着正往外走，外面进来一人，慌慌张张，把碗碰掉了，汤也洒了，洒了那人一身，这个叫赔碗，那个叫赔衣裳，两个人口角相争打起来了。众位酒客也一阵大乱，伙计只顾劝架，没留神，和尚趁乱出了酒馆。来到村头，见柴、杜二头那里坐着，和尚说：“好的，你二人吃饱了也不管了。”柴头说：“你早起为何吃完了走了？”和尚说：“对，算你有理。”柴头说：“师父你怎么出来的？”和尚说：“我叫掌柜的写上账。”柴头说：“人家认识你吗？给你写账。”和尚说：“你们就不用管了。我出个主意，我们三个人捉迷藏，我藏起来，你们要找着，明天早起我给饭吃，你们要找不着，明天我吃你们。”柴头一听，说：“这倒不错。”和尚就藏起来，这两个人找遍了也找不着，焉想到和尚连夜够奔小月屯而来。天亮，和尚来到李平的酒店门首，伙计将挂幌子，和尚迈步进了酒馆，一瞧有六张桌，桌上都摆着四碟，一碟煮鸡子，一碟豆腐干，一碟盐水豆，一碟糖麻花。和尚找了一张桌子坐下，拿过一个鸡子，往桌上磕，和尚说：“掌柜的。”磕一下鸡子，叫一声“掌柜的”。伙计一瞧说：“大清早起，和尚你够多讨人嫌，磕着鸡子叫掌柜的。”和尚说：“你卖几个大钱？”伙计说：“这么大个的，卖几个大钱？”和尚说：“我问你是鸡子。”伙计说：“鸡子卖六个钱。”和尚说：“豆腐干卖几个大钱？”伙计说：“三个钱一块。”和尚说：“这碟豆儿卖几吊钱？”伙计说：“这一碟豆子，怎么可卖几吊钱？”和尚说：“倒不是别的，我瞧这豆子皮上，难为你做的折子，工夫大了。”伙计说：“和尚你真是有心，这豆子是水泡的自来折。”和尚说：“敢情你是自来的折子。”伙计一听，说："和尚，别玩笑，我有自来折？"和尚说："不是，我也说是豆子，你给我拿两壶酒来。"伙计就拿了两壶。和尚喝完了，又添了几壶，一共吃了六壶酒。和尚叫伙计算账，伙计一算，一共二百五十六文。和尚说："你给我写上吧。"伙计说："大清早起，你搅了半天，吃完了酒不给钱，那不行。"和尚说："你便写上，怎么不行？"二人正在争论，李平由里面出来，问："伙计，什么事？"伙计说："喝完了酒不给钱。"李平说："和尚你没带钱，坐下就喝酒？"和尚说："我是在你这酒店等人，是你们这方熟人，他约会我叫我来喝酒等他，不然，我也不喝酒。我等他半天也没来，故此我和尚没给酒钱。"李平说："你几时定的约会？"和尚说："去年定的。"李平说："在什么地方约定的？"和尚说："路遇约的。"李平说："跟你约会这个人姓什么？"和尚说："我忘了。"李平是打算问问和尚，只要和尚提出个熟人，就不跟和尚要酒钱，叫他走。一听这话，李平说："和尚，你这可是胡说。"和尚说："我不胡说，因我和尚会瞧内外两科，无论男妇老幼的病症，我都能瞧。这个人约我来，叫我瞧病，我把这个人的名姓忘了。"李平一听和尚会瞧病，想起兄弟李安病得已在垂危之际，倘若和尚能治，岂不甚好。想罢说："和尚，你既能治病，我兄弟是痨病，你能瞧不能？"和尚说："能瞧，可以手到病除。"李平说："你要真能给治好了，不但不跟你要酒钱，还要谢谢你，给你和尚换换衣裳。"和尚说："感谢。"李平领着和尚来到后面，一瞧，只见李安在炕上躺着，哼声不止，面如白纸，一点血色也没有了，眼睛角也开了，鼻子翅发讪，耳朵边也干了。他本是童子痨，李平为叫他兄弟保养身体，叫他在铺子住着，焉想到病体越发沉重，今天和尚一瞧，李平说："和尚你能治不能？"和尚说："能治，我这里有药。"和尚掏出一块药来，李平说："什么药？"和尚说："伸腿瞪眼丸。"李平说："这个名可不好。"和尚说："我这药吃了，一伸腿一瞪眼就好了。告诉你，我这药是：

此药随身用不穷，并非丸散与膏丹；专治人间百般症，八宝伸腿瞪眼丸。"

和尚把药搁在嘴里就嚼，李安一瞧，嫌和尚脏，直说："哎呀，我不吃。"和尚把药嚼烂了，用手一指，李安的口不由得张开，和尚"呸"的一口，连药带吐沫黏痰啐在李安嘴里，"咕噜"把药咽下去。工夫不大，就觉着肚子"咕噜噜"一响，气引血走，血引气行，五腑六脏透爽畅快，四肢觉得有力，身上如失泰山一般，清气上升，浊气下降，立刻说："好药，好药，如同仙丹。”坐起身来就要喝水，喝下水去就觉着饿，要吃东西。李平一瞧，心中甚为喜悦，说：“师父这药，果然真好，就是名儿不好听。”和尚说：“我这药还有一个名儿。”李平说：“叫什么？”和尚说：“叫要命丹，你兄弟是已然要死没了命，吃了我这药，把命要回来，故此叫要命丹。”李平说：“这就是了，还有一位老太太是痰中带血，师父能瞧否？”和尚说：“能瞧，不算什么。”李平说：“师父既能瞧，我拜兄马静的母亲，是多年的老病，痰中带血，病得甚厉害，我同你老人家去给瞧瞧。”和尚说：“瞧病倒行，就怕人家又没请先生，你同了去，到门口不叫进去，那是多么难以为情。”李平说：“他家如同我家一样，要不是，我也不能管。师父只管放心，跟我同去罢。”和尚同着李平由酒店出来，李平问：“师父在哪里出家？”和尚说：“我是西湖灵隐寺出家，上一字道，下一字济，讹言传说济颠就是我。”说着话，二人来到马静的门首。李平刚要叫门，和尚说：“我叫。”这才一声喊嚷：“华云龙在这里没有？”李平说：“师父方才你说什么？”济公说：“你不用管。”少时，马静出来一开门，说：“贤弟，你叫门来着。”李平说：“不是我叫门，是这位大师父，是我同来的。这位和尚是灵隐寺济禅师，把我兄弟病给治好，我同他老人家来给老太太治病。”马静一愣，说：“贤弟你来得不凑巧，我这里坐着朋友，你先把和尚邀回去，候我去请吧。”和尚说：“对不对？我猜着了。是不是不叫进去？”李平说：“大哥，你胡闹！有什么朋友在这里坐着，我见不得？给老太太瞧病，何必瞒人呢？老太太的病不可耽误，要不是济公给我兄弟治好，我也不同来了。”马静还说：“过天再瞧。”李平真急了，带着和尚往里就走。这两个人本是知己的患难朋友，马静也不好说什么，也就随着进来。和尚自向东配房走，马静赶忙一把手把和尚揪住，说：“大师父，请上房坐吧。”和尚说：“怎么不叫上这东屋里去？”马静说：“有客。”和尚说：“有三位堂客，反正一个也跑不了。”李平也不知内中底细，心说：“这是书房应该让客，怎么马大哥不叫和尚进去？”扒窗户瞧瞧没有人，李平纳闷。三个人来到上房，李平说：“师父你给瞧病，我回去预备酒菜，回头师父到我铺子去吃酒，咱们茶水不扰。”和尚说：“你去吧。”李平走后，和尚掏出一块药来，要阴阳水化开，给老太太灌下去。少时，老太太觉着神清气爽，就坐起来说：“儿呀，为娘病了这好几月不能翻身，怎么今天忽然好了？”马静说：“娘亲不知，现有灵隐寺济公给你老人家吃了灵丹妙药。”老太太一听是灵隐寺济公给她治的，知道济公爱吃酒，说："儿呀，你给济公磕头，同济公喝酒去吧。"马静过来说："我娘亲叫我给师父磕头，请师父到外面喝酒去。"济公说："好。"站起身来，直奔东配房。不知济公怎样捉拿华云龙，且看下回分解。

第六十四回

李平为友请济公　马静捉奸毗卢寺

话说马静见济公给老太太把病治好，心中甚为喜悦，遵母命给济公磕了头，无奈请和尚到东配房来喝酒。和尚跟着来到东配房，一看摆着一桌残菜，四份杯筷，和尚问："谁在这里喝酒？"马静说："我喝酒。"和尚说："你喝酒，为甚四份杯筷？"马静说："我四面转着喝。"立刻把残菜撤去，另整杯盘，同济公落座吃酒。和尚说："你贵姓？"马静说："我叫马静。"和尚说："我跟你打听一个人，你可认识？"马静说："谁？"和尚说："我有个徒孙马元章，你认得不认得？"马静心说："这个和尚真可恨，说我叔父是他徒孙。"瞪了和尚一眼，说："不认得这马元章。"和尚说："我给你母亲把病治好了，你怎么谢谢我？"马静说："师父任你要多少药钱，多少金银。你说，我必从命。"和尚说："我倒不要钱了，我最喜爱字画。"马静说："你喜爱字画，只要我有的，你只管拿了去。"和尚说："别的我俱不要，我就要这张富贵牡丹图。"马静说："可以，回头你走的时节①给你带了去。"和尚说："我说要就要。"站起来就要去摘，马静连忙挡住，说："师父别动，一摘就有许多尘土，这饭菜怎么吃？你且吃完饭再摘。"和尚说："这也行得，反正我今天不出房子，看他一个也跑不了。"此时雷鸣、陈亮同华云龙在夹壁墙里，听得明明白白，吓得三个人战战兢兢。马静心说："这个和尚可留不得，莫若我一刀把他杀了，省得他找我二弟。他死后，我给他修一座塔，报答他给我母亲治病之恩，逢年过节，给他烧点纸钱。"想罢，自己到屋中，暗把单刀带好，陪着和尚喝酒。拿酒灌和尚，想要把和尚灌醉。给和尚斟一盅，和尚喝一盅，直喝到天有掌灯以后。和尚自言自语，说："喝了这些酒老不醉，醉了也好，就省得喝了。"和尚坐在那里直哼哼，马静说："师父为什么哼哼，喝醉了么？"和尚说："我要出恭。"马静说："要出恭外头去。"和尚站起来，马静跟着出来，一边走着，和尚道："马静你瞧我这药好不

---

① 时节——时候。

好?”马静说:“好。”和尚说:“马静你猜那药值多少钱?”马静说:“多少钱?”和尚说:“我那药合一文钱一丸。”马静说:“那药真便宜。”和尚说:“便宜可便宜,我今后打算不再配了。如今的人没好良心,我和尚给治好了病,反倒安心要杀我,我死后还给我修一座塔,逢年过节还给我烧化纸钱,就算报答我。”马静一听这话,暗想:“这个和尚真怪。”说着话,来到东村口,和尚蹲下,马静绕来绕去,绕到和尚身后,拉刀照和尚就砍,和尚用手一指,用定身法把马静定住。马静举着刀不能转动,和尚就嚷:“了不得了,杀了和尚了!”小月屯村庄居户甚多,听见喊嚷,大家拿着灯光出来看。马静可吓着了,心说:“我这里拿着刀不能动,人家问我,我说什么?”焉想到和尚一使佛法,大众都没看见,过去了。马静说:“师父,我错了,你老人家不要跟我一般见识。”和尚说:“你跟我动刀,你何不把刀拿你妇人的情人,杀他好不好?”马静说:“我不知在哪里。”和尚说:“你跟我去捉奸。”马静跟着和尚来到毗卢寺,和尚说:“就在这庙里。”马静说:“待我敲门。”和尚说:“捉奸哪有敲门的? 你真是呆笨。”马静说:“捉奸还有行家?我没捉过,不叫门怎么样呢?”和尚说:“你蹿进墙去。”马静说:“我蹿墙,你怎么进去?”和尚说:“我也会蹿。”马静这才一拧身蹿上墙去,一瞧和尚已在墙内蹲着。马静说:“你怎么进来的?”和尚说:“我挤进来的。”马静说:“由哪里挤进来的?”和尚说:“由墙里挤进来的。”马静说:“师父挤我瞧瞧。”济公往墙上一挤,口念:“唵敕令吓!”马静一瞧,和尚没了。和尚又念:“唵敕令吓!”马静一瞧,和尚又有了。马静说:“这个挤法倒不错,明天我学学。”和尚说:“你跟我走。”和尚带领马静往后奔。这座庙原本是三层殿,越过头层大殿,来到二层大殿,由东角门穿过去,是东跨院,这院子里栽松种竹,清气飘然,北上房灯光朗朗,人影摇摇。马静来到窗棂外,把窗纸湿了个小窟窿,往里一看,这上房本是前廊后厦,屋内靠北墙是一张大床,地上有桌椅条凳,床上搁着一张小床桌,点着蜡灯,正当中坐着一个妇人,穿着一身华美衣服,打扮得浓妆艳抹,甚是鲜明。马静一看,不是别人,正是自己的妻子何氏,两边坐着两个和尚。上首坐的这个和尚,身体胖大,赤着背,穿着阳绉中衣,白袜青鞋,面皮微黑,粗眉大眼。马静一看,认得是探花郎高庆。下面这个和尚,黄脸膛,瘦小枯干,穿着灰色僧袍,白袜青鞋,乃是小白虎周兰。就听高庆、周兰说:“嫂嫂今天怎么这样闲着? 我二人听说马静回来,嫂嫂不能出来,我二人真是茶不思饭不想。

没想到，今天嫂嫂来了。”何氏说：“不然，我也不能来。今天是家里来了一个济颠和尚，给老太太治病，马静陪着和尚吃酒，我告诉家里，说上娘家去，我才到这里来，省得你们两个人想我。我今天也不回去了，明天再回去，我就说住在娘家。你二人快给我预备点吃的，我还没吃饭呢。”马静一看，气得三尸神暴跳，自己一想：“真是大丈夫难免妻不贤，子不孝。辱贱婢，做出这样无廉无耻之事！”立刻伸手拉出刀来，闯到屋中，手起刀落，先把探花郎高庆杀死。小白虎周兰，踹后窗户出去逃命，何氏站起来往外就跑，马静随后就追，刚赶到院中，见何氏用手一摸脸，两个眼珠子掉出来，有一尺多长，吓得马静大吃一惊。这妇人说：“好好，焉敢管我的事。”说着话，一张嘴，一口黑气喷来，马静翻身栽倒。书中交代：马静的妻子何氏，可并不会喷黑气，这其中有一段隐情。原本何氏娘子，乃是知三从①，晓四德，明七贞，懂九烈，根本人家之女。她娘家兄弟叫律令鬼何清，乃是玉山县三十六友之内的侠义英雄，当初马静与何清乃是结义的弟兄，先交朋友，从后结的亲。这天何清来探望马静，两个人坐在书房谈话，何清说：“姐丈，咱们三十六友之内有一个人出了家，当了老道，你知道不知道？”马静说：“谁出了家？”何清说：“黑沙岭的郭爷，夜行鬼小昆仑郭顺，他出了家。那一天我碰见他，瞧他戴着道冠，穿着道袍，我说：‘你疯了。’他说：‘怎么疯了？’我说：‘你为何穿老道的衣服。’他说：‘我看破了红尘，人在世上，如同大梦一场。’他出了家，他师父是一位高道，乃是天台山上清宫的，复姓东方双名太悦，人称老仙翁，外号昆仑子。有一宗宝贝，名曰‘五行奥妙大葫芦’，这葫芦能装三山五岳，无论什么精灵，在里面一时三刻，化为脓血，将来老道一死，葫芦就是他的。他师父给他三道符，一道能捉妖净宅，一道避魑魅魍魉，一道能保身，避狼虎豺豹。我把他那道捉妖的符偷来，你瞧瞧。”马静一看，何清说：“我不知道他灵不灵？”马静说：“咱们试试。”何清说：“怎么试？”马静说：“现在庆丰村王员外家，他儿子被妖精迷住，贴出告白条来，谁能捉妖把他儿子病治好了，谢银二百两。我去举荐你，你就充何法官。”何清说：“就是，倘要能了，就得了二百两银子。”马静就到庆丰村王员外家一说，王员外求之不得，就把何清

---

① 三从——封建时代歧视和压迫妇女的封建礼教。即：“未嫁从父，既嫁从夫，夫死从子。”

请来了。王员外问:“何法捉妖,用什么东西?”何清说:“一概不用。”王员外说:“人家捉妖,都用黄纸朱砂等类,何法官怎么全不用呢?”何清说:“你就把你儿搭出来,我到你儿的卧室去等捉妖。”王员外立刻吩咐,把公子挪出来。何清吃过了饭,有人带领来到后院公子的卧室,何清就把这道符贴在里面屋门上。他在床上一躺,瞪着眼,等到天有二鼓,只听外面狂风大作。何清睁眼一看,吓得毛骨悚然。不知何清怎样捉妖,且看下回分解。

第六十五回

律令鬼王宅捉妖　醉禅师古寺治狐

话说何清躺在公子卧室，时有二鼓，听外面一阵狂风。何清本不会捉妖，心中暗自担惊，心里说："真要是妖精一来，若这道符不管事，我趁早踹窗户逃走。"正在思想之际，听外面有"咯哒咯哒"木头的声音，由外面进来一个女人，长得千娇百媚，万种风流。怎见得，有赞为证：

一阵阵香风扑面，一声声燕语莺啼。妖滴滴柳眉杏眼，嫩生生粉脸桃腮。樱桃口内把玉排，粉面香腮可爱。身穿蓝衫可体，金莲香裙可盖；恰似嫦娥降玉台，犹如神仙下界来。

何清一看，心说："敢情这就是妖精。"就听这妇人说："什么人胆大，敢来到仙姑的卧室？"说着话就往里走。刚一走进里间屋门，只看见那道符显出一道金光缭绕，直射那妇人。那妇人"哎呀！"一声，拨头便走。何清赶过去一刀，剁下一只红绣鞋，鲜血淋淋，何清就说："拿住妖精了！"王员外有许多的家人俱在别的屋里伺候，点着灯，听何清一嚷："拿住妖精了！"大家掌灯光过来，说："何法官可将妖精捉住？"何清说："你们看红绣鞋成精，被我杀了。"大众一看，果然是只红绣鞋，鲜血淋淋。王员外谢了何清二百两银子，把那道符留下贴着。何清走后，妖精果不闹了，焉想到王宅不闹了，马静家里倒闹起来，平白无事，眼见着桌上的茶壶茶碗没人动，自己会滚在地下。马静胆子也大，把刀拉出来往桌上一拍，破口大骂说："什么东西敢在我家闹？"可是骂也不行，马静一想，何清那道符避邪，就使人到王员外家把那道符要来。贴在马静家中，果然马静家中就不闹了，王宅又闹起妖精来，王员外又遣人把符要回来贴上，王宅就不闹了，马静刚把符给了王员外，马静家又闹了。这样往返两家，闹了有半年。马静正走鸿运，也不理论，焉想妖精跟马静结了仇。妖精就在毗卢寺庙里住着，凡事是以邪招邪，祸无根不生，探花郎高庆、小白虎周兰他两个人本是淫贼，跟马元章出了家，有马元章看管，他两个人不敢胡作非为。先前两个人常到马静家中去，或要钱、或送东西，高庆见马静之妻何氏美貌，高庆在庙里常跟周兰说："你瞧马静的媳妇，长得有多好。"后来何氏向马静说："不必叫高庆、周兰到家里来，三姑六婆实淫盗之媒，和尚到家里来总不便。庙里没钱，你可以给送去。"马静一想也是。这天到庙里告诉高庆、周兰："不便到家去，如没钱我给你们送。"这两个人遂不能到马家去，也见不到何氏了。高庆跟周兰在庙里，天天念道："恨不能再见何氏一面方快。"这天忽然外面打门，高、周二人开门一看，乃是马静之妻何氏。书中交代：可不是真何氏，乃是妖精变的。这两个人一看，说："嫂嫂由哪来？怎么这样瞧着？"妖精说："二位贤弟到家里去，我早看出你两人的心思，今天你马大哥出了外，我来瞧瞧你两个人。"高庆、周兰一听，喜出望外，说："嫂嫂请里面坐。"把假何氏让到里面，高庆、周兰二人争先求欢，假何氏任其云雨巫山之事，高、周二人如获至宝。妖精一来为盗取真阳；二则跟马静有仇，变作何氏的模样，直由马静家里出来到庙内，免得高、周二人疑心，叫李平瞧见，好叫李平告诉马静，马静必把妻子何氏杀了，闹得他家务自乱。妖精天天到庙里来，与高、周二人作乐。这天忽然不来了，高庆一打听，知道马静在外回来，两个人茶不思饭不想。今天忽又来了，妖精说，马静陪着和尚给老太太治病，她偷空来的，高、周二人欢喜非常。今天马静也认作真何氏，把高庆杀死，再追出何氏来。妖精把马静喷倒，说："好马静，仙姑老不吃人，今天活该把你吃了。"妖精正要上前吃马静，济公赶过来说："你先别吃人来，我给你看看我这相貌好不好？咱们二人商议商议，你跟我去吧。"妖精一看，说："呀，好和尚，你真不要脸，敢和我说这样无脸的言语？我来拿你！"照定和尚吐了一口黑气，立刻和尚哈哈大笑说："妖精，你爱和尚，可知道有一个故事吗？在大晋朝，有个柳太师知道有一个高僧在深山修道，名为红莲和尚，派人去请三次，并不下山，柳太师甚恼，叫人把勾栏妓女荷花找来，告诉她：'你能到深山把红莲和尚和你办那件云雨之事，叫他失了真道，我给你二百银子。'荷花说：'大人给我一乘小轿，两个婆子，我扮作官宦人家小姐，叫他不敢小看我。'柳太师照样全给了，荷花乃乘轿到山内古庙进香拜见老和尚。到了方丈之内，只见老和尚端然正坐，闭目养神。荷花故作妖声说：'老和尚慈悲慈悲，我肚腹疼痛，我病非男子肚脐对我肚脐才能好，此时我肚腹疼痛难过了。'和尚一听口念：'阿弥陀佛。'说：'小姐，不要胡说，男女因片刻之欢，误了一生之名节。我和尚乃出家人，坐守深山，应该戒杀盗淫妄酒，小姐乃闺门秀女，我焉敢做这伤天害理之事？再说小姐必系官宦之女，尚未出阁，恐将来闹出是非，岂不玷污了上人的脸面？小姐请要三思。’荷花本是妓女，被柳太师所托，今天见和尚所说之话，荷花‘扑哧’一笑，往和尚怀中一扑，说：‘老和尚慈悲慈悲吧，奴家心中难过。’老和尚一闻脂粉头油，异香扑鼻，见荷花百般献媚，俗言说得不错，‘眼不见，嘴不馋，耳不听，心不烦，人非草木，孰能无情？’老和尚一阵心神飘荡，被荷花缠绕得欲火难耐，当时从荷花那件云雨之事。荷花回到柳太师府，把引诱和尚、和尚依从的话，说了一遍。太师给了荷花二百两银子，随后做了一首诗，派家人给和尚送到庙里去。和尚打开一看，上写的是：

红莲和尚修行好，数载苦守在庙中；
可惜十年甘露水，流入荷花两瓣中。

和尚一瞧，明白其中隐情，自己羞愧难当，悬梁自缢。死后阴魂不散，转世投胎，柳太师家的夫人所生一女，系和尚所托生。姑娘大了，名叫柳翠云，专好勾引和尚，那就是红莲和尚的报应柳太师。常有人说：‘大头和尚戏柳翠’，就是爱和尚的这段故事。”且说济公过来戏耍妖精，妖精哪里看得起济公？施展妖术，要与和尚斗法。和尚微微一笑，说：“你来我看有何能为？”妖精祭起混元石子，照定和尚打去，济公说：“你这孽畜，胆大无知！”伸手把石子接住，又把草鞋脱下来，照定妖精打去，妖精往旁边一闪。济公手一指，说：“拐弯，拐弯。”那草鞋一拐，正打在妖精脸上。妖精大怒，说：“好一颠僧，仙姑我和你远日无冤，近日无仇，你何必跟我作对？”济公说：“你今无故搅乱他安善之家，害王员外之子，又在马静家中闹得人不安生。你又假托人之面貌，败坏佛门。”说罢，将僧帽摘下来，说：“看我法宝来取你。”照定妖精一扔，立刻一片红光把妖精罩住，和尚先过去，到房中取了一碗水，把妙药一块放在碗内，一化成药，给马静灌下，水到肚内，只听“咕噜噜”一响，“哇”的吐出几口黑水来，翻身起来说：“好贱婢，你害得我好苦。”济公说：“你不要生气，你看看你妻子在哪里？已现原形。”马静回头一看，“呀”了一声，不知看见是怎么一段缘故，且看下回分解。

第六十六回

卧虎桥淫贼杀和尚　庆丰屯济公救文生

话说马静睁眼一看，见济公僧帽罩着一个狐狸，有狗大小。济公说："你瞧，这就是你媳妇。"马静说："师父，我妻子乃是狐狸？"济公说："你妻子不是狐狸。这个狐狸跟你有仇，它变的你妻子模样，扰乱家务要害你。你媳妇现在家里，她原本是好人，你不要听了李平的话，先前李平瞧见的，就是妖精变的。你把李平找来，叫他瞧瞧，也可以洗出你的朋友。"马静听罢，赶紧去到酒铺把李平找来。李平来到庙中一看，是一个大狐狸，李平说："这是什么缘故？"马静就把从头至尾的话，对李平一说，李平这才明白何氏嫂嫂是好人。和尚说："马静，你把狐狸杀了。"马静拉出刀来，照狐狸一刀，和尚用手一指，狐狸脑袋掉下来。和尚说："你找柴草点着，把狐狸同高庆的死尸一并烧了。"马静就找了柴草，连高庆的死尸并狐狸一并烧了。和尚说："马静，你可把华云龙放出来呀！还是我到你家里去拿他？"马静说："慈悲慈悲吧！可以看在我的面上，饶恕了他吧。"和尚说："那可不行！华云龙罪大恶极，你要不放出来，我到你家拿他，你得跟着打官司。"马静说："我还是把他放出了，师父再拿他。"和尚说："也好，你去吧。"马静谢过了济公，自己这才回到家中一看，果然他妻子回娘家去刚才回来。马静甚为感激济公的好处，自己来到东配房把夹壁墙开了，说："三位贤弟出来。"华云龙、雷鸣、陈亮三个人说："马大哥，和尚哪里去了？"马静说："华二弟，你快逃命吧！济公他算出你在我这夹壁墙内，我实不能隐瞒你了。我托我的朋友把和尚绊住，少时和尚就来拿你，你快走吧！出了门，你可快走，我也不管你在东西南北，任凭你自己。和尚也不定在哪边等你，你自己酌量。"华云龙一听，吓得颜色更变，不能不走，这才谢过了马静，马静送出大门，华云龙慌不择路，一直够奔正南。往南走了有三里路，眼前有一道桥，名叫卧虎桥，华云龙一看，桥下有一个和尚，正探头往外瞧。华云龙吓得就要跑,自己又一想:"尽跑当了①什么,莫如我掏出镖来打和尚一镖,叫他明枪容易躲,暗箭最难防,打不了他,我姓华的这条命也不要了,跟他以死相拼。"想罢,掏出镖来,和尚又一探头,华云龙抖手一镖,正打中和尚的咽喉。华云龙赶过去一刀,把和尚脑袋砍下来,"骨碌"滚在河内。华云龙把刀擦了擦入鞘内,自己一阵狂笑说:"我打算这么个济颠和尚,项长三头,肩生六臂,敢情就是这样无能之辈,也是个肉体凡胎。听雷鸣、陈亮一说,济颠不亚如神仙,我华云龙还要到临安,再闹个二次,叫他等看看。"自己正在扬扬得意,就听后面有人说:"好华云龙,我看你往哪里走?"华云龙回头一看,是济颠和尚,贼人吓得魂飞魄散,撒腿就跑。书中交代,这是怎么一段事呢?方才华云龙杀的和尚,不是济颠,乃是由毗卢寺跑出来的小白虎周兰在桥底下藏着。他只当是马静追下来,细一瞧不是马静,他也没想到华云龙拿镖打他。这小子也没做好事,他叫小白虎,犯了地名,这道桥叫卧虎桥。华云龙认着是把济公打死,故此济公一说话,华云龙吓得没了魂,尽命逃走。和尚随后紧紧赶来,华云龙围着庆丰屯绕,和尚直追了一夜,天光亮了,把华云龙也追丢了。和尚慢慢往前寻找,见眼前围了一圈人,和尚说:"我进去瞧瞧。"内中有一个人,最讨人嫌。和尚说:"借光。"那人说:"借光给多少钱利钱?"和尚说:"要多少钱给多少钱。"那人说:"我还挤不进去呢,你还挤什么?"和尚照定头里的人脖子上一吹,那人觉着脖子一股凉气,一回头,和尚挤进去。那人说:"和尚,你为什么吹我脖子?"和尚说:"你脖子上停着一个蚊子,我怕叮了你,我是好心吹蚊子呢。"和尚又照头里那人一吹,那人一回头,和尚挤到里面去。那人说:"你做什么又吹我?"和尚说:"那蚊子由他的脖子上,飞到你脖子上来。"和尚走到里面一瞧,是一个二十多岁的男子,赤身露体,身上一根线都没有,头挽牛心发髻,品貌端方,长得不俗。众人问:"你这是怎么一段事?"这人说:"渴。"众人问:"你是哪里人?"这人说:"渴。"众人说:"你姓什么呀?"这人说:"渴。"众人说:"你叫什么呀?为何不穿衣裳?"这人说:"渴。"和尚说:"他是河沽县的,叫河沽。"大众说:"和尚别胡说了。"和尚来到旁边一铺户说:"掌柜的,借我一个碗,给点水给那赤身露体的喝,他直嚷渴。"掌柜的说:"我们不给,倘喝了水竟

① 当了——算。

自死了，我们反担不起。”和尚一瞧，那边菜园子有人在那里打辘轳汲水，和尚过去说：“辛苦，有水没有？”那打水的说：“做什么？”和尚说：“跳井。”那人说：“跳井别处跳去，不准在我们这里跳。”和尚说：“你们有桶，借我一个桶打点水。”那人说：“没有，你要好好来说，倒许①借给你，你说跳井，有也不借给你。”和尚说：“你要不借给我，我就跳下井去，叫你打一场人命官司。”那人说：“你只要不要命，跳了井，我就打一场人命官司，就怕你不敢死。”和尚说：“你瞧我敢死不敢死。”说着话，和尚跳下井去。那人大吃一惊，前到井口一看，和尚没跳下井去，两只脚挂住井口，倒挂蜡烛，脑袋冲下，和尚拿僧帽舀水呢。本来井也浅，那人一瞧说：“和尚你吓傻了我，我看你怎么上来。”和尚使了一个鲤鱼单鹞子翻身上来，说：“我不用跟你借桶，你瞧我帽子舀水行不行？”本来帽子的油垢多了，盛水都不漏，和尚拿着来到这赤身男子的跟前，把水给他喝了，和尚把僧衣脱下来，给这人盖上。工夫不大，这人出了一身冷汗，大众一瞧说：“好了。”就见这人“哎呀”了一声，说：“好和尚，你害得我好苦。”破口大骂。众人瞧着，就有气不平的说：“你这人可真太不懂情理，和尚给你找了水，把僧衣给你盖上，你出了汗好了，你不说谢谢和尚，反倒骂和尚，真是以怨报德，实太无礼。”这人“唉”了一声说：“众位有所不知，我骂的不是这位和尚。我姓张叫张文魁，乃是文生秀才，在龙游县北门外张家庄住家。因家中这几年种落不收，度日艰难，我到临安找我娘舅，借了二百两银子回家，好垫办过日子。没想到走在半路上，我觉着肚腹疼痛，坐在树林子歇息，来了一个秃头和尚，面如喷血紫脸膛，一脸的斑点，他问我‘怎样了’，我说‘肚腹痛’。他给我一丸黑药，我吃了就觉着不能动转，他把我的包裹连银子都拿了去。我一发迷蒙，也不知道怎么会来到这里，落到这般光景，我骂的是那个和尚。”大众说：“这就是了。”济公说：“我把僧衣给你穿，你跟我走吧。”张文魁站起来，跟着济公走。跟前有一座酒馆，和尚就往里走，伙计一瞧，一个和尚穿着破衣草鞋，光着背，一个穿着破僧袍。伙计只当是要饭的乞丐，伙计说：“喂，和尚，没有剩的。”和尚说：“新鲜的都不爱吃，吃剩的？胡说！”和尚带领张文魁，直奔后堂落座。和尚说：“掌柜的，你别瞧我们穿得破，包子有肉不在褶上，招好顾主，财神爷来了。”伙计说：

---

① 许——可能。

“是。”和尚说:“给我煎炒烹炸,配十六个菜来,两壶人参露酒。”伙计说:“人参露卖一吊二百钱一壶,这里便宜一半呢。”伙计也不敢说不卖给他,饭馆子又没有先要钱的规矩,只得揩抹桌案,把菜给要了,把酒拿过来。菜都给上好,和尚让文魁吃,张文魁说:“我不吃。”和尚说:“你怎么不吃?”张文魁说:“吃完了,没钱给人家。”和尚说:“没钱你嚷什么,反正吃完了再说。他要打,就卖给他两下,他打轻了不怕,打重了得给养伤,倒有了下落。”伙计在旁一听:“这倒不错,和尚卖打来了。”和尚正同张文魁说着话,忽然由外面闯进两个人来,一声叫嚷:“好和尚,你在这里!”说着话,直奔济公而来。不知来者是谁,且看下回分解。

第六十七回

二班头饥饿寻和尚　两豪杰酒馆求济公

话说济公正在酒馆跟文魁说话，由外面进来了两个人。伙计一看，这两个人穿着月白裤褂，左大襟，白骨头纽子，原来是柴元禄、杜振英二位班头。他两人自从跟和尚捉迷藏，就找不着和尚，柴、杜二人腰中一文钱没有，连夜追到小月屯。次日直饿了一天一夜，围着小月屯找遍了，也没找着和尚。两个人又饿又气，正在街上闲游，远远望见济公赤着背，同着一个人，穿着和尚的僧衣，进了酒馆。柴、杜二人来到酒馆一看，柴头说："好，你在这里吃上了，我们两个人直饿了一天一夜。"和尚说："你们两个人嘴懒，为什么不吃呢。"柴、杜二人说："没钱，吃什么？"伙计说："这倒不错，又来了两个白吃的。"柴、杜二人饿急了，坐下就吃。伙计暗中告诉掌柜的说："一个穷和尚同着一个光眼子的，又来了两个怯货，大概都是没钱。"掌柜的说："等他们吃完再说。"正在这般光景，只听外面一声喊嚷："老三，你我到里面吃杯酒，好一座庆丰楼！"说着话，进来两个人。头前一位赤发红须蓝靛脸，紫缎色壮士帽，紫箭袖袍，腰系皮挺带，披蓝缎色英雄大氅，后跟这位身穿白褂，翠白脸膛，俊品人物，正是风里云烟雷鸣、圣手白猿陈亮。这两个人在马静家，自华云龙走后，马静说："雷、陈二位贤弟，在我这里多住几天吧。"雷鸣、陈亮说："兄台不必相留，我二人还有事呢，天亮我二人就要告辞。"等到天亮，雷鸣、陈亮告辞，马静说："二位贤弟，吃了饭再走。"陈亮说："我二人实有要紧事呢，你我知己之交，何在一顿饭。"当时二人由马静家出来，一直往南，来到庆丰楼。二人想要吃杯酒再走，迈步进了酒馆，二人直奔后堂，抬头一看，见济公同柴、杜二位班头在那里吃酒，雷鸣、陈亮赶紧上前给济公行礼。掌柜的见这二人穿的衣裳整齐，过去给穷和尚行礼，心中甚为诧异。雷鸣说："师父，你老人家从哪里来？怎么赤着背，把僧衣给他穿上？这位是谁？"济公就把救张文魁事说了一遍，雷、陈二位这才明白。和尚说："陈亮你先同着张文魁出去，到故衣铺中给他买一身衣服鞋袜。"陈亮点头答应，领着张文魁出去，到了衣铺，买的文生巾，文生氅，白袜云鞋，裤袜襟衫，俱都穿好，回到酒馆，把僧衣给了和尚。大家归座，要酒添菜，和尚说："雷鸣、陈亮，你们两个人谁带着钱？周济周济张文魁。"陈亮说："我有四锭黄金，自留两锭，把他两锭，每锭可以换五十两银子。"雷鸣说："我有五十两银子，给他吧。"说着，两个人便摘出来，递给张文魁。文魁说："我与二位萍水之交，如此厚赠，我实惭愧之甚。"雷鸣说："四海之内，皆兄弟也。区区银两，何足挂齿。"众人吃酒，陈亮、雷鸣二人把济公拉到别的桌上无人之处，济公说："你们两个人鬼鬼祟祟什么事？"陈亮说："师父，你老人家慈悲慈悲吧，看在我二人面上，你老人家别拿华云龙。你回临安去，我二人给你老人家叩头。"济公说："你二人不叫我拿华云龙，好办。陈亮，你去买一张信纸，一个信封，到柜上借一支笔来。"陈亮不知和尚要写什么东西，即到外面买了信纸信封，到柜上借了支笔，拿过来交给和尚。和尚背着雷鸣、陈亮写了半天，把信封封好，信面上画了一个酒坛子，这是和尚的花样。陈亮说："师父，这是什么用？"和尚说："我把信交给你二人带回，回头你两人把张文魁送到龙游县北门外张家庄，你二人进北门路西有一座酒楼，字号是'会仙楼'，你两个人进去，上楼在楼门口头一张桌上坐下，打开我这封信来看，要是华云龙今天晚上没有做这件事，我和尚就不拿他。"雷鸣、陈亮也不知和尚写的是什么东西，二人只得点头答应。和尚说："我叫你两个人把张文魁送到家里去，你两个人若不送到了，叫我和尚算出来，和尚要你两个人的命。"雷、陈二人说："是。"和尚说："你两个人送到了张文魁，若不入北门，不上会仙楼去，我和尚算出来，要你两个人的命。你两个人到会仙楼去，若不上楼，不在靠楼门头一张桌上坐下，我和尚算出来，要你两个人的命。你两个人在头一张桌上坐下，不打开我这一封信瞧，我算出来，要你两个人的命。"雷鸣、陈亮一听，这倒不错，错一点就要命。二人点头，把信收好。吃喝完了，把酒饭账给了，和尚说："张文魁，我派他二人把你送到家去，你跟他二人走吧。"张文魁给和尚磕了头，跟着雷鸣、陈亮，三个人在和尚跟前告辞。出了酒馆，顺大路直奔龙游县，三十余里也不甚远，三个不知不觉到了龙游县北门，张文魁说："既然离我家不远，二位恩公到我家里坐坐吧。"雷鸣、陈亮说："既是离你家不远，你回去吧，我二人还有事呢。"张文魁再三谦让，这两个人不去，张文魁无法，又谢了雷鸣、陈亮，自己告辞去了。雷鸣说："三弟，你我进北门瞧瞧去。"两个人进了北门，往南行走，抬头一看，果然路西里有一座会仙楼，门口挂着酒牌子，上有“李白斗酒诗百篇，长安市上酒家眠。天子呼来不上船，自称臣是酒中仙”。应时小卖，午用果酌，闻香下马，知味停车，里门刀叉乱响。二人迈步往里面奔，一进门南边是灶，北边是灶！二人直奔后面，地方甚为宽阔，楼下酒饭座甚多。靠北墙是楼梯，二人登楼梯上楼，靠楼门有一张桌，雷鸣、陈亮刚才落下座，就听楼下有人让账①说：“华二哥你不用让，这笔账我们早给了。”陈亮一听一愣，往楼下一瞧，原来是华云龙同着两个人在楼下让账，一个人是壮士打扮，头戴翠蓝色六瓣壮士帽，上安六颗明珠，身穿翠蓝箭袖袍，腰系丝鸾带，薄底靴子，肩披一件蓝缎色英雄大氅，三十以外的年岁，黄脸膛，细眉圆眼。一个人是武生打扮，二十以外的年岁，青白的脸膛。陈亮一看，说：“雷二哥，你看两个人同着华二哥，决不是好人。”雷鸣说：“你不必管他，你瞧瞧师父这封字柬写的是什么。”陈亮把字柬拿出来一看，就是一愣，说：“二哥，你看，了不得了。”雷鸣说：“我看什么？我又不识字，你念与我听就得了。”陈亮说：“师父只是八句解话，我念你听了，上写是：

侠心义胆壮千秋，为救云龙苦谋求。今至龙游三更后，北门密访赵家楼。有染美女伊须护，剪恶先当断贼头。云龙今夜无此事，贫僧明日返杭州。”

陈亮念罢这张字柬说：“二哥，师父这八句话，是说华云龙今夜要在赵家楼采花。师父又说，华二哥今天要没这事，他老人家就不拿他。这件事可真假难辨，叫你我二人暗中瞧着，保护贞节烈女。咱们打听打听赵家楼在哪里。”雷鸣说：“就是。”二人这才要了几壶酒，要了四碟菜，吃喝完了，给了酒饭账，二人一同下楼，出了酒馆往北走，见对面来了一位老者，苍头皓首，须发皆白，陈亮过去施礼说：“借问老丈，有一个赵家楼在哪里？叩求老丈指示明白。”那老者一听，说：“尊驾打听赵家楼？小老儿今年七十余岁，在这里根生土长，大小胡同没有我不知道的，只是没有赵家楼这个地名。哎呀！我们这本地倒有一家财主姓赵，人称他赵善人，他家里可有楼房。”陈亮一听，真是随机应变，赶紧说：“不错，是人家托我带一封信，说龙游县北门里有一家财主姓赵，有楼，是我方才说得不明白。”老

---

① 让账——互相争着结账。

丈说:“你要找赵善人家,你往北瞧路东有一座德泰裕粮店,北边那条胡同叫兴隆街,你进胡同一直往东,到东头路北的大门口有‘乐善好施’的匾额,有棵大槐树,那就是赵宅。”陈亮、雷鸣打听明白,二位英雄这才要夜探赵家楼,保护贞节烈女,捉拿淫贼华云龙。不知后事如何,且看下回分解。

第六十八回

看字柬寻访赵家楼　见孝妇英雄施恻隐

话说雷鸣、陈亮听老丈说明了道路，二人一直往北，走了不远，果见路东有一座德泰裕粮店。北隔壁是一条大街，二人进了旧兴隆街一直往东头一看，见路北里是广亮大门，门口有两个龙爪槐，门上有“乐善好施”的匾额。陈亮一看，知道里面栽着内挂。书中交代，什么叫内挂呢？此乃是江湖绿林中的黑话。保镖的调坎，说叫内挂，街上卖艺的叫星挂。陈亮看罢，同着雷鸣二人又往东走。瞧大门东边有一个向北小胡同，雷鸣、陈亮二人进了小胡同，一直往北，这个胡同甚窄，大约也只有二尺度。陈亮说：“二哥，你瞧这个小胡同，要是对面来了胖子就挤不过去。”二人来到北头一看，西墙里是赵宅的花园子。雷鸣、陈亮站在高坡之处一望，见一座花园，里面极其讲究，有假山子石，有月牙河、牡丹亭、蔷薇架、小舟船、留芳阁、避暑楼、赏雪亭，真有四时不谢之花，八节长春之草。花园子当中有三间楼房，支着楼窗，挂着帘子，有几个仆妇丫环拿了小筐下楼摘花，摘后又复上楼。陈亮说：“二哥，你看这楼上必住着姑娘妇女。”隔着帘子，也瞧不出是姑娘还是少妇，二人也不肯紧往里瞧，又怕人家里面瞧见。陈亮说：“二哥，你我今天晚上就由这条路来探访。”说着话，二人复又往南。刚才出了小胡同，只见赵善人门口，围着一圈子人。陈亮一愣：“方才进小胡同的时候，这里并没人，这是什么事？”陈亮分开众人，挤进去一看，是一个年轻的少妇，头上抹着白布，身上穿着孝衣，系着麻辫子，白布蒙鞋，旁边站着一个老者，在地下铺着一张纸，上写着一张告白：

四方爷台得知，小妇人刘王氏，在旧兴隆街西头路北住家。只因家中寒难，婆婆忧虑日深，旧疾复发，服药无效，于昨日申时病故。小妇人丈夫素做小本营生，现在身患恶疮，不能动转，小妇人婆婆一故，衣衾棺木皆无，家中素无隔宿之粮，当卖俱空，遭此大难，唯唤奈何？万出无奈，叩乞四方仁人君子，施恻隐之心。自古有麦舟之助，脱骖之谊，今古皆然。倘蒙垂怜，量力资助，共成善举，以免小妇人婆婆尸骸暴露，则殁存均感矣！

刘王氏拜叩。

陈亮一看，甚为可惨，就听旁边站着那老者说："众位大爷，这妇人是老汉的邻人，只因她婆婆死了，她丈夫生了疮，不能殡葬，她家里又没人，我同着她出来，求四方仁人君子老爷们，行好积德，有一个赈济她一个。"大家辐辏①，旁边就有好行善的，瞧着可怜，刚要掏钱，旁又有一人说："老兄，你不必信，这个不知是真是假？怕是借此做生意的。"这一句话，那人要掏钱就不掏了。这就是一言兴邦，一言丧邦。说坏话这人，姓陈，名叫事不足，外号叫坏事有余。陈亮一瞧，说："二哥，这是好事，我们两个人周济周济她。"雷鸣说："好。"掏出一包银子，有十余两，递给那妇人，陈亮说："这银子一共约有四十两，你拿去回家买棺木吧，省得你一个妇人家在这里抛头露面的。"这妇人一见陈亮给这些银子，赶紧问："二位恩公贵姓大名？"陈亮说："你也不用问我，我们也不是这里人，你也不必打算报答，你回去吧。"书中交代，这个妇人倒没想到过路的人有如此行好事的，她本意化赵善人家。当初赵善人常施舍棺材，皆因无耻之徒闹坏了事，没有死人，也穿了孝袍到赵家磕头化材，诓了棺材，他把木头劈开卖了，因此赵宅现在不施材了，非得瞧见是真死人才舍。这妇人原打算到赵宅门口来化赵善人，没有想到雷鸣、陈亮二人周济她这些银两，那妇人谢了陈亮二位竟自去了。雷、陈二人做了这件好事，见妇人去后，才出了兴隆街西口，找了一座酒楼，二人吃酒，直吃到天有初鼓以后。会了酒饭账，二人出了酒馆，找在无人之处，把夜行衣包打开，换上皂缎色软扎巾，迎门拉慈茹叶，穿上三岔通口寸帕衣，周身扣好了骨纽，寸半罗汉股丝绦，在胸前双拉蝴蝶扣，把走穗掖于两肋，头前戴好了百宝囊的兜子，里面有千里火、自明灯、拨门撬户的小家伙，一切应用的物件，皂缎兜当棍裤、蓝缎子袜子、打花绷腿、倒纳千层底的靸鞋，把刀插在软皮鞘内，拧好了扎把簧，把白昼的衣服包在包囊之内，斜插式系在腰间，抬了抬背膀，收拾停当，二人拧身蹿上房去，越脊穿房，往前够奔。二人走到一所院落，是北房三间，东里间屋中有灯光闪闪，人影摇摇，猛然听屋中说："娘子，你把二位恩公供上了么？烧了香么？"就听有妇人说："供上了。"又听说："娘子，你歇歇吧，明

---

① 辐(fú)辏(còu)——形容人或物聚集像车条集中于车轴一样。

天再去买棺材。真难为你，这几天受这样累，你歇息睡觉吧。总算老天爷没绝人之路，真有这样挥金如土的人。”陈亮在房上一听，说话甚耳熟。一拉雷鸣，二人由房上蹿下来，到窗棂外，把窗纸湿了个大窟窿，往屋中一看，见地下停着一个死人，是老太太；顺前檐的炕上一个三十多岁的男子，腿上长着有碗大疮；靠东墙有一张桌，桌上供着牌位，上写“二位恩公之神位”。烧着三炷香，地下站立一个妇人，正是那白天的化棺材的妇人。陈亮见这妇人往炕上一躺，和衣而卧，把灯吹了。陈亮一拉雷鸣，二人来到东墙根，陈亮低声说：“了不得了，那妇人把咱们两个供上烧香牌位，上写着‘二位恩公之神位’。”雷鸣说：“供上怕什么？”陈亮说：“二哥你可不知道，你没看过闲书，古来隋唐上有一位叔宝秦琼，他在临潼山救了唐王李渊，唐王李渊问他姓叫什么，秦琼走远了说：‘我叫秦琼。’唐王李渊没听明白，回去供琼五大将军，折受得秦琼在潞州城当锏卖马。你我凡夫俗子，他若供着烧香，岂不把你我折受坏了？”雷鸣说：“我去把牌位偷出来。”陈亮说：“你偷出来，明天她再写了。”雷鸣说：“怎么样办？”二人正说着话，只见墙上往下一掉土，陈亮、雷鸣只当是华云龙到赵家楼采花去，走在这里。二人赶紧往墙根下一贴，翻着脸往上瞧着，只见由墙外立起一根杉杆，上面绑着横棍，这叫蜈蚣梯子，由外面上来一个小毛贼，眼往四下里瞧。书中交代，来的这个贼人姓钱，叫钱心胜。小小子原来在兴隆街住，素日无所不为。吃喝嫖赌，把老人家的产业都花完了，媳妇出去给人家当仆妇，他在家里也无甚事。今日白昼，他瞧见雷、陈二人周济刘王氏一包银子，有四十余两，他恨不能把银子给他。晚间，他这才想出主意，做好了蜈蚣梯子，来到刘家，上了墙瞧了一瞧，顺梯子下去，掏出一把小刀，来到上房拨门，拨一下，听一下，拨了三下，将门拨开。贼人进去一瞧，屋内也没有箱子柜。刘王氏夫妇睡着了。本来也没地方搁银子，就在席底下搁着，贼人一摸就摸到手中了，心中颇为欢喜。由屋中出来，顺着蜈蚣梯子爬上墙去，骑在墙上把杉杆提出去，立在墙外，顺着梯子下去。雷、陈二人看得明明白白，心上说：“好贼人，真是狼心狗肺，人家死了人没棺材，叩头化来的银子他给偷了去。”陈亮气往上撞，说：“二哥，你在这里等我，别走，我去追他！”雷鸣说：“就是。”陈亮这才伸手拉刀，蹿出墙外。不知后事如何，且看下回分解。

第六十九回

钱心胜黑夜偷银两　圣手猿暗探赵家楼

话说陈亮拉刀蹿出来一看，见贼人一晃，进了路北一个门楼。陈亮赶过去，由门缝一看，见贼人在院中把蜈蚣梯子解了，拿着进了北上房。陈亮拧身蹿到院内，这院内是北房三间，见贼人到北房东里间，点上了灯。陈亮来到窗外，把窗纸湿了个小窟窿，往屋中一看，这屋里是顺后檐的炕，炕上搁着一张床桌，搁着一堆棉被，地下有八仙桌，钱柜杌凳，桌上搁着一盏灯。贼人坐在炕上，把银子掏出来，乐得心花俱开，把钱包打开，瞧着自言自语，拿出一块银子来说："这块银子置房，这块银子买地，这块银子做买卖。"说了半天，把银子包起来，搁在钱柜之内，由钱柜里拿出一吊钱来，拿了一百文，拿酒壶出去打酒。陈亮早藏在房上。钱心胜出来把门带上，唱着哈哈腔，又唱二簧，又唱时调小曲，自己欢喜得不知如何是好。来到酒铺，说："王掌柜给我打酒。"这个酒铺掌柜的是山西人，叫老西。钱心胜先前常诓老西的酒喝，到晚上去打酒，老西上门，隔着小洞儿卖酒，钱心胜带两把一样的酒壶，灌上一壶凉水，拿空壶给老西打酒，老西打好了递给钱心胜，钱心胜说："掌柜的给我记上账吧。"老西说："不赊。"钱心胜说："不赊，你把酒倒下吧。"他把那壶凉水递给老西，老西倒在酒坛子里，钱心胜白换一壶酒。日子长了，老西生了疑心，因近来吃酒的都说酒不好。这天钱心胜又打酒，把酒打上，他要赊，老西说："不赊。"钱心胜说："不赊，你倒下吧。"又把凉水递进去。老西一尝是凉水，出来把钱心胜揪住，一瞧他是两把壶，老西跟钱心胜打起来，有人给劝了。今天钱心胜一说打酒，老西道："钱先生你又来骗酒来。"钱心胜说："我先给你钱，打一百钱的酒。"把酒打上，钱心胜拿着酒壶，心满意足地回来。刚一到门口，陈亮由后面一把手，把钱心胜的脖子一捏。书中交代，钱心胜走后，陈亮到他屋中，开了钱柜，把银子拿出来，连他剩的九百钱也拿着，把他炕上的棉被，用火点着，拿桌一押，来到外面等着。见钱心胜打酒回来，陈亮过去将贼人揪住，拉出刀来说："你要嚷，我要你的命。"贼人也不敢嚷。陈亮把他捆上，把嘴塞上，往大门口外头一搁，陈亮说："我乃夜游神是也，专查人间善恶，你偷了人家的银子，应当叫你报应。"说完了话，陈亮走了。钱心胜往院里一瞧，屋中烟直往外冒，钱心胜着急，又不能动，塞着嘴又不能嚷，直哼得嚷不出来。由东面过来两个打更的，一个拿梆子，一个拿锣，这个说："这条胡同甚不清净。"那人说："你别吓我，我胆子小呀！"说着话，就听"哼"的一声，吓得两个打更的背脊发麻，这个说："是鬼呀。"那个说："多怕呀。"正说着，又听"哼"了一下，这个打更的壮着胆子过来一瞧，认得原来是钱心胜，鼻子内嚷嚷不出来，想叫人听得，好过来把他放了。于是，两个打更的这才把他解开，将他嘴里的东西掏出来，打更的说："钱先生，你怎么被人捆上？把我两个人吓着了。"钱心胜说："我遇见夜游神了，你们二位请吧。"贼人赶紧到屋中，一瞧被褥全烧着了，急忙把火扑灭，再开钱柜一瞧，银子没有了，连钱也没有了，这是贼人报应。不讲钱心胜，再说陈亮拿着银钱回到刘王氏院中，偷进屋中，把老太太的死尸手扳开，把银子搁到死尸左手里，把钱搁到右手里，把桌上供的牌位撕了，来到院中，拿了个破盆"扒叉"往地上一掷。刘王氏夫妻也惊醒了，赶紧点上灯一瞧，见老太太死尸左手拿着银子，右手拿着钱，夫妻二人正在纳闷。陈亮外面喊嚷说："本家主人听真，明天不准再供恩公的牌位，再供必有大祸，我要去也。"说完了话，雷鸣、陈亮拧身上房，直奔赵家楼来。来到赵家花园，暗中瞧探，院中一无人声，二无犬吠。二人蹿到里面，直奔楼下，拧身蹿到楼上，见阁上东间点着灯，二人来到窗外，把窗纸湿破，往里一看，这屋里真是幽雅佳境，靠北墙是一张湘妃竹的床，床上挂着洋绉的帐幔，当中挂着花篮，里面有茉莉夜来香，床上有藤席凉枕，香牛皮的夹被，两旁是赤金的帐钩，线缎的床围；靠东墙有一张俏头案，当中摆着水晶金鱼缸，里面养着龙睛凤尾淡黄鱼，桌上摆着金钟玉磬，两头摆着一棵珊瑚树，一棵翡翠的白菜，还有各种瓷器；靠西墙外边，有一张月牙桌，桌上有镜子，上面有粉缸，梳头油瓶，一切妇人应用的物件；靠窗户一张八仙桌，镶着墨玉的棋盘心，两边有把太师椅子，桌上有图书，盘里面搁着文房四宝，有斑竹镌成一支笔筒，里面有几支笔；东墙上挂着一轴条山，画的是富贵牡丹图，两旁有两条对联，上写：

女虹各月四十有五日，饮酒百年三万六千觞。

陈亮看够多时，见屋中只有一个仆妇，并无别人，复返同雷鸣二人下楼。陈亮说:“这楼上没有人,二哥,你我同到前面瞧瞧去。”二人施展飞檐走壁蹿房越脊本领,如履平地相仿,往前够奔。这院中是三层房,头一层是待客厅、外书房,陈亮、雷鸣二人来到二层子东配房,趴在后房坡,往下一看,见房檐下挂着八角灯,北上房屋中灯光闪灼,见有两个男暹暹抱着弦子胡琴,两个女暹暹弹琵琶打扬琴,正在弹唱。原来今天是赵员外的寿诞之期,大家忙乱了一天,亲友来祝寿,天色已晚,大家陆续告辞。雷鸣、陈亮看够多时,陈亮说:“二哥,你我到后面去等着吧,本家大概有喜事,总得亲友散净了,本家才能安歇呢。”二人复反蹿房越脊,来到后面,在暗中等着。直等到天交二鼓,忽见由前面灯光一闪,有两个丫环打着灯笼,两个仆妇搀着一位女子,雷鸣、陈亮暗中借灯光一看,这位女子真是千娇百媚,万种风流,怎见得?有词为证:

只闻香风阵阵,行动百媚千娇。巧笔丹青难画描,周身上下堆俏。身穿蓝衫可体,金钗轻笼鬓梢,坠金小扇手中摇,粉面香腮带笑。

陈亮暗中一看,果然绝世无双,头上脚下,无一不好。陈亮再一看,这女子后面,又有两个丫环搀着一位女子,也不过十八九岁,尤加美貌。见这位女子怎样打扮?有赞为证:

头上乌云,巧挽盘龙髻。髻心横插白玉簪,簪插云鬓飞彩凤。凤袄衬花百子衫,衫袖半吞描花腕。腕带钏镯是法蓝,蓝缎绾裙捏百褶。褶下微露小金莲,莲花裤腿鸳鸯带。带佩香珠颜色鲜,鲜妍长就芙蓉面。面似桃花眉柳弯,弯弯柳眉衬杏眼。眼含秋水鼻悬胆,丹朱一点樱桃口。口内银牙糯米含,含情不露多娇女。女中魁元,好似仙女临凡。

陈亮看罢,心中暗为赞美,再一看后面,还有一位十六七岁的女子,也有两个丫环搀着。陈亮细看:

这佳人,天然秀,不比寻常妇女流。乌云巧挽青丝髻,黑真真长就了未擦油。眉儿弯,如春柳,秋波儿眼情儿漏。鼻梁端正樱桃口,耳坠金环挂玉钩。穿一件,藕色氅;翠挽袖,内衬罗衫楼外楼。百褶宫裙把金莲透,端又正,尖又瘦。瞧着好像不会走,行动犹如凤点头。心儿灵,性儿秀,美貌天仙比她丑,真正是貌美丰姿体态温柔。

雷鸣、陈亮看了这三位女子,真是一个比一个强,梨花面,杏蕊腮,瑶池仙子月殿嫦娥恐不如也。这三位小姐,这个说:“你碰了我了。”那个说:“你踩了我的脚。”说说笑笑,都顺着楼梯上楼进去,陈亮同雷鸣来到窗外一瞧,见三位姑娘都把衣裳脱了,这个说:“姊姊,你可累着了,老员外的生日,有多少亲友来,哪里得走?你我此刻且歇息吧。”只见三位姑娘喝了一碗茶,把床帐一放,和衣而卧。丫环把灯吹了,众人够奔西里间安歇。陈亮、雷鸣在暗中等着,天交三鼓,忽然来了三个江洋大盗要来采花。不知二侠义如何捉拿淫贼,且看下回分解。

第 七 十 回

见美丽淫贼邀知己　遇故旧三人同采花

话说雷鸣、陈亮见三位姑娘安歇，两个人奉济公之命，在暗中保护，等候捉拿淫贼。陈亮说："二哥，你看这三位女子，果然是十分人才，世上第一的美人，不怪华云龙要来采花。"两个人说着话，在暗中藏着，忽然打一块石子来，见东墙上一连三条黑影，行走如飞，都是穿着夜行衣。陈亮说："二哥你看，果然师父未卜先知，有先见之明。你看这三个人，当中走的是华云龙，头里走的那个，我认识他，也是西川人，跟华云龙是拜兄弟，也是个采花淫贼，叫桃花浪子韩秀，后面走的那个人，我可不认识。"雷鸣说："后面那个我认识，叫白莲秀士恽飞。"说着话，见三个贼人直奔楼房东里间去了。书中交代，华云龙自从马静家出来，被济公追了一夜，好容易逃脱了，自己直奔龙游县而来。刚来到北门，抬头一看，见眼前来了两个人，一个是穿翠蓝褂，壮士打扮，乃是桃花浪子韩秀，一位是武士公子打扮，正是白莲秀士恽飞。这两个人也是西川路上有名的江洋大盗，跟华云龙是知己相交同类之友。今天一见华云龙，两个人赶奔上前行礼说："华二哥你一向可好，怎么今日会来到这里？"华云龙一看，说："原是二位贤弟，哎呀！呼吸之间，你我弟兄恐今世不能见面了。"韩秀、恽飞说："兄长何出此言？"华云龙说："你我弟兄自西川分手，我在外面事多了。"就把三访凤凰岭、巧遇威镇八方，后来在临安乌竹庵采花伤人、泰山楼杀死秦禄、秦相止府盗玉镯凤冠的事，从头至尾对二人述说了一番。韩秀、恽飞说："好，兄长中京都做这样惊天动地的事，真算出类拔萃。兄长这打算上哪去？"华云龙说："我也无地可投。"韩秀说："兄长可曾带熏香盒子？"华云龙说："做什么？"韩秀说："我告诉二哥，我们两个人来到这龙游县，住在十字街富盛店，有十数天。我二人没事闲游，在兴隆街有一家赵姓，是大财主家，里有花园楼房，我们那日瞧见楼窗口有三个女子，长得绝类无双，真可算天下第一佳人，世间罕有。我二人没熏香盒子，不敢去采花，恐怕人家里头人多，倒反为不美。我二人自那天瞧见，时刻惦念在心，没有主意,要不碰见兄长,我二人打算要走。你要带着熏香,该当你我作乐,要得这样美人,你我生平之愿足矣!”华云龙一听,淫心一动说:“好办,你我弟兄先喝酒去。”三个人这才一同复返进城,来到会仙楼要酒要菜,开怀畅饮,快乐非常。三个人都吃的酒足饭饱,伙计一算账,三个人一让账,楼上陈亮、雷鸣刚来到,瞧见华云龙同着两个人,这三个人可不知雷鸣、陈亮在楼上,韩秀会了账,三个人出来酒饭店,韩秀说:“华二哥,你我仍回富盛店罢,不必在街市闲游。”华云龙说:“好。”三个人同来到十字街富盛店。伙计一瞧,说:“二位大爷又回来了?”韩秀说:“我们碰见朋友,暂且不走了,还要盘桓几天,你把上房开了。”伙计答应,拿钥匙把门开了,三个人来到上房,伙计端上一壶茶来,三个人也俱有点醉了。华云龙说:“你我没事,可以睡一觉。”三个人就躺下睡了。睡到天黑起来,要酒要菜吃喝完了,天有初鼓,韩秀、恽飞说:“二哥,咱们走吧。”华云龙说:“你们两个人真是笨头,哪有这么早去的?人家没有睡呢。倘被人瞧见一嚷,看家的、护院的出来,把你我拿住了,如何是好?偷盗采花总在三更以后,路静人稀,都睡着了才能使熏香。”这两个贼人无奈,急得了不得,好容易盼到三更。三个贼人换好夜行衣,由屋中出来,店里早都睡了,将门反带,留了个记号,拧身上房。蹿房越脊,行走如飞,心急似箭,来到花园,见静寂寂,空落落,一无人声,二无犬吠,先用问路石一打探,听没有动静,三个贼人直奔楼房。来到窗外,华云龙先掏出六个布卷,三个人把鼻孔塞好,华云龙把熏香盒子点着,一拉仙鹤嘴,把窗纸通了个小窟窿,把仙鹤嘴搁了进去,一拉尾巴,两个翅膀一扇,这股烟就由嘴里冒进屋子里去。此时陈亮、雷鸣来到楼房上前坡趴着。三个人觉着工夫不小了,把熏香盒子撤出来收好,把上下的窗户摘下来,三个人蹿到屋里,华云龙一晃火折把灯点上。此时那三位姑娘都被香熏过去,人事不知,这乃赵员外一个侄女两个女儿。华云龙撩起帐子,借灯光一看,这三个女子真正貌比西施。贼人心中甚为喜悦,韩秀说:“华二哥你瞧,好不好。”华云龙说:“果然是好,你我弟兄每人一个,也不必挑选。我出个主意,写三张字,一、二、三,咱们三个人拈阄,省得争夺。”韩秀说:“也好,这三个女子,我都爱。要依我说,咱们三个人乐完了,每人背一个走,每人有这么一个媳妇,总算这世没白来。”雷鸣二人在房上一听贼人所说的话,二位英雄把肺都气炸了,陈亮赶紧够奔前面,自己要去给本家送信,雷鸣揭起瓦来,照定华云龙就是一瓦。华云龙正要写字拈阄，脸向里说话，由后面来了一瓦，正打在后脑上，把脑袋也打破了。雷鸣打了贼人一瓦，赶紧跳下来要跑，三个贼人由里面蹿出来就追。雷鸣赶紧把香牛皮的隔面具戴上，遮住本来面目，见三个贼人追出来，雷鸣准知道这三个贼人的能为，都是艺业出众，自知敌不过了，不敢动手，蹿房越脊就跑。贼人要想把雷鸣追上瞧瞧是谁，焉想到前面人声喊嚷起来。原本是陈亮先来到前面，站在房上喊嚷："本家主人听真，后面楼上有贼，快去拿贼去，晚了可就了不得了！"陈亮说完了话，隐在一旁。本家的看家的、护院的、打更的、打杂的，众人听见，各执灯球火把，齐声喊嚷"拿贼"。三个贼人本打算要追杀雷鸣，听得人声嘈杂，三个贼人也不敢再追。华云龙说："合字风紧，扯活吧。"三个人蹿房越脊，竟自逃走。雷鸣找着陈亮，二人也蹿出来，到无人之地，把包裹打开，将夜行衣脱了，把白昼衣换好。陈亮说："二哥，你我不必管了，叫济公拿华云龙吧。"雷鸣说："对，咱们不管。这三个人真可恨，乱臣贼子，人人得而诛之。"说着话，等到天光大亮，红日东升。陈亮说："二哥，咱们找师父去。"二人慢慢往前正走，只见对面来了两个行路的，这个说："二哥，你去瞧热闹去吧，在东门外头，有一个人买棺材搁着正往前走，来了一个穷和尚把棺材截住不叫走，他问：'买棺材是盛衣裳，是盛钱？'人家说'是装死人'，和尚就要躺在棺材里试试。人家不叫试，和尚把棺材踢坏了，打起架来。你去瞧去吧。"陈亮一听，说："二哥，这必是济公，咱们去瞧瞧。"二人来到东门外一瞧，果然是济公。书中交代，济公在酒馆打发雷鸣、陈亮送张文魁走后，同柴、杜二班头由酒馆出来，柴头说："师父，你老人家说到千家口就把华云龙拿住，直到如今倒是怎么样？"和尚说："你们跟我到龙游县去，准把华云龙拿住。"柴、杜二人跟着济公来到龙游县。天已黑了，三个人找了宿店，要酒要菜，吃喝完毕，要了三份铺盖，躺下睡了。柴头道："师父，明天店钱饭钱怎么办呢？"和尚说："不要紧，都有我呢。"睡到四更天，和尚起来，悄悄到了院中，一拍窗户说："柴、杜头，明天龙游县见。没有店钱饭钱，我可不管，我要走了。"说完了话，和尚跳墙出店一直来到东门外。和尚一蹲，等到太阳出来，只见由那边来了四个人抬着棺材，后跟着一个老丈。和尚过去把抬棺材的拦住，和尚说："抬上哪里去？"抬棺材的说："进城。"和尚说："这棺材是盛衣裳的，是盛钱的？"有掌柜的跟着过来说："和尚你疯了，哪有买棺料盛衣裳的？这是装死人的。"和尚说："装死人先得活人试试长短，你搁下，我躺下里头试试。”掌柜的说：“不能叫你试。”和尚过去一脚，把棺材踢破了。掌柜的一瞧，气往上冲，吩咐伙计要打和尚。不知后事如何，且看下回分解。

第七十一回

奉师命趋吉避凶　华云龙镖伤三友

话说济公过去一脚把棺材踢了。掌柜的一瞧真急了,要打和尚。书中交代,济公为什么拦住棺材不叫走呢?皆因棺材铺掌柜的心田不公。这个买棺材的老丈姓李,就是跟着刘王氏化棺材的。那老者原是因刘王氏家中没人,她丈夫刘福生了疮,不能动转,所以帮他们的忙。有雷鸣、陈亮周济四十多两银子,刘王氏就烦李老丈去买棺材。李老丈也不会买,来到东门外同峰桅厂,一瞧这口棺材,足够四五六的尺寸,漆着黑油。一问掌柜的卖多少钱?这位掌柜的说:"十五两银子。"这口棺材,是削檐钩头,原是两层板包的,里面是刨花锯末,外头一上油,瞧着好像杉木,实是碎木头做的,尽值五两银子。掌柜的是成心冤人,向李老丈要十五两,连抬代埋二十两银子。李老丈也不懂还价,就答应了。掌柜的一想:"这号买卖做着了,可以剩十几两银子,又够定一个月的伙食。"赶紧叫四个伙计,抬着跟去入殓。哪想刚走到东门,和尚拦住,要躺在里头试一试。掌柜的不肯,和尚用脚一踢,把一层薄板踢碎了,由里面直掉下锯末。李老丈一瞧说:"我不要了。我只说是厚木头,哪知里面净是锯末,我不能要。"掌柜的一想,已然银子到手,和尚给他破了,气往上冲。吩咐伙计:"你们拉住尽打!"四个伙计就奔上来,要揪济公。济公用手一指,口念六字真言:"唵嘛呢叭迷吽,唵,敕令赫。"这四个伙计眼定了,瞧着他们掌柜的,当是和尚。四个伙计揪住掌柜的就打。掌柜的说:"别打,是我!"伙计说:"打的就是你。你为什么搅我的买卖?"掌柜的说:"我是王掌柜。"四个伙计方才明白过来,一瞧把掌柜的打了。复反①四个人又要揪和尚打。这个时光,雷鸣、陈亮赶到。陈亮说:"别打,怎么回事情?"掌柜的一瞧,这两个都是壮士打扮,相貌不俗。说:"二位大爷别管,我跟和尚是一场官司。"李老丈一瞧,认识是二位恩公。陈亮说:"因为什么?"李老丈

---

① 复反——回过头。

说："二位恩公要问，皆因刘王氏家中没人，托我买棺材，我上了年岁瞧不真，我只当这棺材真有四五寸厚。哪知是两层薄板夹着锯末。"陈亮一看说："掌柜的，你这就不对了，做买卖不准欺人，你趁早给人家换一口好棺材。不准争斗。要不然，我拿片子送你。"掌柜的也不知雷鸣、陈亮有多大势力，敢怒而不敢言。济公掏出一块药来，说："李老丈，你把这块药拿回去，给刘福敷在疮上，包管药到病除。"李老丈说："大师父什么称呼？"陈亮说："这是灵隐寺济公长老。"李老丈谢了济公，拿着药，同棺材铺掌柜的回店，另换了一口棺材，抬到刘福家。把药给刘福上了，疮也好了，把他母亲葬埋了，一家人感念济公的好处，这话不表。单说济公见了雷鸣、陈亮，和尚说："你们两个人由哪里来？"陈亮说："别提了，我二人再也不管华云龙的事了。"济公说："好，咱们喝酒去吧。"三个人进了城，来到一座酒店。到了后堂，要酒要菜。济公喝着酒，叹了一声。陈亮说："师父为何叹气唉声？"和尚说："我看你两个人怪惨的。"陈亮说："惨什么？"和尚说："天有什么时候？"陈亮说："天有巳初，早得很。"和尚说："天交正午，你两个人就准要死。"陈亮一听，大吃一惊，知济公是未卜先知。陈亮说："师父，既知道我二人有大难，可以躲得了躲不了？"济公说："你二人要打算趋吉避凶，天到正午，你两个人须出了龙游县的交界，方可躲得了。"陈亮也不知龙游县有多大地方，忙问走堂的："这龙游县的交界有多远？"伙计说："往西有三十余里，向东有五六十里，往南北俱有七八十里。"陈亮一听，就是往西近。这才说："师父，我两个人这就逃命了。"济公说："你走吧。天交正午千万可要离开。"陈、雷二人说："是。"二人给了酒钱，出了酒店，一直往西。刚一出西门，雷鸣道："老三，我实在困了，走不了。一夜没睡，我眼睛睁不开，腿也走不动。"陈亮说："二哥，你快走吧。师父的话，不可不信。"说着话又往前走。眼前是大柳林。雷鸣说："我可实在走不动了。"陈亮说："你不走，可许有性命之忧。"雷鸣说："这里又没有人，我歇息吧。"说着话，他就在地下一坐，往树上一靠就睡着了。陈亮心神不安，也不敢睡，坐在旁边。工夫不大，只见由南来了一个人，正是华云龙。书中交代，华云龙自从赵家楼逃走，三个贼人回了店。华云龙埋怨韩秀、恽飞："要不是你两个人，我何至涉这危险！"恽飞说："你别埋怨我们，倒是你愿意去。我们两个人要上临安逛去。你走你的吧。"这两个人今天一早走了。华云龙心中很烦，自己出来闲游，正走在大柳林,一瞧是雷鸣、陈亮。华云龙心中一动:“昨天在赵家楼跟我动手,好像雷鸣?也许是他。”陈亮这个人机灵,赶紧站起来说:“华二哥一向可好?从哪里来,怎么还不远走?”华云龙说:“你们两个人从哪里来?”陈亮说:“我们由小月屯来。”正说着话,雷鸣醒了。一睁眼说:“华二哥,恭喜,贺喜,大喜呀!”华云龙说:“喜从何来?”雷鸣这个人口直心快,不懂撒谎说:“你在赵家楼采花作案,还不是大喜?”华云龙说:“你怎么知道?”雷鸣说:“要得人不知,除非己莫为。”华云龙说:“好,昨天是你这小辈跟我动手。”雷鸣一听说:“好,狗娘养的,你骂我小辈,我拿刀剁了你!”说着话,拉出刀来,照云龙就剁。贼人摆刀相迎。二人杀在一处。陈亮说:“华二哥、雷二哥,不可动手。三两句话翻了脸,你我自己弟兄,岂不被人耻笑?”雷鸣哪里肯听,一刀跟着一刀,恨不能把华云龙杀了,方出胸中恶气。贼人的武艺,比雷鸣强得多。故意游斗,把雷鸣擂得浑身是汗。陈亮一瞧,把刀拉出来说:“雷二哥闪开!”雷鸣闪身躲开。陈亮说:“华二哥,你也站住。咱们弟兄是金兰之好,你们两个人一动手,叫兄弟帮谁?华二哥你走你的。”雷鸣把口气缓过来,又摆刀过来动手。工夫大了,还是不行。陈亮一瞧,又过来拦住说:“华二哥,你是个做哥哥的,总得有容让。异姓有情非异姓,同胞无义枉同胞。”说着话,雷鸣把气歇过来,仍然摆刀照华云龙要砍。陈亮又过来相劝。如是者三次。华云龙说:“好呀!你两个人使这车轮战法。他乏了,你过来说,他歇了又动手。就叫你两个小辈摆刀来过,华二太爷也不放在心上。”正动着手,忽然华云龙掉头就跑。雷鸣刚往前一追,贼人回头喊说:“镖来!”抖手就是一毒药镖。雷鸣见镖打来,一闪身没躲开,正打在华盖穴上,翻身栽倒。雷鸣觉着镖打上,半身一发麻,就知道没了命了。陈亮赶过来说:“二哥怎么样?”雷鸣说:“我完了。我受了毒药镖,十二个时辰准死。贤弟,你走吧。你要念及兄弟之情,你到玉山县凤凰岭,找威镇八方杨明。告诉杨大哥,说华云龙拿毒镖打我。杨大哥若念兄弟交情,叫他撒绿林帖,请绿林人布四网阵,拿华云龙。你只要把他的心搁到我灵前一祭,就是你尽了弟兄的义气。”陈亮一听这些话,好似万把钢刀穿心,不亚如刀挖肺腑、箭刺心窝一般。谁知道华云龙的毒镖,跟杨明学的,打上没有解药,情知雷鸣准死。华云龙在那里站着,听雷鸣叫陈亮送信。华云龙一想:“真要那么办,我这条命活不了。莫若我斩草除根。”想罢照陈亮一镖,正打在陈亮背脊之上。陈亮哈哈大笑,说:“姓华的,你成全了我。绿林中知道,有雷鸣就有陈亮。雷鸣一死,我焉得独生。我两个一处为人,死了一处做鬼。”说着话,药性一发,雷鸣、陈亮疼得就地乱滚。华云龙一看,心上说:“我跟他二人是拜兄弟,何必瞧着他乱滚受罪?莫若把他二人杀了。”贼人还算是好心,伸手拉刀要结果他二人性命。不知二位英雄性命如何,且看下回分解。

第七十二回

镇八方赌气找张荣　乾坤鼠毒镖打杨明

话说淫贼华云龙在大柳林用毒镖打了雷鸣、陈亮，正要过去杀二人。只听后面有人说："华二贤弟，你要杀什么人？"华云龙回头一看，只见后面来了一人。身高八尺，头戴翠蓝色扎巾，擂金抹额，二龙斗宝，迎门一朵绒球，突突乱晃。身穿蓝箭袖袍，丝鸾带系腰，足下薄底快靴，身披宝蓝英雄大氅，周身绣牡丹花。面如满月，眉分八彩，目如朗星，准头端正，颌下三绺须髯，飘洒胸前，肋下佩刀。手中提小包袱，来者非别，正是大义威镇八方杨明！华云龙一看，吃一惊。暗说："他来了可不好办。"贼人眼珠一转，计上心头，赶紧说："杨大哥，一向可好？"杨明说："你要杀什么人？"华云龙说："我要杀雷鸣、陈亮。"杨明一听一愣，说："华二弟，为什么要杀他两个人？"华云龙说："兄长要问，只因雷鸣、陈亮两个人无所不为。在临安府乌竹庵采花，因奸不允，杀死带发修行的少妇，刀伤老尼姑。又在泰山楼杀死净街太岁秦禄。在秦相府盗了秦相的玉镯凤冠。昨天在这龙游县北门里赵家楼采花。是我今天碰见他两个人。我用好言相劝，他两个人拉刀跟我动手，反杀我。我才用毒药镖将他二人打倒。我一想不必叫他两人受罪，我要杀他。"杨明一听说："二弟，你不该用毒药镖打他。自己弟兄，下这样的毒手。"华云龙说："兄长，你看有人来了。"用手一指。杨明一回头，华云龙也就抖手一毒镖，正打在杨明的琵琶骨上。眼瞧杨明翻身栽倒。书中交代，杨明本不是出门的人。家中开着镖局子，又有银钱，又有势利。皆因华云龙有一个拜弟，叫黑风鬼张荣，也是西川人。张荣这天到杨明家找华云龙。家人进去一回禀，杨明出来一看，见张荣有二十来往的年岁，武生公子打扮。杨明说："尊贺贵姓，来此何干？"张荣说："我乃是西川人，姓张名荣，跟华云龙是拜兄弟。我听说他在这如意村杨大爷家中住着，我特来找他。"杨明一听，说："你既是华云龙的拜弟，你我弟兄，都不是外人。现在华云龙到临安城逛去了，又约三两个月就回来。你也不必去找他，就在我这里住吧。"杨明这个人最好交友，就把张荣让到家中。说:“你要闷时,可到镖局子去坐坐。”张荣就在杨明家住着。不想张荣忽然病了。杨明给请先生调治,精心用意,好容易把张荣调养好了。张荣说:“兄长待我这番光景,我实感激。我给兄长叩头,认为义兄。”杨明说:“张贤弟是华二弟的拜弟,就如同我拜弟一样,何必再要磕头呢?”张荣说:“那不算。”一定要给杨明磕头。当时给杨明磕了头,到里面见太太行了礼,见过了满氏嫂嫂。从此就拿他更不当外人,内外不避。杨明的妻子,本来长得容颜美貌,人才出众,很贤惠无比。张荣这小子,素常说话一点规矩没有。杨老太太是一位正直人,常常当面说张荣。满氏娘子怕给她丈夫得罪朋友,常给张荣掩盖。焉想到张荣这小子误想了。他疑满氏心中有了他。那天杨明不在家,张荣也就到里面去。老太太正睡午觉,满氏娘子在屋中做活。张荣说:“嫂嫂,做什么活?”满氏说:“做袜子。”张荣说:“我瞧瞧。”满氏一递。张荣并不是要瞧。他没怀好心,要调戏满氏。他一接,伸手一拉满氏的手腕子。满氏立刻把脸一沉,说:“你这厮可真不要脸!”满氏照定张荣脸上就是一个嘴巴。这小子可不知道满氏是一身的好能为。她父亲名叫满得公,绰号人称铁棍无敌。膝下无儿,把一身的武艺,都传授了女儿。满氏今天一变脸,把张荣打了一个嘴巴。吓得那小子跑到前面,拿上自己的小包袱,不辞而别,竟自逃走。后来杨明回来,问张荣哪去了。满氏还不肯说,怕丈夫知道生气。有这两句话:“父不忧心因子孝,家无烦恼为妻贤。”这话一点不错。满氏不肯说,杨明再三追问。满氏无法,才把张荣如何调戏她的话说了。杨明气得三尸神暴跳,五灵豪气腾空。杨明说:“非得找他不可。哪里见着,哪里结果他小辈的性命。他竟敢在我家这样无礼!我拿他当自己兄弟,这厮真是人面兽心。”越想越气。次日告诉老太太,说要出去保镖。带上盘费兵刃,由家中出来,寻找张荣。这天走在龙游县的西南,见眼前有一片苇塘。有一位老者,欲要跳河。杨明过去一把揪住,说:“老丈为何跳河?这大的年岁,寻此短见。你跟我说。”老丈抬头一看,唉了一声,说:“这位大爷,要问小老儿,我姓康双名得元。我膝下无儿,过继了一个侄儿,叫康成。自己有一个女儿,许配临安开杂货铺的张家,尚未过门。前者来了信,要娶我的女儿。我把家里房产卖了几百银子,叫我女儿骑着一条驴,连我继儿,打算一同到临安去就亲。今天早起出了店,连我儿带我女儿都走丢了。我也找不着了,我故此要跳河一死就完了。”杨明说:“你儿多大年岁？你女儿多大年岁？”康得元说：“我继子今年二十八岁，我女儿十八岁。”杨明说：“素常他们和睦不和睦？”康得元说：“他兄妹素常不和。”杨明说：“你别寻死。我代你找去。找着更好，找不着你也别死。你跟我走。”康老丈问：“大爷贵姓？”杨明通了名姓。老丈一听，说：“原来是保镖达官、威镇八方杨爷。我久仰久仰！”杨明说：“你跟我走。”领了老丈正向前走，见大柳林华云龙拿刀要去杀人。杨明说：“华二弟要杀什么人？”华云龙回头一瞧，是保镖师父来了，贼人心中暗说：“不好。我要说拿毒镖打了雷鸣、陈亮，他准要我的命。莫如我一狠二毒三绝计。量小非君子，无毒不丈夫。”当初华云龙不会打毒镖。他知道杨明会打毒镖。他苦苦要跟杨明学。杨明就嘱咐过他，说：“这毒镖是三十六味毒药，十八味草药，非有蛇红蚤尾木变石不能配。你学会了，不可轻易妄动。打上了只要一见血就死，没有解药。”今天华云龙见杨明走来，贼人暗说不好，赶紧过来行礼。杨明问要杀什么人，华云龙说要杀雷鸣、陈亮。杨明说为什么事，华云龙把他做的事说了，我才拿毒镖打他。杨明一听，就一愣，说你不该拿毒镖打他。华云龙说，你瞧有人来了。杨明一回头，贼人抖手一镖，正打在杨明琵琶骨。杨明被打倒，哈哈一笑，说：“好，这是我交朋友的下场！我教会了你，你能拿镖打我。天下人，你都可以打了。”康得元一瞧，气往上冲，说：“好贼人，你嘴里说好话，你施展这样狠毒之心！把杨大爷打了，我这条老命不要了，跟你拼了！”华云龙一瞧，说：“老头儿，你休要前来送死。”说着话，贼人把刀拉出来。杨明此时痛得乱滚。汗球子真有黄豆大小，直往下流。说：“康老丈，你去你的吧。我本打算要救你，替你把女儿找回来。这我的命没了，我也救不了你。你趁此去吧，不必生淤气。这是我杨明交朋友的好处！来来，华云龙，你把我杀了吧。”康得元倒是个热心肠的人，见杨明这般光景，心中瞧着难过。老头说：“好淫贼，你这厮人面兽心。你先把我杀了吧，我正不愿意活着。”说着话，把脖子一伸。华云龙说：“你这老匹夫！真是放着天堂大路你不走，地狱无门自找寻。”康得元说：“你把我杀了好。”华云龙一想：“我何必杀他，跟他远日无冤，近日无仇，便宜他去吧。”想罢说：“老匹夫，你不必自己讨死。我杀你，我也不算英雄。你去吧。”贼人一想：“莫若我把他三人一杀，我远走高飞，也没人知道。”想罢，拉刀要结果杨明、雷鸣、陈亮三个人。正在这般光景，就听草中“呱哒”的一响。华云龙回头一看，来者正是济公禅师。大约贼人难脱活命。不知济公由何处而来，且看下回分解。

第七十三回

大柳林济公惊淫贼　小酒馆班头见圣僧

话说华云龙见到济公,吓得魂飞胆裂。济公说:"好个华云龙,你往哪里走!"书中交代,济公从哪里来呢?只因和尚半夜里由店里走了,柴头、杜头也不敢睡了,怕第二天没钱给店饭账。两个人没等店里起来,二人也跳墙出来,一直够奔龙游县衙门。来到衙门口一瞧,对过是茶铺子。两个人进了茶馆一瞧,有几位龙游的班头在那里喝茶。柴头说:"借问有一个和尚,你们众位瞧见没有?"众人说:"回头就过堂。"柴头说:"什么事?"那人说:"不是三官庙的二和尚拐带妇人那案么!"柴头说:"不是。我打听的是一个穷和尚。"旁边有一人说:"方才有一个穷和尚,在东门外拦住抬棺材的不叫走。你们二位上那里去找吧。"柴、杜二人,复又来到东门外一找,还是没有。二人到各处酒饭馆,找来找去,找到一座小酒馆,把济公找着了。柴头说:"好的,你在这里。你半夜里又跑了,我们两人没受这个罪,你趁早说吧。"和尚说:"你们二人坐下。"柴头、杜头坐下。和尚叫添酒添菜。二人喝着酒,和尚说:"小便。"由酒馆出来,一直出了西门。正往前走,两旁是河,当中一条小道。由对面来了一匹驴,骑着一个女子,跟着一个男子。这男子长得兔头蛇眼。正是康成同康得元的女儿。原本康成这小子没好心,他打算把妹子卖几百两银子,娶个媳妇,岂不是乐事。早起由店里出来,他牵着驴子,钻了小胡同。姑娘问:"爹爹哪去了?"康成说:"你走吧,在头里等呢。"姑娘不愿意,在驴上又下不来。正走在这股小道,济公早已占算明白。在那里一站,挡着路过不去。康成就说:"和尚,你回去吧。"和尚说:"你回去吧。"康成说:"我们这是驴。"和尚说:"我是人。"康成说:"你没瞧见我们是堂客?"和尚说:"我是官客。"康成说:"我们回不过去。"和尚说:"我拐不过弯来。"康成说:"你这和尚真可恨。"和尚说:"好东西!"用手一指,口念"唵嘛呢叭咪吽"。用定神法将康成定住。和尚又一指驴,姑娘就迷住了。和尚牵驴就往前走。来到大柳林,和尚一指,驴就站住。华云龙正要杀雷鸣、陈亮、杨明,和尚说:“好华云龙,你往哪走!”华云龙一瞧,拨头就跑。和尚随后就追。此时雷鸣、陈亮醒过来,心里明白。陈亮一瞧说:“杨大哥怎么了?”杨明说:“华云龙拿毒镖打了我。你们两人为什么被他打了?”陈亮说:“我因为在临安要出家,济公收我做徒弟。要开水浇头,切菜刀落发,我跑出来。在店里住着,听着华云龙在临安城乌竹庵采花,因奸不允,杀死少妇。又在泰山楼杀死净街太岁。又在秦相府盗了奇巧玲珑透体白玉镯,十三排嵌宝垂珠凤冠。后来铁腿猿猴王通、野鸡溜子刘昌,破了案被拿,招出华云龙来。有灵隐寺济公,带着两位班头,到千家口去拿他。我听见,到千家口给他送信,碰见雷二哥。我二人同华云龙在小月屯马静的夹壁墙藏着。后来济公要拿他,我二人苦求济公不要拿他。济公给我二人一封信,说华云龙在这龙游县北门内赵家楼采花,叫我二人保护闺门贞洁。果然昨天华云龙同韩秀、恽飞三个人去采花。已然用熏香把人家姑娘熏过去,三个人已进了屋子,被我二人给搅了。今天在这里碰见,说翻了,他用毒镖把我两个人打了。”陈亮说完了话,疼得又昏过去了。杨明一听,说:“好华云龙,做这场伤天害理的事,真算我交朋友交着了!”康得元说:“杨大爷,你觉着怎么样?”杨明说:“我不行了。”雷鸣说:“你死不得的。我二人死了倒不要紧。上无父母的牵缠,下无妻子的挂碍。死了死了,一死就了,万事皆休。你老兄台有白发的娘亲、绿鬓的妻子、未成丁的幼儿。母老妻单子幼,你死了怎么办?”这一句话,说得杨明心中一惨。雷鸣此时也疼得昏过去。杨明心中犹如万把钢刀扎心。猛一抬头,见那边树上有一个穷和尚上了吊,手足乱蹬乱画。杨明一看,说:“康老丈,你过去把那上吊的救下。”康得元一看,果然树上吊着一个人。赶紧往前跑去。刚来到和尚跟前,和尚跳下来了,倒把康老丈吓了一跳。康得元说:“和尚你没死呀?”和尚说:“我吊的是后脑勾子。我试试难受不难受。要不难受,我才上吊呢。”康得元说:“你为什么上吊?”和尚说:“我师父交我五两银子买僧袍僧鞋,我把银子丢了。我不敢回去,怕师父打我,故此上吊。”康老丈说:“为几两银子,何必如此短见?你跟我来。”他带着和尚来到杨明跟前。杨明问:“为甚事寻死?”和尚一一告诉。杨明说:“你为五两银子,何必寻死?我这腰中银幅子有银,你拿几两去。”和尚伸手把银幅子打开,有散碎银子二十多两。和尚一瞧,说:“比我的银子还多呢,就是太碎些,有点成色。”杨明一听,说:“和尚,你将就用吧。”和尚说:“也只得将就些。"拿着银子就走了。康老丈在旁，瞧着气就大了。说："这个和尚，真不知事，倒像该给他的，连一句情理①话也不说，真是可气。白给他银子，他还挑成色。"正说着话，和尚走了几步，又回来说："当局者迷。我只顾了银子，也忘了问你。你为什么在这里躺着睡了？"杨明说："我是被贼人打了毒镖，活不了了，十二个时辰准死。"和尚说："你要死你死吧。我走了。"说完了就走。走了几步又回来，和尚说："你贵姓？"杨明说："我姓杨。"和尚说："你真要死，我同你商量一件事。"杨明一想："必是和尚听说要死，他不忍把银子都拿了走，他许给我买一口棺材。"想罢说："和尚，你商量什么？"和尚说："我瞧你这身衣服很好，可值几两银子。你死了也是给人剥去，白便宜了人家。莫如你脱下来送给我吧。"杨明一听，气往上撞，说："你这和尚，好不通情理。气死我也！"心中一气，镖伤一疼，就昏过去了。康得元说："你这和尚真太淘气。杨大爷周济你银子，你不说谢，反说这些话。你不是欺负人么？"正说话间，雷鸣、陈亮又醒过来。睁眼一瞧，见济公在那里站着。两个人挣扎起来磕头，口嚷："圣僧救命！"康得元也不知和尚是谁。和尚过去说："你们两个人怎么了？"陈亮说："华云龙拿毒镖打了我们，师父救命吧。"和尚说："我叫你二人出龙游交界，你们不听。受了毒镖，我也救不了你。你我师徒一场，你们死了，我给你念三卷往生咒吧。"陈亮说："师父救命吧！"和尚说："可不定②行不行。"掏出药来，给雷鸣、陈亮每人吃一块。把镖拔下来，把药嚼了，上在伤口。二人展眼之际，复旧如初，好了，过来给济公行礼。陈亮说："求师父替杨大哥治治吧。"和尚又把杨明镖拔下来。杨明一疼，苏醒过来。和尚上了药，也把一块药与杨明吃了。杨明也好了。陈亮说："杨大哥，这就是灵隐寺的济公长老。"杨明过来行了礼。济公在雷鸣耳边说："你知道为什么华云龙拿镖打你？"雷鸣说："不知。"和尚说："有一个坏人，我已拿住，在南边小道站住，你杀他去。"雷鸣说："我去。"雷鸣走后，杨明、陈亮还不知道做什么去。杨明说："康老丈你过来，见见这位灵隐寺活佛济公。你求求他老人家，好给你找女儿。"康得元过来叩头，求圣僧慈悲慈悲。和尚说："你不用着急，你女儿在树林外头。"和尚把验法一撤，康得

① 情理——人情。

② 可不定——说不准。

元一瞧,果然见女儿骑着驴子站在那里发愣。康得元说:“和尚,给我找找我儿。”和尚说:“我派雷鸣杀他去了。”康得元说:“怎么?”和尚说:“你问你女儿就知道了。要留着他,他就要害你了。”康得元谢过济公,带着女儿走了。不久雷鸣也回来。和尚说:“你们跟我拿华云龙去。”众人跟济公往北走。走了不远,忽然和尚不见了。再一看,华云龙同着一个人,在那里站着。三位英雄一瞧,气往上冲,伸手拉刀要捉拿淫贼。不知后事如何,且看下回分解。

第七十四回

施佛法戏耍豪杰　杨雷陈又遇淫贼

话说济公叫杨明、雷鸣、陈亮跟着往北走了不远。三位英雄一瞧，济公没有了。再一看，眼前树林子，华云龙同一个人在那里站着。三英雄一瞧，这人身长一丈，头如麦斗。头戴皂缎色六瓣壮士巾，身穿皂缎色箭袖袍，腰系丝鸾带，单衬袄，薄底靴子，面似黑锅底，粗眉大眼，直鼻阔口，扛着一条四楞缤铁锏。杨明细细一看，不是别人，就是绛丰县的原籍、姓陆名通。这个人天生的一条大汉。父早丧，母王氏。家中也是寒苦，全仗王老太太做针黹度日。陆通长到一十六岁，人情世故一概不懂。这天王老太太说："儿呀，你也这么大了，肩不能挑担，手不能提篮。为娘的也老了，你有什么能为找饭吃①？"陆通说："不要紧，我找去。"说着话就出去了。少时陆通拿回二斤饼来，说："娘呀，吃吧。"老太太一瞧，说："你哪里拿来的？"陆通说："我方才出去，见有一小子拿着饼。我过去打他一个嘴巴，把饼就抢来了。"老太太一听，说："你这孩子，怎么这样浑！国有王法，律有明条。你在街上打抢，叫人家拿着，就了不得了！明天不准抢了！"陆通本是个浑人，出去抢惯了，不管是谁，瞧见了便抢。人都不敢惹他，因他天生的力气大，一般人也打他不过。这天本地有一位吴孝廉，家里是财主，最好行善，开着许多的店铺。见陆通在他铺子门口抢东西，吴孝廉就问："什么人？好大胆！竟敢白昼打抢。把他揪住，拿片子送在衙门里治罪！"旁有一位老者是好人，说："吴大爷，你老人家不认得他。他叫陆通，是个浑人。他家中孤儿老母，没有养活。这个人虽然太浑，最孝母，抢了东西给他母亲吃。你老人家可以周济他，也是德行。"吴孝廉本是个善人，一听陆通是个孝子，人人可敬。叫陆通过来，说："你姓什么？"陆通说："我姓陆叫通。"孝廉说："你别抢了。每天到德裕粮店取一吊钱，给你母子度日，好不好？"陆通说："你一天给一吊钱，好小子！"吴孝廉一

---

① 找饭吃——谋生。

听,这倒不错。施舍一吊钱,落一个好小子,倒不错。知道陆通是个浑人,也不怪他。陆通就每天拿一吊钱,买了吃的,先给母亲吃,剩下的他全吃了。这天他吃完了饭,把家里一条铁棍,拿出山里去游玩。正赶上有二十一家猎户打围,赶下许多的獐猫野鹿。陆通瞧见,他过去拿棍全给打死,挑起来就走,众猎户赶到。大众说:"我们撒下围赶下来的野兽,黑汉你别给拿了走。"陆通说:"不许爷爷拿去,你们抢吧,谁抢了去是谁的。"猎户过来跟他动手,不是他的对手。大众无法,不要了。陆通把野兽挑着一卖。他不知值多少钱,给钱就卖。把钱拿回家去,就不上粮店要那一吊钱。天天到山里去打野兽,众猎人都不敢惹他。大众一商量说:"陆通天天搅咱们。咱们跟他商量,每天给他一吊钱,叫他帮咱们打猎,省得他抢我们。"这天又碰见陆通,跟他商量。一天给他一吊钱,叫他帮着打野兽,给众猎户分,陆通也愿意。一天拿一吊钱到家里,给老母买吃的。这天他老娘死了,陆通回来,他也不懂。见老娘在炕上躺着,也不说话。陆通就叫:"娘呀,吃饭吧。"街坊上过来一瞧,说:"你老娘死了!"陆通说:"什么叫死了?"街坊说:"死了,就不说话了,不吃东西啦。你买一口棺材埋了。不然,搁两天就臭了。"陆通说:"这叫做死了?也不说话,也不吃东西。买一口棺材埋去,不然搁两天就臭了。"街坊说:"对了。"陆通过去,把老娘背起来,往外就走。街坊说:"你上哪去?"陆通说:"上棺材铺,瞧哪口棺材好,搁里头就得了。"街坊说:"你真是个浑子!没有背着死尸满街跑的。你搁下,你去找猎户,叫他们买一口棺材埋了。"陆通答应,到猎户家去。大众问:"你做什么来了?"陆通说:"老娘死了,也不说话,也不吃东西了。买一口棺材埋了。要不然,过两天就臭了。我找你们给买棺材。"大众一想:"这倒不错,他是个孝子。"内中就有好人说:"这是好事,咱们大家凑着买一口棺材,把他老娘给埋了。"陆通剩自己一个人,仍然帮众人打猎。一天要一吊钱,这二十一家猎户,都不愿意,又不敢不给他。这天内中有一个姓殷的,外号叫殷到底,说:"咱们每天给陆通一吊钱,冤不冤?"大众说:"没法子。"殷到底说:"你们众位每人交给我一吊钱,我能把他发出去。"大众说:"你能办得了,我们二十家,交你二十吊钱。"殷到底允了,大众给了他的钱。这天请陆通吃饭。陆通本是浑人,请吃就吃,殷到底说:"陆通,你跟着我们这些猎户在一处,一天一吊钱,你也发不了财。你发财愿意不愿意?"陆通说:"怎么发财?"殷到底说:"你到常山县去,找南路镖头追云燕子黄云。你把他捉住,跟他要二百银子。就凭你这个脑袋,这个身量,他就有得给你,你算是人物字号。"陆通说:"我就去。"殷到底说:"我给你两吊钱盘费,你拿了去。"陆通本是浑人,拿了棒槌认真,拿着两吊钱就起身。来到常山县,他不知道打听人要说句谦恭话。过去把过路的人一把揪住,这个人吓得不知道为什么。陆通说:"小子,你告诉我,追云燕子黄云在哪里住?"这人说:"就在这路北店里。"陆通说:"你要冤我,我把你脑袋砍下来。"挟着这人到店门首。那人说:"把我放开吧,就是这店里。"陆通这才把人家放开。那人瞧陆通这个样,也不敢惹他,自己竟自去了。陆通站在店门口,喊嚷:"姓黄的给银子!"追云燕子黄云,正在店里。听外面叫姓黄的给银子,黄云一想:"我并不欠人的银子。"自己来到外面一瞧,站着一个大汉,并不认识。黄云说:"你找谁呀?"陆通说:"我找姓黄的。"黄云说:"做什么?"陆通说:"要二百银子。"黄云说:"该你的?"陆通说:"不该。"黄云说:"你认识姓黄的么?"陆通说:"不认识。"黄云说:"你不认识,为什么找他要银子?"陆通说:"姓殷的叫我找姓黄的,要二百银子。说我就长了人物,立了字号。就凭我这个脑袋,这个身量,不给不行。"黄云一听,心中明白,知他是个浑人,必是有人叫他来的。黄云一想:"这个人倒很雄壮。莫如我把他支到杨明兄处,叫杨明兄长调理来。入在镖行里,倒是个膀臂。"想罢,说:"你进来。"陆通就跟着来里面。黄云问:"你姓什么?"陆通说:"我姓陆,叫通。你姓什么?"黄云说:"我姓黄。"陆通说:"你是黄云?给我二百银子。"黄云说:"你别忙,我告诉你一个人。你找他跟他要四百银,你去不去?"陆通说:"去。"黄云写了一封信,拿出十两银子说:"你到玉山县,去找威镇八方杨明。见了他,和他要四百两银子。"陆通答应,拿了书信银子出来。他不认得玉山县。要打探人,见了人问一声:"呀,站着!"吓得人家就跑。问了好多人,一呀就跑。陆通想出主意。见村头站着两个人说话,陆通绕在人家身后,伸手把那人脖子一捏。陆通说:"你小子别跑!"吓得旁边那人拔脚就跑。这个跑不了了,他问:"怎么了?"陆通说:"我问你上玉山县往哪里去?"这人说:"往北。"陆通一放手,把那人跌在地上,腿也折了。从此不敢再在外头詈着。陆通他也这样问人,遇见坏人,明是往北说往南。遇见好人,才告诉他正道。走了八天,才到玉山县。好容易遇见好人,告诉他杨明的门口。陆通两天没吃饭,有银子也不知换钱。来到门口,用铁棍一打门，管家出来开门。问："找谁？"陆通说："你姓杨？"管家说："是。"陆通说："给我四百银子。"管家到里面回禀。杨明出来一瞧不认识，问："找谁？"陆通说："找姓杨的要四百银子。"杨明一愣，说："你找姓杨的要银子，可该你的？"陆通说："不该。"杨明说："不该，要什么银子？"陆通说："是保镖姓黄的叫我来的。"连十两银子一封书信，同拿出来，交给杨明。杨明拆书一看，心中这才明白。不知信上写着何话，且看下回分解。

第七十五回

猛汉听言找黄云　义士见信收陆通

话说杨明拆开书信一看，原本是黄云叫杨明把陆通收下，教训教训他，将来可以当镖局子伙计，杨明这才问他贵姓。陆通说："我姓陆，叫陆通。"杨明唤他进来。陆通来到里面。杨明说："你家中有什么人？"陆通说："家里有老娘。"杨明说："你有老娘，你出来谁替你照应？"陆通说："我老娘死了。不吃东西，也不说话了。拿棺材装上埋了，不然，搁两天就臭了。"杨明说："你没吃饭么？"陆通说："两天没吃了。"杨明说："你为什么有银子不换吃？"陆通说："什么叫银子，我不知道。"杨明吩咐给预备饭，当时叫厨子一备。陆通这顿吃了有三斤米饭，真吃饱了。杨明说："陆通，你就在我这里住着吧。每天我给你饭吃，我收你做兄弟。"陆通说："我也叫你兄弟。"杨明说："不对，你叫我兄长。"陆通说："就是吧。"杨明把陆通留在家里，天天教给他人情世故。住了有两个多月，还是教不清楚。陆通是天生来的浑人。这天老太太知道了，问杨明："外面住着什么人？我听说你留野人在这住着。"杨明说："倒是一个混浊的人。"老太太说："你带来我瞧瞧。"杨明来到外面说："贤弟。"陆通也懂了，说："兄长。"杨明说："我带你进去见见老娘。"陆通说："死了，也不说话了。"杨明说："谁死了？"陆通说："我老娘死了。"杨明说："你老娘死了，我老娘没死。"陆通说："怎么还不死？"杨明说："胡说！见了老太太，你可规矩些。"陆通点头，跟着杨明往里走。刚一进上房，杨明说："你在外间屋子站着，等我到里面回禀老太太一声。"杨明进里间去。陆通抬头一看，正面上是穿衣镜。他没见过，瞧里面一条大汉。陆通一睁眼，镜子里自然也一睁眼。他用手一指，镜子里他的影也向他一指。陆通赶上前一脚，把镜子踢了。杨明出来说："怎么了？"陆通说："跑了。这小子直跟我睁眼。"杨明一瞧，见镜子也碎了，也无法。带陆通进到里面，说："你见见。"陆通说："老娘在上，兄弟有礼。"杨明说："胡说。你见我称兄弟，怎么见老娘也称兄弟？"陆通说："称什么？"杨明说："你说，老娘在上，孩儿有礼。"陆通又说:“老娘在上,孩儿有礼。”杨明说:“对了,你见嫂嫂。”陆通说:“嫂嫂在上,孩儿有礼。”杨明说:“又不对了。”陆通说:“怎么?”杨明说:“你见嫂嫂,称呼兄弟。”陆通说:“嫂嫂在上,兄弟有礼。”杨明说:“这是你侄儿侄女。”陆通说:“侄儿侄女在上,兄弟有礼。”杨明一听也笑了,说:“你跟我到外面去吧。”陆通就在杨明家住着,杨明也不拿他当外人。素常没事,杨明就教他说话。后来杨明见他略明白些,便叫他够奔陆阳山去找碗饭吃。陆阳山莲花岛有一位和尚,叫花面如来法洪,也是在长江五省保镖的镖头。杨明给他写了一封信,叫陆通去跟花面如来法洪当伙计。出去跟着保镖,每月挣十几两银子,也都交给杨明。没衣裳跟杨明要,杨明的家就算他的家。陆通在外面,保镖有四五年的景况,人送外号万里飞来,皆因他是天生两只飞毛腿。今天是保镖回来,要到杨明家去瞧瞧。正走在这里,见华云龙慌慌张张,由对面跑来。原本华云龙被济公追下来。陆通一瞧,认识华云龙,在杨明家里见过。陆通说:“你小子哪去?”华云龙一瞧,说:“陆贤弟,你怎么叫我小子?”陆通说:“我忘了。华二哥你哪去?”华云龙说:“我有事。”陆通说:“你同我瞧杨大哥去。”华云龙说:“我不去。”陆通说:“你不去,我把你捆上扛着去。”华云龙一想,知道陆通的脾气,说得出来行得出来。贼人一想,莫如我拿镖打他。又知道陆通跟法洪和尚练的一身金钟罩。华云龙一想,非得拿镖打他的眼睛、或梗嗓、或肚脐。金钟罩这三处是命门。华云龙说:“你瞧,树上有两个脑袋的乌鸦!”陆通扬着眉一瞧,问:“在哪里?”华云龙正要掏镖打他,只见杨明、雷鸣、陈亮赶到。雷鸣一声喊:“好球囊的,你往哪走?”华云龙一瞧,撒腿就跑。杨明这才说:“陆通,你干什么呢?”陆通说:“我瞧两个脑袋的乌鸦。”过来给杨大哥行礼,又见过雷二哥、陈三弟。陆通说:“你们为什么把云龙追跑了?”雷鸣说:“方才华云龙拿毒药镖把我二人连杨大哥都打伤了。”陆通一听,把眼一睁说:“好狗娘养的!镖打雷鸣、陈亮我倒不恼,决不该打我杨大哥。我去找上他,要他的命。”说着话,撒腿就跑。杨明见陆通追华云龙去,知道他是飞毛腿,这三个人也赶不上,遂说:“雷、陈二位贤弟,你我找个地方住吧,天也不早了。”陈亮说:“这北边就是蓬莱山,咱找孔二哥去吧。”杨明说:“也好。你我见了朋友,千万不必提着华云龙镖打咱们。”陈亮说:“怎么还帮他瞒着?”杨明说:“倒不是帮他瞒着,恐其朋友错想。不知道的,倒许说你我交朋友不好,要好,怎么朋友会打咱们呢?咱们不必提他。叫他自己行去，大约必有恶贯满盈之时。”说着话，够奔山坡而来。这山上有一座蓬莱观。有一位老道，叫矮脚真人孔贵。当初这个人，也在玉山县三十六友之内。他自己看破了绿林没下场头，因此上山出了家。今天杨明、雷鸣、陈亮三个人忽然想起来，要到蓬莱观瞧瞧孔贵，这才一同顺着山坡上山。来到半山一看，这庙头里有一个牌楼，上有四个字，写的是：“蓬莱仙境”。这庙是两层殿，坐北向南，正中山门，两旁边角门。三个人来到东角门一拍，里面出来了一个道童，把门开来，一瞧认识，说：“杨大爷、雷叔父、陈叔父，由哪里来？”道童赶紧行礼。杨明说：“你师父可在庙里？”道童说：“在里面。”杨明说：“你到里面，回禀一声，说我三个人来看望他的。”道童说：“是。三位伯父叔父先到里面坐。”杨明同雷鸣、陈亮进去，小道童把门关好。这殿中北房是大殿，东西各有配房三间，把三个人请到西配房。一打帘子，三个人进去。见这屋中甚是干净。靠西头一张俏头几，摆着老子道德五千言。头前一张八仙桌。两边有太师椅子。迎面挂着一轴大挑条山，画的是四仙出洞。两旁有一副对联，写的是：

怕事忍事不生事，自然无事。

平心守心不欺心，何等放心。

三个人落了座，陈亮说：“杨大哥，你看这庙里，极其清雅。院中栽松种竹，清气飘然，这鹤轩里倒很洁净，真是别有一洞天。”说着话，小道童出去烹茶。只听外面有脚步声音，口念“无量寿佛”。口中又信口说道：“寻真误入蓬莱岛，青松不改人自老。采药童子未回来，落花满地无人扫。”只见帘板一起，孔贵由外面进来，这个人是五短身材，头戴青缎道冠，身穿蓝布道袍，白袜云鞋。面皮微紫，燕尾髭须，浓眉大眼。一进来说：“原来大哥、二弟、三弟来了，由哪里来？”雷鸣说：“差一点你我弟兄不能见了。”孔贵说：“雷二弟这话从哪里说起？”杨明瞧了雷鸣一眼，陈亮一睁雷鸣。孔贵说：“杨大哥、陈三弟，你我弟兄知己的朋友，有什么话瞒我呢？”雷鸣说：“杨大哥、老三，不必瞧我，反正我不说华云龙拿镖打咱们。”杨明一听，说：“你这是不说！要说该怎么说呢？”孔贵说：“华云龙怎么回事？”杨明叹了一声说：“孔二弟，你问陈老三，叫他说说。”陈亮这才把华云龙在临安怎么采花杀人，盗玉镯凤冠，怎么在赵家楼采花，怎么镖伤三友，多亏济公搭救，已往从前之事，细说一遍。孔贵一听，说：“好个华云龙,真是忘恩负义!我要是前三年的脾气,当时下山,拿刀找他去。当初要不是杨大哥给撒绿林帖,三十六友结拜,谁认得华云龙是谁?”杨明说:“孔二弟,不便提了,你我谈别的。”孔贵吩咐童子,捡素菜,预备酒。当时童子把里间桌椅排好,四个人来到屋中吃酒谈心。正喝着酒,外面童子说:“了不得了,厨房有了火了。”四人一听,赶紧奔到后面。一瞧,厨房窗户纸着了,赶紧拿花盆里水扑灭。孔贵要打小道童不留神,杨明说:“孔二弟你倒别打童子。你闻,有硫黄味。你我是做什么的,这分明是调虎离山计!你我到外面去。”四个人来到外面西配房。刚才坐下,就听床下“咕咕噜噜”一响,仿佛肚子里肠响。杨明说:“孔二弟,你养狗哪?”孔贵说:“没有。”杨明说:“我听床底下有肠鸣之声,拿灯来照照。”正说着话,由床下往外一蹿,正是华云龙,杨明伸手拉刀。不知贼人由何处而来,且看下回分解。

第七十六回

蓬莱观四英雄谈心　密松林猛豪杰受骗

话说杨明、孔贵、雷鸣、陈亮四位英雄，把火救灭，复又来到前面西配房，听床下有一阵肠鸣之声。刚要拿灯照，只见华云龙由床底下蹿出来。书中交代，华云龙自从树林逃走，正往前跑，后面猛英雄万里飞来陆通追赶下来。口中叫喊："好华云龙球囊的！你镖打杨大哥，我把你脑袋拿下来！"华云龙回头一看，吓得惊慌失色。知道陆通是两只飞毛腿，贼人料想走不脱。眼看就赶到了，华云龙赶紧上了一棵大树。陆通他不会上树，来到这里说："华云龙你下来。我打你一百棍，就饶了你。"华云龙一想，慢说①打一百棍，恐怕打一棍就死了。陆通在下面直嚷："你要不下来，我把树打倒了。"说着话拿棍就打。华云龙一瞧，他拿棍打得这个树直晃，工夫大了，真许打倒了。华云龙贼心生智，把英雄氅脱下来，说："陆通，你瞧，我要驾云。"把英雄氅往西一捺。陆通本是浑人，拿棍就追过去。华云龙往东跳下来，陆通没瞧见，贼人这才逃脱了。一看天色已晚，华云龙一想："我奔蓬莱观，找矮脚真人孔贵。"想罢来到庙外。刚要叫门，自己心中一动："且慢。倘若杨明、雷鸣、陈亮在这里，可了不得。莫若我暗中瞧探②瞧探。"主意已定，拧身蹿上房去，一见西配房有灯光。华云龙来至切近，暗中一听，正是雷鸣、陈亮跟孔贵提起这件事，华云龙一想："量小非君子，无毒不丈夫。我一不做，二不休。用调虎离山计，将他几个人调出去，我藏在屋中。等他睡了，我全要把他们结果了性命。"自己这才到后面放一把火，把四个人调出去。贼人来到屋内，藏在床底下，焉想到天不由人，华云龙肚子饿了，"咕噜咕噜"一响，被杨明等听见，要拿灯照。华云龙实在藏不住了，由床底下跳出来，给杨明跪下。雷鸣一瞧眼就红了，伸手拉刀要结果华云龙性命。杨明紧说："雷二弟，不准。只可叫他

---

① 慢说——别说。

② 瞧探——观察，打探。

不仁,你我兄弟不可不义。"华云龙向雷鸣跪着说:"小弟身该万死,我也没脸活着,兄长你把我杀了吧。"杨明哈哈一笑,说:"我杀你做什么。我同你也无冤无仇,你趁此请吧。"雷鸣又要拉刀。杨明这个人是大德君子,宽洪大度,倒解劝雷鸣不可,叫华云龙起来去吧。华云龙立起身来也不走,无皮无脸说:"孔二哥,我饿了,你给我吃点。"孔贵心中有些不悦,也有些不肯,说:"酒也没了,菜也完了。你要吃,叫童子来给你华二叔熬点粥。"童子进来说:"华二叔好呀,我给你磕头。"华云龙赶紧上前拦住。童子说:"我再给你磕一个。你再来,可别放火来了。山上没有水,我师父还打我们,说我们不留神。"说得云龙脸上一红一白的。小童出去,把粥熬好了,端上两碗来。华云龙一瞧,小米粥,热气腾腾。端起来刚要喝,就听外面打门甚急,叫:"开门来!开门来!"大众一听,声音像是陆通。华云龙一听,吓得惊魂千里,说:"杨大哥你救我救到底,陆通他一瞧见了我,就要把我脑袋揪了去。"杨明说:"他是个浑人,一见你也不容我说话,他就跟你动手。叫我怎么救你?你去躲吧。"华云龙说:"我在哪躲?"杨明说:"你方才在哪儿躲着,还在哪儿躲去吧了,又来问我!"华云龙无法,又往床底下一躲。孔贵吩咐小童出去开门。道童来到外面,开门一看,正是陆通。书中交代,陆通被华云龙所骗,说要驾云,捺起英雄氅来。陆通追过去一看,衣裳掉在地上,里面有一支镖。陆通一瞧华云龙没了。他说:"这小子会地遁。"自己站了半天,天色已晚,刚往北一走,只见眼前黑呼呼的三尺多高,也没脑袋也没腿,冲陆通"呜"的一声。陆通一瞧说:"这是什么东西!"拿棍过去,照这个一打。这个东西蹿起来有一丈多高,落在陆通身上,把陆通砸了一个筋斗,吓得陆通心中乱跳,爬起来就往南跑。刚向南一走,眼前一晃。这个东西又叫了一声,又把陆通跌了一个筋斗。陆通也不知道是鬼是魔,是妖怪,吓得又往西跑。西边也有一个三尺多高的,没脑袋没足。陆通掉头往东跑。幸喜东面没有,陆通往前飞跑。自己一想,没处可去,忽想起蓬莱观。这才顺着山坡,来到庙门叫开门。道童一开门,陆通往里就跑,跑进西配房中。杨明众人一瞧见陆通颜色都改了。杨明说:"陆通,你打哪来?"陆通说:"也不知什么,三尺多高,也没脑袋也没足,把我吓了。"杨明说:"你坐下。我问你,你如见了华云龙怎么样?"陆通说:"我见了他,把球囊的脑袋揪下来。"杨明说:"不可。若以后见了华云龙,不准你无礼。"陆通最听杨明的话,自己哼了一声说:"要不是杨大哥说,我决不饶他。”雷鸣向床下一指,伸了两个手指,用手一比,是告诉陆通说,华二在床底下,叫他揪出来,把华云龙摔死。雷鸣把手一比,陆通错想了。瞧桌上有两碗粥,只当是叫他喝粥,喝完了把碗摔了。陆通拿起粥来就喝,喝完了把碗摔在地下,摔碎了。孔贵一瞧说:“这做怎么了?”陆通说:“雷鸣叫我摔了。”雷鸣说:“你浑蛋!”杨明说:“陆通,不准你打华云龙,听见没有。”陆通说:“是了。”华云龙听了明白,这才由床底下钻出来,就给陆通作揖。陆通一瞧说:“你小子在这哪！要不是杨大哥说,我不揪你脑袋,我非得要你的命。”华云龙说:“你别跟我一般见识,你把我的粥也喝了。孔二哥,我还是饿,怎么办?”孔贵无奈,又吩咐道童:“再给你华二叔熬点粥来吧。”两个道童就有些不愿意,嘟嘟囔囔地两个人去熬粥,这个把米里搭一把沙土,那个就把咸菜拿尿泡了,说:“给他爱吃不吃!”工夫不大,把粥熬熟了,给华云龙端过去。华云龙一闻,打鼻子里就嗅见粥香。正是:“饿咽糟糠甜似蜜,饱饫烹宰也无香。”华云龙刚要喝,就听外面打门说:“借光您哪。华云龙在这里没有?”华云龙一听,是济公的声音。吓得惊伤六叶连肝肺,吓坏三毛七孔心。雷鸣一听,哈哈大笑说:“华云龙你这可跑不了了,你别听和尚在前面叫门,你往后跑他能后面等着;你往东,他在东边截着;你往西,他在西边堵着。你不用打算跑。”华云龙说:“众位给我讲讲情,我先躲着。众位给我求求和尚行不行？我给众位叩头。”雷鸣是好人,见云龙苦苦地哀求,说:“你出去且躲。我们见了济公,给你求情。”华云龙赶紧出去,躲在西配房的北墙犄角。陆通说:“我没见过和尚,我也躲出去。”雷鸣这才叫小道童去迎接济公。书中交代,济公打哪来呢？自从白天济公由大柳林拿着杨明的银子,回到酒馆。柴、杜二人等急了,见和尚回来,柴头说:“师父出恭,怎么这半天?”和尚把银子掏出来,往桌上一搁。柴头说:“这是哪来的银子?”和尚说:“对你说,工夫大,得等着,有好处。”跑堂一看,心说:“这个和尚不老实,必是个贼,偷来的银子。”和尚给了酒饭账,刚要走,就听众饭座有人说:“二哥,你瞧咱们龙游县好几任知县,都是贪官。好容易升来了这位吴老爷,真是两袖清风,爱民如子。没想到南门外头秀才高折桂家花园子闹妖精,请了一位叶半仙捉妖,妖没捉成,却把脑袋没了。一无凶手,二无对证。北门外高家钱铺门口,无缘无故砍死一个叫刘二混的,也没凶手。这两条命案,知县就担不了,恐怕要革职。”柴头一听,说:“师父,你知南门外高家花园子死的这个老道,跟北门高家钱铺门口死的这个是谁杀的?”和尚说:“你两个人少说话,少管闲事。岂不知是非只为多开口,烦恼皆因强出头?不用管人家的事。”柴头碰了个钉子。三个人出了酒馆,柴头说:“咱们住店吧。”和尚走过好几座店,都不住。来到一座德兴老店,和尚进去。伙计说:“三位来了。”和尚说:“来了。有上房么?”伙计说:“上房有一位大师父住着,你住配房吧。”三个人来到东配房。和尚说:“柴头,你猜方才众人说本地那两条命案谁杀的?”柴头说:“方才问你,你又不说。我不问你,你又问我。”和尚说:“方才是茶馆,莫谈国事。这是店家,就同家里一样,可以讲得。”柴头说:“你说是谁杀的?”和尚说:“凶手杀的。”柴头说:“我也知道是凶手。凶手是谁?”和尚说:“凶手是杀人的那个。”柴头说:“你是开玩笑吗?”和尚用手一指,说:“你瞧,凶手来了。”柴头只听外面一声叫喊。往外一看,不知凶手是谁,且看下回分解。

第七十七回

德兴店班头见凶僧　蓬莱观济公找淫贼

话说济公同柴头、杜头三个人在店中正提说龙游县这两条命案。柴头问:"师父,你知道是谁杀的么?"和尚用手往外一指说:"你瞧,凶手来了。"柴头往外一看,听外面一声叫喊"阿弥陀佛",由外面进来一个和尚,身高九尺,头大项短,披散着发,打着一道金箍。面如喷血,粗眉大眼,两只眼朔朔地放光。穿了青僧衣,肋下佩着戒刀。伙计就嚷:"大师父回来了。酒菜都预备齐了。"那和尚说:"罢了。"说着话进了北上房。柴头说:"师父你瞧这个和尚,长得甚凶恶。"济公说:"不用管他,咱们要酒要菜。"当时叫伙计要酒要菜。吃喝完了,济公说:"伙计,你给我说一声,告诉住店的,说我们这东配房住着一位大师父,两位在家,别的屋中不准哼哼咳嗽。要吵了和尚,和尚就到他们屋里去咳嗽一夜。"伙计说:"我不管这个事。"济公说:"我不叫你白说,我给你一块银子。"掏出一块银子,有二两多重。伙计一瞧,说:"和尚你真把银子给我,我就说。"和尚说:"给你,我和尚有钱,就爱这么花。"伙计接过银子去就嚷:"众位住店的听真,我们这东配房住着一位和尚,两位在家人。和尚说,不叫别的屋里哼哼咳嗽。谁要一咳嗽,和尚上谁屋里去咳嗽一夜。"济公说:"伙计,你回来。你说,住店客人睡觉老实点睡去。要在一个屋里凑合,我和尚知道,也上他们屋里凑着睡去。"伙计说:"这话我可不敢说,我怕人家打我。"济公说:"你要说,我再给你一块银子。"伙计说:"你给我银子我就说。"柴头说:"师父,你这是有银子白受用。"和尚说:"我愿意这样花。"又给了伙计一块银子。伙计又给照样说了一遍。旁边屋里住店的一听,赶紧叫伙计给我搬屋子。伙计说:"做什么?"住店的这个人说:"我是痨病,爱咳嗽,我趁早躲开些儿好。"伙计说:"不要紧,你睡你的,我为得几两银子。这个和尚是半疯,不用管他。"说着话,伙计到前面去。济公同柴头、杜头也睡觉。柴头、杜头枕着包裹,和尚头枕着茶壶,睡到有二更天,和尚把茶壶也弄碎了,弄了一炕的茶。和尚就喊:"了不得了,杀了人了!快救人哪!"吓得掌柜的、伙计全起来了。伙计跑过来一瞧说:“怎么了?”和尚说:“我要出恭。”伙计说:“你要出恭,你怎么嚷杀人？吓我们!”和尚说:“我要不这么说,你们就不出来了。我叫你起来,跟我出恭去。”伙计说:“你出恭有茅房,我不跟你去。”和尚说:“你给我打着灯笼,跟我去出恭。不叫你白跟着,我给你五两银子。”伙计说:“真的。”和尚说:“我不说瞎话。”伙计就把灯点着,跟了和尚奔茅房。和尚说:“你就在茅房外头立着,把灯笼举高的,不许探头探脑往里瞧。要瞧一瞧,五两银子我就不给。”伙计说:“就是吧。”和尚进了茅房,一使验法,跳墙出去,直奔蓬莱观。走到树林里,见陆通正拿棍打华云龙的英雄氅。和尚用僧袍把脑袋一蒙,向陆通喊了一声,把陆通跌了一个筋斗。三面截着,叫陆通奔向蓬莱观。罗汉爷后面跟着,来到蓬莱观门首。等陆通进去,里面乱完了,和尚这才一拍门,说:“借光。华云龙在这里没有?”吓得华云龙央求众人给讲情,他同陆通躲在院内。杨明叫道童掌灯,众人出来迎接。一开门,众人过来行礼。和尚哈哈一笑说:“你们都在这哪。”杨明说:“是,师父打哪来?”济公说:“我由龙游县来。”杨明说:“师父请里面坐。”和尚点头,进了庙门。小道童把门关好,众人围着来到西配房。和尚一瞧,床桌上有酒有菜,就在靠北墙椅子上面向南坐下。杨明说:“师父喝酒吧。”斟了一盅酒递给济公。孔贵就在和尚对面椅子上坐下。他本是矮子,向椅子上就一蹿。和尚一抬头,说:“这位道友贵姓呀?”孔贵赶紧跳下来说:“弟子姓孔叫孔贵,人送小号矮脚真人。”和尚说:“坐下坐下,不要拘束。”孔贵刚跳上椅子坐下,和尚说:“道友,你出家多少年了?”孔贵又跳下说:“弟子是半路上出家的,有七八年了。”和尚说:“坐下说话。”孔贵又跳上椅子坐下。和尚说:“庙内有几位令徒?”孔贵又跳下来说:“四个童子。”和尚说:“别拘束,坐下坐下。”陈亮一瞧也乐了,说:“孔二哥,你坐着说吧。你不知道师父的脾气,最好要笑。瞧你身材矮,跳上去跳下来,这是成心和你作玩①。”济公哈哈一笑说:“好陈亮,我正要瞧海里蹦,给你说破了。”孔贵说:“师父,你我一家人,别瞧海里蹦呀,师父喝酒吧。”这时,外面华云龙直央求陆通,给陆通叩头说:“陆贤弟,你把英雄氅给我吧。”陆通本是肉眼佛心人,见华云龙一磕头,他就把英雄氅给了他,华云龙说:“陆贤弟你蹲下来,我踏着你的

---

① 作玩——逗着乐。

肩头，趴窗户。我要瞧瞧这个颠和尚什么样？”陆通说：“你瞧瞧就下来，不然，我摔个球囊的。”华云龙说：“就是。”踏了陆通的肩膀。贼人一趴背墙的窗户，往里一瞧，见和尚面向南坐着。华云龙一想：“我叫他明枪容易躲，暗箭最难防。我一镖把他打死，省得他拿我。”想罢掏出镖来，照定和尚后脑海就是一镖。和尚一闪身，这镖正打在孔贵的椅子上，吓得孔贵跳下椅子说：“无量佛，无量佛！”和尚说：“哟，好东西，你要谋害和尚。陆通，你把他腿攒住，别叫他跑了。”陆通在外面就答应喊嚷：“攒住了！”和尚站起来，往外就要走。孔贵赶紧拦住说：“师父，你老人家要拿他。哪里都拿得了，何必在我这庙里拿他。这要送当官，在我庙里拿的，连我得跟着打官司，我就跟他是一党。师父慈悲慈悲吧。”杨明也说：“师父，你老人家今天看在我等的面上饶了他。孔贵已然是出家有好几年了，别叫他受了连累。师父慈悲慈悲吧。”和尚说：“也罢。既是你等大众给华云龙讲情，我看在你等面上，今天我不拿他。陆通，你攒着华云龙的腿，把他隔墙摔出去。外面是山涧，把他摔到外面，滚下山涧喂了狼吧。”陆通本是个浑人，说什么听什么。他就攒着摔华云龙的腿，隔着庙墙往外一摔。也不知华云龙摔死没摔死，暂且不表。陆通把贼人摔出去，他这才来到西配房屋中。睁眼一瞧，见和尚一脸的泥，头发有二寸多长。破僧衣，短袖缺领。腰系丝绦，疙里疙瘩。光着两只脚，穿着两只草鞋。猛英雄上下直打量和尚。杨明说：“陆通你还不给师父行礼。”陆通说：“这不像师父！”济公说：“好东西，你说不像师父，你瞧我样儿不好。”当时把僧袍往脑袋上一蒙，冲他喊了一声。吓得陆通往外就跑。杨明说：“怎么了？”陆通说：“好厉害。”杨明说：“你进来，快给师父叩头吧。”陆通这才跪向济公行礼。济公说：“给你怕不怕？”陆通说：“怕了，师父别喊了。”杨明说：“师父喝酒吧。”济公喝了一杯酒，叹了一声。杨明就问：“师父怎么了？”和尚说：“我瞧着你五个人脸上气色不好，必有大凶危险。不出一个月之内，你五个人有性命之忧，”杨明众人一听，大吃一惊。知道济公说话必应，赶紧说：“师父，你老人家得救我们！”和尚说：“你们要听我和尚的良言相劝，这一个月之内，你五个人要出了蓬莱观，可以趋吉避凶。要不听我的话，一个月之内，你五个人别出蓬莱观有性命之忧，我可不救了。你们可别说我和尚心狠。”杨明、孔贵说：“就是。我们一个月不出去，谨遵师父之命。师父在这里可以住几天再走。”和尚说：“我还有事情，少时就走。”

大众说着话，天色大亮。和尚说："我要走了。我嘱咐你们的话，可要记住了。"大众点点头，送济公够奔外面。和尚直到庙门，又谆谆嘱咐一遍。和尚这才顺山坡下山。刚一进城，来到十字街，只见由对面来了许多的官兵。有几位班头锁着两个人，正是柴元禄、杜振英。和尚按灵光一算，早已明白。不知柴、杜二位班头因何被人锁住，且看下回分解。